编委会名单

主　　编　　彭　勇

执行主编　　潘开政

编　　委　　孙　健　鲍新文　雷艳飞　朱　麟
　　　　　　郭建球　肖　斌　曾立琛　陈路莎

GAO ZHILIANG FAZHAN GUSHI
CHANGSHA SHENDU DIAOCHA

高质量发展故事

长沙深度调查

彭　勇◎主　　编
潘开政◎执行主编

人民出版社

序　言

这是一个最好的时代,可以纵情追逐梦想、奋斗就能出彩;

这是一个最具竞争的时代,机遇与挑战并存,大浪淘沙,不进则退;

这是一个"万物皆媒"的全媒体时代,舆论生态、媒体格局、传播方式新故相推,日生不滞。

文化兴则国运兴,文化强则民族强。2023年10月,习近平总书记对宣传思想文化工作作出重要指示指出,宣传思想文化工作事关党的前途命运,事关国家长治久安,事关民族凝聚力和向心力,是一项极端重要的工作。关于新闻工作,习近平总书记再次强调,要着力提升新闻舆论传播力引导力影响力公信力。

日新者日进,深融者声远。2013年,习近平总书记作出"加快传统媒体和新兴媒体融合发展"的重要指示。10多年来,全国各级各类媒体合力推动媒体融合向纵深发展,一路披荆斩棘,一路灿烂芬芳。

长沙是一个新晋的"网红"城市,它的"顶流"人气,我和很多同行们都已亲身感受过。长沙更是一座历史文化名城,"心忧天下,敢为人先"是镌刻在长沙人骨子里的精神特质。这次很欣慰地看到,有这样一群"敢为天下先"的长沙广电新闻人脚踩大地、仰望星辰,牢记党媒做强主流宣传、弘扬主流价值、凝聚共同意志、推动社会发展进步的使命责任,做强宣传主业,加快融合发展,在新时代新征程中深入推进媒体深度融合。

全媒体时代,主流媒体如何让正能量更强劲、主旋律更高昂?如何让正能量的声音占领互联网主阵地?融媒体栏目《总编辑调查》可以说提供了一个难得的样本。

内容为王是不变的"金律",优质的原创内容永远是主流媒体的核心竞争力。新闻工作者首先要心怀"国之大者",立足"两个大局",站在时代前沿、把握时代大势,时刻关注党中央在关心什么、强调什么,深刻领会什么是党和国家最重要的利益、什么是最需要坚定维护的立场,要把我们报道涉及的各类具体工作、具体问题放到大局中去谋划、去解决,始终围绕中心、贴近群众、契合实际,忙到点子上、谋在关键处。

《总编辑调查》牢记"国之大者",坚守媒体担当,围绕党委政府的中心工作和时代发展主题,坚持做有高度、有深度、有温度的新闻调查,为受众提供有思想、有态度、有品质的内容产品。这些内容可感可知,有血有肉,见人见事见思想,是新时代新闻工作者"站在田坎上,想着中南海"职业素养的生动写照。

"调查研究是谋事之基、成事之道,没有调查就没有发言权,没有调查就没有决策权。"纵观中国新闻史上那些熠熠生辉的名篇佳作,灿若群星的优秀新闻工作者,无一不是深入调查研究、密切联系群众的优秀典型。

全媒体时代,主流媒体如何才能高质量做好调查研究报道?

带着问题想,带着问题走,在调查的过程中寻找解决问题的良方对策,正是《总编辑调查》的鲜明导向。

比如,在2020年打赢脱贫攻坚战的收官之年,突如其来的新冠疫情给一线的第一书记们带来了哪些意想不到的新困难?在困难面前他们又在想些什么、做些什么?于是,就有了开栏的第一个系列调查"这个春天,第一书记在忙啥?"。在贯彻新发展理念的大背景下,企业家们如何加快科技自立自强、打破"卡脖子"枷锁?于是,就有了系列调查"关键核心技术是怎样炼成的?"。纵览这次被录入的60多篇作品,标题大多采用设问的形式,如"打造乡村振兴示范市,长沙如何行动?""算力时代,长沙如何算绘未来?""双循环大背景下,长沙会展经济如何爆发杠杆威力?",凡此种种,单从这一点就将这一特色体现得淋漓尽致。

说实话,察实情,总编辑在基层,是《总编辑调查》开宗明义的初衷,也是栏目彰显的另一个特色标签。

习近平总书记曾寄语党员干部:"基层跑遍、跑深、跑透了,我们的本领就会大起来。"真正能够立得住、传得开、叫得响的好新闻作品,一定是新闻工作者"跑"出来的。放下架子、俯下身子、迈开步子,以实际行动践行"四力"(脚力、眼力、脑力、笔力),是做好调查报道的基本功。只有从群众中汲取养分,我们的调查研究报道才能真正接地气、有灵气、活活力。

在《总编辑调查》里,很多案例都是沾泥土、带露珠、冒热气的。大疫之下村里刚脱贫的贫困户会不会又返贫?为了寻找答案,总编辑带着记者们连续调查走访了十多个驻村第一书记,树立起了郭铁、杨经国等一众第一书记活生生的群像,"脱贫的路要靠自己一步步走稳走好""脱贫路上可以容许一些失败，只要坚持就有希望""长效脱贫需要有一个强有力的实体来支撑"等观点也就水到渠成，感染和激励着更多的基层扶贫工作者。再比如，如何让农业成为更有奔头的产业？《总编辑调查》把调查报道的对象聚焦长沙一批农业院士，记者连续跟踪采访了"茶叶院士"刘仲华、"养鱼院士"刘少军、"辣椒院士"邹学校等近十位院士，把访谈现场搬到了田间地头、山窝大棚，记录了他们心系"三农"、用科技助力农民增收的生动故事，院士与普通农民在田间互加微信、打着赤脚在农田里交流、抱着良种猪仔与养殖户照相合影，诸如此类的场景让人印象深刻，作品里流露出的是阵阵鲜活和热气，记者脚下留下的则是串串淌着汗水的足印。

让主流声音尽可能地占领更多的传播渠道，正能量成为"顶流量"，《总编辑调查》也做出了很多有意义的探索。

全媒体时代，酒香也怕巷子深。主流媒体产品要获得强大的影响力、引导力和公信力，必须要在传播力上下功夫，需要在表达和传播手段上不断创新。这次欣喜地看到，《总编辑调查》在实践中已经形成了"传统广播电视+自有两微一端+全国强势平台"的大传播架构，实现了电视端与新媒体端、地方平台与全国平台的一体互动传播，形成了广覆盖、大影响的传播效果。几乎所有的调查报道都是"一次采集""多种生成""多元发布"，发布在电视端的专题报道强调可视性，发布在新媒体平台的调查文章强调可读性，主题和思想相通但表达形式各异，适应了不同渠道不同层次的受众需求。

大象无形，大音希声；大道至简，实干为要。从"相加"到"相融"再到"深融"，全媒体时代的改革探索已经走过了千山万水，未来仍将跋山涉水。

期盼我们所有的新闻人眼里有光，心中有爱，脚踏实地，不忘初心，且将深爱写于这片火热的土地，在新时代新征程中继续逐梦前行！

是为序。

（胡正荣，教授，博士生导师，中国社会科学院新闻与
传播研究所所长，中国社会科学院大学新闻传播学院院长）

目　录

｜院 士 来 了｜

｜产 业 风 云｜

人 民 至 上

| 区 域 合 作 |

| 以 文 化 人 |

| 强 基 固 本 |

┃乡 村 国 是┃

党的二十大报告指出,坚持农业农村优先发展,全面推进乡村振兴。长期以来,长沙在推进乡村全面振兴上努力做示范,坚决扛起维护国家粮食安全的重任,积极发展农业特色产业,巩固拓展脱贫攻坚成果同乡村振兴有效衔接。

努力就有收获。2023 年,长沙粮食生产"四高"试验示范获得喜人成绩,粮食单产达到 459.65 公斤,创近 12 年新高;共同富裕可感可及,居民收入比缩小至 1.56∶1,在全国省会城市中城乡收入差距最小。

在大美长沙,一幅幅各具特色的现代版"富春山居图"已徐徐铺展开来。乡村国是篇,从脱贫攻坚、人才振兴、生态保护等方面记录了长沙近年来主动求变、攻坚克难,让农村居民从全面小康奔赴共同富裕路的奋斗历程。

这个春天，第一书记在忙啥？｜三桥村第一书记郭铁：这个春天格外忙

2020 年 3 月 24 日

2020 年是打赢脱贫攻坚战的收官之年。截至 2020 年 3 月，全国共选派 290 多万名县级以上党政机关和国有企事业单位干部到贫困村和软弱涣散村担任第一书记或驻村干部，成为建强基层组织、推动脱贫攻坚的中坚力量。

庚子年一场影响全国的新冠疫情，给湖南长沙第一书记们的扶贫工作带来哪些意想不到的新困难？在困难面前，他们又在想些什么、做些什么？这个春天，我们将和您一起探访他们。

【为了总书记的牵挂】

　　我时常牵挂着奋战在脱贫一线的同志们，280 多万驻村干部、第一书记，工作很投入、很给力，一定要保重身体。

　　　　　　　　　　　　　　　——摘自习近平：《二〇一九年新年贺词》

我叫郭铁，是长沙市望城区三桥村第一书记。村里的病残群体虽然脱贫了，但还是很脆弱的，很容易返贫。如果让村里的实体经济像柯柯农业、海氏渔业、汇丰农业等做大做强，就能够吸收更多的贫困户来做事，大家富裕了，村集体的实力就会强大起来，病残群体将得到更长久的关爱。

一年之计在于春。

今年这么大的疫情，会不会让村里刚刚脱贫的贫困户又返贫？3 月 11 日，记者走进三桥村，郭铁说这是近段时间让他最揪心的事情。

郭铁是长沙市望城区靖港镇三桥村第一书记，个头不高，却办事利落，很有想法。刚来的时候村里有 80 户建档立卡贫困户，经过 5 年的努力，去年底所有贫困户已经全

部脱贫。可是从去年大寒开始,突如其来的新冠疫情让所有的村民都足不出户。2个多月了,贫困户们会遇到哪些意想不到的困难呢?

帮 一 人

这不,家住村头的贫困户何龙就为孩子上网课的事情向郭铁求助来了。

"哎呀!郭书记,家里的网络又卡住了,3个孩子上不了网课啊,只怕又只能麻烦你来看看了。"何龙有一个女儿和一对双胞胎儿子,他们家的网线是开网课前郭铁协调开通的,农村信号时好时坏不稳定。学过网络工程的郭铁带上鼓鼓囊囊的文件袋直奔何龙家。从学校提出上网课开始,郭铁的文件袋总是随身带着,里面装满了网络维护工具。何龙的两个儿子刚上小学,大女儿读五年级,正对着点读机补课,因为全程英语教学,还有些不懂。郭铁掏出工具,麻利地调试了网线和电视机,屏幕上的网课信号终于流畅了。

何龙一家五口,全靠他一人在外打工。可今年眼看着油菜花都开了,还迟迟没有出工,何龙都有些急了。郭铁来了,正好和何龙聊聊。

"去年在外面做得怎么样?"

"做了100多个工,现在疫情期出不去,一直在家里待着。都3月了,这也不是个办法啊!"

"昨天我帮你打听了,你可以到外地去做装修。想不想去搞?"

"外地去不了,有3个小孩,只能在长沙市内或望城做事。"

因为家庭,何龙不想离家太远。郭铁想劝何龙先去上工再说,但何龙担心生病的妻子无力撑起这个家,所以还是拒绝了。郭铁有点小失望,但还是答应何龙继续帮他找合适的活计。

郭铁刚回村部门口,一位大姐匆匆赶来,说有事找郭铁。"疫情以来两个月没有上班了,原来上班的那个单位因为疫情一直没有开张。本来也只有2000多元一个月,我估计这一下是不会发工资了。"说着说着,大姐哽咽了。

她叫刘灿,是村里的建档立卡贫困户,一个人拖着一双女儿,自己在城里打临工。然而这次来找郭铁却并不是为了几个月没有工资收入这件事:"大女儿去年大学毕业了,还没有找到合适的工作,想请郭书记帮下忙,看有没有合适的岗位推荐一下。"没料到郭铁还真的带来了好消息:"政府现在在搞'春风行动'。有一批岗位在对外招工。有什么岗位适合你女儿?她刚毕业,要尽量找她喜欢的工作,今后工作才有动力。"刘灿听后,满怀希望地回家了。

一人就业,全家脱贫,有工作才会有稳定的收入。郭铁知道,像何龙、刘灿这样的顶梁柱对于家庭的重要性,这种情况村里还有不少,当务之急是要让他们尽快恢复工作。

郭铁学过医,当过兵,同学、战友比较多,在村民看来,郭铁是"无所不能",找工作、就学、就医都找他。说到找工作，郭铁是一脸苦笑："每次跟朋友在一起，总是要请别人介绍工作，朋友们都讲，郭铁你这个鬼，一天到晚全是给你帮忙，哪来这么多找事做的亲戚啰！朋友们虽然是开玩笑，但是挺热心的，他们也知道，我做这些并不是为我自己，是在帮助确实需要帮助的人。"

帮 一 群

在三桥村，愿意出去务工的村民毕竟是少数，要让大家的收入有保障还得立足当地，发展多种经营。

郭铁刚来三桥村不久就为贫困户们想了个好点子：养鸡致富。最初是养绿壳蛋鸡，利用望城区政府提供的产业扶贫资金，由村里免费给每个贫困户提供25只鸡苗，鸡苗企业提供技术指导和防疫等服务，鸡养大后再由郭铁所在的单位——望城区交通局负责销售。不愁鸡苗、不愁技术、不愁市场，这本是件大好事，可贫困户养鸡的积极性并不高。仔细一调查，发现绿壳蛋鸡的产蛋量每月只有8个左右，不到理论产量的一半，而且一年下来鸡的重量也比不上寻常肉鸡的一半，收入不划算。究其原因是绿壳蛋鸡还需要玉米等多种饲料，仅靠贫困户提供的稻谷和野食远远不够。于是2018年开始，村里就改为帮贫困户养个大、肉重的黑土鸡。郭铁算了一笔账，每只黑土鸡卖鸡蛋和年底卖鸡，可纯赚近200元，25只就是三四千元啊，这对贫困户来说可解决了大问题。

眼瞅着已经过了惊蛰，疫情全胜在望，养黑土鸡这件大事可不能耽误。郭铁决定，开一次临时党支部支委会，大家统一一下思想，尽快恢复生产，把疫情造成的亏损夺回来。

郭铁说的这个临时党支部，就是他来三桥村担任第一书记后建立的"脱贫攻坚临时党支部"，在望城区还是第一个。临时党支部将村里的帮扶干部、农村党员、致富带头人团结起来，郭铁任支部书记，共有5名支委，形成了一个战斗堡垒。临时党支部可以对村里的扶贫工作进行讨论决策，统一思想后再分工合作、责任到人，拧成一股绳，事情就好办多了。现在村里每户贫困户都有一名帮扶党员。临时党支部活动室里还专门设有一个"党员志愿服务超市"，摆放着党员们义务提供的"爱心商品"，贫困户可凭务工、农产品销售收入证明等获得积分，再用积分在超市"购买"小家电、生活用品等。

今天的临时党支部支委会只有一个议题：怎样提高大家的养鸡积极性。"贫困户每年分发到手的鸡苗，产蛋率还是不高，最后剩下的不到三分之二，养鸡技术不过关是个问题。"扶贫专干何胜提议，"有的贫困户不愿意养，可以采取寄养方式，在贫困户中间选一到两户，放到专业户那里寄养。"大家各抒己见后迅速达成一致，今年村里的产业扶贫将采用"示范户带动+农户散养+贫困户集中委托寄养"相结合的模式，支委会成员分片包干，一人负责几户，做好推动工作。郭铁当即提议，村里的建档立卡贫困户彭新三这两年养鸡有经验，可以带个头。

穿过独木桥,郭铁和同事们来到彭新三的养鸡场。彭新三夫妻平时就睡在养鸡场的小屋子里,可以随时观察鸡的动态。不巧,彭新三外出买饲料去了,只有妻子陈辉在家。

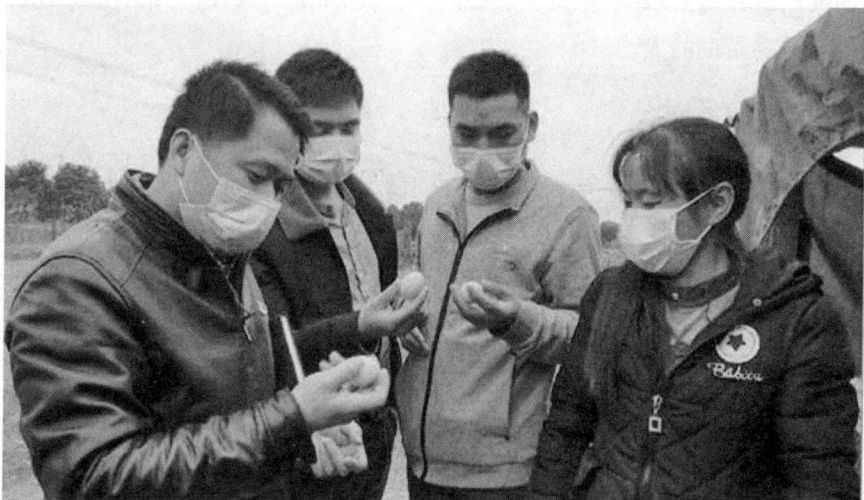

郭铁(左一)和扶贫队员征求彭新三家养鸡意见。

"村里想把贫困户的鸡寄到你这里来养,一是想通过这种模式鼓励你们,你们一直勤劳本分,要积累经验,以后找到发展的路子。二呢大家把鸡放到你这里养,他们平时来你这里做事,你到时候分红给他们,大家的收入也增加了。"

"要得,要得。"听郭铁说明来意,陈辉满口答应。

前年彭新三的养鸡场就收了10户贫困户寄养的鸡苗,自己增收了3万元,同时贫困户过来帮忙和分红,收益也不少。

"如果今年养的鸡数量变多了,四五百只鸡,你的场地是不是小了啊?"

"不小不小,这两边可以搭架空层,那边空着的杂屋还可以盖得更严实些,两间加起来可以增加30多个平米的鸡舍,养更多的鸡没问题。"陈辉一边比画一边解释,大家彻底放心了。

帮 一 村

行走在村里平坦洁净的水泥路上,金黄色的油菜花镶嵌在两侧的田野里,不时有一两群鸭子在水田里觅食嬉戏。

阳春三月,一切都充满了生机!

"说实话,看到贫困户们由原来的满脸愁容变成现在的满脸笑容,我会好有成就感。"郭铁自豪地指着路边的一栋房屋告诉记者,那是贫困户江春香的家,这一家子现在是越来越好了。3年前,江春香病重,她丈夫又从高空坠落身受重伤,儿子何泽刚刚成年,一家子濒临崩塌。郭铁主动担负起了在重症病房护理江春香丈夫的任务,没过多久,江的丈夫奇迹般地好转,如今已在外务工了,何泽最近还买了台二手车。

在三桥村村部,数郭铁的办公室最好找。刚来村里时,他担心自己经常走村串户会让来村部有事找他的人扑空,就在自己的办公室门上挂上了一张自制的"留言板",写着:"您好!我是负责精准扶贫的驻村第一书记郭铁,很高兴您来找我。我的电话是13739053998"。郭铁告诉记者,与城市相比他更喜欢和乡里乡亲打成一片。5年前他在望城交通运输局负责办公室工作,当时听说扶贫工作队需要人,他第一个报了名。

按照精准扶贫工作现有部署,驻村工作队不可能一直帮扶在这里,郭铁一直在思考着如何打造一支"不走的"扶贫工作队,让村里10多户病残群体不返贫,这需要有一个强有力的实体来支撑:

"村里的病残群体虽然脱贫了,但其实是很脆弱的,很容易返贫。如果让村里的实体经济像柯柯农业、海氏渔业、汇丰农业等做大做强,就能够吸收更多的贫困户来做事,大家富裕了,村集体的实力就会强大起来,病残群体将得到更长久的关爱。"

郭铁说,今年是打赢脱贫攻坚战的收官之年,他打算重点帮助几家驻村企业把握好发展方向,拓宽融资及销售渠道,让他们兴旺起来。同时把村里的闲置用房、用地盘活起来,进而带动整个三桥村乡村振兴工作。

今年这个春天,够第一书记郭铁忙的!

✍ 记者手记

郭铁到村里来之前是望城区交通局办公室的工作人员,写得一手好文章。因为出身农村,他对农村这片土地有着深深的眷念,当得知有下乡工作的机会,他第一个主动报名,当时领导还有些惊讶。

郭铁来到乡村后和乡亲们打成一片,不管是苦是累,他都觉得值,他留在乡村一干就是5年。郭铁一心扑在群众身上,在基层扶贫,他得出结论,送钱送物不如建个好支部。他在当地首创"脱贫攻坚临时党支部",临时党支部将村里的帮扶干部、农村党员、致富带头人团结起来,形成战斗堡垒。

郭铁还十分细心,他出门办事,担心群众找不到他,就在办公室的门上挂出自制"留言板",留下姓名和联系方式,这个细节被报道后,全国各地不少第一书记纷纷效仿。

全面建成小康社会,一个不能少,共同富裕路上,一个不能掉队,是党的庄严承诺。千千万万第一书记在栉风沐雨中,啃下脱贫攻坚"硬骨头"。久困于穷,冀以小康。伟大梦想,奋斗以成!

这个春天，第一书记在忙啥？丨蒲塘村杨经国：村民们都叫我"胶鞋书记"

2020 年 4 月 27 日

"我叫杨经国，是长沙县金井镇蒲塘村第一书记，平时习惯穿部队的'迷彩鞋'，大家都叫我'胶鞋书记'。我觉得，只有脚下沾满泥土，才能真正了解群众的想法。他们的每一次求助，都是对我们的一种信任。为村民解决了难题，也给我自己带来了快乐！"

长沙县金井镇蒲塘村第一书记杨经国的手上也有一张"扶贫作战图"，当地扶贫办极力推荐记者一定要去蒲塘村走一走。

4 月 15 日，春和景明，记者驱车近百公里来到了与岳阳市平江县接壤的蒲塘村，这里人均耕地面积仅 0.4 亩，山多田少，曾是长沙县出了名的落后村、垫底村，2014 年被确定为省级贫困村，建档立卡贫困户有 73 户，目前还有 1 户没有脱贫摘帽。

杨经国告诉记者，近年来，蒲塘村在稳步推进以绿茶为主，锥栗、黄桃、五黑鸡及光伏发电产业为辅的四大产业，带动贫困户稳增收。村里去年集体经济收入达到 30 万元，今年有望突破 50 万元。

走进村部会议室，一张"扶贫作战图"赫然在目。村里的重点建设任务全部上墙，责任人、进度等一目了然。项目完成的动态，还用小红旗来展示，公开接受监督。

"上面标着进度，如果完成了进度就贴一面小红旗，进度到哪，红旗就贴到哪，大家自我施压，干劲也就更足了。"这张作战图，是杨经国在扶贫工作队这两年摸索出来的。

"今年的重点项目是在村民小组、乡贤中召开会议，充分听取民意的基础上整理出来的，近期的重点工作是产业扶贫，现在村里已为贫困户发放 3500 多只鸡苗和 1700 多株黄桃苗。"杨经国介绍。

脚穿迷彩胶鞋奔走在乡间小路

贫困户杨发德领回鸡苗和果树苗，趁着天气晴好，在后院的坡地上忙着种植。为了防止鸡来啄食,杨发德还在小树苗周围钉起了护桩。

杨发德和妻子李元飞是组合家庭,家里有4个孩子,两个在读大学,两个在读职高。因为疫情,一些务工岗位被压缩,杨发德两口子最近只好在家里忙活。

"养鸡就是愁销路。"见杨经国来走访,杨发德说出了自己的担忧,一家六口,他在外打零工,有一天没一天的,这样的家庭已经不起风浪。

"去年你家养的鸡,我们拍了个视频做成音乐相册,发到我们市自然资源和规划局的群里,几百个人搞接龙,一下子就销掉了。"杨经国安慰道。

当然,杨经国也明白,仅靠扶贫干部帮忙爱心销售,不是长久之计。他鼓励杨发德夫妇:"今年不能完全依赖这种模式,我们要有多种销售模式。"杨经国打气道:"你们的子女都很懂事,都很会读书,要鼓励他好好读书,不能放弃。这两年一定要坚持,有问题,我们一块想办法!"

因为在部队当了20多年兵,杨经国习惯了穿胶鞋。2018年1月,杨经国从部队转业到了长沙市自然资源和规划局,然后经组织安排来到了蒲塘村担任驻村第一书记。

"坚持,再坚持,就当我推迟3年转业。"他对妻子说。因为从小生长在农村,杨经国对农村有一份特别的情感。今年年初,长沙县大多数驻村第一书记都进行了轮换,但是杨经国没有走,"还有一户,不脱贫,我绝不走!"承诺如金,为了这份沉甸甸的承诺,杨经国一直在坚守。

杨利仁和他85岁的老母亲,是村里唯一没有脱贫的家庭。杨利仁住在楮树坡的茶山上,杨经国一有时间,就会到他家看看。

"腿好点没有?脚踝还是不能动吗?左腿好像有点萎缩呢!"杨利仁坐在轮椅上,杨经国蹲下身子,卷起杨利仁的裤腿查看恢复情况。

4年前,杨利仁在一起交通事故中丧失了劳动能力。在精准扶贫政策的帮扶下,他家的危房得到了改造,也享受了低保等政策,依靠土地流转每年也能获得一定的收益,年底实现脱贫基本没问题。

要让贫困户自己学会游泳

在茶山上,杨经国遇到了种茶大户李勇文。"80后"的李勇文去年回乡承包了300亩荒山,同时吸纳了9户建档立卡贫困户到茶园务工。

"贫困户在这边干得怎样?"杨经国问道。

"有的需要喊一下,动一下,比一般人懒一点。"李勇文轻轻皱了一下眉头。

"你这边有什么情况,及时告诉我。我们不养懒人,我会到贫困户大会上疏导的……"杨经国觉得自己身上的担子还不轻,扶贫扶志的工作还要继续。

杨经国向种植大户李勇文表示,将努力改变贫困户"等靠要"的思想。

"杨书记,今年我们在茶园里还套种了锥栗,达产后每亩产值可达 7000 元。到时候,茶园维护的用工,预计还要开销 60 万元。"李勇文描绘着荒山变成"摇钱树"的蓝图。听到这些,杨经国不禁替贫困户们高兴起来,"效益上来了,你要优先用贫困户。"杨经国脱口而出。

这两年,国家实施乡村振兴战略,农业政策扶持力度不断增大,吸引了越来越多的游子回乡助力美丽乡村建设,蒲塘村也已经有三位年轻人,像李勇文这样,带着资金,带着新理念回乡发展产业。

人活着,就要有希望,朝着目标一点点迈进,日子才会一天天变好。杨寒德不是村里的贫困户,年轻时因为意外绞掉了一条腿;早年妹妹病故,年幼的孩子过继给了他。自强的杨寒德一直靠单腿支撑着父女俩的生活。天有不测风云,去年,杨寒德喂养的12 头猪,因为瘟疫,没有留下一头。

"非建档立卡贫困群众(边缘户),我们也要帮!"杨经国得知情况后,多方协调,帮助杨寒德获得了长沙县农行2.4 万元优惠贷款,购买了 4 头小黄牛,去年牛肉行情好,希望今年能有好收成。

晌午,在院子里喝完水的小黄牛被杨寒德父女牵回牛栏。"小姑娘,快上学了吧?帮爸爸干活,不错哦。"杨经国和杨寒德的女儿打招呼。"对,她一个人可以牵三头牛。"隔壁的婶婶搭腔道。见绳子绊住了小黄牛的脚,杨寒德用单腿麻利地翻过牛栏,蹲下身子,逮住小黄牛挪动脚步的瞬间,迅速将绳子扯开。

杨经国(右)在为杨寒德鼓劲。

杨经国看到杨寒德如此用心,放心了不少,临走时叮嘱道:"养牛也要掌握技术,一定要防止口蹄疫。如果发现脚和嘴里面起水泡,就要趁早治疗。"

杨寒德计划今年年底让两头大黄牛出栏,那样可以还清贷款,父女俩的生活也不会成问题,所以他把这些牛看得十分"宝贝"。

下午,杨经国把村里的养殖贫困户召集在了一起,商量如何自谋销路。中途,杨经国离开会场打了个电话。会议室里的贫困户们在小声议论,"三年来,我家是靠他们的爱心,帮我卖完了鸡,也是难为他们了。"贫困户李元飞略带歉意地说。"希望村里龙头企业来带我们一起销售,这样会更好些。"贫困户范铁士说道。

养殖合作社的负责人杨满林接到杨经国的电话后,赶来开会。杨满林有肢体残疾,曾经也是贫困户,他能理解贫困户的心情,"我成立合作社本来也是为了扶贫的,我现在通过抖音等网络平台在拓宽销售渠道。我们大家一起努力,同时我们要把好散养的质量关,我们的产品会有销路的。"杨满林承诺并向贫困户提出要求。

把贫困户当亲人看

"驻村帮扶,就是要把贫困户当亲人看,把贫困村当家乡建。"这是杨经国在2018年初刚驻村时在扶贫日记中写下的一段话。

镇里传来招工信息,隔壁村的企业需要招工人。杨经国第一时间将消息告诉了在村部开会的贫困户李元飞。李元飞听了十分开心,希望能立马去看看。杨经国也担心错过机会,于是带上李元飞开车直奔企业。"如果能够应聘上,我们就好好做,争取能长期做下去。"在车上,杨经国给李元飞鼓劲。

不到十分钟的车程,他们赶到了湖南天一建筑科技有限公司。厂区干干净净,车间井然有序,李元飞在厂区参观了一下,很满意。

"在机械厂做过事吗?"

"做过车床。"

李元飞来到工厂办公室接受面试。

"我们刚好要这样的女工,数控这一块,如果你愿意来的话,学习半个月就能开机。女同志在车间每个月是四五千块钱。"企业负责人很中意李元飞的经历。

"可能站不久。"李元飞低下头,抚弄着手中的钥匙,因为腰椎间盘突出,她不能久站,希望能找到一份坐着做事的工作。

"这一点不好搞,我们八小时之内全部是站着的,坐着的,我们公司暂时还没有这种女工岗位。"企业负责人说。

眼看着一份稳定的工作就要泡汤了,李元飞有些失望。这时,一旁的杨经国向企业推荐了李元飞的丈夫。李元飞又看到了希望,认真地帮丈夫填表。

从企业出来,杨经国告诉记者,等杨发德忙完山里的活,一定要带他来企业看看,只要他有了稳定的收入,他家防范风险的能力就会强一些,孩子们的学费就更有保障了。

4月22日下午,杨经国给记者发来消息:"杨发德今天到天一公司应聘成功了,搞完体检,明天就可以上班,每月工资有 5000 多元,加班的话可以拿到 8000 元,孩子们的学费有着落了,公司负责人说贫困户干得好的,还有奖励……"

字里行间,我们仿佛看到了杨经国开心的样子。两年多来,在杨经国和扶贫工作队员的帮助下,蒲塘村正悄然发生着变化,河道加固了,村级道路平整了,小学变大了,山里没有信号的盲区,可以通电话了,荒山开垦成了千亩茶园……这些变化,更在贫困户们渐渐多起来的笑声里。

✎ 记者手记

杨经国从军 20 多年,从部队转业回来,本想和家人长相厮守,过上和和美美的日子,但是国家有号召,希望有经验的党员干部到乡村一线去扶贫。在组织的安排下,他来到了偏僻的蒲塘村,当时他的孩子正是初三,面临中考,是最需要父亲关心的时候,但是重任上肩,杨经国义无反顾,所以每当他遇到困难或放心不下孩子的时候,总是默默地对自己说:"坚持,再坚持,就当我推迟 3 年转业。"

正是有千千万万像杨经国这样舍小家为大家的第一书记,才有了更多的困难群众"脱贫奔小康"。

青山一道同云雨,明月何曾是两乡——长沙市对口帮扶龙山县脱贫攻坚 26 年调查

2020 年 3 月 30 日

龙山县,隶属于湘西土家族苗族自治州,位于湘西北边陲,地处武陵山脉腹地,连荆楚而挽巴蜀,历史上称为"湘鄂川之孔道"。其境内群山耸立,峰峦起伏,酉水、澧水及其支流纵横其间。

龙山县总面积 3131 平方公里,辖 21 个乡镇(街道)、397 个村(社区),总人口 61 万余人。

1994 年,湖南省委、省政府积极落实国家扶贫攻坚计划,决定把湘西作为扶贫攻坚的主战场,长沙市对口帮扶龙山县。自此,相隔千里的两地,以"战胜贫困"为纽带的跨世纪情缘就此展开。

要想富 先修路

路通路路通。

作为"老少边穷"地区,龙山的道路交通是一块明显的短板。1995 年初,龙山提出"修建长沙路,开发西门垇,再造一个龙山城"口号。

为帮龙山建好长沙路,长沙市三次召开专题会议,作出了"包技术、包施工、包混凝土工程资金"的"三包"承诺,派出了国家一级企业——长沙市市政工程公司奔赴龙山担此重任。

1996 年 10 月,长 1385 米,宽 34 米,总投资 2395 万元的长沙路剪彩通车。

2005 年 4 月,由长沙市投资 1000 多万元援建的长沙大桥(南门三桥)竣工通车。大桥连通龙山县城南北,加速了龙山经济的大发展。

2013 年 11 月,习近平总书记到湖南十八洞村考察,首次提出"精准扶贫"理念。长沙深入践行"精准扶贫"理念,帮助龙山补齐基础设施短板,不仅修桥铺路,还加大了对

学校、水厂、医院、敬老院等民生基础设施的投入和建设力度。

长龙水厂是长沙市工商联和金霞经济开发区对口帮扶龙山县茨岩塘镇的一项重要惠民工程。水厂累计投入资金1039万元，以1公里外的亚湖沟和4公里外的双新水库为水源地，向茨岩塘集镇及坪坝区共9个村提供自来水，解决1.5万人的用水安全问题。

茨岩塘镇镇长田纪奎告诉记者，除了长龙水厂，帮扶工作队还在镇上建设了学校、敬老院等民生工程，这些工程为群众脱贫致富，为当地经济社会发展奠定了坚实基础。

在龙山，无论是城区还是乡镇，"长沙印记"随处都是，比如岳麓大道、芙蓉大道、雨花大道、长沙路、明德思源实验学校、第一芙蓉学校等。这些道路和基础设施，让龙山人的脱贫致富之路走得更踏实更顺畅。

产业兴　脱穷根

3月25日，记者来到龙山县洗车河镇支家村，只见桃花朵朵，灼灼其华，辛勤的蜜蜂在花间飞舞，春天的气息扑面而来。

望城区驻洗车河镇帮扶工作队队长邓望告诉记者，经过实地考察和多方认证，他们最终确定以黄桃产业带动扶贫，发展集体经济。工作队出资90万元建设了100亩种植基地，成立了合作社，草果、咱木、支家三个村各占股20%，鼓励贫困户以委托经营、股份合作等形式入股，以"政府引导+企业助力+合作社管理+贫困户入股"的模式，让贫困户参与效益分红，还可以通过参加务工和销售获得工资。

如今，"龙山锦绣黄桃"品牌已经叫响，100多户贫困户也尝到了甜头，从"要我种植"转变为"我要种植"，昔日的贫困山区变成了如今的美丽桃园。

"以前在外四处打工，没有固定的收入，自从望城区对口帮扶工作队在支家村办起'四季果园'基地以后，回到家乡来到园区内务工，每月最高收入可达5000多元，一年下来可收入5万多元，现在有了稳定的收入，家里的老人和孩子也得到了照顾。"洗车河镇支家村村民向邦云说。

记者在洗车河镇赏花的时候，附近的洛塔镇来了一群长沙的"稀客"，中南林业科技大学教授、博士生导师袁德义和他的同事带了100多本《锥栗优质丰产栽培技术手册》和锥栗种植方法教学视频资料给当地的乡亲们做现场技术指导。

锥栗是洛塔乡等高寒山区特有的栗木品种，具备耐寒、抗旱、果实营养成分丰富等特点。天心区驻洛塔镇帮扶队员王振说，锥栗种植是他们规划的重点产业，除了销售收入，贫困户种植锥栗每年每亩还可获得3000元的补贴。

如今，因为资金、技术、市场等全方位帮扶，龙山的扶贫产业呈现"一乡一特、一村一品"的喜人局面,除了黄桃和锥栗,还有洗洛镇的百合、内溪乡的中药材、咱果乡的乡村旅游、红岩溪镇的油茶产业……

点对点　效果显

从 2017 年开始,长沙提出,对口帮扶龙山,既要整体推进,又要点对点。

为了精准到村到人,湘江新区、长沙高新区、长沙经开区、宁乡经开区、浏阳经开区、望城经开区、长沙学院和雨花经开区、市工商联和金霞经开区、长沙 9 个区县(市)共派驻 17 支工作队,对口帮扶龙山县 17 个乡镇 51 个村(社区)。

说起长沙来的帮扶队员,龙山县委书记刘冬生不禁连连竖起大拇指,他对浏阳市帮扶队员徐浩带着妻儿来扶贫的故事更是印象深刻。

徐浩是浏阳洞阳镇党政办副主任,2017 年选派到龙山县茅坪乡对口扶贫。为了能安心扶贫,他请示领导同意后,把妻子蔡阳和两岁的儿子接了过来。

"既然下定了决心过来扶贫,就要义无反顾,但为了做到工作、家庭两不误,只有将他们娘俩带在身边,我才会安心,我也才能踏实、心无旁骛地开展帮扶工作。"面对来访的记者,徐浩实话实说。

这几年,到龙山对口帮扶的女干部并不多,30 出头的中科院博士朱丽算一个。

朱丽是芙蓉区市场监督管理局干部,2019 年 3 月,她来到龙山靛房镇,成为芙蓉区的第二批对口帮扶队员。

"来这里,她开始还是不适应。"刘化祥队长介绍,在靛房镇 3 餐变成 2 餐,早上吃的是米饭,"这需要一个适应的过程"。同时镇上的老百姓大多说土家语,朱丽也听得一知半解,对方语速快了就完全听不懂。

慢慢地,朱丽基本适应了那里的生活,每天 2 餐,也开始学说土家语,"我说得不标准,算是'土家普通话'吧。"朱丽笑着说:"将自己所学所得倾注在这里,脚沾泥土,才能增加生命历程的厚重感。"这个农学专业毕业的女博士这样描述自己的动机。

现在,朱丽和她的同事们在靛房镇发展了羊肚菌产业,种起了迷迭香,朱丽因为包揽了羊肚菌的推销和发货等工作,被乡亲们戏称为"卖蘑菇的女博士"。

记者了解到,对口乡镇的扶贫工作队两年一届,今年已经是第二届了,但是,有的扶贫队员硬是从第一届干到了第二届,可谓"不破楼兰终不还"。

扶贫先扶智。

2019 年 7 月,《长沙市与龙山县开展学校结对帮扶推进教育扶贫实施方案》正式实施,长沙 45 所各级各类学校结对帮扶龙山 45 所学校,19 名优秀教师挂职被帮扶学校的副校长,点对点、一对一开展教育扶贫。

长沙麓山国际实验学校与龙山一中建立对口帮扶关系以来,开展了名校送教、联校支教、交流培训、专题讲座、资源共享等活动，还在龙山一中设立了"麓山奖教助学金"，奖励学校优秀教师与贫困学生。

一帮一、点对点、行业对行业，这就是精准扶贫，这就是脱贫攻坚中的钉钉子精神，这就是龙山能够顺利脱贫摘帽的重要原因。

策略强　奔小康

2017 年 1 月，《长沙市对口帮扶龙山县精准脱贫攻坚专项行动计划（2017—2020 年）》出台之时，龙山还有 227 个贫困村未退出、尚有 10 万人未脱贫，脱贫攻坚正处在爬坡过坎、滚石上山的关键时期。

如何啃下硬骨头？如何提升工作效能？这是长沙对口扶贫龙山前线指挥部负责人贺代贵苦苦思考的问题。2015 年初，贺代贵以长沙市委宣传部副部长的身份挂职龙山县委副书记，他最重要的工作就是对口扶贫。经过大量走访调研和多方征求意见，贺代贵撰写了一份 17 页纸的调研报告。以调研报告中的建议为基础内容，《长沙市对口帮扶龙山县精准脱贫攻坚专项行动计划（2017—2020 年）》迅速制定出台。

这份行动计划，明确要实施产业项目、劳务协作、智力人才、民生改善、基础设施、农产品产销、招商引资"七大帮扶工程"。

这份行动计划明确，帮扶单位给对口乡镇的帮扶资金总额不低于 4000 万元；4 年累计投入不低于 6.8 亿元。

这份行动计划，一言以概之，就是给人给钱给市场给智慧。在这样空前的力度和冲刺之下，龙山脱贫摘帽难道还有悬念？

如今的长沙路已经成为龙山县最繁华的道路之一。

有志者事竟成。26 年矢志不移,26 年绵绵用力,26 年久久为功! 脱贫摘帽并不是结束,万里长征,前路迢迢。风卷红旗如画,百战归来再出发!

记者手记

对于龙山的印象,最初还是 2017 年长沙特别是宁乡遭受洪涝灾害后,龙山第一时间筹措救灾物资前来救援。

一个"老少边穷"的县,为什么不远千里送来救灾物资?

直到写这篇调查文章,才知道长沙和龙山早已血肉相连,长龙一家亲。原来,从 1994 年开始,长沙就一直在对口帮扶龙山县。

长沙对龙山的帮扶是持之以恒的,是全方位的,包括基础设施建设、产业培育、公共服务等。脱贫攻坚任务胜利完成后,长沙仍在帮扶龙山,如今不少长沙人仍然奋斗在龙山的田野和乡村,真正是"扶上马、送一程"。

从多年的实践来看,对口帮扶确实是脱贫致富奔小康的中国特色做法,是卓有成效的伟大实践。而只有在中国共产党的强力领导下,才会出现这样的人间奇迹。

农村电商：带货，更是带"路"

2020 年 6 月 1 日

4 月 20 日，在陕西考察的习近平总书记来到柞水县小岭镇金米村的直播平台前，点赞当地特产柞水木耳，成了"最强带货员"。他强调，电商不仅可以帮助群众脱贫，还能助推乡村振兴，大有可为。

而在 3 月 6 日召开的决战决胜脱贫攻坚座谈会上，习近平总书记也曾支招："利用互联网拓宽销售渠道，多渠道解决农产品卖难问题。"习近平总书记近期两次提到电商助农，为农村电商的发展按下"快进键"。

疫情期间，蓄力已久的农村电商经济迎来爆发式增长。记者从湖南省长沙市商务局了解到，今年 1—3 月，长沙实现农村网络零售额 44 亿元，占全市网络零售额比重为 15.3%；实现农产品网络零售额 12.7 亿元，占全省比重为 46.8%，同比增长 5.8%，增速高于全省 4.9 个百分点。

如何看待当下一片红火的农村电商？农村电商能否成为带动农产品销售、助力脱贫攻坚的长效模式？连日来，记者深入长沙各区县（市），对此进行了深入调查走访。

长沙：农村电商迎来爆发式增长

"我今天又来到了蔬菜大棚里面看蔬菜的种植情况，这里是从樟树港引进的辣椒苗，种在了我们灰汤的土地上，这个做油淋辣椒特别好吃……"在宁乡灰汤，"85 后"海归张芹一边拿着自拍杆，一边娴熟地介绍着基地蔬菜的种植情况。张芹与丈夫张鑫曾在海外留学、工作，回国后扎根乡村，成为"新农人"。他们在宁乡灰汤建有农庄基地，努力探索农旅融合的新方式。4 年前，他们开始运营"老农快线"电商平台。

疫情期间，有着主持功底的张芹通过线上订购与网络直播的方式销售农产品。在张芹的直播间里，消费者既能欣赏田园美景，还能实时了解农庄生态养殖与种植情况。今年 1—5 月，"老农快线"交易额达 150 万元，线上交易同比增长 120%。

只有及时把产品卖出去,才会真正实现贫困户增收,才能深度激发贫困户发展产业的积极性。5月11日,宁乡市扶贫产品电子地图正式制成,地图覆盖25个乡镇220个村(社区),为17661户建档立卡贫困户推介土鸡、宁乡花猪、红薯粉等35种农产品。

李海连在做直播推荐"农品浏香"的坛子泡菜。

"卖得最好的一场,卖了2万多坛霉豆腐,销售额超过50万元。"浏阳永康电商团队的网红主播李海连告诉记者,她入驻团队还不到两年,能够向全国各地的朋友介绍家乡的美食,她觉得很有成就感。永康电商团队有5位网红主播,这在同行中较为少见。永康电商团队的负责人李敏说,他们团队2006年就开始做工业电商。看到农业市场前景广阔,2016年,他带领团队转型进入农村电商,因为团队有着良好的电商营销实操经验,所以比一般的农村电商上手更快。

"我是浏阳市副市长周明,今天我给大家推介的是浏阳农产品区域公用品牌农品浏香……"5月13日晚上,浏阳市副市长周明参加由国务院扶贫办、国家广电总局、湖南省商务厅指导的"百城县长·携手助农"直播活动,对剁椒萝卜条、坛装泡菜、田螺溪大米等近10类扶贫助农产品进行推介,2个多小时,吸引了1400多万粉丝涌进直播间围观,产生订单6800多单。

为缓解新冠疫情对农产品销售的不利影响,今年以来,不少地方干部走进直播间,为当地特色农产品代言。新颖的销售方式吸引了不少消费者埋单。

思考:靠流量更要靠质量

如今,社交电商正在成为县域经济新的增长点,直播带货、微商、社区团购、拼购等新模式、新业态在县域蓬勃兴起,手机变成了"新农具",直播变成了"新农活"。"直播助农"为农户们的产品找到了新的销售渠道,可谓一举多得。但长沙市农业农村局市场信息处处长胡玉认为,官员直播只是形式,核心影响因素依然是产品质量,被带的货必须是有规模生产、有质量保证的,才会有"回头客",才能走得更远。

在走访中,记者发现,部分农产品缺乏统一质量标准,消费者对这样的农产品缺乏信任,认为没有质量保障。

打造集中销售平台,由平台把控质量,统一包装设计等,为小而散的农户打通销售渠道。2018 年,浏阳永康电商开始整合本地的特色农产品,如大米、鸡蛋、蔬菜、水果、蜂蜜等,由永康电商为农产品进行统一运营和包装、配送等,"农品浏香"就是他们团队打造的农产品区域公用品牌。为了保证"血缘纯正",这些产品从种植到包装的全过程,都一一记录在了浏阳市农业品牌(电商)运营中心的扶贫溯源系统中,并统一通过区域公用品牌"农品浏香"进行销售。目前,农品浏香网络订单年均 100 万单以上,近 3 年整合优质农产品和扶贫产品,累计带动本地农产品销售 2 亿多元。

扫追溯码,消费者可一键获取农产品产地、来源。5 月 25 日上午,长沙市食用农产品产销对接签约仪式举行,湖南湘一灰汤鸭业有限公司等生产主体与麦德龙等流通主体达成产销对接协议,长沙在全省率先试行食用农产品合格制度,探索建立合格证、"身份证"、质量追溯相结合的管理新模式,严把农产品产地准出、市场准入关口,守护"舌尖上的安全"。

根据长沙市农业农村局、长沙市市场监督管理局联合印发的《长沙市试行食用农产品合格证制度的通知》,6 月底前,将在全市范围内试行食用农产品合格证制度,试行品类包括蔬菜、水果、畜禽、禽蛋、养殖水产品。试行主体包括全市食用农产品生产企业、农民专业合作社、家庭农场、休闲农庄、农产品批发市场、农贸市场、城镇商超、学校、餐饮单位、农产品直营门店等,鼓励小散农户参与。

市农业农村局相关负责人介绍,全市将统一试行合格证制度,统一合格证样式,统一试行品类、统一市场监督管理,确保试行范围规定的农产品品类及其生产经营主体全覆盖,实现在生产、流通之间的通查、通识。消费者在采购食用农产品时可查验合格证,选购放心农产品。

突围:兴盛优选模式可资借鉴

在谈到目前农村电商发展的短板时,浏阳永康电商的负责人李敏坦言,农村电商产业供应链水平还是比较差的。据了解,目前我国农产品物流相对于美欧日等国家具有明显的高消耗性,水果、蔬菜在采摘、运输、仓储等环节上的损失率在 25%—30%,使得物流成本增加。另外,农村电商物流在农村区域需要的配送时间比较长,而且很多物流只能到达乡镇一级，很难到达村这一级，无法解决最后一公里的问题。

如何提高农村电商产业供应链水平，畅通物流"最后一公里"？在农产品社区电商领域领跑全国的兴盛优选模式或许值得农村电商们学习借鉴。

一大早，位于长沙县黄兴镇金凤村的兴盛优选蔬菜共享仓已是车水马龙，从全省各地来的蔬菜聚集到共享仓，车间内工人们围着各自的菜品区，将蔬菜分拣、称秤、打包，一片忙碌。

兴盛优选蔬菜共享仓的负责人蔡文说："从2018年到现在，订单飞速往上蹿，以前每天是20多万单，现在日常是80多万单，疫情严重期间达100多万单。"现在蔬菜共享仓每天要运出600吨货，发往长沙及周边的益阳、常德等地。

在疫情形势严峻时，兴盛优选的订单猛增，门店平均订单增长了300%。为了应对激增的订单，满足百姓的需求，兴盛优选紧急研发了拣货App，省去了纸质分拣单分析、打印、分发的过程，并采用"空时抢单"方法，让仓库的分拣效率提升了3倍。

因为加快了物流配送速度，用户从下订单到从门店取货，有时只需要10个小时。"兴盛优选的配送越来越早了，以前是下午4点前，现在一般是上午9点多到货，基本上能保障市民中餐前就能取到新鲜菜蔬了。"南屏锦源小区兴盛优选团购店负责人介绍。

"疫情加速了消费者对我们这个行业的认知。如果不是疫情，要让百姓提高到现在这个认可度的话，估计需要3—5年的时间。疫情期间，我们新增用户是平时的4倍。"兴盛优选公关中心总经理李浩介绍，人们越来越习惯、信任社区电商这种购物场景，兴盛优选如今已走出湖南，进入湖北、广东、江西等13个省份，平台目前日均订单量约700万单。兴盛优选的交易额在社区电商行业中位居第一。

谈及兴盛优选成功的秘籍，李浩介绍道："我们的模式是把消费者需要的东西，由我们自己的物流直接送到社区或村里，因为社区或村里的门店就是我们的自提点，我们在长沙地区有3万个自提点。货物通过中心仓，到网格站，最后到门店，把整个环节全部打通了，相当于解决了电商送达最后一公里的问题。"

与淘宝、京东等传统电商不同的是，兴盛优选在社区布局，流量运营由社区门店负责，门店能够及时、真实地反馈顾客的信息，这才是满足消费者最后一公里需求的办法，而这也是兴盛优选掌握顾客需求信息、及时调整供应方向的最直接方式。

记者了解到，为了支持农村的物流建设，去年7月出台的《长沙市支持快递业发展十条措施》，明确提出支持快递服务进农村，并对村级服务网点和农村班线给予一定补贴。此外，为了破解农村电商"最后一公里"难题，日前湖南省邮政分公司与省内11家快递企业签订了邮政快递合作"下乡进村"框架协议，将快递服务延伸到乡镇和建制村。

新基建:让农村电商"跑"出加速度

眼下,农村电商经济已成为农业增效、农民增收和农村繁荣的新亮点。"现在正是新基建建设的风口,如果把城市居民的餐桌需求大数据系统建设好,通过数据精准分析出每户人家的饮食习惯,那么我们的农产品就可以按需生产,实现农村到城市餐桌间的真正无缝衔接,从而减少农产品供过于求的浪费。"长沙市政协农业和农村委员会兼职副主任、开天渔庄负责人胡再明对新基建融入农业生产后带来的变化十分憧憬,他认为,有了对称的信息,农民也可以对单一品种规模化生产,节约成本,提升种养积极性。

北京邮电大学教授、博士生导师吕廷杰也表示,新基建中信息基础设施的建设,一个重要的方向就是拉动农村电商,用更先进的信息手段让农村和城里同时致富。

记者从长沙市农业农村局获悉,该局年内将与互联网平台合作,搭建农业电商信息对接平台,整合区域范围内的所有农产品信息,充实大数据平台建设,让信息充分流动起来。

据国家邮政局统计,目前,我国农村地区年收投快件量达到 120 亿件,电商带动农产品进城和工业品下乡总销售额超过 7000 亿元。我们相信,随着"新基建"、新消费的启动及提速,农村电商还会迎来新业态新模式,未来的发展潜力无疑是巨大的。

📝 记者手记

记者最忌"人云亦云",疫情到来,受新冠疫情防控的影响,农村电商火爆,在一片叫好中,我们放慢脚步,深入基层认真调查,农村电商能否成为带动农产品销售、助力脱贫攻坚的长效模式?存在哪些问题?低门槛的电商平台,究竟会给人们带来什么?

通过深入了解,我们发现兴盛优选这个近年来崛起的"独角兽",摸索出了行之有效的途径,他们畅通物流"最后一公里",让买菜更简单;"农品浏香"做好平台质量把控,让消费者更放心……这些走在前面的电商平台,给后来者做出示范。

通过直面问题,独立思考,我们提出了具有代表性和前瞻性的问题,为农村电商经济提出了可资借鉴的突围模式。后来这篇报道获得省级新闻奖。

守住底线，探索农房建设"大文章"

2021 年 1 月 10 日

习近平总书记在 2020 年 12 月底举行的中央农村工作会议上指出，举全党全社会之力推动乡村振兴，促进农业高质高效、乡村宜居宜业、农民富裕富足。要合理确定村庄布局分类，注重保护传统村落和乡村特色风貌，加强分类指导。

随着城乡差距的缩小，富裕而美丽的湖南长沙农村，吸引着越来越多的农二代或城里人回归田园。别墅如雨后春笋般在农村兴起。然而怎样才能有序建房，并守住土地公有制性质不改变、农村耕地红线不突破、农民利益不受损这三条底线，将于 2021 年 3 月 1 日施行的《长沙市农村村民住宅建设管理条例》对此有了明确规定，该条例已于 2020 年 11 月 27 日经湖南省人大常委会批准，由长沙市人大常委会同年 12 月 18 日对外发布。

记者近日对长沙农村进行了走访，发现"审批权下放""网格化管理""有法可依"成为农村住房建设的高频词。

谁能在农村建住房

在湖南长沙宁乡市喻家坳乡的政务中心大厅内，太平山村的村民欧凤生正在帮邻舍打听回乡建房的事宜。

"他原来在煤炭坝工作，户口转到矿区去了，现在住在农村，房子要垮了，要重建房子，村里不让他建，该怎么办呢？"

"他的家庭成员都转成非农户口了，对吧？我们要有农业户口，同时还要求是农村集体经济成员，这样才会有宅基地，才能重建房屋。"喻家坳乡宅基资料员欧阳慧解释道。

"不能建怎么办呢？"欧凤生还是一脸疑惑。

"不是农村集体经济成员的不能重建房屋，但可以对房屋维修，不动基础，不改变户型，不改变结构。再说城镇户口的居民在城里买房是可以享受相关政策的。"喻家坳乡副乡长张跃明在一旁补充道。

2020年9月，自然资源部对十三届全国人大三次会议第3226号建议作出答复，明确：农民的宅基地使用权可以依法由城镇户籍的子女继承并办理不动产登记。根据《继承法》规定，被继承人的房屋作为其遗产由继承人继承，按照地房一体原则，继承人继承取得房屋的所有权和宅基地使用权，农村宅基地不能被单独继承。也就是说，房子如果倒塌，农村集体可以收回宅基地。城市子女继承的房子可以进行修缮，但是不能够拆掉重新建设。

农村住房怎么建

喻家坳乡神武村村民欧志明家在建的两层楼住宅已接近尾声。欧志明在外打工，房子由父亲欧炳文在打理。欧炳文告诉记者，建房之前到镇里接受了培训，领回一本《宁乡市喻家坳乡农村住房建设须知》，建房的流程说得十分详尽。欧炳文建房子办审批，镇里只办了一次申请，其他程序由镇里的工作人员跑腿，如镇里的工作人员领着联合审批组踏勘现场、选址放样等，不到一个月，房屋建设的审批程序就走完了。

记者在采访时刚好遇到宁乡市农业农村局的农村住房监督管理人员到他家来抽查房屋面积是否在规定范围。"149.04平方米，他们家4口人，批了150平方米，没有超面积。"工作人员一边记录，一边说。

欧炳文说，原来的家在山丘那边的矿区，这次征迁到神武村来，面积比原来减少了30多个平方（米），但是现在住的是两层的楼房，家门口就有平整的水泥路，生活方便多了。

"节约出来的面积可以用于生产，多种些田，产出更多的粮食。"欧炳文小时候经历过饥荒，挨饿的滋味还藏在心底。

碧波荡漾的池塘、静静伫立的风雨亭、孩童们嬉戏的秋千吊椅这些在城市公园里出现的场景，出现在了宁乡喻家坳乡的湖溪塘村，在休闲场所的周围，三三两两的房屋若隐若现于绿荫中。

湖溪塘村有4处这样的美丽屋场，村民原本零散地居住在山里，现在大都搬到了屋场周围群居。"我们现在住在一起，大家自发修建了篮球场，集中力量好办事。如今，邻居间家里有什么事情，在院子里呼一声，大家就都到了。集中居住后，还可以减少30%左右的土地浪费。"湖溪塘村党总支书记欧贱生介绍。

"下一步，农民集居点的房子将按照喻家坳'栀子小镇'的风格建设，将屋面颜色融入栀子果的橙红色，墙面融入栀子花的白色或浅黄色，到时候美丽屋场和栀子花浑然一体，将成为长沙新的网红打卡点。"喻家坳乡乡长龙凤明在谋划着未来的乡村振兴工作。

农村住宅该怎样设计才更加科学、美观？长沙市政府早已为农户准备好了住房设计推荐图集，大家只要打开长沙市村镇建设信息管理系统（http://175.6.47.107：9000/village/）就可以免费下载打印，系统中有近300套方案供农户选择。

根据 2020 年 12 月发布的《长沙市农村村民住宅建设管理条例》规定：村民住宅建设选址，应当充分利用原有宅基地和村内空闲地，严格控制使用耕地和公益林地。村民建设住宅确需占用永久基本农田以外耕地的，应当经依法批准，并由区县（市）人民政府按照"占一补一、占优补优、占水田补水田"的原则做好"占补平衡"工作。

村民一户只能拥有一处宅基地。每户宅基地面积使用耕地的不超过 130 平方米，使用荒山荒地的不超过 210 平方米，使用其他土地的不超过 180 平方米。

关于层数，目前各区县（市）政府根据有关法律、法规规定和本地实际，明确村民住宅建设层数和建筑高度等要求，如浏阳和宁乡规定农民自住房的层高不能超过 3 层，望城区和长沙县则为 2 层。

农民建房如何管理

如今，农民住房审批权下放到乡镇，让管理变得更精细、更贴心。"村民建房的审批权限下放到乡镇以后，对我们来讲是压力，更是责任，我们把管理融入到服务当中，实行'领导包片、驻村干部包村、村干部包组、组长包户'网格化管理责任机制，还成立了巡查执法队。"喻家坳乡乡长龙凤明介绍，除了为村民跑腿审批手续，平时巡查时还会检查施工是否安全，竣工时还会请来第三方评估验收等。这些事情做到了村民的心坎上，村民都自觉遵守规则。自 2020 年 10 月以来，喻家坳乡审批了 28 户建房，到目前没有出现一例违法现象。

2020 年，宁乡市还专门成立了农村住房监督管理队伍，每个月对宁乡市 20 多个乡镇进行督查。全年共下达整改通知 96 份；对擅自占用农田建房、超大面积建房等严重违法行为进行督办，共下达督办通知 9 份，督办拆除违建房屋 4 户，保护耕地约 950 平方米。"自 2020 年 7 月以来，宁乡市已经审批了 2000 多宗村民建房宅基地，未批先建的现象已经遏制住了。"监督管理人员廖梅香表示。

"农村建自住房最大的难点是规划相对滞后和住宅建设用地缺乏。"长沙市人大常委会法工委备案审查处处长武玉霞说。而将于 2021 年 3 月 1 日施行的《长沙市农村村民住宅建设管理条例》将缓解这一矛盾，条例中明确规定：区县（市）人民政府应当按照规定每年安排一定数量的村民住宅建设用地指标，用于村民住宅建设。

从长沙市住房和城乡建设局了解到，从 2021 年 3 月 1 日起，农村建筑工匠将持证上岗，各区县也将为农村的建筑工匠们提供免费的培训，已获得建筑专业相关资质的可以不用参加培训，但需要备案。

截至 2020 年 12 月，长沙市共审批宅基地 5000 余宗，总面积 75.1 万平方米。"市级统筹、区县主导、乡镇主责、村级主体，按照'谁能建、在哪建、怎么建、怎么管'四个环节，我们将对农房建设管理流程进行科学设计，进一步明确农业农村、资规、住建、城管、综合执法等部门的职能职责,优化审批程序,强化联审联办,我们正在申请设立农村村民住宅建设管理奖补专项资金,对村庄规划编制好、审批管理落实好、住宅建设效果好的乡镇(街道)进行奖补。"长沙市农业农村局政策与改革处处长蒋次文介绍。

浏阳改革进行时:城乡合作建房的大门已打开

两年前,浏阳市张坊镇上洪村村民王中蒸在村里的集中居住点买了120平方米的宅基地,如今房子已建好了,有3层,除了第一层是门面外,其他是住宅。房子是王中蒸和在城里教书的哥哥王中翼及另外两位朋友共建的。"城里的朋友就想到乡下来抱团养老,感受田园生活。再说,城里的朋友和哥哥是大学同学,彼此信任。"王中蒸的房子总共花了80多万元,经过和3位城里人共建分摊,王中蒸只出了15万元左右,他觉得划算。

"与城市居民合资建房,不仅可以改善当地环境,还可以让更多的创业者到农村来安心干事业,壮大村集体经济。"浏阳市农村宅基地制度改革试点领导小组办公室负责人何俊雄介绍。

这只是浏阳市城乡合作建房试点的成果之一。为了给王中翼这样的城里人吃下定心丸,当地政府酝酿给他们宅基地使用权租赁年限20年。

浏阳市在2020年被列为全国新一轮农村宅基地制度改革试点地区,试点期限为2020年至2022年。这一轮改革,中央明确了"四个允许",即允许经营性建设用地入市、允许农户自愿退出宅基地、允许继承的多宅确权、允许城里人下乡合作建房。"新一轮农村宅基地制度改革将推动乡村振兴和乡村风貌提升,同时让老百姓享受到更多改革带来的红利,让农民的权益得到保障等。"浏阳市农村宅基地制度改革试点领导小组办公室工作人员介绍。

另外,浏阳农村宅基地试点改革以来,有4万农户办理农房抵押贷款共计79亿元,浏阳还将优化农村信用社贷款流程,让农房抵押贷款更畅通。"我们就是要在法律规定的合法范畴内探出一条新路,助力乡村产业的发展。"浏阳市农村宅基地制度改革试点领导小组办公室工作人员王战感慨。

浏阳还通过出租、转让等形式,将农民闲置农房盘活利用起来,提高农民的收入。如张坊镇田溪村利用当地旅游资源,采用"公司+农户"的合作模式,将65户自有闲置农房集中起来,与旅游公司合作开发乡村民宿和农家乐。"不仅有效盘活了农村闲置宅基地和农房,还带动了当地农副产品的对外销售,助推了美丽乡村建设和脱贫攻坚。"田溪村党总支书李纪煌说。

望城改革进行时:"带地入建"方式跨村建房

望城创造性地探索农民"带地入建"方式跨村建房,打破宅基地资源村组壁垒,实

望城区茶亭镇静慎家园农民集中居住点。（左昆 供图）

现跨村配置。在茶亭镇苏蓼垸试点引导农民集中居住，引导 3 个村的村民由垸区向丘区有序集中。对比传统农村分散居住，集中居住区的户均占地从 2.37 亩下降至 0.77 亩，户均道路占地从 0.75 亩下降至 0.18 亩。这一改革入选农业农村部《农业农村政策与改革系列发展报告》与《中国改革年鉴——地方全面深化改革典型案例卷一》，成为可资借鉴的乡村振兴生态宜居建设典型样本。

让村民建房有规可循、有图可依，指导村民建设具有长沙特色的高品质农房，为乡村振兴贡献长沙智慧和方案，长沙作出了积极探索和努力。

记者手记

"远在农村的房子可以怎样改建？""离开家乡这么多年，好想回农村去住，可是老家没有房子了。"在采访前，我们先搜集了部分"农二代"们的心声，带着大家的疑惑，开启了调查。

采访中，发现市人大常委会为了规范农村有序建房，新鲜出炉了农村有关住宅建设管理条例，让人们在农村建房有法可依。那么，怎样盘活农村现有的闲置房，让农民增加增收途径,让城里人能来农村体验乡愁。随着采访的深入,浏阳的改革案例,让城市人燃起了回农村生活的希望。浏阳通过农村宅基地改革试点,打开城乡合作建房的大门,不久后这项政策将惠及更多的百姓。

我们欣喜地看到城乡融合的脚步越来越近,越来越多的城市优势资源将涌向乡村,城乡将携手共赴致富路。

打造乡村振兴示范市,长沙如何行动?

2021 年 5 月 12 日

"民族要复兴,乡村必振兴。"2021 年中央一号文件提出,全面推进乡村振兴,加快农业农村现代化。2021 年湖南省委一号文件明确提出,坚持因地制宜、分类施策、典型引领,梯次推进乡村振兴,重点抓好 1 个示范市、14 个示范县、若干重点县和一批省级示范点。

5 月 11 日,湖南长沙市委农村工作会议召开,会上印发《关于建设乡村振兴示范市加快农业农村现代化的实施意见》《长沙市建设乡村振兴示范市规划纲要(2021—2025)》《长沙市建设乡村振兴七大专项行动方案》等多个文件,围绕"建设乡村振兴示范市",就长沙市农业农村工作作出了全面部署。

《关于建设乡村振兴示范市加快农业农村现代化的实施意见》(简称 2021 年长沙市委一号文件)明确提出,将 2021 年定为乡村建设年,通过全面实施乡村建设行动,推动乡村振兴示范市建设取得初步进展,示范引领作用逐步增强,到 2025 年,长沙成为引领全国现代农业发展、生态宜居建设、城乡融合发展、共同富裕推进的乡村振兴示范市。那么,长沙要建设乡村振兴示范市的底气在哪,它的行动路径是怎样,记者进行了探访。

长沙农业的"家底子"

作为湖南乡村振兴的"排头兵",我们先来看一下 2020 年长沙的农业成绩单:

长沙 2020 年农村居民人均可支配收入达 3.48 万元,为全国省会城市第二;

城乡居民收入差距日渐缩小,2020 年城乡居民收入比降至 1.7∶1;

2020 年长沙在经历新冠疫情的侵扰之下,实现农林牧渔业总产值 722.2 亿元,比上年增长 4.1%,创近年最好水平,为中部省会城市第一。

"种"铸基石　抓牢"米袋子"

悠悠万事,吃饭为大。乡村振兴的首要任务就是确保粮食供给安全,端稳"中国人饭碗"，这不光是一笔经济账，还是一笔长远账，是确保"三高四新"战略顺利实施的基础性支撑。长沙作为湖南省省会，是长江中游城市群的中心城市和"一带一路"的重要节点城市，是全国重要的粮食生产基地。

长沙望城新型职业农民肖定通过手机遥控插秧机。

种田不下地，操作用手机。前不久，记者在长沙市望城区高塘岭街道新阳村看到，望城区广源种植专业合作社的新型职业农民——"85后"的肖定身着浅色西服，脚踩高跟鞋，来到合作社，在手机上点击几下，近200亩的水田里，插秧机、拖拉机等机械瞬间热闹起来。这里是湖南首家无人农场，今年刚刚投入使用，就给肖定带来了不少惊喜。

无人农场采用物联网、大数据、人工智能5G、机器人等新一代信息技术，通过对农场设施、装备、机械等远程控制或智能装备。其精准度较高，如水稻插秧的误差不到5厘米。

无人农场综合运用生物信息等技术，同比可减少田间用工70%，节约灌溉用水20%，减少农药投入30%，实现核心示范区增产10%。

"当前我国农业面临一个问题，就是谁来种田的问题。"中国工程院院士罗锡文表示，智慧农业是现代农业的高级形式，无人农场则是实现智慧农业的一个途径。像肖定这样的新型农业经营主体在长沙已有2.8万家。

抓牢"米袋子"，长沙粮食总产量已连续5年保持在210万吨以上，今年长沙农业继续抬高发展坐标，力争完成粮食播种面积469万亩、产量214万吨。

今年中央一号文件提出要"打好种业翻身仗"。种子是农业的"芯片"，针对长沙丘陵地多的农业资源特点，要保障粮食等重要农产品供给安全，必须从良种上挖掘潜力。

长沙以国家种业产业园（芙蓉区）建设为载体，以种业科技为支撑，将"大种业"做强，到2025年实现综合产值120亿元。

最近，长沙县传来消息，该县已启动第一批"种业小镇"建设，为国家种业产业园提供科研便利。

在位于长沙县春华镇的湘研种业辣椒试验基地，5000多种辣椒苗长势喜人，这是基地今年新培育的品种。但按往年培育规律，5000多个新品种中，经5次筛选后，最终只有1—2个合格品种能脱颖而出进入市场。

"如这种'星秀'白米椒，通过杂交育种，把它的熟性提前了1个月左右，而且种植区域扩大，现在每年种植面积稳定在10万亩以上。我们还获得了植物新品种权。"湖南湘研种业有限公司科研负责人刘荣云话语中带着些自豪。

《长沙市建设乡村振兴示范市规划纲要（2021—2025）》中提到，支持岳麓山种业创新中心建设，加快湖南农业大学浏阳教学区建设，建成一批国家级、省级种业科技创新平台，突破一批种源"卡脖子"技术问题，组建若干产学研金用一体的种业科技创新联盟，打造全国种业科技创新高地。

到2025年，长沙市省级以上种业科技创新平台总数预计达16家，新增育成新品种（国审）200个，拥有自主知识产权的品种达1300个，种业企业总部数量达到100家，种业关联产业产值达300亿元。

发展产业　鼓起"钱袋子"

雨水过后，气温回暖，新芽吐翠。望城黑麋峰山上的300亩高山茶，今年将是丰产年。通过发展茶叶产业，原本贫穷的黑麋峰村实现了"一片叶子富了一方百姓"。2018年，黑麋峰村曾有104户贫困户和茶叶基地签约，参与基地管理，获得入股分红等，2020年每户增收5000元，茶叶基地还带动了60多人就业。

同样在宁乡市东湖塘镇的麻山村，驻村第一书记张韬让当地上规模的湘鹏鹅业来带动农民致富，缺乏养殖技能的脱贫户轮流到养殖基地务工和学习。"采取以工代养的产业帮扶模式，让群众从中学习到养殖技术，并且稳定村民的收入，从而打造一种长效的产业帮扶机制，防止他们致贫和返贫。"张韬表示。

当地因地制宜发展种养殖业，2020年的村集体经济达到42万元，是2019年的4倍多。在脱贫过渡期内，驻村帮扶队员和大家在一起接续奋斗，今年村里对有意愿、有场地发展养殖的脱贫户等低收入人群，免费发放鹅苗和兽药，预计有75户脱贫户发展大雁鹅养殖，户均增收2500元左右。

长沙还在积极推进湘赣边区域合作示范区建设三年行动计划，支持浏阳市在湘赣边区域合作示范区乡村振兴建设中发挥引领作用，加快推进现代农业、"湘赣红"品牌共建、乡村旅游、农村人居环境整治、生态环境治理等,建设浏阳大围山巩固拓展脱贫攻坚成果同乡村振兴有效衔接示范片区,并将其打造成新的经济增长点,为乡村发展注入动能。

脱贫摘帽不是终点,而是新生活、新奋斗的起点。站在新的起跑线上,长沙着力推进脱贫攻坚与乡村振兴的有效衔接,统筹城乡区域协调发展水平不断提升。到2025年,长沙预计基本消除集体经济年收入50万元以下村,计划培育一批新型集体经济强村。

破除"篱笆" 盘活"新资产"

"有了这个红本本,我可以申请贷款,种油茶了。"望城区茶亭镇的农民徐和平最近领到了农房不动产权证,他家的宅子也可以像城里的民房一样拿去抵押贷款了。如今,他离梦想又近了一步,老徐有些抑制不住内心的喜悦。

让沉睡的农房由资产变资本,分享农村土地产权制度改革带来的红利。2020年3月,望城区启动了农村宅基地和集体建设用地房地一体确权登记工作,区域内农村宅基地房地一体权籍调查总数为10.58万宗,迄今完成7万多宗农村房地一体确权登记工作,预计今年8月完成发证工作。农房不动产权证还将明晰农村用地管理,进一步规范农村宅基地和集体建设用地的管理,同时,农民也多了向银行贷款的可抵押财产。

绿满乡村 开启新生活

地处湘赣边的浏阳市文家市镇,93年前对中国革命有着深远意义的秋收起义曾发生在这里。如今烽火已经远去,文家市镇依靠发展红色文旅产业,成为远近闻名的"亿元小镇"、红色旅游目的地和乡村振兴示范区。农民的腰包鼓起来,也开始美化家乡,五神村的"80后"孙立平在家附近开垦荒坡,一锄一锹,精心打造"童鑫花园"。

"等到秋天的时候,这里的花儿大都开了,到那时有松鼠、蝴蝶到这里来,园子里很热闹的。"浏阳市文家市镇五神村村民孙立平介绍。文家市镇还将以"童鑫花园"为样板,打造十个样板家庭花园,让村民享受更美的乡村风景。

迄今长沙已建成美丽屋场539个,今年还将新建800个五星级美丽宜居村庄。长沙乡村从一处美正向处处美蝶变。望城区铜官街道近年来通过打造铜官草市、建设美丽屋场等,让乡村面貌升级,仅2020年就迎来了150多万名游客打卡,铜官的果农舒采文就尝到了二、三产业发展带来的甜蜜,因为游客不断,家中300亩水果不愁销路。

如今,乡村的垃圾分类引入"互联网+"新理念,农村污水处理"接轨"城市,城乡融合发展正高质量全面提升。

目前,长沙农村无害化厕所普及率达到90%,农村生活垃圾分类减量实现全覆盖,率先全省实现建制乡镇污水处理设施全覆盖。力争到 2025 年实现非无害化户厕动态"清零",农村生活垃圾无害化处理率达 100%。

不负春光起好步,乘势而上开新局。《长沙市建设乡村振兴示范市规划纲要(2021—2025)》提出,长沙到 2025 年,要成为引领全国现代农业发展、生态宜居建设、城乡融合发展、共同富裕推进的乡村振兴示范市。

——打造现代农业领航区。农业标准化、设施化、智能化、融合化、品牌化水平迈向全国一流,打造全国种业科技创新高地,形成现代农业高质量发展的长沙标杆,到 2025 年打造 1 条千亿级农业产业链,做大做强 6 大农业主导产业,培育 3—5 家百亿级农业企业,农业上市企业达 8—10 家,农业产业化国家重点龙头企业达 15—20 家,建成 10 个千亩以上设施化蔬菜产业园、100 家年出栏生猪万头以上智能化生态环保养殖场。

——打造生态宜居典范区。农村生态环境、人居环境、投资环境全面优化,长效管护运行机制全面完善,全域建成国家级绿色发展示范区,让农村居民享受与城市居民同等的生活品质,让乡村成为新的都市后花园、休闲度假区、网红打卡地,到 2025 年新打造 4000 个五星级美丽宜居村庄,全市五星级美丽宜居村庄占比达到 50%,乡村旅游年接待游客超过 9000 万人次。

——打造城乡融合样板区。乡村建设行动取得重要成果,基本实现城乡资源要素互流互促、基础设施同标同步、公共服务均衡均质,城乡规划、建设、管理逐步一体化,全面完成县域城乡融合,创建成为国家城乡融合发展试验区,到 2025 年重点打造 40 个左右产业特色鲜明、集聚效应突出、辐射带动力强的特色小镇,形成全国城乡融合发展的长沙样板。

——打造共同富裕先行区。率先实现巩固脱贫攻坚成果同乡村振兴有效衔接,农民增收渠道有效拓宽,就业质量显著提升,农村居民人均可支配收入增速保持 8% 左右,到 2025 年达到 5 万元以上,城乡居民收入比缩小至 1.62∶1,农村居民收入结构不断优化、中等收入群体持续壮大,在共同富裕进程中走在全国前列。

✍ 记者手记

采访中,宁乡市东湖塘镇麻山村的驻村第一书记张韬给我留下了深刻的印象。他三十出头,来村里扶贫,也算是专业对口,他是农业专业研究生毕业。那天一见面,他和我聊了很久,尤其是关于离开之后,这里该怎么发展。当时我的笔记本,密密麻麻地记录了好几页。驻村第一书记,往往只能管得一时,两年工作期到了之后,这些好的做法如何延续？张韬将这些上墙形成制度来督促发展。张韬运用他的学识，正带领村子大步向前。

　　"十四五"时期，乡村发展将处于大变革、大转型的关键时期，"三农"工作重心将由脱贫攻坚转向全面振兴。因为有了千千万万像张韬这样的第一书记，带着学识，带着资源扎根乡村，扶农助农，乡村振兴，指日可待。

花田喜事：长沙花木产业迎来新一轮发展良机

2021 年 10 月 19 日

花木产业是推动乡村振兴、推进生态文明建设的"美丽产业"。10 月 15 日至 17 日，2021 年湖南省花木博览会在长沙市雨花区石燕湖景区成功举行，近 70 万人线上线下欣赏"花田盛事"，许多长沙人的朋友圈成了"花花世界"。

业内人士普遍认为，此次湖南省花木博览会在长沙举行，既是对长沙花卉苗木产业综合实力的肯定，也是对长沙花卉苗木产业转型升级创新发展的极大助力。

花花世界

此次花木博览会主展区设在风景如画的石燕湖生态公园内，湖南省 14 个市州均精心设置室内展位，鲜花、盆景、奇石点缀其中，既凸显了地方特色，又美轮美奂，让人流连忘返。

在微波荡漾的石燕湖畔，长沙市花木产业综合实力较强的天心区、岳麓区、雨花区和长沙县、浏阳市、宁乡市还设置了室外展区，6 个风格各异、鲜花怒放的小园林引来众多游客拍照打卡。

在通往石燕湖公园的石鸭公路两旁，一些花木基地如珍珠红、多肉植物种植基地是此次博览会的花卉苗木基地展区，占地约 4 万平方米，是博览会面积最大的展区。

博览会还设置了线上展馆，将现场展馆的精美展品放在网络平台展示，具备在线浏览、下单购买等功能，方便外地观众"云观展"和"网购"，进一步扩大了花博会的影响力。

记者了解到，此次花博会的室内外展区均在长株潭绿心保护区内，在万众瞩目的长株潭绿心中央公园正在规划建设之际，2021 年湖南省花木博览会在这里举行，可谓意味深长。花团锦簇、丹桂飘香的花木博览会，无疑是长株潭绿心中央公园建设的一次预热。

石燕湖公园表示,为满足市民群众观展的需要,本届博览会6个室外展区及部分室内展区将持续展出1个月。

会 展 拉 动

会展引流,产业唱戏。在10月15日的开幕式上,兰花和杜鹃花产销等各方举行了战略合作签约仪式。

蒋雷是长沙一家拥有花木全产业链的集团公司负责人,2021年湖南省花木博览会长沙馆就是由他负责布展。"今天虽然下着雨,但是来观展的客人还是很多,不少人对智慧园林、智美庭院的系统非常感兴趣,详细咨询具体情况,今天一上午就签了十几个单,我很高兴公司研发的智能科技产品能得到市场的积极响应。"蒋雷告诉记者。据了解,博览会期间,这家公司已经达成合作意向的项目总金额接近700万元。

主打珍珠红造型景观树的育景园是雨花区跳马镇一家颇具实力的苗木种植基地,此次博览会既参加了室内展,也参加了户外基地展。据基地负责人龙燕介绍,博览会期间,基地销售额超过20万元,3天销售额达到了全年的7%。

此次花木博览会的举办地雨花区跳马镇凭借东道主地利优势,可谓收获满满。

10月17日,雨花区在跳马镇举行了"兴花富民"产业对接会,雨花区园林绿化维护中心、跳马镇花卉苗木协会、红星集团有限公司与跳马镇15个村(社区)集体经济组织合作社签署了花卉苗木合作框架协议。该协议将贯通相关单位的市场优势和跳马镇花卉苗木产业优势、积极开展技术研发、苗木销售、苗木定制等方面合作,扩充市场"主渠道",简化销售"中间点",加速生产"信息流",共同推进跳马镇花卉苗木产业发展,实现多方共赢。

据了解,跳马镇是长沙市重点打造的"百里花木走廊"核心区域之一。目前,全镇花卉苗木种植面积达13万亩,相关从业人员5万余人,辖区内园林绿化企业、苗木合作社、苗圃400多家,规模化苗木基地28个,花卉苗木年产值逾15亿元。

跳马镇相关负责人表示,此次博览会进一步打响了跳马"中国花木之乡"的品牌,有利于这一绿色富民产业的发展壮大。同时,5万多人次线下客流对全镇的民宿等文旅产业也是一个极大的推动。

龙 头 引 领

雨花区政府是本次花木博览会的承办方之一。雨花区之所以有底气积极承办,除了所辖跳马镇是长沙花卉苗木产业重点镇之外,还在于辖区内有全省最大的花卉苗木流通市场——红星花卉市场。

红星花卉市场自1999年建成开业以来,经过22年的不懈努力,现已发展成为一家集花鸟虫鱼、景观盆景、根雕工艺、观光休闲、园林机械等专业交易的大型综合性花卉批发市场,是国家林业草原局和中国花卉协会评定的首批"全国重点花卉市场"。据红星花卉市场经理刘珊透露,2020年,市场内交易额达25.3亿元。

本次博览会上,市场内经营蝴蝶兰、宝莲灯等名贵花木的经营户在室内展馆设置了专门展位,吸引了不少游客驻足观赏。此外,一些市县的展位实际上也由市场的经营户负责布展。

红星花卉市场目前地处湖南省森林植物园东南角,占地200亩,商户400余户。随着花卉苗木消费市场的不断扩大,现有的红星花卉市场已经显得较为拥挤,进一步扩大经营规模较为困难。面对市场需求的新变化新挑战,红星花卉市场决定推进市场转型升级,整体搬迁到跳马镇,将打造一个定位为都市文旅、花木交易、花木博览、生态康养、观光休闲、农旅民宿、新兴科技相关产业、高端生态宜居、综合配套服务等功能相结合,以三产融合发展为目标的花木文旅综合体——红星花木博览园。

据了解,红星花木博览园将分两期建成,一期建设约320亩,主体是花木集散中心;二期建设约700亩,主体是与花木产业相关联的文旅、科教、娱乐休闲、花木博览等项目。建成后的红星花木博览园将成为湖南省乃至中部地区最具代表性和先进性的花木产业综合体。

刘珊告诉记者,红星花卉市场可望在2024年上半年实现整体搬迁。

前段时间召开的雨花区第六次党代会报告提出,"以承办花博会、建设花木市场为契机,推动花卉苗木产业品质化集群化发展,大力提升跳马中国花木之乡的品牌影响力"。

兴 花 富 农

北京林业大学教授张启翔在2021年湖南省花木产业发展论坛指出,花卉苗木的单位面积产值在农林产业中是最高的,花卉苗木产业是不折不扣的富民产业。

跳马镇求实苗木场负责人李德桂告诉记者,这些年来,他家的苗木销售额每年都在200万元以上。育景园负责人龙燕透露,占地200亩的苗木基地年销售收入在300万元以上。

而跳马镇在抖音上销售花木的龚帅则告诉记者,他通过拍摄短视频吸引客户,销售额已经在2000万元以上。

蒋雷则表示,他所在的湖南华中苗木云科技有限公司今年销售收入可望达到3亿元。

而作为长沙百里花木走廊明珠的浏阳市柏加镇,2020年花木全产业链销售额达51.6亿元。2020年,柏加镇各村常住居民人均可支配收入达52000元,稳居全市前列。

记者了解到，在浏阳市柏加镇、镇头镇，长沙县黄兴镇、江背镇，雨花区跳马镇等乡镇，活跃着一批"花木匠人"，靠指导花木培育、造型等技术活，一天下来便可赚得千元以上收入。

长沙市林业局提供的数据显示，目前，长沙市共有各类花木企业 900 多个，其中年主营业收入在 2000 万元以上的规模企业 12 个，花木种植专业合作社 3500 多家，带动就业 21 万人。

2021 年上半年，全市花木产业综合产值已达 95.6 亿元。长沙市农民人均可支配收入这些年快速增长，2020 年达到 34000 多元，花木产业起到了重要的作用。

2021 年湖南省花木博览会室外展区局部。

"十四五"期间，湖南省将推动花卉苗木产业成为千亿产业，时隔 14 年后再次举办花木博览会显示了林业部门的决心。

长沙市则制定了相关实施方案，拿出真金白银推动花木产业发展，从 2020 年到 2023 年，市、县两级财政每年共拿出 6000 万元资金兑现相关奖补政策。

长沙花木产业在快速增长的同时，也面临转型升级的问题。张启翔教授指出，目前国内花木总量供大于求，同质化严重，存在结构性过剩。

"最近这几年，普通的花木不太挣钱了，不过，造型树和珍贵品种的利润还是可以的。"跳马镇苗木种植大户李德桂告诉记者。

长沙市林业局种苗站站长鲁建军表示，花木产业转型升级，一是要结构性清库存，二是要实现普通苗木向高档花木过渡，三是要大力发展花卉产业，四是要擦亮品牌，建设好一个现代化的花木交易市场。

为推动花木产业转型升级，长沙市林业部门在长沙县安沙镇建设了万亩花卉示范园,生产各类鲜花。"示范园来势很好,今年的产值有望突破 3 亿元。"鲁建军告诉记者。

育景园负责人龙燕则告诉记者,苗木基地准备向文旅、游学、教育培训等综合基地转型,转型后基地收入可望翻倍。

专家分析,目前我国年人均花卉消费额仅 50 元,距世界人均 500 元还有很大的提升空间,这预示着我国花木产业的前景十分光明。长沙市林业局相关负责人表示,"十四五"期间,长沙花木产业将继续乘风破浪,到 2025 年,综合产值将达到 300 亿元以上,为乡村振兴和城乡居民的美好生活锦上添花。

✎ 记者手记

《花田喜事》是香港颇具影响力的一部贺岁搞笑片,张国荣、许冠杰、关之琳、吴孟达、吴君如、毛舜筠等明星倾力演出,斩获 1993 年贺岁档票房冠军。这部电影笔者看过多遍,印象深刻。

2021 年湖南省花木博览会在长沙雨花区举行,对于整个长沙的花木产业来说,是名副其实的"花田喜事"。

为了做好报道,在花木博览会开幕前,笔者对跳马镇花木产业、红星花卉市场进行了调查走访,名贵花卉宝莲灯的照片就是在红星花卉市场拍摄的。花木博览会开幕后,笔者发现红星花卉市场这家销售宝莲灯的商家也参加了展会。

令人欣喜的是,文中提到的红星花卉博览园项目已经升级为长沙南部片区重点文旅项目,由长沙城发集团与雨花区共同打造,总投资超过 30 亿元,2024 年将启动建设。在长株潭绿心,一颗闪亮的文旅明星正冉冉升起。

非凡十年,城乡巨变

2022 年 10 月 22 日

近日,国务院第七次全国人口普查领导小组办公室编制的《2020 中国人口普查分县资料》公布,划分出中国城市最新格局。长沙以 554.64 万城区人口,跻身特大城市行列。

人口是反映一个城市经济繁荣度的晴雨表,城区常住人口规模,折射出中心城市对人口的吸引力。

党的十八大以来,长沙深入贯彻习近平新时代中国特色社会主义思想,全面落实"三高四新"战略定位和使命任务、奋力实施"强省会"战略,创新实干、砥砺奋进,长沙战略引领力大幅提升,发展竞争力大幅提升。长沙跨越经济总量过万亿、地方一般公共预算收入过千亿、常住人口过千万的三大关口,成功跻身新一线城市、特大城市行列。

十年砥砺奋进,十年春华秋实。连日来,记者深入长沙部分标志性区域实地探访,并与十年前的新闻影像进行对比,从沧桑巨变中感受长沙这十年取得的非凡成就。

新农村,欣欣向荣

十年前,记者走基层,深入田间地头,与农民朋友谈心时发现,农村面临"没人种田"的窘境。长沙县黄花镇回龙村的村民柳金双说,孩子们不愿意种田,不赚钱的不愿意搞。但是她相信十年后种田应该是机械化,一个人可以种几百亩田。

乡村振兴,需要集聚人才。就在当年,中央一号文件首次提出,要培育一批具有高科技素质、职业技能、经营能力的新型职业农民,为明天种田蓄积新生力量。位于望城区高塘岭街道的"85 后"农民袁虎成为长沙第一波新型职业农民。2007 年他带着在沿海打工赚的"第一桶金"回到家乡,流转耕地种田。他的合作社购买了 20 多台农机设备。2000 多亩稻子,袁虎只要两台收割机 20 天就可以收割完毕。

十年后,记者再次走访这位全国种粮大户。今年袁虎的种植基地拿出 400 亩尝试着种植再生稻,现在已进入第二季的成熟期。

为了给粮食找到更好的销路,2019 年袁虎只身再次来到广州,通过 4 年的打拼,他在广州已组建了分公司,销售湖南的大米、调料等农产品,现在每月营收约 600 万元。如今,袁虎的种植基地已是全程机械化,其中 80 亩是无人农场。今年,袁虎的企业产值比 10 年前预计增加 10 倍以上,有望达到 8000 万元。

如今,像袁虎这样的种田"后生"在农村已形成了一股新生力量,加速着乡村振兴的步伐。截至目前,长沙在收割机、水稻插秧机等农机装备上,已安装北斗终端 2200 多台套。从"农耕手作"到"智慧种田",农民种田越来越轻松。

非凡十年,沧海桑田。如今的长沙乡村,不仅是粮食种植实现了机械化,乡村产业发展、文明风貌也发生了翻天覆地的变化。

十年之前的鹊山村,无区位优势、无生态特色、无资本下乡、无产业基础,是有名的"四无"村,村级负债 213 万元。2014 年,鹊山村把全村分散的土地经营权归集起来,以土地经营权入股组建土地合作社,对入股的土地按 50 亩至 100 亩的面积划分片区,再采取竞价方式统一对外出租。这个大胆的"鹊山模式",为鹊山村的腾飞按下了加速键,也获评为"中国年度十大改革案例"。

村集体经济扭亏为盈,陈剑做的第一件事就是修路,美化村落,建成了全村第一个美丽屋场——官冲美丽屋场。通过引才回乡,村里的年轻人多了起来,8 个产业发展项目,吸纳社会资本超过 5000 万元,带动当地 400 多人就业,实现就业收入超过 600 万元,村民年收入每年递增 1000 元以上。村集体经济收入水涨船高,2019 年突破 100 万元,被评为全国"乡村振兴示范村"。

工业区,华丽转身

走在长沙圭塘河岸边景观带上,水流潺潺,风光秀美,生机盎然。圭塘河是长沙市内唯一的城市内河,南北贯穿雨花区全境,绵延 28.3 公里,集水面积约 128 平方公里。难以想象,这条美丽的河岸风光长廊,曾经却是大家避而远之的"龙须沟"。

十年前,圭塘河污水直排、雨污合流,流经城中村区域,环境脏乱,加之当时工业化、城镇化快速推进,圭塘河的利用与保护出现了失衡,出现生态退化等诸多环境问题,圭塘河多处水质呈现劣 V 类。

2012 年,雨花区下决心对圭塘河展开"大手术",对两岸的仓库、厂房进行拆迁。2014 年,湘府路至香樟路段基本拆迁完毕,开始进行全面施工改造。2016 年,雨花区引进世界顶尖的治水机构,按照海绵城市、生态修复、智慧水务等先进理念和技术,对全流域进行精准治理。2018 年 6 月 30 日,圭塘河井塘段城市双修及海绵示范公园项目正式开建。

生机盎然的圭塘河景观带。（雨花区委宣传部 供图）

2021 年 7 月，圭塘河井塘海绵示范公园开园，总占地 370 亩，绵延 2.3 公里，这是长沙首个海绵城市示范公园。此次改造不仅对 11 个直排圭塘河的排污口进行了截污处置，还对笔直的河道进行改造，使河流恢复到历史上自然蜿蜒的河道形态。圭塘河井塘段还同步建设了 10 个生态岛及沉淀区、浅水湿地等，以增加河道的自净能力和行洪能力，再在河岸打造"海绵"滨水公园，目前圭塘河水质已达到地表三类水标准。

褪去旧日模样的圭塘河，一半明艳，一半柔和。来回 10 公里的河岸线，一栋栋住宅拔地而起，坐拥多个大型商场、图书馆、艺术馆，地铁 4、5 号线也在圭塘交会，宜居指数直线上升。

与圭塘河一样"华丽转身"的老工业区，还有位于河西的大王山片区。这里曾经是坪塘老工业基地，环境污染一直是公众投诉的焦点。十年间，这里发生了翻天覆地的变化，一座生态宜居的绿色新城拔地而起。

2008 年起，长沙大河西先导区（后改名湖南湘江新区）以绿色发展为导向，联动岳麓区迅速启动大王山片区拆迁，要求高排放、高污染企业全部退出，关停了区域内污染严重的 31 家水泥厂、化工厂和 10 余家非煤矿山企业。

2009 年，原坪塘蜂巢颜料化工厂有限公司关停，根据大王山旅游度假区片区规划，这片区域用来建设湘江女神公园。如今的女神公园，已成为长沙河西最受市民欢迎的打卡地之一。而昔日坪塘老工业区中最大的矿坑，则摇身一变成为网红地标——湘江欢乐城。与贵州天眼、上海世贸深坑酒店一同被称为"中国三大深坑奇迹"。

"城中村",逆袭蝶变

鸭子铺曾是长沙城区脏乱差的"城中村",十年来已发展成为备受瞩目的马栏山视频文创产业园。从需要坐船"进城"的小乡村到交通便利的产业园区,鸭子铺的涅槃重生,见证了长沙作为新一线城市蓬勃发展的力量和速度。

时间追溯到十年前,鸭子铺地处开福区浏阳河畔,由于三面环水,地形酷似鸭子嘴而得名。正是由于这特殊的地理位置,鸭子铺交通闭塞发展缓慢。20世纪90年代,正是市场经济蓬勃发展的时候,当地居民把菜地、鱼池自发改建成了很多大小不一的仓库,鸭子铺变成了一个小的货物集散地。

2013年,开福区启动朝正垸片区"城中村"改造项目。2015年底,开福区朝正垸片区基本拆迁完毕,原来居住在"城中村"的老百姓住上了电梯房。开福区月湖街道朝阳社区工作人员周婷告诉记者,电梯房的设备比较完善,还有配套的学校,环境设施都让人感觉生活幸福指数在提升。

拆迁后的鸭子铺开始与城市现代化发展接轨,紧接着,这片废墟迎来了"新生"。2017年12月,马栏山视频文创产业园在鸭子铺正式揭牌奠基,产业园占地15平方公里,将建成全国最大的视频基地。五年后的今天,中广天择总部成为落户马栏山视频文创产业园的重大项目之一。

随着马栏山视频文创产业园的建立,该园区建成"党建聚合力"平台,搭建红色经典影像修复生产线,一批科文融合产品开始投放市场,一座座大楼拔地而起,2435家企业落户园区。昔日的鸭子铺,如今成了现代感十足、创意无限的文创园。

马栏山(长沙)视频文创园党工委书记邹犇淼告诉记者,园区将聚焦"建设具有全国影响力的数字视频产业链基地和媒体融合新地标"这个宏伟目标,持续实施挂图作战,确保今年能够实现企业营收600亿元、税收36亿元、固定资产投资100亿元、重大项目年度投资74亿元、引进头部企业30家、新增规上企业50家、高新技术企业30家等年初既定目标。

说起"城中村"的涅槃重生,不能不提到高铁新城,昔日阡陌纵横的大片农田,如今已是一个开放高地、璀璨新城。

从2009年湖南开通第一条高铁,十余载春秋,高铁增添的不仅是一条通道,更是逐梦未来的信心。

千古百业兴,先行在交通。2009年12月26日,京广高铁武广段(武广高铁)开通运营,湖南正式迈入高铁时代。东连"长三角",袖舞长江中下游城市群,头枕"长株潭"城市群,2014年,长沙以高铁长沙南站为基点,在周围46.9平方公里的土地上,正式提出"高铁新城"概念。

2015年6、7月，短短两个月不到的时间里，高铁新城核心片区完成平阳三角洲分片区、城投1号及2号地分片区、轨道1号地分片区3个片区的拆违拆迁任务，拆除违法建筑共计1722栋约105.19万平方米，实现基本清零。

川河社区党支部书记黎超告诉记者，社区十来年的主要工作就是城镇化建设，不再单纯地依赖之前的以土地为生产资料的传统方式。黎超介绍，川河原来有4000多不到5000人，现在辖区有1万多人，因为区位优势宜居和好的教育资源、医疗资源，吸引了很多外来居民。

老居民住进了电梯房，生活方式发生了巨大转变，越来越多的新居民也加入其中。如何把腾出来的土地规划好，建设好？从2020年开始，长沙市委、市政府决定，将高铁会展新城高铁片区按照属地原则移交至雨花区建设管理。

历经十余载的发展，雨花高铁新城片区这座城市副中心，现已形成成熟局面：这里聚合了高铁、航空、磁悬浮、地铁、高速及城市主干道（高架）等"六位一体"的主要交通枢纽；2020年9月，高铁新城区块纳入中国（湖南）自由贸易试验区长沙片区，定位为"省会城市商务客厅"和高端现代服务业集聚新区；眼下，正全力推进"一桥十路""两带三园"建设，计划新建总长度约14.14公里的城市路网、约113.58万平方米的城市绿地和景观公园，推进片区窗口形象全面提升。

大道之行，壮阔无垠。

✏ 记者手记

作为一名深耕一线的"老记"带着新闻人的使命，在稻田里、工地上……用镜头和笔头记录着十年间人们追逐梦想的身影。

十年前，农民一句随口而出的"今后种田都会机械化"，如今梦想成真。"无人农场"已进入人们的视野，电脑代替人脑、机器代替人工、数据代替经验，农民不用下田，用一部手机就可以遥控操作，较传统种植，粮食亩产增产一成以上；当年鸭子铺还是"城中村"，十年光景，弹指一挥，鸭子铺万象更新。"马栏山指数"从这里横空出世，成为全国视频文创产业第一个行业指数。在长沙，这样的例子不胜枚举。我们作为新时代的见证者，何其有幸！

农民职称评审能否激活农村人才市场一池春水？

2022 年 12 月 25 日

"真想不到农民还可以评职称，原来我认为只有事业单位工作人员才能够评职称，没想到我们农民的职称资格证上还盖上了省人社厅的'大粑粑'。"长沙县种粮大户陈礼拿着绿色的乡村振兴农艺员初级技术职称证书，喜笑颜开。

日前，湖南省人力资源和社会保障厅给 82 位农民分别评定了乡村振兴农艺专业中初级任职资格，其中长沙有 7 名农民获评全省首批"乡村振兴农艺师"和"乡村振兴农艺员"，他们年龄最大的 52 岁，最小的 38 岁，大都来自农业合作社，基本有大专以上文化。

种田农民也能评职称，这在湖南省还是第一次，引起社会普遍关注。据省人社厅透露，年后还将评定一批乡村振兴农艺专业中初级职称。

农民评职称有"门槛"

记者了解到，目前给农民评职称，不需要论文、不卡年龄，也不填报材料，但也不是没有门槛。

关键是工作业绩要足够突出。陈礼所在的长沙县横坑农机专业合作社提供机耕、集中育秧、机插、烘干等机械作业和劳务输出，带动周边 20 多人就业，2021 年，合作社纯收入近 100 万元。目前，合作社流转了 400 多亩土地，为 4000 多亩农田提供外包服务，探索"虾稻共养"生态养殖新模式。此次参加职称评审，陈礼正是凭借这一亮眼实绩顺利过关。

获得湖南乡村振兴农艺师中级职称的曾俊杰有两个身份，望城区靖港镇福塘村的村党总支书记和湘港珍禽养殖专业合作社负责人。合作社发展七彩山鸡、蓝孔雀等珍禽的驯养繁殖，并示范推广到边远地区助力精准扶贫，带动合作养殖农户 170 多户。曾俊杰担任村党总支书记以来，帮村里甩掉了贫困村的帽子，还利用村里的优势资源，种

望城区靖港镇福塘村的村党总支书记曾俊杰在库房查看皇菊的保管情况。

植药食同源作物,销路不愁。带动村民致富的实绩,是曾俊杰获评职称的关键。

农民评职称在湖南刚刚起步,如何形成长效机制,长沙也在探索。据介绍,在长沙,只要长期扎根乡镇作出了突出贡献;只要有技能、有手艺、能力水平高,得到当地群众认可,就直接认定颁发初中级职称证书。

"探索培育本土高素质农民、科学开展农民职称评定路径,长沙有义务给全省提供样板。"长沙市人力资源和社会保障局专技处处长文彤透露,2022年11月,省人社厅相关负责人来到宁乡大城桥镇鹊山村实地调研农民大学生在农村一线创新创业相关情况后,决定在长沙先行试点农民职称认定评价工作。

长沙市人社局工作人员表示,今后将推动农民职称直接认定评价常态化,构建"专业基地打造+技术技能提升+直接认定评价"三个模块相结合的人才开发体系,着力打造留得下、用得上、撤不走的乡村振兴本土人才队伍。

激励政策赋能乡村振兴

"下步我们将向市人才办争取对获评职称的农民给予倾斜政策,助推新型职业农民技术技能提升,促进乡村振兴和农业农村事业发展。"文彤表示。

据了解,目前全国有数百家农业院校,每年培养农学专业毕业生近10万人,而毕业后真正从事农业相关工作的,不到20%。真正扎根农村的农业人才少,成为制约乡村振兴的老大难问题。

"在乡村振兴的背景下,农民评职称是对农民这一身份职业化的有力回应,通过职称的激励,可以让农民具有更加明确的职业奋斗目标,使其拥有持续学习和提升技能的内生动力,打通了新型职业农民的晋升成长通道,展现了社会对农民职业尊严的认可,有利于实现农民从一种身份到一种职业的转变,使得农民成为既体面又有前途的职业,既能够为乡村发展留下更多有用之才,也能够吸引和激励更多优秀人才扎根农村、从事农业生产经营活动,有助于拓宽乡村振兴的引才之路。"一直关注"三农"工作的中南大学乡村振兴研究中心主任许源源表示。

"原来种田会扛锄头把子就可以了,现在不行了,如果没有文化知识,用无人机洒农药都会不晓得如何用定位图。"陈礼感慨地说,近5年来,身边读书的农民越来越多,目前有10多位种田的朋友或在读免费的湖南开放大学,或自费到湖南农大学习。闲暇时间,朋友们更多的是坐在电脑旁上网课。陈礼表示,还想学习更多的本领,做出更大的成绩,向着农民中级职称挺进。

"说句实在话,评了职称之后,我成了农民中的'少数关键',我还是一名农村的村支部书记,以后在农业生产方面,在帮助农民致富这一块,肩上的担子会更重,我会在自己的岗位上千方百计用自己所学,帮助农民增收致富!"曾俊杰说,自己会用实际行动加快农民增收致富的步伐。如今,他所在的福塘村已实现全村2600多亩土地经营权预流转,先后引进了6家企业,实现连片规模经营,种植了富硒皇菊、迷迭香、芍药等百余亩,今年村集体经济收入有望突破100万元。

业内人士普遍认为,在职称评价体系的激励和吸引下,农民更愿意学习与产业相关的知识和技能,引领农业产业由传统型向现代型转变,逐渐形成观光农业、休闲农业、生态保护性农业等多种形式的现代农业发展新格局。

人才是乡村振兴的第一资源。给农民评职称,撬动的正是广大农村中"科技示范户""致富带头人"这块"大蛋糕"。如果把乡村人才结构形容为一个金字塔的话,最上层是农业院士等极少数农业科技精英,居于中层的是各大院校培养的农业专业大学毕业生,居于底层的是"科技示范户""致富带头人"等基层农业科技人才,恰恰这也是最广泛、最活跃、最接地气的乡村振兴人才基础。撬动基层农业人才这块"大蛋糕",打通的不仅仅是基层,更是打通了整个农业人才体系的"任督二脉"。充分激发遍布农村的"科技示范户""致富带头人"这类群体,打通诸如职称评定、政策扶助、利益分配等堵点痛点,让基层农技人员利益有赚头、生活有想头、事业有盼头,就可以起到极强的示范效应和引领作用,吸引更多的人才流入农村,流入基层。12月8日,教育部等四部门就联合发文,探索推进涉农专业订单定向人才培养计划,实施"入学有编、毕业有岗"的改革试点,其良苦用心,与给农民评职称遥相呼应。

农民职称评审须统筹推进

给农民评职称,激活了农村人才市场这一池春水,对于培育新型职业农民而言意义重大。目前,湖北、吉林、山东、河北、宁夏等多地已出台新型职业农民职称评审实施方案,一批农民获评正高级职称。

当前,长沙农民评职称还只是停留在农艺员、农艺师单一序列,还有进一步完善的空间,在评审范围、评审标准、评审方式等方面值得进一步深入探索。

近年来,为激活农业农村人才市场,让人才投入乡村振兴的伟大进程,长沙农业农村、工会、人才、人社、教育等相关部门都在积极行动,比如开展"十行状元 百优工匠"评选活动等,对于评选出的农村人才给予表彰奖励。业内人士认为,相关部门应加强协调协作,统筹推进农民职称评审工作,合力耕种好农民职称评审这块"处女地"。

2022年5月,中办、国办印发《乡村建设行动实施方案》,其中再次强调,要加快培育各类技术技能和服务管理人员,探索建立乡村工匠培养和管理制度。记者调查认为,农民职称评审制度,受到众多新型职业农民的欢迎,全国各地均在积极探索、大力推进,长沙在这一领域的探索和实践,亦将为推动乡村振兴添砖加瓦,为农民职称评审工作贡献长沙智慧和长沙经验。

✎ 记者手记

农民评职称在农村是一件新鲜事,我们兴冲冲地拿到这个评论选题,但是采访到一半时,遇上新冠肺炎疫情在长沙大流行,此时又是岁末,大家手头上事多,好不容易约上了一位采访对象,头天说办公室就剩他一人没有感染了,可抽空接受简短的采访,但是第二天等我们准备出发时,他却发来消息:"中招了。"中南大学的教授也因要避免外界接触,婉言谢绝了采访。眼看采访"无门",一个好题就要浪费了。

天无绝人之路,与大学教授几番沟通,他终于同意让家人帮他录制视频。可是问题又来了,他的家人拍几次都不理想,于是我拍样片发给他,反复交流,终于拿到了"基本"能上的视频,受手机像素影响,不宜上大屏,编辑将教授的视频放在屏幕的一角,完美避开了像素不高,影像不清晰的情况。功夫不负有心人,这条视频稿件获得当年的省广电奖。

美丽屋场,幸福浏阳人

2023 年 7 月 9 日

习近平总书记强调:"建设好生态宜居的美丽乡村,让广大农民在乡村振兴中有更多获得感,幸福感。"

长期以来,长沙深入践行以人民为中心的发展思想,将美丽乡村建设作为乡村振兴重要抓手。2016 年,浏阳市在湖南率先启动全域美丽乡村建设示范县创建,目前已打造 515 个美丽宜居村庄。记者调查发现,美丽屋场建设靓了乡村,淳了民风,兴了产业,富了村民。

屋场怎么建?
大伙来当家,千村有千面

在浏阳方言中,屋场就是指村民聚居的村落。山青水绿的浏阳,打造美丽屋场有着天然的优势。

6 月中旬,记者在浏阳市永安镇芦塘村见到了正在为屋场义务修剪绿篱的钟统明。退休前在城里忙建筑生意,2013 年回到老家后,老钟与另外两位乡贤每人出资 100 多万元,开始建设湾里屋场。

"儿子能自食其力,不向我伸手,我有多余的钱,用于公益,建设家乡,后来村民们也加入进来,这让我们干起来更有信心。"钟统明表示。

建设美丽屋场,芦塘村摸索出了一条"四来五自"的好办法。"四来"就是乡贤留下来、能人请进来、村民动起来、村庄活起来,调动村里所有的活力因子;"五自"就是"自发组织、自主设计、自我筹资、自行建设、自觉管理",充分发挥村民的主体作用。

"我们屋场建设只花了 400 多万,在建设中,我们是不该花的钱,一分钱不花。该花的,我们是紧着花。必须花的,卡着花。"湾里屋场管理负责人于建起介绍。

如今,浏阳市美丽屋场的建设资金,大头靠政府以奖代拨,约三成来自社会资本和村民自筹。像湾里屋场这样建设资金全由村民自筹的,在浏阳市还是首例。

美丽屋场由谁来建?浏阳给出的答案是:群众该干的事、能干的事就交给群众干。2022年,淳口镇高田村在建设金盆屋场时,采纳了大多数村民的建议,准备建一个朱水秋革命事迹陈列室。朱水秋是浏阳人,早年参加国民革命军,后来上了井冈山。村里开过动员会后,村民们积极响应,乡村能人朱际葵主动找到村上,愿意无偿拿出自留地。村民自发投工投劳300多个工。

据浏阳市农业农村局统计,2022年美丽屋场建设共召开讨论和动员会2000多次,村民筹资筹劳折合金额6000多万元。

建设美丽屋场,不能千篇一律,应该因地制宜,各美其美。张坊镇和小河乡都处于湘赣边,已经建成了30多个美丽屋场。今年他们准备联手打造宜居宜业宜游的福地原乡示范片,升级美丽屋场建设,这也是浏阳今年打造的3个美丽宜居村庄示范片之一。示范片由一条20多公里长的张小公路串起沿线6个村,核心区面积16平方公里。最近,两个乡镇会不定期地召开会议,商量如何推进示范片的建设。

在示范片建设规划中,村民们对夯土技艺、送春牛等本地非遗文化进行了深度挖掘,希望它们成为示范片的特色符号。

"今年我们两个乡镇建设示范片投资预计是2000万,前两年游客量加起来约50万,今年在30万以上。我们作为三湘民宿的第一高地,将做好民宿、民俗和民产的结合文章,预计今年片区完成打造后,张坊和小河两个乡镇的目标游客是80万人次,力争旅游收益要过亿元。"小河乡党委书记邵劭表示。

相关数据:

近年来,浏阳累计投入4亿多元,打造了515个美丽宜居村庄,成功入选国家乡村振兴示范县(市)创建名单。今年,浏阳将重点建设62个美丽宜居村庄,打造不同类型、各具特色的宜居宜业和美乡村示范样板。到2025年,浏阳将累计建成美丽屋场1200个以上,实现全域覆盖。

屋场怎么管?
"三样保鲜剂"让美丽不褪色

美丽屋场建成后,由谁来打理、怎么管理?怎样保持屋场的美丽长期不褪色呢?

在柏加镇柏铃村的邻里小屋内,立塘组的村民们正在讨论的问题是:有苗木老板在屋场内直接将苗木装车,给环境造成影响,如何解决?

"其实我们以前关于树苗装车,制定了标准,发现对环境造成很大的影响。"

"还有一个问题是安全问题,这路边上车又多,装车时难免不占车道。"

"我们主要还是把制度再完善一下,原则上不让在屋场装车……"

记者发现,大伙说得最多的词汇就是"制度"。两年前,立塘组希望提升村里的居住环境,但部分村民卫生意识不强、不爱护环境的习惯不好约束。于是大伙一合计,想出了一部"村规民约",以制度来约束大家的生活习惯。村民们互相监督,主动遵守,不久还真的"约"出了一个美丽屋场。

"刚开始只想规范本组的卫生习惯,并没想建美丽宜居村庄,后面我们把这个村规民约定好以后,被镇村的干部看到了,就把'精贵'的美丽宜居村庄建设名额分配到我们组上,后来大家都积极响应,改造环境,现在比以前好多了。"柏加镇柏铃村立塘组组长陈宽欣喜地介绍道。

如何用制度来管好美丽屋场?浏阳在市级层面创新编制了《美丽宜居村庄建设指导手册》,从规划设计、产业支撑模式、长效管护机制等方面,精准指导各镇村因地制宜、科学制定规划图,让美丽宜居村庄既"留得住乡愁",也"融得进时代"。

管好美丽屋场,还要充分发挥村民的主体作用。中和镇楼西湖片区的美丽屋场沿着阳谷河而建,由村里四座屋场串点成片,充满客家风情,片区面积约5平方公里,范围大、不好管。于是,村里党员主动提出,将片区管理责任"化整为零",分解到几个"小管家"一起来管。火龙果种植大户王德明首先就报名当"小管家",如今有10名党员和2名村民代表分担了"小管家"责任。

"刚开始我做'小管家'的工作时,家里人不是很支持,因为家里还有几亩地,但后来家里人看到环境越来越好,也就支持我的工作了,有时候小孩子也会来搭把手。"村民李尤国感慨道。

党员带头干,村民跟着上。浏阳依托3.6万名村(居)民代表,通过党员包路段、农户包庭院等方式,开展美丽屋场的日常保洁和管理维护。在党建引领下,乡村正从"一处美"到"全域美",从"一时美"到"持续美",浏阳的美丽村庄正发生着令人欣喜的诗意蝶变。

管理好美丽屋场,离不开现代技术手段。永安镇依托镇级智慧管理总控平台,构建"治安防控识别圈",大小事情,精准识别、触圈预警、实时响应。初夏杂草快速蔓延,永和村村民张彩虹通过智慧小程序向村里发出清除杂草的请求,不到一袋烟的工夫,村民代表就领着村民前来帮忙。

今年以来,永安镇通过数字平台发现并处理了250多起事件,包括矛盾纠纷调解、群众上传的民生小事等。制度约束、党员带头、"数字"护航,如三剂保鲜剂,让浏阳美丽屋场的"颜值"常驻,让村民的幸福长留。

屋场带来了什么?
宜居又宜业,共享美好生活

六月下旬,在古港镇梅田湖村的一处研学实践基地,城里来的一群中学生正在水田里忙着插秧。

美丽屋场建设,给梅田湖村带来巨大的"生态红利"。村里今年来研学的人数预计可以达到 12 万人次,收入有望突破 1000 万元。

2017 年,梅田湖村整合 500 多亩农田,将村民的闲置住房改造成外来游客接待用房,村民以房屋入股,成立梅田湖研学实践基地。这些"农嫂子""农大哥"经过基地专门组织了 200 多场培训,如今接待游客、组织游学活动是干得得心应手。

小河乡也享受到了美丽屋场带来的"生态红利"。位于大山深处的小河乡打造了"云上小店",建设了民宿、天文台露营基地等项目,近三年村集体经济收入成倍增长,今年有望达到 75 万元。

美丽屋场不仅要宜居,也要宜业。金刚镇是浏阳红炮的主产区,鞭炮销量占到全球市场份额一半以上,去年产值达 22 亿元,被誉为"红炮之乡"。1994 年出生的村支书黄浩,抓住红炮产业特色,带领村民建设了浏阳首个以烟花爆竹文化为主题的美丽屋场。

"我们所看到的这面墙,讲述了金刚红炮的一个传统手工制作过程,据说我们旧时的红炮有 70 多道工序……"在红炮馆,黄浩在向慕名前来"取经"的游客介绍红炮的发展历史。

年轻人蒋波就是被红炮文化吸引来到了金刚镇,她运用所学国际贸易专业所长,推动产品研发,企业近两年来产值每年增加近千万元,今年预计达到 5000 万元。

金刚镇是"红炮之乡",与其毗邻的大瑶镇则是"花炮之乡",去年大瑶镇花炮全产业链总产值达 180 多亿元。如今,两个乡镇正计划强强联手,建设花炮原乡美丽宜居示范片,在提升屋场品质的基础上,发挥好产业优势,延伸产业链条。

在文家市镇湘龙村一处古树下的"村民议事点",村民们正在讨论如何为当地的板栗饼打开市场。1917 年,毛泽东同志在文家市镇种下两棵板栗树,当地将这段往事与镇上的特色油饼结合起来,推出了板栗饼。红色文化赋予美丽屋场深厚的底色,也为文家市镇带来了大量的客流,今年预计达到 300 万人次,是去年的 3 倍。村民将抓住这个契机,把板栗饼推向更广的市场。

村庄美了,公共设施也建起来了,乡村群众文体活动也火了起来,大瑶镇杨花村的篮球赛让村民多了一份快乐。

"杨花村有 8 个篮球场,其他村都羡慕我们村呢!"杨花村村民刘康自豪地说。

今年,杨花村月月有赛事,每场比赛都人气爆棚。"今年下半年我们会组织湘赣边

浏阳市文家市湘龙村的"村民议事点"。

区的球迷来参加乡村篮球赛,通过赛事不仅可以切磋技艺、促进交流,还可以带动经济发展,一家企业就是通过以球会友,帮我们村解决了10多个劳动力就业。"村党总支书记刘良洪告诉记者。

相关数据:

2022年,浏阳市302个涉农村(社区)集体经济总收入实现1.41亿元,其中集体经营性总收入9529万元,完成总收入50万元以上且经营性收入达10万元的村有154个,占浏阳市总村数的一半以上。浏阳农村居民人均可支配收入达到43407元,城乡居民人均可支配收入比为1.37,远优于全国、全省平均水平。2023年底有望实现集体经济收入50万元的村(社区)占比达70%。

美丽宜居村庄的建设,浏阳市起步早效果好,已经走在长沙市前列。接下来,浏阳又将如何在这一领域"走在前、做示范"呢?

"要创造精品,今年将打造三个美丽宜居村庄示范片,以片带面,整体提升浏阳美丽宜居村庄的水平;要深挖乡村文化内涵,使美丽宜居村庄建设更具有乡村特色;要进一步构建长效管理机制,建设一片就管好一片,维护好一片,运营好一片。"浏阳市委副书记、市长王雄文表示。

✍ **记者手记**

炎炎夏日，我们采访组来到浏阳，探访美丽屋场建设，走进永安镇的老种子博物馆，这里收集了上千种老种子，舌尖上的乡愁在这里延续；我们静静地坐在文家市红旗屋场的古重阳树下，倾听着村民们的"村事"；我们翻山越岭来到被喻为云上小河的小河乡，和孩子们在天文台仰望星空……

连日来日行数百公里，舟车的颠簸，但我们总是被农村的美景所吸引，忘却了疲惫感。每到一处下了采访车，就扛起摄像机迫不及待地记录下美丽屋场的动人一幕。在浏阳的屋场，既有让人寻觅到乡愁记忆的土坯房、老石磨，也有融入了时尚元素的露营基地等，是老少皆宜的好去处。

这篇报道采访耗时大半个月，采访了大量的素材，撰稿和视频制作又经过一周打磨，我们努力为受众呈现出最好的效果。节目推出后，有观众在评论区留言，"浏阳乡村那么美，一定要去看看。"也有醴陵等地的乡镇看了报道后，前去浏阳取经。报道在社会上好评如潮，这也激励着我们今后要采制出更精彩的节目。

政府买单，农村环境卫生有哪些变化？

2023 年 8 月 27 日

2022 年 11 月，长沙市实施城乡环境卫生公共服务一体化改革，率先全省将农村的清扫保洁和垃圾处理服务纳入各级政府财政预算，此前相关费用主要靠镇村两级筹款。

最近，这项改革被长沙市评为 2022 年度"十佳典型改革案例"，全市 843 个村和 341 万农民，成为改革的受益者。

记者注意到，今年长沙拿出 2 亿多元保障农村环境卫生村级日常运行。在望城区、长沙县、浏阳市、宁乡市，明确按 90 元/人/年标准，由市、区县（市）、镇村和农户共同承担，其中市级和区级分担比例共 75%，其余部分由镇村自筹。

目前，这项改革已推行 8 个月，效果如何呢？连日来，记者深入部分乡镇开展走访调查。

经费有保障，工作有干劲

"这些玻璃瓶是低值可回收物，我们收集的低值可回收物，县里和镇上会补贴 400 元一吨，去年得了 2 万多元补贴，一年下来保洁、收废品，有近 6 万元的收入。"李忠是长沙县春华镇龙王庙村的垃圾分类"高手"，从事保洁工作 14 年，她去年收集的低值可回收物利用量达到 53 吨，在全镇 100 多名保洁员位居第一，不仅获得了低值补贴，最近还被评为了镇里的"环卫标兵"，让李忠对保洁这份工作有了强烈的归属感和荣誉感，如今干起活来更有劲。

"这次改革，基层保洁员是最大的受益者，他们的工资有了保障，基层干部可以放开手脚，想出更多的'招'，改进保洁工作，提升人居环境。"长沙县农业农村局人居环境办主任喻方英表示，农村保洁员的岗位，不再只是福利公益性岗位，而是趋于市场化、职业化。

目前龙王庙村的生活垃圾可回收利用率超过了 70%，超过了国家预期目标的一

长沙县春华镇龙王庙村俯瞰图。

倍，村里此项成绩位居长沙县之首。

"专业的队伍，做专业的事。让村民享受到和城里人一样的环境卫生服务。"浏阳市永安镇副镇长胡鹏表示，去年三季度浏阳市环境卫生评选，一向争先的永安镇掉出了卫生先进行列，正当镇里在查找原因时，长沙市推出了城乡环境卫生公共服务一体化改革，改革鼓励各地因地制宜推行市场化运作，探索政府和社会资本合作的模式参与农村生活垃圾治理设施建设和运营服务。

改革坚定了永安镇公共环境卫生服务外包的想法，去年以来镇里引进14家环卫公司，让乡村的保洁服务走向专业化道路，政府对农村环卫作业的管理由直接管理变成了监督管理。

干净整洁的乡村道路，一栋栋独具特色的乡村庭院错落有致，新建成的广场上悠闲散步的村民……走进永安镇督正村，一派闲适优美的田园气息扑面而来。

自去年年底专业的环卫公司进驻以来，村容村貌大为改观，督正村也从原来的环境卫生"落后村"变为镇里的"排头兵"。

"我现在每天只负责到住户家中清运垃圾，和以前相比轻松多了。"保洁员石元芝说，以前要身兼数职，如收费、除草等，现在有了公司专业化运作，精细化管理，分工明确，她可以专心致志做好一件事，不仅效率提高了，人居环境也更舒适了。

因为有了专业团队管理，石元芝清运队的伙伴们迄今全都考取了机动车驾驶证，公司还经常给他们上培训课，提高安全操作技能等，村里保洁队今年以来安全事故发生率为零。

记者了解到,目前,长沙市采用专业化社会化环卫服务的行政村 355 个,普及率已超过 40%。

"农村的公共卫生服务费用,不能完全由政府买单,村民同样需要参与进来。一是出于财政的考虑,二是出于推进工作的考虑。"长沙市农业农村局农村社会事业促进处处长谢文表示。

早上 8 点多钟,宁乡市大成桥镇永盛村人居环境专干吴胜军的手机微信响起,有村民反映万家组的垃圾桶已爆桶,旁边还乱堆了树桩。两小时后,垃圾得到清运。"现在村里环境搞得这么美,我们当然不能让村容有瑕疵啦!"反映问题的村民曾胜南快言快语道。

村里依据实际情况,按 2 元/人/月的标准收取生活垃圾处理费。"从 6 月开始收,全村 1200 多户,目前应缴已缴约 95%。"村党总支部书记谢明介绍,村民所缴的数额不大,但是却能激发大家对人居环境的主人翁意识,形成共同参与的氛围。因为有洁净做底衬,村里 18 个村民小组,目前已建成 13 个美丽屋场。

通过村民自治和平等协商方式,制定村规民约或环境卫生公约,目前长沙市建立环卫收费机制的行政村有 643 个,覆盖率为 76%。

积分有奖励,垃圾回收添动能

"我通过'分吧'小程序,发现有 2000 积分了,可以兑一条大纸巾!"居民吴灿告诉记者,平时在家会把玻璃瓶、旧衣服等可回收物分类放入垃圾桶,保洁员上门收垃圾时,会分类称重,通过小程序将记录汇总到系统中。

村(居)民的垃圾分类情况也实时传输到了镇里"多网融合"可视化平台中,在这里可回收物的重量及占比,一目了然。该平台还融合了收运网、再生资源回收利用网等信息,路口镇也因此成为"多网融合"垃圾分类模式示范小镇。

平台上显示的数据,让人居环境的"短腿"也暴露出来。平台上用蓝、绿、橙三色评出家庭垃圾分类的情况。"三色家庭,目前橙色家庭占了总量的 1/3,也就是说还有 1/3 的人没有完全参与到垃圾分类中来,建议把橙色家庭请到屋场会,给他们上课,一定要调动这些人的积极性……"路口镇党委委员、副镇长周正表示。

位于长沙县黄花镇的美中环境长沙县蓝岛,是一家政府引进的企业。走进分拣车间,只见叉车、全自动分拣线在高速运转着,车间的另一头,一辆辆大货车将织物、塑料、纸类等送到车间,这些是从镇、村"蓝屋"经过二次分拣后的可回收垃圾,来这里进行再次精细化分类、打包、处置。

在企业的数据大屏上,显示着废旧玻璃、橡胶等进仓重量及品类的分布比例信息等。长沙县 15 个涉农镇(街)人均回收量排行榜,也在屏幕上不停地滚动。"根据镇里的数据,我们会安排品控员到排名靠后的镇(街)进行一对一的指导,帮助他们做好垃圾分类及回收。"美中环境长沙县蓝岛项目经理郭丁香介绍,目前"蓝岛"基地,月均回收量在 1200 吨左右,资源回收利用率已超过 95%,无害化处理率达 100%。

"下一步,我们还将健全县级垃圾收运处置体系,打通垃圾收集运输处理的堵点,实现农村区域固废垃圾在本辖区无害化处理。"长沙市农业农村局农村社会事业促进处副处长季凡透露。

记者了解到,目前长沙只有一处大型城市生活垃圾的固体废弃物处理场,满足不了浏阳市、宁乡市固废垃圾的处理。改革的劲风吹来,大家闻讯而动,投资 6 亿多元的宁乡市生活垃圾焚烧发电项目,拔地而起,日处理规模 1000 吨,可满足宁乡全市生活垃圾处理需求,目前已完成约 60% 的工程建设任务,有望在今年点火运行。浏阳市的相关项目也在推进中。

洁净做底,和美乡村更宜居

"进门的大树上,还可以加一串风铃,让游客赏心的同时,还能悦耳,给他们带来美的享受。"日前,望城区茶亭镇妇联主席廖以来到谭家园村谭碧如家指导庭院美化。

庭院里,花团锦簇,随处可见谭碧如的巧心思。竹筒用麻绳吊着,栽一些花进去,挂在家门口,成了一道独特的盆景;废弃的洗衣液塑料包装,在这里变成神情各异的"天鹅",里面长出五彩多肉植物;院子的外墙上镶嵌着各式陶罐,诗意盎然。

谭碧如家附近是茶亭镇的花海,来游玩的市民较多。谭碧如炒得一手好菜,两年前她办起了农家乐。去年,望城区农业部门和妇联启动了"美家美妇美庭院"三年行动计划,将女性素质提升与美丽庭院建设同步推进。村妇联还设置了巾帼议事厅,大家在这里商议"美家美妇美庭院"工作,开展线下培训课程等,谭碧如从中掌握了不少知识,活学活用,修剪庭院花草、做旧物改造等,如今庭院成了网红打卡点。"现在我这儿客人,比去年多了四成。"谭碧如开心地笑了。

"通过定期评比与展示,村里形成了一种比学赶超的氛围,现在村里的鸡鸭都被圈养起来,菜园子规整了,乡间小道因为整洁而变得更宽了。"村党总支部书记谭顶介绍。

记者了解到,在乡村环境卫生不断改善的情况下,长沙市同步推进美丽乡村、美丽屋场和美丽庭院建设,让乡村更加和美宜居,让美丽经济不断发展壮大。

"公共服务到位之后,下一步,我们将联动推进美丽环境、美丽人文、美丽经济建设,持续提升农村人居环境舒适度,点线面结合推进美丽宜居村庄建设,推出'花香庭院''书香庭院'提升村民文明素养,挖掘'六好'资源推动城乡对接、村社互进,让乡村环境更加宜居宜业宜游、乡村居民更加富裕富足富有。"长沙市农业农村局党组书记、局长戴建文表示。

✑ 记者手记

过去由于城乡公共服务发展不平衡，曾经有一个形象的比喻，"城市像欧洲，农村像非洲"。长沙在 10 多年前，启动了农村环境卫生专项整治，但是这些年来记者行走在一些偏远落后的乡村，看到到处是杂草丛生；垃圾就地焚烧现象时有发生。据调查，其中一个重要的原因是公共卫生环境管理靠镇村两级筹款，部分村因为财力不足，上面来检查，就搞运动式、突击集中大扫除，所以难以形成长效。

对此，长沙市人大代表和政协委员们做了调研，并发出呼吁。去年长沙市在财政吃紧的情况下挤出资金，发展农村公共服务，让农村享受城市居民均等的服务。

改革推行 8 个月，记者再次来到乡村，欣喜地看到已"焕新颜"。记者还获悉，下一步长沙还将推出"花香庭院""书香庭院"提升村民文明素养，继续提升人居环境。作为记录者，我们真切地听到了时代前进的铿锵足音，人们向往的美好生活已触手可及。

| 创 新 驱 动 |

发展新质生产力,科技创新是关键。

2020年9月,习近平总书记在湖南考察时为长沙擘画了"三高四新"美好蓝图,希望长沙打造具有核心竞争力的科技创新高地。星光不问赶路人,时光不负有心人。3年多来,长沙牢记总书记的殷殷嘱托,目前高新技术企业增至7800多家,国家级专精特新小巨人企业近200家,攻克了一大批卡脖子尖端技术。2023年,技术合同成交额达1200亿元,全社会研发投入强度首次超过3%,创新能力连续三年排名国家创新型城市第一方阵,再次获评全国"创新驱动示范市"。

创新驱动篇选取了12篇代表性报道,从关键核心技术是怎样炼成的、长沙全力建设全球研发中心城市等多个方面生动呈现长沙是如何做好科技创新、推动新质生产力加快发展的。其中,诸多科技工作者呕心沥血的研发故事和科技兴国的情怀,令人动容。

关键核心技术是怎样炼成的？┃长沙如何造出了我国第一条金属基压敏芯片量产线

2020 年 9 月 14 日

王国秋，湖南岳阳人，1983 年毕业于湖南师范大学数学系；1988 年毕业于国防科技大学系统工程系，获工学硕士学位，现任湖南师范大学数学与计算机科学学院教授，同时又是一位致力于将高端芯片产业化的企业家。从 2006 年创办湖南启泰传感科技有限公司，到 2019 年建成我国唯一一条金属基压敏芯片量产线，王国秋用 10 多年的苦心钻研，彻底改变了我国长期以来对高端压敏芯片的进口依赖。

小"纽扣" 大梦想

从长沙往东沿杭长高速行车四十多公里就到了国家级工业园区——浏阳经开区，王国秋教授创办的湖南启泰传感科技有限公司就位于这里。在这个工业企业密布的园区里，"启泰传感物联网产业园"的招牌沉稳、低调，几栋清灰色、外形普通的建筑就是产业园的办公楼和厂房。

拥有大学教授和企业家的双重身份，但是王国秋更喜欢大家在公司叫他王总，因为在他看来，教授的主要任务是"生产"知识，企业家则是负责把知识转化为生产力。在他的带领下，记者走进工厂大楼，才发现里面别有洞天。从一楼 10 多个无人值守的辅助设施间，到二楼 2000 平方米的"超净车间"，再到三楼的封装、测试车间，公司生产线绝大部分流程都是自动化。这家年产值超过 5 亿元的高科技企业，目前所有员工加起来不到 70 人。

在三楼车间，记者看到了一颗颗正待封装的金属小"纽扣"。王总介绍说，如果放在 100 倍的显微镜下，就能看到其中布满着密密麻麻的、极其复杂的电路。与大家常见的四方形黑色芯片不同，这种特殊的纽扣型芯片叫作金属基压敏芯片，它的作用是完成力信号采集，是信息产业第一关，信号获取这一块叫传感器敏感芯片。

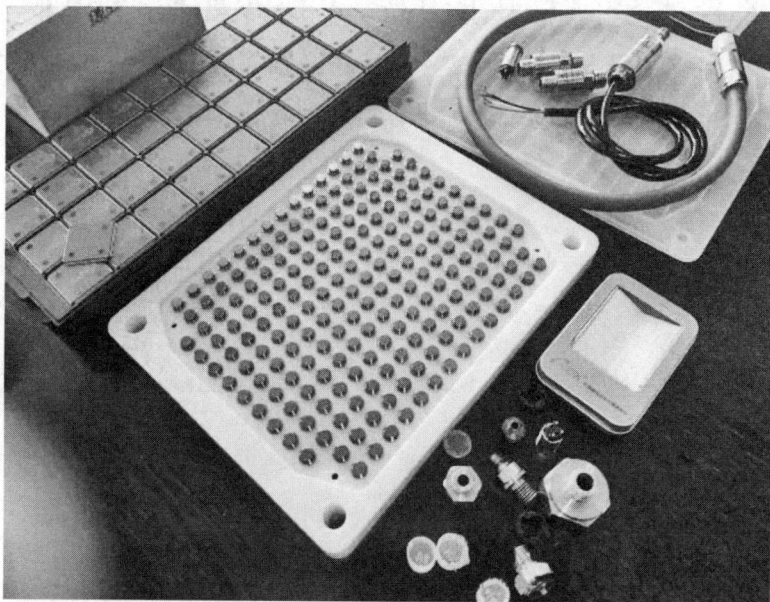

湖南启泰传感科技有限公司生产的金属基压敏芯片。

那么，原本是大学教授的王国秋为什么转型到了传感器芯片的研发制造领域呢？

时间还得回溯到 2000 年。在数学和计算机专业领域颇有研究的王国秋发现，我国在集成电路和微机电系统（MEMS）这块的基础非常薄弱，起码落后于美国、日本、德国等发达国家至少 30 年。当时国内在制造业上比较流行代工，但是核心技术是代工代不来的。王国秋敏锐地意识到，如果我们没有掌握自主的核心技术，不仅仅是制造业，其他很多行业都会因为"卡脖子"的关键技术问题而受制于人。

也正是在 2000 年，国家出台了一系列政策扶持集成电路产业发展。时不我待，王国秋及时抓住这个难得的机遇，创立了"中芯"数字技术公司。2003 年，公司研制出我国第一片具有完全原创自主知识产权的数字图像与视频压缩编码解码芯片，为解决当时 DVD 解码芯片进口的高昂专利费作出了贡献。

2006 年，在芯片研究领域颇具前瞻眼光的王国秋又瞄准了工业应用领域的金属基压敏芯片，投资 200 万元成立了湖南启泰传感科技有限公司。

十年磨一剑。历经 10 多年的苦心钻研，2019 年，启泰公司建成了我国唯一一条金属基压敏芯片量产线，彻底改变了我国长期以来对高端金属基压敏芯片的进口依赖。

王国秋告诉记者，"中芯"实际上就是指"中国芯"，而"启泰"的英文是 CHNTEK，就是"中国技术"的英文简写，中文谐音"启泰"。

无论是"中芯"，还是"启泰"，一颗小小的芯片，凝聚的是王国秋浓浓的家国情怀，是一位学者型企业家执着于"中国芯"的伟大梦想。

一百次想要放弃的"芯片梦"

每一个耀眼的成功背后,都会有一段不为人知的艰辛。2019 年,王国秋的成功让长期以来我国金属基压敏芯片遭受垄断的坚冰开始消融,但成功背后的磨砺实在是太多太多。

面对各种困境,王国秋坦言,自己也有过几近崩溃的时刻,但内心里从未真正想过放弃,甚至当年还喊出了"不管企业是否实现盈利,也一定要研发出不依赖进口的中国芯,在产品价格与质量上与国外竞争"的目标。凭借着满腔热忱和湖南人"吃得苦、霸得蛮、耐得烦"的秉性,王国秋最终坚持了下来。

王国秋告诉记者,公司最早期的资金全是靠他个人出资,当年的他也没有其他额外收入,也就是拿做教授的工资、拿自己的讲课费来支撑实验。当然也得到了很多社会上的支持,比如说国防科技大学、原韶光微电子总厂等等,都曾经分文未收支持他做有关实验。

在王国秋的记忆里,研发过程中遇到的困难实在是数不胜数。从 2006 年开始做这种纽扣式压敏芯片,整整 15 年,作废的材料都是以箩筐计,具体有多少箩筐,他都记不清楚了。

启泰做的是芯片生产的全产业链,只要链上有一个环节出现失误就会导致满盘皆输,可是王国秋为什么还要挑金属基压敏芯片这样一块超级难啃的骨头去硬啃呢?

王国秋笑言,无知者无畏。最开始做这一块压根就没想到难度有这么大,只是做到后来越做越难,过了一关又一关,一关更比一关难。

材料、买设备、做实验,王国秋个人投资的 200 万元很快就没了,还欠下了一堆债,甚至过年的时候都有人上门讨债。庆幸的是,2013 年,经过整整 7 年的技术攻关,金属基压敏芯片关键技术的"堡垒"终于被攻克。

王国秋告诉记者,最艰难的时候,真的一百次想要放弃,但是过两天又捡起来了。他坚信,再多的沟沟坎坎,勇敢地跨过去了,就会到达梦想的彼岸。

目前,启泰公司的核心技术完全自主可控,生产工艺和生产线 100% 自主研发,基材、靶材和光刻胶等关键辅材已完全国产化,光刻机、溅射台、探针台等主要设备实现国产定制。一句话,在金属基压敏芯片领域,国外再也卡不住中国的脖子了。

研制压敏芯片,不仅仅要克服难以计数的技术困难,王国秋还要面对各种赚"快钱"的巨大诱惑。2006 年,很多人热衷于做金融、互联网、股票、地产等这些所谓来钱快的行当,王国秋是学数学和计算机专业的专家,如果涉足这些行业肯定也有赚得盆满钵满的大把机会。但是王国秋一门心思扑在压敏芯片的研制上,股票没开过户,也没有投资一套房子。在他看来,核心技术总要有那么一部分人来做研发、去攻坚克难。

启泰来了最牛"推销员"

7月21日,时任湖南省委书记杜家毫来到启泰公司调研,他一边看一边不时地叮嘱王国秋,要始终坚持创新引领,着力攻克一批核心技术、关键材料,不断提升产品质量和企业核心竞争力,更好地满足市场需求。要依托湖南工程机械、汽车等产业的龙头企业,积极推动产业链上下游合作,在提升国产化水平的同时,帮助企业更好地开拓市场。王国秋自豪地说,杜家毫书记还亲自给启泰当起了推销员。

从长沙市工信局了解到,长沙工程机械产业规模全国第一,但是液压传感器等关键零部件还长期依赖进口。一台工程机械设备价格不菲,从十几万到数百万不等。但是,再庞大的身躯也离不开小小液压传感器的精密传导。湖南启泰传感科技有限公司自主研发的液压传感器装配线目前已经开始量产,有望完全解决长沙乃至全国工程机械产业的液压传感器配套需求。

王国秋自信地说:"湖南工程机械液压传感器的年需求为60万支,公司的流水线设备达产后年产能200万支,完全可以实现本地配套。"

启泰公司的核心技术目前已经实现了产业化,但是如何更好地开拓市场仍然是摆在王国秋面前的一大关键问题。

王国秋发现,虽然一方面我们经常呼唤要拥有自己的核心技术,但是另一方面自主创新的核心技术出来以后,国内的使用者对这些核心技术还是不太认可。如何让市场更快地接受这些自主创新的核心技术?王国秋一直在不断摸索,湖南、长沙各级政府部门的主动作为,也让他深受感动。王国秋说,长沙市工信局为启泰公司引导上下游企业对接,引导主机配件厂相互同步发展,做了大量细致的工作。

对于企业如何参与国际竞争的问题,王国秋有自己的一套打算。他打了一个很形象的比方,现在国际市场主要是美国、德国、日本、英国、瑞士这几家给瓜分了,别人守在战略高地,你要去和别人竞争,那么就一定要有创新思维。启泰提出的口号就是:提质竞争! 在质量更好的前提下,价格还做到更优。

近年来,长沙大力推动制造业高质量发展,围绕"三智一芯"紧抓项目的引进和落地。尤其是芯片,作为关键核心技术,被誉为一个国家的"工业粮食"。虽然长沙芯片产业起步较晚,但依靠自主研发,长沙制造的芯片领域相关产品正不断突破,填补国内空白。近年来,长沙在芯片设计、制造、封测等多个领域全面布局,形成了产业集聚区。今年,总投资10亿元的长沙比亚迪半导体新能源汽车项目在长沙经开区启动,将建设成年产25万片8英寸新能源汽车电子芯片生产线,有效解决新能源汽车电子核心功率器件"卡脖子"问题。

数据显示，今年上半年，长沙新一代半导体及集成电路产业链规模以上企业产值同比增长 21%，部分企业如长城银河、国科微等，同比增长均超过 190%。

作为亲身经历并见证了长沙制造业飞速发展的企业家，王国秋和他的团队始终在核心技术自主创新的道路上奋勇前行。

✐ 记者手记

初见王总，感觉他是一个非常低调、沉静的人，就像他身后的厂房，一排淡灰的色调，不喜张扬。交谈中，王总也是轻言细语，一身浓浓的书卷气，几乎无法和一个在商海叱咤风云的企业家身份联系起来。

"最艰难的时候，真的想过一百次要放弃，但是过两天又捡起来了"，这是王总给记者留下最深印象的一句话。说这话时，王总一脸的云淡风轻，但记者可以分明感受到，这背后是核心技术攻关道路上道不尽的酸楚，更是摸爬滚打、身经百战之后仍然"咬定青山不放松"的坚韧。

2023 年金秋 10 月，又有好消息传来，王国秋携启泰传感新一代图像芯片项目签约入驻城陵矶新港区。该项目总投资 20 亿元，主要设计生产与图像传感器连接的后处理芯片，这也是目前全世界唯一一种在兼容国际 JPEG 标准的基础上实现图像品质跃升的方式。

关键核心技术研发攻坚战是一场硬仗，也是一场持久战，把科技发展主动权牢牢掌握在自己手里，我们需要更多王国秋这样满怀热情、潜心研究、敢闯"无人区"的科技专家和企业家们！

关键核心技术是怎样炼成的？丨长沙如何造出
国际领先的智能制药装备

2020 年 9 月 17 日

曾凡云,1962 年出生,楚天科技股份有限公司董事兼执行总裁,重要创业成员之一,国家食品药品监督管理总局高级研修学院客座教授,中国药科大学工程学院客座教授。至今从事制药机械技术开发和研究近 40 年。

国际一流的智能装备

机械手灵活地揭开药瓶包装盒薄膜,小巧的药瓶从传送带递入设备。理瓶、洗瓶、灭菌、灌装、加塞……一道道工序在机械手和传送带的默契配合下有条不紊地进行。不到一分钟,戴着蓝帽小盖的成品药瓶列队而出。

这是楚天科技研发制造的世界级水平医药无菌生产智能机器人调试检测的现场特写。

该系统生产速度快,性能稳定,无人员干预,无交叉污染,占地面积节约一半,空调净化与人工费用等降低 20% 以上。毫不意外,楚天科技药剂高效分装装备及产业化项目斩获国家科学技术进步奖。

"这不是一件容易的事。"楚天科技股份有限公司执行总裁曾凡云从事研发多年,十分清楚其中的艰辛。

把药剂装入小药瓶,看似简单,其实大有学问。与口服制剂不同,常用于注射的液体药剂直接进入血液系统,分装过程质量失控将直接影响品质,危害生命安全。然而,液体药剂高效分装核心技术长期被国际巨头垄断。中国药剂分装装备产业起步晚,长期受制于人,严重影响了中国医药装备和医药行业的发展。

"自主创新引领行业跨越发展,摆脱国外垄断的桎梏,是企业的应尽之责。"曾凡云表示,2003 年起,楚天科技便启动了该项目的研发。

要实现药剂高效分装,有着不可忽视的三大难题:薄壁药瓶易破碎、灌装精度难控制、异物杂质难检测。

以碎瓶为例,在高速运转的流水线中,一旦药瓶因摩擦或碰撞发生破碎,碎片极有可能溅入药液之内,整批药物质量均难以控制。含有碎片的无菌注射制剂打到人的血管里面后,就有可能产生血管瘤,危害人体健康。

为找到最适合减少薄壁瓶碎瓶的材料,楚天科技先后进行了30余次实验。瓶壁的螺纹状态、粗糙度、耐压度等每一项都需要恰到好处。时至今日,这套高效分装设备的碎瓶率已经控制在了万分之一以内。

通过十多年持续研究,控碎、控量、控质三大技术难关被一一攻破。楚天科技成功研制出5大类119种系列化药剂高效高精分装装备,在分装速度、碎瓶率、产品合格率等多项指标上,达到国际先进水平。

高速预灌封机器人也是楚天科技最新研发的高科技制药装备,目前处于国际领先水平。产线全部做到自动化、智能化,每小时可以达到3万瓶。目前,预灌封注射器在生物疫苗、胰岛素等领域已被广泛应用,前景十分广阔。

让科技人员先富起来

2020年4月28日,楚天科技第四期工程开工建设。工程占地142亩,将建设楚天科技创新中心大楼、人才中心大楼、中央车间、智能中药车间、智能后包车间等一座座现代化的大楼和厂房,还将建设世界医药装备历史博物馆。工程紧密连接楚天科技已有的工业园区,计划5年完成建设,建成后长沙将出现一座在全球都屈指可数的庞大的医药装备基地。

在喜庆热烈的项目奠基现场,曾凡云眼角有些湿润。20年前,楚天科技的前身长沙楚天包装机械有限公司在天心区某畜牧农场内的一个废弃牛棚里成立,那时,曾凡云等企业创始人抵押住房,贷款做启动资金,也做好了创业失败继续打工的准备,谁也没有想到公司会有今天这样的辉煌成就。

"重视人才,重视创新是楚天科技得以快速发展的重要原因。"曾凡云告诉记者。

2003年,楚天成为"亿元企业"。企业赚钱了,曾凡云等高管们考虑的不是给股东们先分红,而是楚天科技未来的可持续快速发展。公司开始拿出巨资大规模地引进人才,并提出了"让科技人员先富起来"的响亮口号。在当时公司总裁拿着每月1200元工资的时候,楚天科技以百万年薪引进技术带头人,这在当时甚至被个别业内人士评价为"疯了"。

"我记得2000年我们创业的时候,我拿600元钱一个月。我们的工艺师那时候招进来1500元、2000元。"说到当时公司管理层勒紧裤带过日子也要高薪招才引智的故事,曾凡云感慨万千。

据了解,楚天科技在2014年上市之前一直都没有进行分红,利润的大部分都投入到研发中去了。公司创立之初,研发投入占销售收入5%左右,近3年来已经超过了10%。2019年,楚天科技销售收入约20亿元,研发投入达1.9亿元,目前,研发人员达到六七百人。

今年,楚天科技一口气招聘了200多名大学生。在楚天科技的员工食堂,记者和一名刚刚从南京农业大学自动化专业毕业的新员工聊了起来。

"公司给你们多少钱一个月啊?"

"这个不能说,有保密协议的,再说刚来还没有拿到工资。"

"你觉得公司的环境、待遇怎么样?"

"这里环境很好啊,和学校差不多,待遇还可以的,要不也不会来,是不是?"

另一位有着多年软件研发经验的工程师则隐约透露,他现在的工资每个月在2万元左右。

"在医药装备领域,我们与德国、日本等国家的差距主要是原创技术、产品质量、品牌效应三个方面。"楚天科技董事长唐岳说,解决这三大问题的根本还是解决人的问题,要建立与先进生产手段相匹配的员工队伍。

2010年底,楚天科技提出"弘扬工匠精神、建立工匠文化、打造工匠队伍"战略,并且从管理机制到薪酬体系,全方位向"工匠"倾斜。6年多来,楚天科技建立起了完善的工匠津贴制度,按照工匠、技师级工匠、大师级工匠的级别,在工资等收入外发放高至1000元/月的"工匠津贴"。

"把产品质量做到极致,把零部件做成工艺品,像工艺品一样,这就是工匠精神。"曾凡云指着公司制造的精密零部件告诉记者。

在工匠理念指引下,楚天科技培养出长沙"焊接状元"贾志光、数控机床大师唐少锋等优秀工匠。

楚天科技股份有限公司从零起步,紧紧扭住"核心技术创新"的"牛鼻子",攻坚克难,奋发图强,一跃成为中国制药机械行业的龙头企业。公司成立20年来,共申请了3000多项中国专利,制修订了国家行业产品技术标准14项,自主研发了一大批国家急需的医药工业重要生产装备,打破了医药装备依赖进口的局面,产品远销至60多个国家和地区。

收购德国制药装备名企

2017年4月,楚天科技联合控股股东等成功并购德国制药装备巨头Romaco(诺脉科)集团。

Romaco 是世界医药装备行业的一流企业,特别是其原理级发明粉末造粒技术、气流式粉末分装技术和压片技术均为世界第一,它是世界顶级医药包装机械及自动化方案提供商,尤其是在固体类药物领域能提供强大的产品和服务。

在此之前,楚天科技只在水剂类制药装备领域具备极大的优势。收购完成后,楚天科技将在固体制剂装备领域实现前所未有的突破,同时成为一流制药装备跨国公司。

"因为楚天也要全球化,要走出海外,像华为一样走出海外,所以楚天的制药装备要在全球做大,刚好我们抓住这个机遇,海外这个 Romaco 公司要进行出售,楚天花了11 亿元人民币把它买下来。买下来的目的是什么,还要引进德国的技术、德国的人才、德国的先进工艺、德国的材料、德国的质量保证体系,再来提升楚天科技制药装备的新的实力和发展水平。"曾凡云道出了楚天科技海外并购的真实原因。

其实,在 2006 年的时候,楚天科技面临的是被德国一家企业收购的局面。

曾凡云告诉记者,当时一家世界知名的德国企业看到楚天科技发展得不错,就想要进行收购。当时德国企业出价 1.1 亿元人民币要控股,要控股 60%,结果被公司管理层否决了。但这家德国企业并不甘心,主动加价到 1.6 亿,而且只占 51% 的股份,这意味着曾凡云等企业创始人每人可以分到六七千万元,在这个颇具诱惑力的协议面前,公司管理层依然毫不犹豫地否决了。

"我们董事长的理想就是,要为中华民族的制药装备争光争气,要形成自己的品牌,所以,我们拒绝这家公司收购。现在你看,这家公司的医药装备业务已经被它自己卖掉了,在 2017 年还找我们收购它。当然,我们已经买了 Romaco 公司,没有那么多钱来买它了。"曾凡云笑着告诉记者。

楚天科技董事长唐岳说,楚天向 Romaco 学习了很多技术和管理上的先进经验,Romaco 在指导楚天提升,楚天也让自身的优势如高效率渗透到 Romaco,企业融合非常顺利,整体上取得了很好的双赢成效。

2018 年 11 月 4 日,楚天科技总装集成部班长刘志华一行 11 人,经过 10 多个小时的飞行,降落在德国法兰克福。楚天科技的这批技术骨干在 Romaco 集团下属 3 家分公司学习交流了 2 个月,不仅学到了很多技术,更让他们铭心刻骨感受到了德国著名的工匠精神。

"和德国工人零距离接触时,我在自己习以为常的事情上明显感受到自己与他们的不同。与 Romaco 同事共事,我看到了他们对生产标准的严格遵守和对品质的执着追求,不比不知道,一比吓一跳。"刘志华深有感触地说。

产业报国的情怀

2000 年,曾凡云 38 岁。

这一年,他从中南制药机械厂研究所工程师岗位上辞职,和唐岳等人下海创业。

人到中年，放着好好的铁饭碗不端，要下海冒险，家里人都有些难以理解。

其实，曾凡云并不想就这么平凡过下去，他想放开手脚干一番大事业，能为中国的制药装备产业做一点贡献。曾凡云告诉记者，当时国内制药装备基本没有自动化流水线，都是半自动化，手工把瓶子拿上去进行灌装，灌装完再拿出来的，和国外先进装备相比，可谓天壤之别。

楚天科技研发的无菌灌装生产线。

一次偶然的机会，曾凡云和楚天科技创始人唐岳做了一次深入交流。

"我说制药装备是中国的朝阳产业，是为人的健康服务的。为什么说它是个朝阳产业呢？因为我们人不管怎么样还是会生病的，是需要打疫苗的。而我刚好是在研究所从事这方面的产品研发。我们董事长非常敏锐，他说我们一起来做制药装备，让中国的制药企业插上智慧的翅膀，让世界制药企业插上智慧的翅膀。"回忆起20年前和唐岳董事长初次交流的往事，曾凡云认为他的理念很新，谈话做事有高度有角度有深度，是个干大事的人。

于是，曾凡云抵押了自己的房产贷款，和唐岳等人一起到"牛棚"创业，发誓要在制药装备制造领域闯出一块新天地。

曾凡云坦承，中国民营企业的平均寿命只有三五年，但他执意下海，还是有所依仗的。

"当时我考虑到因为我是搞技术出身的，万一失败了，我还能有一门技术，还可以给别人去打工。这点钱我还是能挣得回的，这是有底气的。我觉得，成功一定会青睐那些勤奋的人、有智商有情商有胆量的人。只要努力奋斗，以客户为中心，做出高质量的产品和服务，我相信这个市场还是会认可你的。"

20 年过去了,让药企插上智慧翅膀的梦想已经照进现实。楚天科技研发的一些机器人生产线,已经在许多药厂开始投产,原本 200 个人的活只要 20 个人就行了,这不仅大大提高了药品生产效率,降低了药企成本,而且药品生产过程中的污染风险不断降低,安全事故越来越少。

"这些设备能对患者的健康起到积极的促进作用,这是我们最开心的事。"望着厂房内的各种现代化制药设备,曾凡云清癯的脸上露出舒心的微笑。

多大的视野,就有多大的胸怀。从国内到国际,从海外市场拓展到海外资本并购,作为楚天科技的重要创始成员,曾凡云和伙伴们一起,亲历企业创新发展的每一步。这20 年的创业历程,也正是中国医药装备业从手工、半自动化再到智能化发展的缩影。

记者手记

采访楚天科技,笔者有两大感触。

一个是要干出一番事业,一定要有情怀。曾凡云当初抵押房产辞职下海创业,并不是一心想着要发大财,而是做自己内心想要做的事,实现自身价值,产业报国。如果是一门心思赚钱,那别人收购时就可以放手,实现了财务自由去享受生活。有大志向、大情怀、大智慧的人,才能做出大成就。

还有一个,重视人才不是一句空话,要舍得,让科技研发人员先富起来。当公司总裁拿着每月 1200 元工资的时候,楚天科技以百万年薪引进技术带头人,这就是大手笔、大胸怀、大智慧。而华为的创始人任正非,把股份分给员工,自己拥有的股份只有1.4%,让员工真正共享企业发展的成果。一家企业,只有真正把员工当成家人,把员工当成合伙人,才能赢得员工的忠诚和奉献,才能让企业行稳致远。

关键核心技术是怎样炼成的？ | 长沙如何造出国际一流的高空作业平台

2020 年 9 月 18 日

孙荣武，"80 后"技术大咖，有着丰富的工程产品研发经历，目前担任湖南星邦智能装备股份有限公司研究院院长助理兼结构所所长。加入星邦智能 12 年来，帮助企业完善了新产品开发流程，提升了产品开发的质量和效率。在他的指导下，公司完成了全球最大高度曲臂式高空作业平台的设计与样机试制，完成了国内首台混合动力高空作业平台产品的设计与开发工作。先后撰写发明专利 4 篇、实用新型专利 10 余篇。经过 10 余年的发展及持续的研发投入，星邦智能已经在高空作业平台行业中形成了一定的竞争优势，公司国际市场排名由 2017 年的第 26 名上升至 2019 年的第 19 名，国内市场排名第四，产品技术性能、安全性、稳定性、可靠性等方面已获得国内外客户的广泛认可。

世 界 之 最

2019 年 10 月下旬，在上海国际高空作业及脚手架展览会上，一台高大帅气的曲臂式高空作业平台从掀起红盖头的那一刻起，就成为全场关注的焦点。

这一高空作业平台创造了三项世界纪录：曲臂工作高度最高，水平延伸最长，载荷最大。

来看具体参数。

最高施工高度 48.6 米；最大平台载荷 455 公斤；最远水平延伸 25.5 米；最高跨越高度 19.1 米；最大允许作业角度 5 度。

这个强壮的"变形金刚"的制造商就是湖南星邦智能装备股份有限公司。作为国内最早进入高空作业平台领域的工程机械制造厂商之一，这一重磅产品的精彩亮相堪称星邦智能的高光时刻，代表了星邦智能强大的研发和生产能力。

据孙荣武介绍，这一庞然大物从 2018 年开始研发设计，花了将近 2 年的时间。

"当初研制这个打破世界纪录的大家伙，只是要展现公司的实力吗？"记者好奇地问道。

"这个主要还是因为有市场需求。当时中石化四建来我们公司，说他们的冷凝塔越建越高，现在基本上到 50 米左右了，如果去搭建脚手架的话，需要非常多的工人，要花较长的时间，最后还要拆掉，浪费也是很大的。所以他们希望我们能够研发出一款产品，能够伸到 44 米以上，让建筑工人能站在冷凝塔周围去作业。"孙荣武表示，现在这种超高臂车的应用场景还有不少，有较大的市场潜力。

孙荣武透露，目前星邦智能的臂车在国内市场占有率为 25% 左右，排名第一。

核 心 科 技

表 1　高空作业平台类产品在各国导入市场时间

国家	导入时间	目前保有量, 台	发展历史, 年
美国	1969	530000	48
欧洲	1975	285000	42
日本	1978	98000	39
新加坡	1980	12000	37
澳洲	1982	48000	35
印度	1985	8000	32
韩国	1989	50000	28
中国	2002	4200	15

从中商产业研究院制作的这张图表可以看出，中国的高空作业平台导入市场时间落后欧美国家二三十年，在国外高空作业平台制造技术已经比较成熟的情况下，国内的厂商能不能实行"拿来主义"，站在巨人的肩膀上，实现后发赶超呢？

"国外同行企业因为他们有几十年的产品开发经验，他们在这一块有很多产品，在开发这些产品的过程中，就已经做了很多专利的布局。我们要绕过他们的专利，就要有自己的一些创新。如果我们使用了他们的专利，那我们就侵权了；如果我们购买他们的专利，那我们的产品就基本上没有利润空间了。"孙荣武告诉记者，国外现成的技术并不好"拿"，这逼得他们只能避开外国专利，自主研发。

"别人的路我们不走，我们要走出一条自己的路来，那这条路的话可以说是摸着石头过河，是非常难的。"孙荣武坦言。

为了防止侵犯别人的专利，星邦智能研发团队首先是分析现有的各种各样的专利，再针对公司产品的技术问题，在内部研究讨论，形成多个解决方案，最后专家团队对各个方案进行评比,敲定最终的技术方案。

"为了吃透各个国家的专利,我们研发团队的英文水平都得到了极大提升。"孙荣武笑着说。

高空作业平台最关键的是安全。要确保安全,要保证设备不会因为重心不稳而侧倾,通常的做法是增加配重,降低重心。但星邦智能为避免专利侵权不走寻常路,通过姿势控制、优化臂架材料等方式来稳定和降低重心,技术难度显然要大很多。

"这样做需要大量的计算和测试,我们的设计师不仅头发白了,还掉了不少头发,聪明绝顶。"孙荣武告诉记者。

星邦智能高空作业平台的核心技术,就是依靠研发人员这样"扎硬营、打死仗"一点一滴换来的。通过12年的持续研发和积累,截至2020年5月31日,公司拥有专利共142项,其中国内发明专利19项,实用新型专利112项,外观设计9项,国外专利2项。

基于对星邦智能在高空作业平台领域生产和研发技术的肯定,世界排名前十的工程机械制造巨头JCB于2016年3月与星邦智能达成合作协议,向其购买特定知识产权共有权及中国专利使用权。能够向工程机械行业的扛把子出售技术,从另一方面也证明星邦智能在核心科技方面的确有两把刷子。

智 能 迭 代

当前,国内高空作业平台市场空间广阔,看似一片蓝海,但实际上竞争对手也不少,众多国内机械制造企业纷纷高调布局这一细分市场,比如浙江鼎力、临工重机、中联重科和徐工机械等。在强手环伺的竞争格局下,孙荣武和公司管理层一致认为,唯有向更高水平智能化升级迭代,才有可能突围而出。

为此,星邦智能在计划公开发行股票募集的资金中,有6000多万元将用于研发中心的建设。

据孙荣武透露,公司高空作业平台后续的智能化包括三个方面:安全控制智能化、产品作业智能化、产品管理智能化。为此,公司成立了智能化所,对产品的智能化进行专门研究。

很多高空作业环境是比较恶劣的,比如造船厂的喷砂环境,比如核电站的安装,比如焊接的环境等,施工人员过去有很大的危险性。因此,星邦智能正在攻关智能手臂、远程操控、自动驾驶等技术,让设备自主到达恶劣的作业环境,通过末端的机械手臂等,替代人工轻松完成清洗、焊接等危险作业。在智能管理方面,将结合互联网平台,逐步实现远程程序下载和更新,通过大数据分析,反过来提升产品的设计质量,同时通过互联网对客户进行远程协助和培训。

根据星邦智能招股说明书,目前公司在董事长刘国良的带领下,正在紧锣密鼓地开展混合动力高空作业平台、电驱剪叉产品系列化及产业化、全新物联网平台建设开发等6大研发任务,研发投入近2000万元。

与此同时,星邦智能还与湖南大学、中南大学、株洲时代电子技术有限公司联合开展技术攻关,储备新的技术和产品。

百 折 不 挠

"百折不挠,永不止步"是星邦智能从无到有、从弱小到壮大的12年发展历程的真实写照,也是公司创始人、董事长刘国良的坚定信念。

星邦智能成立于2008年2月28日。公司成立之初,自行式高空平台产品在中国才刚刚兴起,除了造船厂,其他地方很少见到这种产品。当时,既没有成功的经验可以借鉴,更别说拥有经验丰富的研发团队;技术参数和工艺流程在当时都是一片空白。星邦人从零开始,在高级工程师出身的刘国良的带领下,拼命苦干,只半年多的时间就开发出了第一代产品。

星邦智能员工正在测试高空作业平台性能。

2009年3月,营销部门通过不懈努力拿下了5台订单,公司一片欢腾,终于看到了成功的曙光。6月底,5台产品顺利装配完毕,进入调试阶段。按照正常流程,十天左右的调试期满后就可以交付给用户。然而,在后期调试中,工作人员发现了一个故障,当臂架伸展到一定的长度后,上车会出现抖动,操作员在工作篮中作业甚至明显感觉到腿麻。

一边是客户天天催货,一边是产品无法达到设计要求,怎么办?公司立马召开紧急研讨会,一致决定,暂不发货,绝不将存有安全隐患的产品投入市场。

一场技术和质量攻关战随即展开。技术小组迅速分析各种可能性,对影响质量工序的人、机、料、法、环、测六大因素进行排查,连夜分析出质量鱼骨图,并对油缸、臂架、阀、泵、装配等问题,甚至是液压油本身也都进行了逐一检验,绝不放过可能导致故障的任何一个环节、一个因素。

时间一天天流逝,臂架前后装拆6次,可是故障依旧,产品交付遥遥无期。问题到底出在哪?到底遗漏了哪些环节?难道这个产品有常人未知的诀窍吗?星邦智能就这样夭折在前进的路上吗?刘国良百思不得其解。星邦智能的员工每天都在煎熬和等待中度过,焦急地等待转机的出现。可是近2个月的试验,几百次排查故障原因,一个又一个外部专家会诊,仍是一筹莫展。

功夫不负有心人。在一次下班后的车间巡查中,刘国良无意中发现,拆解下来的伸缩油缸正下方出现了一条细长的划痕,刘国良又惊又喜,立马通知技术和质量部门分析查验,终于找到了臂架抖动的原因。

3天后,抖动摇晃的故障终于排除了,整个公司欢呼雀跃。12年后,刘国良和孙荣武还时不时地向技术人员讲述这一故事,要求研发人员把"百折不挠,永不止步"这8个大字牢牢刻印在心里。

股 权 激 励

星邦智能总经理许红霞回忆说,在2015年的时候,看到高空作业平台的远大"钱"程,三一、中联、柳工三大工程机械行业巨头继徐工、临工之后宣布进入这一细分领域。

巨头们的每一次抢滩,加上诺力、中力等有一定实力的企业也纷纷扎堆进入,一场人才争夺大战不可避免地爆发了。

为了留住宝贵的技术和营销骨干,星邦智能先后设立了2个员工持股平台,对70名骨干实行股权激励。孙荣武作为2009年即进入公司从事产品研发的核心技术人才,不仅能拿到不菲的年薪,还拿到了不少公司股份。

"股权激励体现了科研人员的价值,让科研人员可以心无旁骛地钻研业务,和公司共同成长,荣辱与共。"孙荣武开心地说。

12年来,星邦智能一直专注于高空作业平台这一工程机械细分领域,被工信部认定为专精特新"小巨人"企业。

2019 年,公司营业收入达 8 亿多元,净利润 1 亿多元,员工总数 641 人,成为掌握核心科技、行业排名靠前的知名企业。长沙作为中国工程机械之都,目前已拥有三一重工、中联重科、铁建重工、山河智能四大行业巨头,我们也衷心希望,星邦智能能抢抓机遇,持续创新,努力成为长沙工程机械行业的第五极。

✏️ 记者手记

依靠高空作业平台这样一个单品跻身国际工程机械 50 强,星邦智能做到了。

作为专精特新小巨人企业,其诞生和发展,都离不开长沙——世界工程机械之都这片沃土,这里有人才、有技术、有零部件配套,星邦智能和三一重工、中联重科、山河智能、铁建重工等巨头一道,共同组成世界级先进制造产业集群。

笔者发现,巨头间的竞争也十分激烈,中联重科、山河智能等都开发了自己的高空作业平台产线,星邦智能要想立于不败之地,只能持续进化。

单一产品意味着抗市场风险的能力较弱,一旦市场饱和,企业便面临下行周期,这也是星邦智能不能不面对的残酷现实。中国智造注定不会是一帆风顺,唯有向科技要竞争力,别无他法。祝愿星邦智能乘风破浪,一往无前。

关键核心技术是怎样炼成的？｜长沙是如何快速研发出新冠病毒核酸检测试剂的

2020 年 9 月 19 日

刘佳，湖南大学硕士，圣湘生物科技股份有限公司生命科学研究院副院长兼研发总监，从事传染病、肿瘤、遗传病等领域基因诊断技术和产品研发工作长达十余年。

面对突如其来的新冠肺炎疫情，在中国体外诊断领军人物、圣湘生物董事长戴立忠的带领下，刘佳和研发团队勇担重任，全力以赴进行新型冠状病毒 2019-nCoV 核酸检测试剂盒（荧光 PCR 法）的开发、注册及优化工作。

在刘佳及团队的努力下，圣湘生物第一时间研发出精准、快速、简便、高通量的新冠病毒核酸检测试剂盒，是国内最早获批国家药监局注册证书的前 6 家企业之一，产品已服务全球 140 多个国家和地区疫情防控一线。

一 鸣 惊 人

8 月 28 日，圣湘生物正式登陆上交所科创板，成为沪深两市"抗疫第一股"，当日市值突破 500 亿元。

上半年，圣湘生物实现营收 21 亿元，同比增长近 12 倍；归属于母公司股东的净利润为 12.32 亿元，同比增长近 147 倍。圣湘生物还在招股说明书中披露，预计今年前三季度可实现营业收入 29.96 亿元，与上年同期相比增长 1131.11%。

圣湘生物 2020 年以来业绩快速增长，关键在于公司研发的新冠病毒核酸检测试剂盒产品以及相关设备和服务得到市场广泛认可，相关产品销量激增。

圣湘生物研发的新冠病毒核酸检测试剂盒产品于 2020 年 1 月 28 日获批上市，系国内新冠病毒检测产品最早获批上市的前 6 家企业之一。

2020 年 3 月，国家卫生健康委临检中心发布的《全国新型冠状病毒核酸检测室间质量评价结果报告》表明，使用圣湘生物新冠核酸检测试剂的实验室数量为 258 家，排名行业第一。3月29日,中国驻菲律宾大使馆就有关援菲新冠肺炎检测试剂质量的事宜发表声明。声明明确指出,经菲卫生部确认,中国援菲的10万人份圣湘核酸检测试剂盒质量非常好,上述试剂盒已正式投入使用,为菲政府快速应对疫情发挥了重要作用。

招股说明书指出,今年4—6月,圣湘生物新冠病毒核酸检测试剂对第三方检测中心的销售收入占境内销售的比重为44.61%。截至今年6月末,公司研发的新冠病毒核酸检测试剂盒已供往国内外近3885.13万人份(其中约1380.24万人份供往国际市场)。目前,圣湘生物新冠病毒核酸检测产品已服务全球140多个国家和地区疫情防控一线,"圣湘方案"成为很多国家当地抗疫核酸检测的主导方案,也让全球各个国家进一步了解了中国"抗疫方案""抗疫经验"。

快 速 反 应

天下武功,唯快不破。

2019年12月底,刘佳和他的研发团队获知发生不明肺炎传播的消息。作为一直以来在传染病核酸检测试剂领域不断跟踪研发,参与了埃博拉、寨卡、登革热、禽流感等传染病应急防治的团队,职业敏感让他们迅速行动起来。

2020年1月10日,我国科学家公布了新冠病毒基因序列,虽然当时只有一条序列,但刘佳和他的研发团队如获至宝,立即进入24小时连续攻关模式。寒冷的冬夜,研发办公室灯火通明,虽然辛苦,但研发人员个个精神抖擞、信心满满,因为他们明白,大显身手的时候到了!他们也明白,时间就是生命,控制传染病,必须和时间赛跑!

在没有硝烟的战场,研发小组"KO-nCoV(打倒新型冠状病毒)"战役就此打响。

夜已深,但圣湘生物研发人员仍在紧急攻关。

"那几天我们做的实验每天有上百个,有时候一做就做到了凌晨,整个园区只有我们研究院办公区的灯还亮着。"研发小组一位成员回忆说,除了吃饭,几乎没有踏出实验室半步。

3天后,也就是1月14日,圣湘生物研制出新冠病毒核酸检测试剂,随后进入临床测试和进一步完善阶段。

"若有召,召必回,回能战!"面对武汉封城的严峻局面,研发团队始终保持旺盛的斗志。放假已回到家中的研发人员,来不及在家中停留,便义无反顾地返回。除夕当天,办公室内已聚集了从四面八方归来的研发人员,盒饭、泡面便是大家的年夜饭。正月初二(1月26日),大部分研发人员取消休假回到工作岗位。

一边研发测试,一边申报注册。1月28日,圣湘生物新冠病毒2019-nCoV核酸检测试剂盒(荧光PCR法)通过国家药品监督管理局应急审批,获得医疗器械注册证书。

"精准、快速、简便、高通量!"在总结圣湘生物新型冠状病毒核酸检测试剂优势时,公司董事长、国家高层次人才、"疫情防控应急技术攻关小组"负责人戴立忠一连用了4个词语，并将其简称为"圣湘方案"，"它能够助力识别疑似病例特别是隐性感染者，快速分流患者，防止交叉感染，服务疫情防控"。

在武汉封城前，圣湘生物便调集精干力量，在武汉成立了10余人的疫情防控战斗小组，他们与医者同行，为疫情防控提供相应的技术支持。同时，正月初一就向武汉免费送去了价值超1000万元新冠病毒核酸检测试剂、全自动核酸提取仪等抗疫急需物资，助力湖北破解早期新冠病毒核酸检测能力不足和检测效率较低的瓶颈；在常态化疫情防控下，又向湖北捐赠100万人份新冠病毒核酸检测试剂，助力应检尽检、愿检尽检。

厚 积 薄 发

站在圣湘生物的专利墙面前，记者明白了，所有的成功都不是偶然，核心技术的不断积累，一定会让量变引发质变。

自2008年4月公司成立以来，圣湘生物已经取得专利授权80件；获国家科技进步二等奖、中国专利优秀奖等国家级重大创新奖项20余项，并评为国家知识产权示范企业。

来看下公司的发展历程：

时间	发展历程
2008	核酸产品线启动 国内率先在产品开发中引入内标体系全流程监控
2009	高精度"滋珠法"技术问世 国内首个国产高敏乙肝核酸试剂上市
2010	操作简便、快速的"一步法"技术问世 首个产品获欧盟CE认证
2011	自动化仪器产品线启动 高敏丙肝、乙肝一步法、性病等近10个核酸产品上市
2012	自筛产品线、生化产品线启动 磁珠法自动化核酸提取仪上市
2013	基因测序产品线启动，成立第三方医学检验机构圣维尔医学检验所 手足口、HPV、结核、肺炎支原体、EB等30多个产品上市
2014	NIPT、肿瘤、个体化用药等基因测序产品线和生物信息平台建设全面展开 一步法自动化核酸提取仪上市
2015	POCT、液相芯片、多重PCR技术平台建立 科研产线、动物产线成立 高通量Natch S全自动核酸提取系统上市
2016	Natch CS+SUPRall通用型全自动核酸提取系统上市 HPV、甲流、乙肝YMDD等近10项产品上市
2017	分子实验室整体解决方案推出 圣维尔医学检验中心获ISO15189医学实验室认可

续表

时间	发展历程
2018	血液筛核酸检测试剂上市 呼吸道七联检核酸检测试剂、禽流感核酸检测试剂等 20 多个产品获 CE 证书
2019	超敏乙肝、超敏丙肝、STD 三联检等核酸测试剂上市 POCT 移动分子诊断系统上市
2020	新冠核酸测试剂、手足口三联检核酸检测试剂上市

从圣湘生物的发展历程来看,这无疑是一家技术驱动的科创公司,依靠的是源源不断的高科技产品的推陈出新,实现市场的不断拓展。从上面的图表也可以看出,72 小时研制出新冠病毒核酸检测试剂并非天方夜谭,毕竟公司掌握了病毒核酸检测试剂研发的一系列核心技术。

圣湘生物招股说明书指出,公司掌握的核心技术包括"高精度磁珠法""一步法""全自动统一样本处理""POCT 移动分子诊断""多重荧光 PCR""高通量测序""微磁盘液相芯片""生物信息技术"等。在这些核心技术的基础上,只要掌握了新型病毒的基因序列,相应的检测试剂和检测设备就能在较短时间内研制成功。

"试剂检测重要的两个步骤:第一步,把病毒抓出来,技术不到位,病毒就揪不出;第二步,就好比是给病毒拍照,像素不行的话,找出了病毒也拍不出效果。而恰恰我们在这两个环节上都有技术优势,平台决定了我们能做到快速和准确。"刘佳打了个形象的比方。

圣湘生物研发项目总监、湖南省"百人计划"专家纪博知,基于公司 10 余年的"一步法"技术沉淀基础,针对新冠病毒核酸检测进行了技术创新,突破了行业之前 RNA 核酸检测必须经过烦琐的核酸提取纯化后再进行扩增检测的瓶颈,大大提升了检测效率。

浙江大学研究生谭德勇 2015 年进入圣湘生物,多次参加技术攻关。面对新冠病毒,一开始,寻找能和病毒相匹配的引物探针让他伤透了脑筋。引物探针类似鱼饵,要检测不同的病毒就类似于要钓到不同种类的鱼。他的设计,就是要找到相对应的鱼饵来钓鱼,需要兼具良好的特异性和保守性。所谓特异性好,就是检测试剂只认新型冠状病毒,不会与其他病毒出现交叉;所谓保守性好,通俗来讲就是检测试剂不能只认男的,不认女的,而是要找一个男女老少都能辨认的共同特征。

刚开始研发产品时,谭德勇他们的设计团队找了数十对引物,每一对引物探针的背后都付出了极大的时间和精力。到后来谭德勇才知道,在复杂的新冠病毒面前,数十对引物探针设计就像是万里长征才刚刚开始。

"我们在极短的时间里开发出这么精准、简便的应对疫情的产品,关键还是因为有 10 多年的技术积累。"谭德勇解释说。

技 术 基 因

从 2008 年创业开始,圣湘生物就注定是吃技术饭的。

公司的创始人、董事长戴立忠是宁乡人,北大毕业后留学美国,在普林斯顿大学取得了硕士、博士学位,在麻省理工学院完成了博士后学习,毕业后,又在美国核酸检测领军企业(Gen-Probe)从事技术研发近 10 年。

"圣湘人有两个梦,一个是产业报国梦,一个是全民健康梦。"戴立忠介绍,产业报国梦是指改变国内医疗诊断技术较为落后现状,打破进口垄断,振兴民族产业;全民健康梦是指提供高性价比的先进技术和产品,让老百姓用得起、用得好先进医疗检测服务。

2008 年创办公司后,戴立忠牵头发明了国内首个高敏乙肝核酸试剂。"经过湘雅等多所医院近半年的临床实验,圣湘研制的试剂,比美国现有技术更先进。"时任中南大学湘雅医院感染科主任谭德明教授如此评价。

好产品自然受到市场欢迎。2010 年,仅凭这一个产品,"圣湘"收入 3000 多万元。直到今天,圣湘生物的病毒性肝炎系列检测试剂一直都是公司的拳头产品。随着一系列高性价比产品的不断推出,部分进口产品的价格下调了 50% 以上。

目前,圣湘生物聚集国家级、省级行业领军人才近 10 名,长沙市高层次人才近 20 名,获批组建了国家基因检测技术应用示范中心、感染性疾病及肿瘤基因诊断技术国家地方联合工程研究中心等近 10 个国家和省级重大创新平台,承担国家"十三五"重大科技专项等国家级和省级重大项目 30 余项。公司作为起草单位之一,参与了核酸提取、质控品研制、扩增试剂盒、分子诊断产品性能评价等近 10 项分子诊断行业标准建立,参与了 10 多个国家标准物质定标。

求 贤 若 渴

作为圣湘生物呼吸道产线总监,任小梅领导着一支科研团队,开发呼吸道病原体诊断试剂。她所承担的科研项目,能够帮助病人快速识别是何种病因引发的呼吸道感染,缩短治疗时间,以及避免滥用抗生素。受益的人群有 6 岁以下的孩子、老人、免疫力低下的群体,以及孕妇等。

任小梅老家四川,与长沙的缘分最早要追溯到在中南大学求学,之后被公派至牛津大学攻读生物化学博士。学成回国,到学校办理相关手续时,遇到了圣湘生物的首席技术官。看到任小梅的简历后,对她说:"你的知识背景,与我们公司的发展方向高度契合,不如来我们公司试一试?"

任小梅接受了邀请,到圣湘生物参观,并在研发部做了一个讲座,主题是新型DNA 荧光标记技术。讲座受到热烈欢迎,公司董事长戴立忠博士对任小梅说:"你不

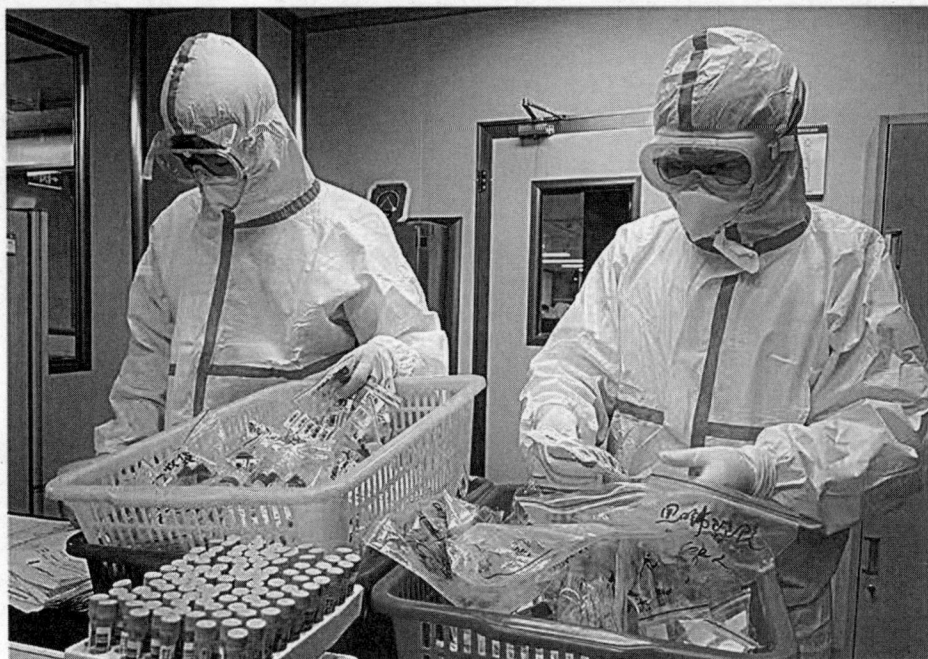

长沙圣湘生物科技股份有限公司科研人员正在实验室忙碌。

要去其他城市了，就来长沙，来我们圣湘生物。这里将提供一切条件，为你的研究助力。"

记者还了解到，圣湘生物对于研发团队有项目研发激励，同时研发团队还能参与产品上市后的收益分享。此外，对于申请专利、发表论文、课题合作等，均有相应的激励机制。这样，公司更好地调动了研发人员的积极性和创造性，将公司的利益和研发人员的利益紧紧捆绑在了一起。

当前，生物医药产业方兴未艾，我们衷心祝愿，凭借资本市场的助力，圣湘生物在核酸检测等前沿分子医学领域乘风破浪，努力实现将企业打造为国际龙头企业的宏伟目标，为全世界人民提供用得起、用得好的基因技术、产品和服务。

记者手记

在圣湘生物接待大厅，笔者看到一整面的专利墙，细心数了下，半数以上都是发明专利。这些发明专利，实打实地证明这是一家高科技公司，是一家振翅高飞、前途无量的公司。

但是，和美国相比，国内的生物医药技术和产业都还有相当大的差距，国外的癌症治疗靶向药物等,在国内都是卖出天价。希望有更多专家学者能创新创业,在生物医药等领域大显身手。

核心技术的掌控不可能一蹴而就,特别是在生物医药领域,投资巨大,从实验到临床要经历较长时间,政府应综合施策,对这类企业大力扶植,让更多的圣湘生物涌现出来。

关键核心技术是怎样炼成的？ | 北斗助推，长沙手可摘星辰

2021 年 9 月 16 日

"河汉纵且横，北斗横复直。"早在先秦时期，智慧的中国人就在浩瀚的星空发现了独特的北斗七星，并以它来指引方向、辨认四季、确定时辰。

2000 多年后的今天，同样是在这片浩渺苍穹，我国自主研发的由 50 多颗人造卫星组成的北斗卫星导航系统熠熠生辉、服务全球，犹如天河中一座闪亮的灯塔，指引着国人继续探索那无穷的远方、美好的未来。

今天，国家主席习近平向首届北斗规模应用国际峰会致贺信。习近平主席指出，当前，全球数字化发展日益加快，时空信息、定位导航服务成为重要的新型基础设施。去年 7 月我宣布北斗三号全球卫星导航系统开通服务以来，北斗系统在全球一半以上国家和地区推广使用，北斗规模应用进入市场化、产业化、国际化发展的关键阶段。

首届北斗规模应用国际峰会今天在长沙开幕。此次峰会的主题是"北斗服务世界，应用赋能未来"。

那么，"高大上"的北斗卫星导航系统到底给我们的日常生活带来了哪些实实在在的好处？其中的一些关键核心技术到底是怎样炼成的？来看记者的调查。

北斗：为美好生活导航

从打开手机地图导航，到外卖点餐，再到停放共享单车或者是在车库里停车，作为国家重要基础设施的北斗导航系统，其实已经渗透到我国经济社会发展的各个方面。

长沙北斗产业安全技术研究院是在我国北斗二号卫星导航系统副总设计师谭述森院士推动下，由长沙市政府批复成立的国内首个北斗时空信息安全协同创新平台。在位于长沙高新区的长沙中电软件园，长沙北斗产业安全技术研究院执行院长明德祥博士为我们非常生动地介绍了北斗导航系统在我们身边的应用。

明博士要我们把手机上安装的北斗导航地图 APP 打开,通过这个软件可以看到,所有标注五星红旗的就是我国的北斗卫星,一个五星红旗标志对应着一颗北斗卫星。

我们发现,标有五星红旗的北斗卫星比美国 GPS、俄罗斯格洛纳斯、欧盟伽利略等系统的卫星都要多。

明博士介绍,我们系统参与的卫星越多,我们的定位精度就越好,北斗系统为我们每一个用户的定位服务作出了很大的贡献。可以说,北斗系统就在我们的身边,就在我们每个人的手机里。

明博士告诉记者,北斗导航系统除了可以为用户提供定位、导航与授时三大基本功能外,还可提供短报文通信、国际搜救等特色功能。作为全国北斗卫星导航应用三大示范区域之一,北斗在湖南省已覆盖交通、农业、林业、智能驾驶、桥梁监测、防灾减灾和大众应用等诸多领域。"北斗+"正在各行各业大显神通。

北斗+防灾减灾领域。2020 年 7 月 6 日,常德石门县雷家山发生重大山体滑坡,在滑坡发生前 3 小时,北斗微芯研制的北斗高精度智能地灾监测预警系统便发出滑坡红色预警,当地及时撤离 11 户 33 人,成功实现了大型自然灾害下"零伤亡"。

北斗+智能视频监控报警。车辆行驶过程中,司机闭眼时间超过两秒或多次闭眼、超速、未系安全带、抽烟、接打电话等不安全驾驶行为都纳入识别范畴。

北斗+物流领域。湘邮科技的北斗邮政物流领域应用示范项目成功获批国家北斗二号重大专项,已在 3 万台邮政快递干线车辆上应用,实现了对车辆更科学更精准的管理。

北斗+高铁运行。2019 年 12 月,京张高铁开通运营,京张高铁成为中国第一条采用自主研发的北斗卫星导航系统的高铁,标志着在信号控制和定位上第一次实现了国产化。

追逐"北斗梦想"的开路先锋

英国天文学家普罗克特说:"梦想一旦被付诸行动,就会变得神圣。"明德祥博士就是这样一个追逐神圣的"北斗梦想"的人。

明德祥博士先后主持承担北斗二代重大专项、北斗二代关键技术攻关项目、北斗三号重大专项等国家级重大科技攻关项目。20 多年埋头苦干,明德祥博士见证了我国北斗导航系统从无到有、不断发展壮大的过程。

明德祥博士介绍,1994 年,我国正式启动北斗卫星导航项目试验系统建设;2012 年,北斗导航正式运行,向亚太地区提供服务。2020 年 7 月 31 日,北斗三号全球卫星导航系统正式开通,中国成为世界上第三个独立拥有全球卫星导航系统的国家。

2020 年 11 月 24 日,由长沙北斗产业安全技术研究院团队联合相关单位共同承担

北斗系统组网卫星。

的某型号导航信号模拟器——北斗全球信号重大专项项目顺利通过国家验收，奠定了团队自主研发的北斗三号卫星导航信号模拟器在行业中的领军地位。

明德祥博士不无感慨地说，从 1994 年北斗一号系统工程立项，到如今北斗星网闪耀全球，中国北斗人走过了从"埋头追赶"到"昂首领跑"，从"受制于人"到"自主可控"，从"区域服务"到"全球指路"的艰辛历程。

卫星导航信号模拟器作为卫星导航系统论证、建设和应用不可或缺的尖端设备和基础仪器，代表着一个国家卫星导航系统建设与应用的技术水平。北斗系统建设之初，欧美专家曾在各类国际场合公开表达嘲讽之意："一个连卫星导航模拟技术都没有掌握的国家，要建设自主可控的卫星导航系统简直是天方夜谭。"

明德祥博士说，对于这样的冷嘲热讽，他和他的团队铭刻在心，因此铆足了一股劲攻克技术难关。在北斗二号系统建设期间，长沙北斗产业安全技术研究院团队研发的模拟源系列产品，终于攻克了可重构模拟源平台等六大关键核心技术。

从北斗二号系统建设一路走来，明德祥博士和他的团队的故事足足可以写几本厚厚的书。明德祥博士回忆，2007 年在北斗系统建设的关键时期，他们团队平均每天工作 14 个小时以上。有时干脆就住在了办公室、研究室，基本上就是在行军床上躺两三个小时，接着又马上投入到研究当中。

哪怕在最困难的时候，明德祥博士都没有想过要放弃。他告诉记者，首先是他觉得没有理由、没有资格去放弃，因为这是国家委以团队的重任；其次，他觉得他已经爱上了这个事业，"当一个人爱上一个事业的时候，哪有什么放弃可言？"

核心技术是要不来、讨不来、买不来的。如今，明德祥博士带领团队完成了核心技术的突破，他说他真的感受到了扬眉吐气的那股自豪。"无论技术多难，我们都不能够轻言放弃,我们都应该努力为国家的自主创新去努力,去作出自己的贡献",明德祥的言语中透露出无比的坚定。

北斗产业"湘"约未来

正所谓"无湘不成军",说到北斗产业,自然离不开"北斗湘军"。

2013年12月16日,湖南省北斗卫星导航应用示范工程正式启动。

2014年7月,长沙市政府出台了《关于加快北斗卫星导航应用产业发展的意见》,决定从2014年到2016年,每年安排5000万元,作为北斗卫星导航应用产业发展专项资金,对落户企业给予支持。

2014年10月,湖南省政府出台了《关于促进地理信息产业发展的实施意见》,将卫星导航产业作为重点扶持产业。

2014年10月,长沙市政府出台了《北斗卫星导航应用产业发展规划(2014—2020)》。

2016年8月,长沙作为全国北斗卫星导航应用三大示范区域之一,率先发布《长沙市加快北斗产业发展三年行动计划(2016—2018年)》,正式批复成立长沙北斗产业安全技术研究院,明确将依托长沙高新区着力打造国内最具规模的北斗产业基地、产业高端人才集聚地和产业应用示范集聚区,成为全国领先的"北斗之城"。

2017年10月,成立了长沙市航空航天(含北斗)产业链,引进和培育了北云科技、矩阵电子、海格北斗、北斗微芯等一批骨干企业。海格北斗研制的全国首颗支持北斗三号全功能的导航芯片,在国家北斗办组织的专项比测中荣获第一。

记者了解到,目前,北京、上海、长沙、深圳、广州等九大城市聚集了业内绝大部分龙头企业。长沙是北斗技术的策源地,创新实力领先全国。国防科技大学聚集了国内北斗产业80%以上的核心技术资源;长沙市北斗领域拥有3个院士工作站、5个重点实验室、10个工程技术研究中心;长沙市北斗企业超过150家。

在长沙,"北斗+"产业已基本实现空间段、地面段和用户段的全覆盖。空间段有国防科大、天仪研究院、迈克森伟等;地面段有国防科大和北斗产业研究院等;用户段有长沙海格北斗、北云科技、北斗微芯等为代表的一批龙头企业。

在产业生态体系方面,长沙已形成了"一园一院两平台两中心"的产业发展格局,即国家(长沙)北斗专业特色园区,长沙北斗安全技术研究院、长沙先进技术研究院,北斗导航产品(2301)检测中心、湖南省无线电公共技术服务平台,测控与导航技术国家地方联合工程研究中心、北斗导航对抗技术湖南省国防科技重点实验室。

凭借雄厚的人才优势和产业基础,一个以北斗应用为基础的千亿产业集群,在长沙呼之欲出。

明德祥博士告诉记者,在长沙,北斗产业下一个阶段面临的问题就是北斗规模应用的问题,这也是"三高四新"战略在湖南具体落实的一个重要举措。

金秋的夜晚,人们仰望星空,它是那样寥廓而深邃、庄严而圣洁;它是那样自由而宁静、壮丽而光辉。人类对科学、对真理的探索和追寻,亘古不变;古老而现代的长沙,在追随宇宙星辰的征途上,正脚踏实地,砥砺前行。

✏ 记者手记

关键核心技术是国之重器,对推动我国经济高质量发展、保障国家安全都具有十分重要的意义。作为"北斗湘军"的主力军,长沙北斗研究院一直致力于集聚力量进行原创性引领性科技攻关,实现关键核心技术自主可控。在节目访谈过程中,记者被长沙北斗科研人员勇攀高峰、敢为人先的创新精神所深深感动。

马克思曾说:"在科学上面是没有平坦的大路可走的,只有那在崎岖小路上攀登不畏劳苦的人,才有希望到达光辉的顶点。"勇攀高峰、敢为人先的创新精神,是新时代科学家精神的内涵之一。

2023 年 9 月 1 日,"长沙市全力建设全球研发中心城市首开式暨长沙北斗研究院总部基地开工仪式"顺利举行。极具象征意义的是,长沙北斗研究院总部基地项目,又名"北斗足迹",昵称"大脚丫"。"北斗足迹"代表北斗建设发展的历程;"大脚丫"代表科研团队团结奋进的精神。

道阻且长,行则将至。大力弘扬勇攀高峰、敢为人先的创新精神,我们必能征服一座又一座科技高峰,让现代化科技强国的梦想早日照进现实。

山河智能:先导式创新助推产业报国梦

2021 年 9 月 17 日

2020 年 9 月 17 日,习近平总书记在长沙考察山河智能装备股份有限公司时,勉励山河智能员工说:"你们的创新精神给我留下深刻印象。创新是企业经营最重要的品质,也是今后我们爬坡过坎必须要做到的。关键核心技术必须牢牢掌握在我们自己手中,制造业也一定要抓在我们自己手里。"

又到金秋收获季。

2021 年 9 月 15 日,山河智能"逐梦山河 不负使命"创新成果展示会在长沙山河工业城举行。记者在现场看到,山河工业城三期项目主干道两边,地下工程、绿色矿山与冶炼、起重与高空机械以及应急救援四大成套装备展机一字排开,接受观展者"检阅"。

一年来,山河智能认真贯彻习近平总书记重要讲话精神,坚持自主创新发展,深化"一点三线"战略布局,创新产品呈现出喷涌之势,交出了一份亮眼的答卷。

靓 丽 答 卷

一个月前,山河智能装备股份有限公司发布 2021 年上半年度业绩公告,报告期内,实现营收 68.87 亿元,同比增长 57.24%;归母净利润 5.32 亿元,同比增长 33.36%;总资产规模达到 192.05 亿元,对比上年度末增加 10.64%。

对比长沙工程机械"四大金刚"2021 年半年报不难发现,山河智能的营收增速是最快的。值得注意的是,山河智能在科技创新方面的成果更加喜人,2021 年上半年,山河智能申请专利项目数量同比增长 214%。

公司承担的工程机械数字样机及孪生技术研发项目被列入 2021 年湖南省十大技术攻关项目;节能技术上榜中国科协发布的 2020 年度"科创中国"系列榜单中的装备制造领域先导技术榜单;开发了国内首台 5G 智能遥控旋挖钻机;自主研发的超级全液

压履带桩架高度创世界之最。

山河智能依托在液压领域的技术优势,积极突破进口件"卡脖子"问题,加快了关键零部件国产化进程,目前旋挖钻机和挖掘机的高性能液压元件已部分实现批量化生产与应用;2021 年 5 月,山河智能无锡必克精密液压零部件扩能项目开工建设,项目建成后,可年产 30000 套精密液压零部件,可极大保障"卡脖子"零部件的供应。

2021 年上半年,山河智能研发多款创新型产品,其中 SWE240F-ED 电动挖掘机、SWE750F-1 液压履带式挖掘机、SWPY36 油气压裂管道运输车等 23 款样机成功下线;SWE600F 挖掘机获最佳评委奖、SWDM160H 旋挖钻机获得市场表现金奖;SWE950 型世界最长臂挖掘机等特色产品也获得了市场的高度认可。目前,山河智能自主研发的装备多达 200 多个品种型号。

先导式创新

何谓"先导式创新"?

谈及这个话题,今年 75 岁的山河智能董事长、首席专家何清华容光焕发:"创新,我把它分为两种,一个叫市场跟随式,一个叫市场先导式。我们公司大部分产品,都是采用市场先导式,就是市场还没有或者国内市场没有的东西,我们就搞这个东西。"

山河智能的第一个"爆款",是一款名为液压静力压桩机的工程机械装备。过去的建筑工地,打桩机"嘭、嘭、嘭"响个不停,周围居民日夜不得安宁。但 22 年前,随着首台国产液压静力压桩机从长沙下线运抵广州,建筑工地开始变得"安静"了。

看似简单改变,背后着实不易。为了让压桩机既安静又高效节能地工作,何清华反复观察原有机型的工作状况,发现压力曲线会有一个从小到大的突变。这种突变是发生在压桩机从软土层进入硬土层的过程中。据此,他提出采用"准恒功率"设计理论,设计出创新产品,不仅能提高效率,而且还节能 30% 至 40%。

具有"革命性创新"的液压静力压桩机一经诞生,便获得 2003 年度全国科技进步二等奖,成为当时我国少有的原创型机型。

山河智能工会主席张爱民告诉记者,经过不断迭代更新,如今,这款液压静力压桩机的市场占有率达 70% 以上,稳居全球第一。"山河智能卖出的首台 ZYJ860BG 液压静力压桩机,现在还在广州永和水质净化处理厂施工现场'服役'。"

2002 年,人们尚不知轻型运动飞机为何物,山河智能只身挺进通用航空领域,成为国内首家通过中国民航轻型飞机适航认证的民营企业,并成功造出首款国产轻型运动类飞机阿若拉。

目前,山河智能研发的具备超短距起降能力的 SA70U 中大型固定翼无人机成功完成首飞;山河飞玥无人直升机获评湖南省首台(套)重大技术装备产品,批量应用于应急救援领域,并参与今年 7 月河南浚县抗洪抢险行动。

通用航空装备的研发,可谓典型的"先导式创新"。2016 年,山河智能成功收购北美加拿大 AVMAX 航空集团,一举进入世界支线飞机租赁前三强。

与高手比拼

要提高下棋的水平,一个重要途径就是和高手过招。

全液压履带式多功能桩架是山河智能的一款拳头产品。山河智能基础装备事业部总经理朱振新告诉记者,目前公司生产的这类产品无论技术还是市场都是世界领先的。

2014 年,这款设备进军韩国市场的时候,与当时代表全球领先水平的日本履带式桩架在韩国的一个工地上 PK(较量)。

"当时我们全新开发出来的产品,与日本这个同型号的产品有差距。同一个型号在同一个项目上面,基本上作业环境和场景是一致的,那么就高下立现了,我们当时压力非常大。"山河智能基础装备事业部负责人朱振新回忆说。

那时,何清华正好在韩国出差,听说此事后,马上就打电话给朱振新,详细了解公司这款设备的动力系统、液压系统以及调试的核心参数等情况。第二天,何清华赶到工地现场,经过一番比较分析后,断定问题出在设备的动力系统和液压系统的匹配上。

"他要求我们马上在公司模拟现场的施工环境进行试验。当时是 7 月,天气非常热,我们整个团队十来个人就在太阳底下的调试场连续测了 7 天,模拟现场的工况,然后找出了一组比较优化的匹配参数,马上就指导我们在韩国的服务工程师重新调试设备核心参数,调试完之后我们的效率马上就提升了,非常明显。"朱振新说。

"2014 年到 2016 年,我几乎每天都处在紧张忙碌状态,带领团队一步步攻克难题,当时有种'上刀山下火海'的感觉。仅用一年时间,我们团队研发的全液压履带式桩机销量就跃居韩国市场第一,一举超越深耕当地多年的日本企业。"朱振新告诉记者。

早在 2005 年国产其他品牌的挖掘机尚处于起步状态时,"山河绿"挖掘机就已参展 SAMOTER 工程机械展,这是中国品牌的工程机械产品首次在发达国家举行的国际大型展会上规模化亮相。

何清华表示,欧洲是工程机械的发源地,也是目前产品技术水平的制高地,企业早期开拓这样一个高端市场肯定要付出很大的代价。但正是这样一个高端市场,倒逼出山河智能的产品设计在性能和外观上的创新以及产品制造在精细化和可靠性上的高要求,最终倒逼出全体员工的创新意识、品质意识和鉴赏能力的实质性提升以及整个公司管理水平的持续改进,促进公司持续做优做强。

不惧与高手过招,用实力赢得市场。2021 年上半年,山河智能的挖掘机海外销量同比增长 125%,在欧洲地区更是实现了 145% 的爆发式增长。

厚 积 薄 发

8月8日,山河智能发布了一款超级桩架。之所以称为超级桩架,是因为立桅高度达到了62米,有20多层楼高,是目前世界最高的桩架。桩架钻孔深度超52米,全装备行走重量达到260吨。

记者了解到,山河智能研制的这个"高个子"拥有多项自主知识产权,在保持机械的稳定性、拆装等方面都有独家秘籍,其中有些技术是全球首创。

"这款超级装备从拿到订单、市场调研到方案设计和制造调试仅仅5个月时间,突破了正常的技术和生产周期。"朱振新非常自豪地告诉记者。

这样令人啧啧称奇的研发效率,来源于平时深厚的技术积累。朱振新透露,前些年工程机械行业不太景气的时候,全国乃至世界性的头部企业都在大幅度地裁员,但是山河智能不仅没有裁员,还不断加大研发力度,目前,仅基础装备事业部就有150多名研发人员,并且员工薪资和收入年年都在增加,这样就增强了公司的研发创新能力,储备了较多先进技术。

采访结束后,何清华(左六)与长沙广电大型融媒体访谈节目团队合影。

公司董事长、首席专家何清华在接受记者采访时表示,搞科研要耐得住寂寞,板凳要坐十年冷,因为技术的积淀是一个长期的过程。他有一个习惯,就是喜欢在出差途中画创新图纸,在飞机上、在高铁上,利用闲暇画的各种机械的草图数以万计。

在办公室,何清华拿出一叠图纸,一张张翻给记者看,眼神温和明亮,像是在欣赏自己的宝贝。他从中抽出一张,扬了扬,说:"这就是我在日本的高铁上画的,后来经过修改,这款特种装备获得了一个国家级赛事的冠军。"

何清华在 20 世纪 80 年代就研制出了新型钻臂井下凿岩台车,2000 年研制出我国首台隧道凿岩机器人,目前,凿岩设备研制在山河智能已经成立专门的事业部。由此来看,山河智能的凿岩装备技术已经有了 30 多年的积累。

记者看到,在山河智能的现代化厂房旁,占地 426 亩的山河智能工业城三期项目正在加紧建设,项目总投资 15.1 亿元,2022 年建成投产后,山河智能将实现产值超 200 亿元。新工厂将生产高端负极材料、挖掘机和应急救援装备,这三个领域也是山河智能未来的强势增长点,是山河智能战略布局中的关键一环。随着承载空间的拓展,山河智能提出了"三年两百亿,五年再翻番,全球 20 强"的战略目标。

"关键核心技术必须牢牢掌握在自己手里。山河智能牢记总书记殷殷嘱托,正在加码自主创新,下苦功夫、真功夫攻克更多'卡脖子'技术难关。同时放眼全球,全力推动制造业在做强做优的基础上做大规模,实现产业报国梦想。"何清华说。

✍ 记者手记

采访山河智能董事长何清华的时候,有一个细节记忆犹新。

当时,在星沙基地的挖机生产车间开完会后,我们的摄像记者建议何清华到桩机车间去拍摄,他同意了。随后,他的司机和助手将车开到他身边,要他坐车过去,但何清华摆手拒绝了,大步流星地走过去。

我们一大群人跟在何清华身后走,何清华虽然年逾古稀,但他身材高大,行走如风,不只是我,大部分人都跟不上他的步伐。结果,这一段四五百米的厂区大路,我们走下来都有些气喘吁吁,但他却是面不改色。而就在前一天,何清华刚坐飞机从甘肃的高原实验场地赶回来,旅途劳顿。

何清华充沛的精力令人惊叹,展现了一位企业家、科学家良好的身体素质。笔者也希望山河智能在这位睿智科学家的领导下,不断茁壮成长,让更多的创新成果造福人民。

拓维信息：鲲鹏展翅，打造计算产业新高地

2021 年 9 月 18 日

大鹏一日同风起，扶摇直上九万里。

美丽的湘江西岸，一片创新创业的沃土，一个名为"湘江鲲鹏"的企业从它诞生的那一刻起，就注定了与湖南、与长沙的不解之缘。从鲲鹏入湘，第一台"湖南造"鲲鹏服务器下线，到鲲鹏振翅、飞出湖南，在全国各地遍地开花，这一系列令业界惊叹的动作，其实都离不开湘江鲲鹏的主导公司——拓维信息系统股份有限公司多年来的勇于创新、不断超越。

9 月 17 日，2021 世界计算大会在长沙开幕。大会以"计算万物·湘约未来——计算产业新格局"为主题，聚焦"计算"与"数字"，旨在搭建全球化、专业化、高端化的深度交流平台。拓维信息作为长沙计算产业的领军企业出席了本次大会。

大型访谈节目《关键核心技术是怎样炼成的》录制现场，访谈嘉宾为拓维信息董事长、湘江鲲鹏董事长李新宇（左）。

拓维信息，一个从长沙创立成长、摸爬滚打 25 年的软件企业，到底是如何攻坚克难、掌握关键核心技术的？又是如何"软""硬"兼施、勇攀高峰，为打造长沙计算产业新高地而矢志奋斗的？来看记者的调查。

湘江鲲鹏　乘风而起

一年前的 4 月 28 日，是一个让拓维信息董事长、湘江鲲鹏董事长李新宇铭记一生的日子。这一天，首台"湖南造"鲲鹏服务器正式下线。直到今天回想起来，李新宇仍然难以掩饰他的激动。他感慨道："第一台服务器的下线来得太不容易了。"

故事还要从 2019 年 7 月说起，当时，正值美国对华为进行制裁的初期。7 月 23 日，华为宣布正式推出自主设计生产的鲲鹏 920 处理器，并宣布在未来五年内将投资 30 亿元打造鲲鹏产业生态，希望有合作伙伴携手为各行各业提供基于鲲鹏处理器的领先 IT 基础设施及行业应用。

李新宇回忆说，作为一个 IT 从业人员，他敏锐地感觉到这是一个行业巨变，拓维信息必须要及时把握这个巨变。李新宇认为，在国产化的进程中，未来的竞争，不光是企业的竞争，也是生态的竞争，更是城市数字化转型的竞争。所以，除了企业要抓住这个机会之外，他觉得长沙市也应该要抓住这样的机会。

说干就干，李新宇立马行动，积极推动长沙市政府与华为的深度沟通。2019 年 8 月初，长沙市政府有关领导带队赴深圳与华为高层进行会谈，就鲲鹏落地湖南合作事宜达成基本共识。2019 年 9 月 10 日，首届世界计算机大会期间，长沙市政府正式与华为签订《战略合作框架协议》，协议签订 3 个月后，湖南湘江鲲鹏信息科技有限责任公司正式成立。

一天完成工商注册、10 天完成土地审批转让、120 天完成厂房建设、产线安装到产品下线仅用时 20 天，从引入鲲鹏到项目落地投产，仅仅用了 8 个月时间。

作为鲲鹏入湘的推动者、参与者、见证者直到现在湘江鲲鹏的主导者，李新宇说，刷新长沙速度的背后，最令人感动的是企业当时得到的来自各方的帮助。因为项目启动的时候正值疫情，又恰逢春节，要请到一个现场施工人员都是非常困难的事。但是在长沙市委市政府、湖南湘江新区以及岳麓区的大力支持下，只用了 120 天就奇迹般地完成了厂房建设。

李新宇告诉记者，湘江鲲鹏生产的兆瀚系列服务器具有高性能、高吞吐、安全可靠的特点，能够为用户提供强大的算力支撑。服务器下线首月，湘江鲲鹏便达成意向订单金额 1.6 亿元。

李新宇形象地说，服务器可以理解为每个单位和企业用的超级电脑或者更大算力的电脑，它是我们所有行业算力的底座。通过科技创新来打造国产自有品牌的芯片和服务器,实际上是关系到国家核心竞争力的问题。

李新宇高兴地告诉记者,2020 年湘江鲲鹏销售额达 6 亿元,力争到 2023 年实现除鲲鹏处理器外,国产整机生产省产化率达到 100%。"国产服务器性能全面超越国外同类产品,应该是指日可待",李新宇对此信心满满。

"软""硬"兼施　计算未来

未来是软件定义一切、软件定义世界的时代。在创业初期,李新宇就前瞻性地看准了这一点,并把创业的主攻方向瞄准了软件业。

李新宇是土生土长的长沙人,"敢为人先"的长沙人骨子里从来就不缺少创新基因。1996 年,刚过而立之年的李新宇从一家国企辞职后,创办了拓维信息系统股份有限公司。"拓维"的寓意是:拓新思维、创造未来,打造会说话的网络——Talkweb。

25 年砥砺奋进,拓维信息从前期以软件服务为底座和中枢,深耕行业数字化解决方案、发力教育信息化等,到目前以基于"鲲鹏+昇腾 AI"技术底座打造的"兆瀚"自主计算品牌及智能计算产品为依托,进入"软硬一体、生态协同"的发展阶段,李新宇说,这是与时俱进的选择。

李新宇告诉记者,拓维信息走上"软""硬"兼施的道路,来源于与华为的深度合作。他一直认为华为是一家伟大的企业,拓维信息非常希望与巨人同行,共同做研发,共同来做产品,通过自主创新不断提升企业的核心竞争力。

李新宇介绍,拓维信息现在有 1000 多项软件著作权、50 多项技术专利,自主知识产权的产品有 400 多个。华为也正是看中了拓维信息的软件研发能力,所以愿意和他们合作,拓维信息是 12 家鲲鹏合作企业里面首家软件加硬件生态协同发展的公司。

记者了解到,作为全国首个"硬件+软件"的鲲鹏生态基地,湘江鲲鹏正在为全国各地各行各业提供软硬件一体化综合解决方案。截至 2020 年 12 月,湘江鲲鹏携手合作伙伴打造了贵州省 2020 年高考评卷、湖南高速取消省界收费站项目、长沙市"天网工程"升级改造项目、甘肃省鲲鹏生态创新中心等省内外重大行业标杆案例,应用场景覆盖智慧城市、考试、交通、金融等核心领域。

李新宇介绍,湖南高速取消省界收费站项目是他们场景应用的一个典型例子。该项目率先用上了湘江鲲鹏自主生产的国产化服务器来支撑整个系统的运行,改造后的湖南高速公路收费系统在全国统一建设中名列前茅,用实际数据证明了湘江鲲鹏国产服务器是过得硬的。

李新宇清楚地记得,这个项目启动的时候,只给他们半年的时间就要求全面上线。为此,团队 100 多人同时进驻到项目组,在半年时间,走访全省路网和据点,行程达到1.8 万多公里,在做一些硬件的过程中,还创新地提出边缘服务器的概念。

"吃得苦、霸得蛮、耐得烦",李新宇说,"湖南人嘛,就是舍得打拼。"

记者了解到,借势长沙迅速崛起的计算产业,鲲鹏生态加速布局。2020 年 1 月,湖南鲲鹏计算产业技术创新战略联盟正式成立,目前成员单位已达到 80 余家,包括麒麟软件操作系统、景嘉微芯片、国科微存储……涵盖芯片、存储、硬盘、板卡、整机、操作系统、数据库及行业应用全产业链,充分带动了湖南省整机生产产业链的发展。

在 2020 年 4 月首台湘江鲲鹏服务器下线的同时,湖南省鲲鹏生态创新中心也同步建成并对外开放。经过近一年多的运营,创新中心已为 300 多家企业提供适配服务,完成北明软件、科蓝软件等企业落地长沙,助力湖南鲲鹏"软+硬"产业生态形成。

9 月 9 日,OpenHarmony("开源鸿蒙")产业生态研讨会在长沙举行,长沙计算产业也迎来了 OpenHarmony 系统这位新成员。OpenHarmony 系统是我国首款自主研发的开源式操作系统,对发展计算产业具有独特的支撑作用。拓维信息成为全省率先加入 OpenHarmony 项目的企业,企业已将 OpenHarmony 生态作为企业发展的重中之重。今年 3 月,"开源"首次被列入国家"十四五"规划,在数字经济时代,鸿蒙作为新时代的根技术,将不可或缺,与长沙大力发展的先进计算产业高度契合。

李新宇向记者透露,目前公司专门成立了基石研究院,对接华为的研究成果,就是要把华为好的研究成果和拓维信息的优势相结合,最终变成创新产品。李新宇说,他希望拓维信息能够通过科技创新来助力湖南实现"三高四新"美好蓝图,助力长沙市打造计算产业的新高地。

📝 记者手记

结束访谈时,已是深夜。拓维信息的大楼里,一幅幅巨大的彩色宣传画在夜色中仍是那么醒目。有一幅写着克劳塞维茨《战争论》的名言:伟大的将军们,是在茫茫黑暗中,把自己的心拿出来点燃,用微光照亮队伍前行。

多年来,李新宇一直用这句名言激励自己带领团队在核心技术攻关的漫漫征途中披荆斩棘、砥砺前行。正像李新宇自己所说,做软件行业、计算产业真的很辛苦,但是,国家战略、湖南担当,湖湘子弟从来不会缺席,在这场让国产计算"站起来"的科技战争中,我们要拥抱信创国产化,坚守自主创新的"上甘岭"。

岳麓山大学科技城如何建设世界一流科学城？

2021 年 5 月 30 日

岳麓山下，千年学府岳麓书院门口挂着这样一副对联：惟楚有材，于斯为盛。

如今，这副豪气干云的对联格外契合现实。在风景宜人的岳麓山下及周边，集聚了中南大学、湖南大学、湖南师范大学等重点院校 7 所，"两院"院士 32 位、在校师生 26.8 万多名，科教资源密集，创新人才荟萃，享有"湖南硅谷"美誉。

科学技术是第一生产力，如何高效地将高校科教资源转化为科创产业优势？

湖南省"十四五"规划纲要提出，实施两区（长株潭国家自主创新示范区、湘江新区）两山（岳麓山大学科技城、马栏山视频文创产业园）三中心（国家先进轨道交通装备创新中心、岳麓山种业创新中心、岳麓山工业创新中心）工程，打造国家区域科技创新中心。依托岳麓山大学科技城高校院所，布局大型科学装置和国家实验室，建设世界顶级国际科学城。

早在 4 年前，湖南省、长沙市和相关高校院所便达成共识，要把岳麓山下及周边打造成"最美大学城、领先科技城、一流创业城"。各方迅速行动，秉持"教育兴城、打破围墙、创新创业、久久为功"的发展理念，"校区、园区、城区、景区"四区联动发力，岳麓山大学科技城（以下简称大科城）面貌日新月异，成为长沙践行"三高四新"战略高质量发展的重要支撑。

4 年时间一晃而过，大科城建设究竟取得了怎样的进展和成效？来看记者的调查。

人居环境更美

近日，记者在串联起中南大学、湖南大学和湖南师范大学的麓山南路看到，这里路面整洁、门店招牌整齐划一、建筑物墙面多是赏心悦目的"大学红"，管线全部入地，从前道路上空那凌乱的"蜘蛛网"再也不见踪影。

"我们这条路 2018 年就搞得蛮漂亮了！"一位在路边开便利店的老板告诉记者，当年这里搞有机更新的时候,还拆掉了不少违章搭建,现在整个街道都清爽了很多。

"我们现在请了很多环境卫生监督员和志愿者每日巡查,发现问题立行立改,同时开展评比竞赛活动。"谈到环境持续优化的"秘诀",大科城党工委书记、岳麓区委副书记刘亮告诉记者。

为打造"最美大学城",2017 年 7 月,麓山南路正式启动有机改造。按照"整体改造、点状拆迁、优化功能、打造节点"的原则,完成了两期 35.52 亩的点状征收;拆除违章建筑面积 5302 平方米,拆除广告招牌 1200 余户,拆除护窗 1.2 万平方米。沿线人行道护栏、路灯、垃圾桶、公交站牌、各类立杆等均借鉴上海迪士尼的风格统一配色,街区特色十分鲜明。如今,长沙市、湘江新区、岳麓区对整个大科城有机更新、美化绿化的总体投入已经接近 100 亿元,大科城实现了"让人眼前一亮"的阶段目标任务。

在对大科城片区的有机更新中,后湖的改造是浓墨重彩的一笔。这 585 亩的水体曾经是污染严重的"龙须沟",经过综合整治,清除淤泥 70 多万方,实现河湖连通,昔日的黑臭水体蝶变为碧波荡漾的生态之湖、艺术之湖、科创之湖、民生之湖。后湖周边的民居实施有机改造 348 栋,统一流转,统一租赁,群众平均每户增收 10 万—20 万元。

整治后的后湖成为生态之湖、艺术之湖、科创之湖、民生之湖。

投资近 40 亿元在后湖片区建设的中建·智慧谷,由于绝佳的地理区位和优美的办公环境,树图区块链创新中心、华锐金融、特种玻璃研究院、创智和宇、航天金刚石研究院等科创企业和科研机构争相入驻。

创新平台更多

据大科城管委会透露,截至 2020 年底,大科城共有重点实验室、企业技术中心、孵化器、众创空间、科创基地等各类创新平台 330 个,4 年前,这个数字是 113 个。2021 年,大科城管委会的目标是新增 80 个创新平台。

中南大学科技园（研发）总部是大科城的首开项目，自 2018 年 5 月开园运营以来，累计孵化科技企业 435 家，100 余项专利就近转化，园区企业与学校合作形成了 1500 余项自主知识产权，累计缴纳全口径税收 1.42 亿元，培育高新技术企业 23 家，成功获批省级大学科技园、省级孵化器、众创空间及研究生联合培养基地。3 年间，这个校地合办的创新平台乘风破浪，成效喜人。

据中南大学科技园（研发）总部运营公司副总经理伍晓赞介绍，科创企业入驻园区，不仅连续 3 年享受 50% 左右的租金补贴，还能获得运营公司的"母亲式"服务，比如共享实验室、算力服务、金融服务、路演服务等。最关键的是，园区和中南大学校区融为一体，方便科创公司获取高校优质资源和人才。

伍晓赞透露，天云软件公司入驻时年收入才数百万元，因为与中南大学教授团队合作，公司得到快速发展，3 年时间收入可望破亿元。

致力于智慧矿山领域的施玛特迈科技有限公司产品经理彭平安告诉记者，公司核心员工都是中南大学的毕业生，中南大学院士古德生是公司顾问。公司利用学校的科教资源，成功开发了无人采矿系列技术和设备，2020 年销售额 3000 多万元，2021 年可望成倍增长。

2018 年 7 月，湖南大学在大科城成立科技成果转化中心暨知识产权中心，中心构建的"筛选培育—分析导航—融资谈判—落地转化"全流程服务体系为学校科技成果转化立下汗马功劳。2020 年中心获专利授权 643 件，较 2019 年同比增长 40%，转化知识产权 107 项，知识产权运营金额逾 3 亿元；总面积 5 万平方米的"湖南大学科技成果转化基地"签约并运营。

"市场有技术需求，我们为其介绍学校专利资源；科研团队想要推动成果转化，我们为其全流程护航。"湖南大学科技成果转化中心暨知识产权中心负责人李飞龙说。

2020 年 6 月，上海德必集团在大科城运营的岳麓山人工智能产业中心开门营业，如今已有 40 多家科创企业和机构入驻。2020 年 8 月入驻这个众创空间的迈曦软件公司技术部长李射告诉记者，公司员工大部分都是湖大的在校研究生，在这里他们能够心无旁骛地搞研发，各种证照和手续基本上都是德必公司和大科城管委会帮他们跑腿代办。他们对这个众创空间良好的服务和舒适的环境十分满意。

政策服务更优

要营造良好的科创生态，政策和服务不可或缺。

在湖南师范大学大学城办公室印制的《岳麓山大学科技城政策汇编（部分）》手册中，《关于支持高校、科研院所科技成果就地转化的若干措施（试行）实施细则》《岳麓山大学科技城"红枫计划"实施办法》《岳麓山大学科技城关于打造科技人才高地的实施办法（试行）》《岳麓山大学科技城管委会"高校服务日"实施方案》等最新政策文件赫然在目。

大科城管委会的这些文件规定，对于重大科技成果转化项目和院士领衔的成果转化项目，最高给予1000万元的支持；对于新认定的国家级、省级、市级创新平台，分别给予100万元、50万元、30万元支持，晋级补差；对于人才引进、培育和留用，大科城的人才政策在长沙市"人才新政"基础上升级加码。

"红枫计划"是大科城管委会扶持科创团队（公司）创业的一个计划。2021年至2023年，总共安排5000万元资金作为种子基金投入路演优胜项目。"红枫计划"对每个科创项目投资20万元，占股比例为2%—5%。

记者了解到，"红枫计划"引爆了长沙株洲湘潭科创团队的创新创业激情，今年共有1700个团队报名参加路演比赛。

肖瑛是"湘风云绣"湘绣品牌联合创始人，湖南师范大学湘绣创新研发中心副主任。在湖南师范大学专场"红枫计划"暨"麓山杯"创新创业大赛上，她的"绣壁"高端湘绣装饰画项目，荣获第二名。目前，"绣壁"项目已经获批湖南师大高价值专利培育项目及湖南省科技攻关项目，拥有30多项自主知识产权。

肖瑛告诉记者，团队正致力于AI湘绣基因数据库创建、AI湘绣智能制版系统研发和AI湘绣家居艺术软装产品开发，目前，研制的部分智能湘绣作品与手工作品的相似度已达到95%。

"这个活动非常好，感觉整个大科城创新创业的气氛已经被点燃了。"肖瑛希望通过"红枫计划"，"绣壁"项目能得到投资机构青睐，为技术后续的产业化打下基础。

据了解，除了"红枫计划"，大科城每周都有科创团队的路演活动。最近，一周一次的路演已经满足不了需求，开始变成一周两次了。

大科城党工委书记刘亮认为，除了人才、政务、成果转化、路演等服务外，对于科创企业和团队，还要加强金融服务。大科城管委会将每年统筹3亿元成立种子基金、引导基金、风险补偿基金、担保基金等系列科创扶持基金，每年引导金融机构设立10个以上专项贷。

为解决关键技术"卡脖子"问题，近日，在大科城举办的全国数字液压技术生态标准体系研讨会上，大科城管委会广发英雄帖，面向全国首次发布3个关于工程机械方面的核心技术攻关"揭榜挂帅"项目，每个项目补助研发经费1000万元，同时还在后续成果孵化、产业化及人才引进方面予以政策扶持。

这一系列的政策、服务和活动，让大科城内的高校、科研院所、科创企业和团队看到了大科城管委会的决心和力量，更看到了长沙市全力打造具有核心竞争力的科技创新高地的雄心壮志和坚实步伐。

发展目标更高

2020年，岳麓山大学科技城获批国家首批科技成果转化和技术转移示范基地；新增国家、省、市级创新平台 65 个;完成技术合同交易额 23.25 亿元,同比增长 104%;新增科创企业 1310 家,同比增长 30%,科创企业总数达 4428 家。

大科城管委会表示,"十四五"期间,大科城科创企业总数将突破 1 万家,新增各类创新平台 100 家以上,技术合同交易额总量突破 40 亿元,吸纳青年人才 2 万人以上。

目前,大科城管委会正全力推动岳麓山工业创新中心等重大基础科研平台建设,推进"一校一基地"高质量发展,加快启动湘江科创基地、中建·智慧谷(西区)等项目建设,完善"专业服务+政务服务+活动服务"的全周期科创服务体系,运营"AI 大科城"云平台,实现智慧管理和服务。

2021 年 4 月 20 日,湖南省委常委、长沙市委书记吴桂英在岳麓山大学科技城调研时强调,要深入贯彻习近平总书记考察湖南重要讲话精神,按照省委、省政府的部署要求,加快把岳麓山大学科技城打造成为全国领先的自主创新策源地、科技成果转化地、高端人才集聚地。当天,长沙市与中南大学、湖南大学、湖南师范大学签署实施"三高四新"战略合作协议。各方将精准对接、优势互补,开展共促科技成果在长转化、开展"揭榜挂帅"关键核心技术攻关、共同推进创新平台建设、共育创新创业人才队伍、共同推进健康长沙建设、共同推进校园建设、共同推进智库建设七项合作。

好风凭借力,腾飞正当时。

经过四年的披荆斩棘,经过四年的埋头苦干,大科城已经奠定了快速发展的良好基础。如今,在"三高四新""两山两区""长株潭一体化"等多重发展战略的加持下,岳麓山大学科技城势将乘风破浪,驶向深蓝。

✍ 记者手记

科学技术是第一生产力。如何让大学里的科研成果尽快转化为现实生产力,设立大学科技城就是一个好办法。

岳麓山大学科技城管委会通过基础设施建设和创新创业服务,优环境、建平台、搭桥梁,让岳麓山下成为大学老师、学生们创新创业的乐土,应届毕业生留在长沙的比率持续上升,一大批科创企业茁壮成长。

科技创新不仅需要良好的营商环境,也需要一个优美的自然生态环境。湖南湘江新区、岳麓山大学科技城管委会投资百亿元,提质改造麓山南路、让后湖精彩蝶变,科创工作者在赏心悦目的自然环境中,更容易达成创新成果。如今,长沙全力建设全球研发中心城市,一项重要工作就是让人居环境更美,为研发人员提供最为舒适的生活和工作环境。

逐梦全球！长沙全力建设全球研发中心城市

2023 年 8 月 2 日

科技创新是推动高质量发展的强大引擎。

6 月 19 日，湖南省委书记沈晓明在 2023 互联网岳麓峰会上对外宣布，"正谋划将长沙打造成为全球研发中心城市，使之成为湖南现阶段创新驱动发展的第四项标志性工程"。

7 月 26 日，沈晓明主持召开省委常委会会议强调，支持长沙全力建设全球研发中心城市。

如何让美好蓝图变为具体的施工图？8 月 2 日下午，《中共长沙市委　长沙市人民政府关于全力建设全球研发中心城市　奋力打造具有核心竞争力的科技创新高地的实施意见》《长沙市全力建设全球研发中心城市的若干政策》重磅发布，明确提出到 2030 年初步建成全球研发中心城市。一幅创新动能竞相迸发、创新活力充分涌流的生动画卷，正在广袤的星城大地铺展开来。

顺势而为，有底气

当今世界，正逢百年未有之大变局，科技创新万马奔腾、争先恐后。全力建设全球研发中心城市，其时已至，其势已成。

文化底蕴优势。长沙历史文化底蕴深厚，科教、研发资源丰富，"实事求是"的独特气韵和"敢为天下先"的城市精神特质高度契合全球研发中心城市的特征。

先进产业优势。长沙是全球第 2 个拥有 5 家以上世界工程机械 50 强企业的城市，工程机械集群规模连续多年全国第一、位居全球第三，全行业自主研发能力不断增强。储能材料产业集群产值突破千亿元，长沙被列为全国"新型储能十大城市"之首。数字经济总量突破 4500 亿元，居全国数字经济百强城市第 15 位。长沙还是国内第一个集齐智能网联汽车领域四块国家级牌照的城市，先进计算、人工智能等产业走在国内前列。

科教资源优势。长沙拥有高校 58 所,其中"双一流"建设高校 4 所,居全国第九;聚集各类科技创新平台 2333 家,其中全国重点实验室 14 家;常驻和柔性引进两院院士 64 名,人才总量达 302 万,"人才吸引力指数"跃居全国第十、中部第一。是全国创新驱动示范市,创新能力连续 4 年在国家创新型城市评价中排名第八,稳居全国第一方阵。

岳麓山种业创新中心全景。

营商环境优势。长沙入选 2022 城市营商环境创新城市,被评为营商便利度提升最快的城市之一;"万家民营企业评营商环境"中连续三年位列中西部第一。作为宜居宜业的山水洲城,长沙三次蝉联全国文明城市,连续三届获评"长安杯",房价收入比在国内 40 多个重点城市中排名靠后,连续 15 年获评中国最具幸福感城市。

开放发展优势。拥有湘江新区、湖南自贸区长沙片区两大开放平台。长沙港通江达海,黄花国际机场跻身全球机场百强,4 小时航空经济圈正在形成,中欧班列(长沙)开行量超 1000 列、稳居全国第一方阵。2022 年长沙实际使用外资 30.99 亿美元,中部省会城市继续保持第一。

乘势而上,有魄力

大道至简,实干为要。

记者注意到,《中共长沙市委长沙市人民政府关于全力建设全球研发中心城市奋力打造具有核心竞争力的科技创新高地的实施意见》分为四部分,提出了 29 条具体措施。

明确了发展目标。到 2025 年,全社会研发投入年均增速达 13% 以上,各类创新平台达到 2600 家,其中新增五类研发企业(中心)达 200 家以上,国家先进制造业集群达到 3 个,人才总量达到 350 万,上市企业达到 100 家,国家级专精特新"小巨人"企业达到 200 家,"4+4 科创工程"融入国家战略科技力量建设,力争国家实验室、大科学装置实现零的突破,长株潭国家自主创新示范区、湘江科学城建设取得重大进展,成为更多重大科技成果诞生地和全国重要创新策源地,整体创新能力迈入国家创新型城市前列,全球研发中心城市框架基本形成。

展望 2030 年,各类创新平台达 3000 家以上,研发企业(中心)达 500 家以上,综合科技竞争力显著增强,现代化产业体系迈入国际价值链高端,成为具有全国影响力的科技创新中心,全球研发中心城市初步建成。

面向未来,全面建成具有世界影响力的全球研发中心城市,成为具有核心竞争力的科技创新高地,为建设社会主义现代化科技强国提供有力支撑、作出积极贡献。

重点实施"七大工程":研发企业(中心)集聚工程、战略平台支撑工程、创新能级提升工程、产业集群赋能工程、成果转化增效工程、科技人才强基工程以及创新环境优化工程。

记者注意到,"创新能级提升工程"明确了重点集聚区和基地,提出加快"一城(湘江科学城集聚区,涵盖岳麓山大学科技城、长沙高新区、南部融城片区)"建设,发挥"一区(自贸区长沙片区集聚区,融合建设松雅湖未来科技城)"优势,形成"三基地(马栏山基地、科大金霞基地、大泽湖基地)"支撑。

马栏山基地。围绕视频文创核心主业,聚焦高格式影视工业化技术业态,推进音视频领域产业创新中心、重点实验室等创新平台建设,打造音视频产业研发中心基地。

科大金霞基地。依托国防科技大学资源和军民两用技术、人才优势,集聚重点央企、科工企业等军民技术研发中心和中试基地,高标准建设数学研究院,打造军民两用先进技术创新谷。

大泽湖基地。发挥望城经开区产业集聚优势,以大泽湖·海归小镇为核心,集聚一批国家技术创新中心、产业创新中心等高水平创新平台,吸引海归人才、高层次人才落户,建设创新创业及成果转化中试产业园。

在《长沙市全力建设全球研发中心城市的若干政策》中,记者发现,里面全是真金白银的支持政策,奖补力度空前。

在集聚研发企业(中心)方面,对于世界 500 强企业研发中心在长落地,按"一事一议"给予最高 10 亿元支持,每年按上年度研发投入增量部分的 10% 给予最高 1000 万元支持;对于央企、行业领军企业在长设立企业研发总部,按"一事一议"给予最高 1 亿元支持,并按每年研发投入增量部分的 10% 给予最高 500 万元支持。

对于新获批的国家技术创新中心、国家产业创新中心、国家制造业创新中心,按投资的 10% 给予最高 5000 万元支持。

大力引育高端人才。实施科学家引航工程,积极引进诺贝尔奖、图灵奖、菲尔兹奖获得者和院士等一流创新人才和团队,给予最高 1 亿元综合资助。

欢欣鼓舞,有干劲

好风凭借力,扬帆正当时。

长沙全力建设全球研发中心城市,迅速出台实施方案和相关政策,在长企业家和科研人员备受鼓舞。

新材料领域,长沙以碳化硅纤维为代表,在世界上挺起了脊梁。作为长沙市碳化硅纤维及其复合材料成果转化中试基地的依托单位,湖南博翔新材目前已对第三代掺杂系列碳化硅纤维进行批量生产,做到了全国唯一、全球第二,成功破解该类材料的"卡脖子"难题。

湖南博翔新材料有限公司董事长黄小忠告诉记者,碳化硅纤维从跟跑到并跑的过程十分不易,要想实现领跑就要充分借助中试基地的平台作用,把技术优势持续转化为产业优势,着力突破基础研究薄弱等问题,并以此为枢纽聚集全国碳化硅产业专业人才、上下游企业等要素落户,助推长沙新材料产业做到世界级水平。

国务院政府特殊津贴专家、山河智能创始人何清华认为,想要打造全球研发中心城市,就需要在关键设备、关键技术上实现自主可控,在重视智能制造、数字化的加持之外,还要在发展模式上做一定的调整。他希望政府层面进一步改变理念与模式,建设一个更有利于研发创新的社会性大体系。

近年来,不少外资企业纷纷在长沙设立研发中心,如索恩格新能源汽车技术全球研发中心、舍弗勒大中华区第二研发中心、广汽三菱研发中心等一批区域和全球性研发中心。索恩格汽车部件(中国)有限公司总裁孙国忠表示,公司将借着长沙全力建设全球研发中心城市的东风,更好地实现中国、德国、印度的三点联动,并结合中国市场的实际需求,更好地覆盖整个汽车市场发展的方向。

近年来,铁建重工掘进机研究设计院副院长张帅坤带领研发团队实现了国产装备从替代进口到实现出口的历史性跨越,相继突破高承压密封、高精度开挖面气液压力平衡控制等关键技术。截至目前,长沙生产的大直径盾构机几乎参与国内所有重大盾构隧道工程建设,并出口到俄罗斯、韩国、新加坡、意大利等国家和地区。

张帅坤表示,长沙全力建设全球研发中心城市为企业的发展带来了更多机遇,他们目前正努力向 17 米直径盾构机研发努力,争取拓展到更多的行业,走向全世界。

全力建设全球研发中心城市,是湖南深入贯彻习近平总书记对湖南重要讲话重要指示批示精神、实现"三高四新"美好蓝图的重要抓手,也是湖南培育壮大战略科技力量、服务国家高水平科技自立自强和科技强国建设的实际行动。

事虽难,做则必成;路虽远,行则必至。我们相信,只要发挥钉钉子的精神,咬定青山不放松,绵绵用力、久久为功,梦想终将照进现实。

✐ 记者手记

8月2日下午,《中共长沙市委 长沙市人民政府关于全力建设全球研发中心城市 奋力打造具有核心竞争力的科技创新高地的实施意见》《长沙市全力建设全球研发中心城市的若干政策》重磅发布。

文件发布后的几个小时,我们就将本篇报道在移动新媒体终端相继推出。报道既对政府文件深刻解读,又采访了企业界代表人士,取得良好反响。这些,都源于前期充分的报道准备,所谓"不打无准备之仗",就是如此。

当前,"心忧天下,敢为人先"的长沙正在全力建设全球研发中心城市的征途上戮力前行。我们媒体人也饱含热情继续关注着这片深爱的土地,用心去记录它的逐梦之程。

算力时代，长沙如何算绘未来？

2023 年 9 月 16 日

又是一年秋好时。金秋时节，以"计算万物·湘约未来——计算产业新变革"为主题的 2023 世界计算大会 9 月 15 日至 16 日在长沙举行，这已经是湖南连续举办的第 5 次世界计算大会。

本届大会都有哪些亮点？有哪些算力科技成果重磅发布？算力时代呼啸而来，长沙又将如何算绘未来？来看记者的调查。

2023 世界计算大会开幕式现场。

算力新成果，亮眼

在数字经济时代，算力已成为继热力、电力之后新的生产力，能有效带动 GDP 增长。

在本届大会上，2023 年十大黑科技榜单、《中国算力发展指数白皮书（2023 年）》以及《2023 先进计算企业竞争力研究》重磅发布。

何为黑科技？其实就是指具有强大功能和超前思维的尖端科技和创新产品，具有突出的创新性、颠覆性和前瞻性。

据了解，本次评选重点关注国内外计算领域相关的黑科技产品和技术，并按照颠覆力、创新力和前景力三个维度进行了综合评级。

记者了解到，十大黑科技之一的浸没液冷计算机已在世界计算·长沙智谷得到落地应用。看过电影《流浪地球 2》的观众可能会发现，这个黑科技曾经在电影中以"2058年智能计算机"的身份出现过。

由中科曙光及旗下曙光数创研发的新型浸没液冷计算机搭载浸没相变液冷基础设施系统，单台机柜设计功耗可达到 220kW，未来在高性能计算和云计算等领域有很大的应用潜力。

数字经济时代的关键资源是数据、算力和算法，其中数据是新生产资料，算力是新生产力，算法是新生产关系，构成数字经济时代最基本的生产基石。本次大会发布的《中国算力发展指数白皮书（2023 年）》指出，目前全球算力技术创新活跃，先进计算进入智能计算时代。算力发展指数每提高 1 点，数字经济增长约 570 亿元，地区生产总值增长约 1285 亿元。

算力发展为拉动我国 GDP 增长作出突出贡献。2022 年，我国算力规模增长 50%，数字经济增长 10.3%。我国已形成体系较完整、规模体量庞大、创新活跃的计算产业。

本次大会开幕式上，"鹏腾"生态湖南创新中心正式成立，中国电子与华为联合启动"鹏腾"生态系列计划。

"鹏腾"生态是一个基于鲲鹏处理器和飞腾处理器的综合性生态体系。通过构建统一的"鹏腾"生态，将简化生态伙伴的软硬件适配和认证，赋能伙伴开发更多形态的产品。

计算新高地，硬核

大计算、新数据、强融合。自 2019 年永久落户长沙以来，世界计算大会已成功举办四届，成为紧跟全球计算产业前沿技术的国际化、高端化合作交流平台。

记者从本次大会上了解到，目前，湖南省数字经济突破 1.5 万亿，总算力达 5100P，超算算力居全国第三；长沙的数字经济发展在全省更是遥遥领先，成为湖南乃至全国的计算新高地，其中，2022 年，湖南湘江新区数字经济总量达 2200 亿元，占长沙市的 53.6%。

作为中国巨型机诞生的摇篮，长沙市新一代自主安全计算系统集群入围"国家先进制造业集群"。长沙首创"两芯一生态"，为全国计算产业的发展闯出了一条发展新路径。"两芯"即鲲鹏 CPU、飞腾 CPU，"一生态"即"麒麟系统生态"，在"两芯一生态"

的战略统领下，长沙已成功构建起一个覆盖基础软硬件、应用软件、安全服务、整机及系统集成的完整产业链条。

截至目前，长沙在先进计算领域拥有国家级创新平台 32 个，关键核心技术领跑全国。

梧高凤必至，花香蝶自来。长沙先进计算产业一路高歌猛进，形成了一个强有力的磁场，吸引着越来越多的计算企业在这片高地大放异彩。华为、阿里、浪潮、字节跳动、科大讯飞等头部企业不断加大在长沙人工智能领域的投入，华为湖南区域总部、华为长沙研究所落户马栏山，科大讯飞湖南区域总部、智能制造中南总部落户湘江数字健康产业园，中科曙光等高性能计算领域领军企业落子世界计算·长沙智谷。

据统计，自 2019 年世界计算大会首次在长沙举办以来，长沙已吸引国内 300 多家计算及相关产业企业落户，再加上本地企业拓维信息、湘江鲲鹏等，目前长沙先进计算产业骨干企业超过 1400 家。

参加本次大会的中科曙光信息产业股份有限公司总裁历军表示，感谢长沙对中科曙光在长发展的大力支持，中科曙光将持续加大在长投资布局力度，全力推动合作项目尽快落地落实。同时希望携手重点领域科研攻关，加快科技成果转化应用，助力长沙建设全球研发中心城市。

算力绘未来，可期

今年 6 月 19 日，湖南省委书记沈晓明在 2023 互联网岳麓峰会上对外宣布，"正谋划将长沙打造成为全球研发中心城市，使之成为湖南现阶段创新驱动发展的第四项标志性工程"。

一座中国中部城市，想要成为全球研发中心。这样的宏伟目标，着实让人刮目相看。

仅仅过了一个半月，8 月 2 日，《中共长沙市委 长沙市人民政府关于全力建设全球研发中心城市 奋力打造具有核心竞争力的科技创新高地的实施意见》《长沙市全力建设全球研发中心城市的若干政策》重磅发布，明确提出到 2030 年初步建成全球研发中心城市。这样的真抓实干，着实让人连连点赞。

如何让全球研发中心城市的美好梦想照进现实？在长沙的"科创版图"上，加速崛起的数字产业已然成为重要一极。

记者注意到，《中共长沙市委 长沙市人民政府关于全力建设全球研发中心城市 奋力 打造具有核心竞争力的科技创新高地的实施意见》指出要实施"七大工程"，其中特别提到：赋能优势产业升级。具体到数字产业领域，就是要积极参与国家"东数西算"工程，统筹国家超算长沙中心、人工智能创新中心、算力中心、湖南大数据交易所等算力和数据资源优势,加快北京大学计算与数字经济研究院、长沙半导体创新研究院升级发展,建设具有国家水准的工业互联网平台和数字化转型促进中心,提升国家第三代半导体技术创新中心(湖南)、"三束"微纳加工装备应用技术湖南省重点实验室等平台产业赋能水平,打造国家数字产业增长极。

说到做到。眼下,长沙正在加快推进长沙人工智能创新应用先导区建设,在世界计算·长沙智谷打造湖南 AI 算力规模最大的人工智能创新中心——长沙昇腾人工智能创新中心。

在本次大会的"算力支撑　共筑高地"产业对接专场活动中,世界计算·长沙智谷现场发布第二批 8 个智慧应用场景,长沙昇腾人工智能创新中心启动大模型联合创新研发。现场,该中心与中南大学、智慧眼、视旅网络等校企签约,正式启动大模型联合与算力合作,聚力打造国产大模型+自主算力集群,推动人工智能技术从专用走向通用,助力湖南算力产业发展迈向新高度。

在本次大会的音视频产业发展论坛上,《湖南省音视频产业发展规划(2023—2027)》正式发布,至 2027 年,将长沙打造为全国音视频产业创新策源地,产业规模实现 5000 亿元。

省工信厅副厅长彭涛介绍,建设全球音视频研发中心城市,关键是打造"0-1-10-N"高能级创新支撑平台。如何实现"0-1"基础及前沿技术研究能力?未来长沙将对标建设世界一流媒体实验室,着力突破根技术、关键核心技术。打造音视频产业联合创新中心,实现产业链上下游融通配套,加快提升"1-10"的产业创新能力。搭建音视频产业赋能平台,为中小企业、创新团队提供技术咨询服务,提升"10-N"的产业创新能力,真正实现"智赋万企"产业新业态。

华为云媒体服务产品部副总裁陆振宇告诉记者:"未来视频生产将从'拍摄'走向'计算',由'模型'生成'像素',内容生产以算力为王。"

来自西安电子科技大学的王皓教授在人工智能领域研究颇深,在他看来,长沙拥有"两芯一生态"和超级计算机,在算力方面有天然的优势,必将助力重点产业领域的科技创新和转型升级。他希望长沙能够更多地和国内外高等院校开展更深入的先进计算产业方面的合作,实现共赢发展。

位于长沙的湘江实验室以突破先进计算与人工智能领域战略性、前瞻性、基础性重大科学问题与关键技术为主要任务,湘江实验室主任陈晓红院士在本次大会上表示,先进计算与人工智能的结合,将为更多原创性技术和理论的突破提供助力,带来更多新的技术和产业。

在长沙,一切皆有可能。在全力建设全球研发中心城市的如虹征途上,信心满满的长沙,正把稳舵、张满帆,不断拓展计算赋能应用空间,助力行业应用走深走实,用更加强劲的算力描绘更加美好的未来。

✍ **记者手记**

在数字经济时代,算力,已经成为一个举足轻重的角色。面对广大受众,如何才能阐释清楚这个较为生僻的概念?记者把一场行业大会作为切入口,找出大会的亮点,把其中最有代表性的高科技产品生动地展现出来。由此再一步步写出当前长沙先进技术产业的发展水平、长沙未来将如何部署先进计算产业的发展。稿件布局由浅入深,可读性较强。

记者通过大量的科技类新闻采写经历悟出一个道理,要写出一篇较好的科技类新闻报道,就必须掌握"翻译的艺术",也就是要学会用最朴素的语言来阐释深奥难懂的科技术语,让最普通的受众都能读懂、都能喜欢。只有巧妙处理好"阳春白雪"和"下里巴人"的关系,才能让科技类新闻报道出新出彩。

大泽湖基地如何助力全球研发中心城市建设？

2023 年 12 月 3 日

中国式现代化关键在科技现代化。长沙今年吹响了"全力建设全球研发中心城市"的集结号，按照"一城一区三基地"的空间布局打造创新平台集聚区。位于望城区的大泽湖基地是这一布局中的"三基地"之一，相较于马栏山和科大金霞另外两个基地，大泽湖基地起步相对较晚。

如何发挥后发优势，创造更多令人惊喜的无限可能？连日来，记者专门就此进行了调查采访。

俯瞰大泽湖基地。（龙宇 供图）

大泽湖基地档案

大泽湖基地档案：大泽湖基地位于大泽湖·海归小镇，占地 1 万多亩，绿色生态是这片土地上，最亮丽的色彩。环抱近 3000 亩大泽湖的自然湿地，东倚湘江，月亮岛傍卧江心,周边环绕马桥河、黄金河水系,串联大泽湖等湖泊水网,得天独厚,生态怡人。

三年前,望城区提出打造海归小镇,使其成为海外高层次人才的"归国第一站",并且率先孵化出了全国首个揭牌运营的欧美同学会海归小镇,去年该片区被列入"长沙市十大重大城市片区"。

望城坚持精耕细作、规划先行,突出世界眼光、国际标准和湖湘特色,推动大泽湖片区朝着"国际范、长沙味"的未来之城稳步迈进。蓝图已绘就,具体怎么做,先找出短板,明确发力目标。

从自然生态到产业生态:锻长板补短板

大泽湖基地有良好的自然生态。在大泽湖近自然湿地公园内,一群白鹭在轻舞。

"大泽湖近自然湿地公园是大泽湖海归小镇片区的生态核心,公园作为沿湘江鸟类迁徙的重要候鸟中转站,它既是冬候鸟的越冬地,也是夏候鸟的繁殖地,我们尽可能保持原有的生态环境,减小施工对鸟类生存环境的影响。"望城区城发集团大泽湖近自然湿地公园项目建设经理刘伟民介绍,为了让人们和候鸟和谐共处,湖内已建114亩圆形树岛,让鸟儿有个安静的栖息空间。

突出生态优先,望城建设好6.8公里湘江黄金岸线、800亩江心绿岛香炉洲、3000亩湿地公园,构建人与自然和谐共生的"城市生态新IP"。

大泽湖·海归小镇研发中心是大泽湖基地的首个产业落地项目,计划明年2月投入使用,可入驻企业15—150家。其规划设计理念突出的也正是"生态"二字。

"研发中心项目由7栋建筑组成,象征着7艘归国巨轮,由一个环聚集在一起,寓意着聚拢在海归小镇的海归人才,整个项目是全钢结构建筑,是湖南省首个三塔连体大跨度纯钢结构建筑,用钢量达到1400吨。"望城区城发集团置地公司副总经理邢剑介绍,建设者还将在项目的3栋楼上,建设一座直径达74米的"天空之厅",建成后,将设置开放的公共服务空间,在屋顶设置跑道和空中花园,搭建起一个交流无处不在的神经网络式空间,实现各团间的交流共享、产业联动。

离项目不远处,是湘江跨度最大的独塔斜拉桥——香炉洲大桥,预计明年建成通车,两岸过江交通的时间将缩短至10多分钟。周边四通八达的立体大交通格局,提升了大泽湖基地的人才吸引力指数。

大泽湖片区规划建设10栋150—200米的高端商务大楼,打造环大泽湖的总部经济圈。沿湘江布局400亩的创新产业带,重点引进创新型企业、科研型企业,以及赋能智能制造的高端生产服务业。

在全力建设全球研发中心城市这一重大背景下,大泽湖基地如何迅速成为集聚一批国家技术创新中心、产业创新中心等高水平创新平台?

培育和建设相适应的产业生态最为关键

"有不少企业,在望城只设了加工厂,这里像是企业的大车间,为什么会是这样? 主要是因为产业生态不够完整,接下来我们对标这些企业所需,瞄准短板,补足产业链,企业要什么,我们就找什么,围绕主导产业发力,努力深耕,提供贴心服务,丰满它的产业链条。只要持之以恒,短板将来也会成为我们的长板。"望城区政协副主席谢鸿超表示。

时下正值初冬,大泽湖基地建设正一片火热。

目前大泽湖片区已有中交、康佳、湘涂等 10 多个总部入驻研发中心。大陆希望中心总部经济园于 8 月在望城完成土地摘牌,成为第一个落户的重大项目,率先按下大泽湖片区高质量发展的快进键。

大陆希望集团近两年通过和望城区政府的沟通,被工作人员真挚的服务所打动,同时也被大泽湖基地的未来发展所吸引,大泽湖基地处于"湘江国际研发走廊"下游,也必将成为长沙全球研发中心城市的核心动能。大陆希望由最初打算在望城投资几个亿建工业项目,到最终决定投资 65 亿元,打造大陆希望集团布局华中地区的总部基地,集高端制造业企业总部研发中心等为一体的复合型产业发展项目,助力大泽湖基地打造一流的新兴产业海归人才高地。

"上午我参加了滨水新城的工作推进协调会,关于我们项目的问题,政府主动召集各个职能部门来和我们正式沟通,将问题提前暴露出来,提前沟通,提前解决,充分地站在了我们企业角度推进项目,让企业有一种'推背感'。"大陆希望投资发展有限公司投资经理程轩欣喜地说道。

望城区积极走出去,招引"金凤凰"。10 月下旬望城区成立科创招商部,深度对接区内五大产业链,问其所需,并奔赴北京、上海及深圳等地招引企业研发中心,推动本土企业扩能升级、培育国家级创新平台、推动成果转化与市场应用。截至目前,获取科创项目信息 30 余条,考察走访高校企业 20 余次,深度对接项目 6 个。

高等科研院校偏少,这一"短板"怎么补? 望城区主动向科研院校抛去"橄榄枝",拿出最好的场地给科研单位来搞科研,并准备在大泽湖基地打造长沙首个成果转化中试基地,厚植科研沃土。

"望城要成为全球研发中心城市重要的增长极,是有底气的,目前拥有全球最大的轮毂生产基地等代表全球先进制造的点,点要形成面,就需要产业链将他们强关联起来。"中南大学科研部部长李启厚表示,望城在招商时,要有目的、有选择性地招来"女婿",让标志性的点能够开枝散叶,差异发展,形成大泽湖研发基地鲜明的特色。

中南大学也有意将中南大学国家大学科技园内 683 家企业分流 100 家成长性较好

的企业到望城落地生根。"中南大学湘雅医学院的医疗技术具有世界领先水平,我们将把医疗的科研成果在望城落地,如手术机器人、辅助生殖技术等,让望城的医疗板块独具特色;同时,结合我们中南大学的有色金属学科群及交通学科群的优势,帮助望城成为有色金属产业集群或者交通产业集群的智能终端生产基地。"李启厚表示。

放大视野,对标全球,聚焦高端,是大泽湖基地的后发优势。望城经开区的产业集聚优势为大泽湖基地提供了有力支撑,目前园区入驻企业已超过 7000 家。记者发现,以全球视野来研发创新,已成为不少企业的发展共识并展现出广阔的发展前景。澳优乳业是望城经开区"总部基地+研究中心+产业园"的示范单位,企业从望城起步,整合全球优质资源,服务全球市场,赴港上市,成为全球婴幼儿奶粉的龙头。去年的新产品研发投资费用已增加至 1.97 亿元,占比营收约 2.53%。企业建立了"澳优特殊食品全球研发中心",自主研发了中国第一株婴幼儿可食用菌株,打破了婴幼儿"洋菌株"的垄断。"澳优历经 20 年,建立了 1+6+N 的一个全球研发体系,我们用全球的资源为消费者提供服务,我们的人才面向全球招募,研发技术团队分布全球。目前我们有 200 多人的博士团队,下一步澳优将加大研发投入力度,为消费者提供更优、更全的专业营养。"澳优乳业中国区副总裁魏燕青介绍。

与澳优乳业一样,湖南利亚德也是依靠"技术引领 产业布局 扩大应用"赢得市场。而这,恰恰与长沙建设全球研发中心城市的思路高度契合。在这家企业的工厂,生产一块完整的 LED 屏只需要 37.5 秒。利亚德作为中国电子信息百强企业,已连续 6 年保持 LED 显示产品市场占有率领先全球。

"我们预计在长沙打造利亚德全球研发中心,加大研发创新深度。目前我们的产品在国际市场需求较大,我们要不断研发新技术、新产品,满足全球市场需求。"利亚德集团副总裁肖成军表示,研发创新是企业赖以生存的基本条件,集团的研发经费每年约 6 亿元,如果在望城成立研发中心,很大一部分研发人员将放到望城,研发成果转化后,将产生 10—20 亿元的价值。

好产业是科技创新的土壤,望城正在形成多样性、差异化的产业生态。一个具备各种创新要素的生态圈、一个适宜高科技产业生长栖息的"热带雨林"正呼之欲出。

从"筑巢引凤"到"近悦远来":引得进留得住

如何谋划和建设好大泽湖基地,为长沙全球研发中心城市建设大局提供有力支撑,是摆在望城面前的重大课题。人才是研发创新的源头活水,从全国首个正式揭牌运营的欧美同学会海归小镇,到长沙建设全球研发中心城市的创新研发基地,大泽湖基地坚持围绕"海归"两字做文章,提升针对全球海归人才和高层次人才的吸引力和附着力,打造青年友好之城。从"筑巢引凤"到"近悦远来",让人才既引得进又留得住。

要让人才引得进，首先要环境过得硬。大泽湖基地坚持立足青年、面向人才，环大泽湖布局了诸多科技研发、创新总部、购物中心、艺术中心等，构建集生产、生活、生态三位一体的国际化人才社区，与大泽湖片区建设配套的学校、医院等正加快建设，提升了生活便利度和创业友好性，增强了海归人才、高层次人才的吸引力。对于引进人才的"软环境"培育，望城区也是格外上心。

"益生菌冻干的第一步是预冻，预冻就是把样品预先冻起来，让菌快速进入一个休眠状态，再去抽干里面的水分……"澳优乳业（中国）有限公司基础科研经理康文丽在新投入使用的中试车间给助理讲解益生菌发酵的操作流程。康文丽博士毕业于法国南特大学，是望城引进的首批"产业攻坚博士"之一。当年望城抛来的人才政策，让她十分心动，如两年内每年提供人才补贴10万元，人才购房补贴10万元等，目前这些补贴都已落实到位。"学习很久的人，不擅长和外界打交道，但是望城区的领导常和我们座谈或者微信沟通，让我感到很亲近，同时有种被重视的感觉。"康文丽说。

围绕大泽湖片区人才引进，望城区制定出台"海创园36条"，从招才引智、创新研发、金融服务保障等方面给予支持。入驻的企业最高可享受奖补1.3亿元，人才最高可享受奖补878万元，其中创新研发的奖补累计最高可享受3000多万元。

"为进一步涵养人才近悦远来的发展环境，湖南海创园还将打造'一站式'人才服务平台，力求让人才在海创园范围内足不出户享受奖补申报服务。"望城区高层次人才服务发展中心主任胡洋表示。

为了解决顶尖科研人才和团队的后顾之忧，望城区专门开通了"一事一议""一人一策"通道，开展贴心帮扶。管建波作为高层次人才被引进到位于望城区的五矿铍业，通过"一事一议"的方式，区政府为他解决了妻子的工作问题，让他得以心无旁骛地投入到工作中。管建波团队开发的"一种多孔氧化铍陶瓷的制备方法"申请了国防发明专利，打破了国外对我国同类产品的技术封锁。

如今，人才竞相涌入大泽湖，成为研发基地建设的关键要素。"望城区现在引进人才的奖励和补贴也越来越高了，人才越来越多，我的朋友圈越来越大，对我的成长帮助非常大。"管建波说。

怎样让引进的人才留得住？除了提供宜居的生活环境，更要培育宜业的创新环境。望城区积极支持青年科技人才在国家重大科技任务中"挑大梁""当主角"，为他们提供大展拳脚的舞台。34岁的姚锐，博士毕业于中南大学材料学专业，现为湖南航天智能传感技术研究院院长。4年前，他接下任务，攻关一类被称为"编码器"的角位移传感器，其主要是运用磁原理，对导弹等的角度、位置进行高精度测量与反馈，起到"把方向"作用。当时，国内90%以上的"编码器"来自国外，高性能"编码器"关键技术被国外封锁。

当时姚锐带领 6 个人的团队，每天奋战在研究基地 14 小时以上，历经 1300 多个日夜之后，团队研发的"编码器"产品终于成功"上天"。"卡脖子"难题终因团队的"长个子"而化解。"这是我们新研发的一款角位移传感器，它的个子更小，可以让飞行器的载重留给其他动力。"姚锐拿起半个拇指大小的新产品向记者展示，他表示虽然个头小，重量不足 5 克，但是其部分技术指标已超过国际同类产品。

这样的例子在大泽湖片区还有不少，目前，望城区已为各类高层次科研创新人才搭建起 4 个国家级科技创新平台、31 个省级创新平台，创建院士工作站 2 站 3 室、创新创业平台 131 个。经长沙市认定的高层次人才有 130 人，人才总量 10 万人以上。

"要把最好的地块留给研发机构，最好的风景留给研发人才。"望城区委书记秦国良表示，望城坚持"长沙最好、中部最优"，持续完善人才政策，努力构建更具吸引力和竞争力的人才政策体系，让大泽湖成为全球优秀创新人才的向往之地。

✎ 记者手记

天上不会掉馅饼，机遇从来就是留给有准备的人。望城区大泽湖基地成为长沙建设全球研发中心城市中"一城一区三基地"的重要基地之一，是望城人民不断探索、不断积累的坚实基础使然。

望城区在 12 年前撤县设区，主动迎接中心城区的辐射。3 年前，望城区提出打造海归小镇，使其成为海外高层次人才的"归国第一站"，率先孵化出了全国首个揭牌运营的欧美同学会海归小镇，去年该片区被列入"长沙市十大重大城市片区"。"高层次人才""国际范、长沙味"这些思路和长沙全球研发中心城市建设不谋而合，当然望城还有科研院校稀少等短板，望城还是希望以此为契机，加快融入中心城区发展的步伐。

望城区科技局牵头扛起争取项目的重担，在申报中，将大泽湖原来的设计理念融入到全球研发中心城市建设中来，一边建设，一边调规。功夫不负有心人，大泽湖被纳入了长沙建设全球研发中心城市的重要布局中，意味着望城今后将获取更多来自上级部门的优势资源。同时，望城也在举全区之力，并形成合力，建设大泽湖基地，计划在三年之内打造出长沙市第一个中试基地。

3 年后，我们期待望城交出一份精彩答卷。

"链"出新质生产力，长沙如何因地制宜做强人工智能？

2024 年 3 月 22 日

今年，"人工智能+"首次被写入全国两会《政府工作报告》，为发展数字经济、推动数实融合指明了路径。早在 2017 年，长沙就因地制宜，将人工智能作为重点发展的主打产业之一。

7 年之后，长沙的人工智能及传感器（含数控机床）产业链发展情况如何？长沙的人工智能产业又该如何抓住风口，乘势而上呢？来看记者的调查。

群星灿烂，链上企业 2500+

谈到国内的人工智能，华为的智能驾驶、科大讯飞的人机语音交互技术、万兴科技的"天幕"大模型等，都是国人们引以为豪的高科技，也是人工智能+应用场景的典型代表，其中，万兴科技是妥妥的长沙本土企业。

截至 2023 年底，长沙人工智能及传感器（含数控机床）产业链企业规模超过 2500 家。其中，规上企业 240 余家，实现营业收入达 292.6 亿元。

在长沙，检测一块手机屏幕有没有坏点和色差需要多长时间？长步道给出的答案是一秒钟，甚至不到一秒钟。

如果将人工智能比喻成人的大脑，各类工业镜头就相当于是人的眼睛，长步道就是生产各类"眼睛"的"专家"。国内每五个工业镜头，就有一个来自雨花经开区的这家专精特新小巨人企业。

长步道研发的用于检测手机坏点的工业镜头，是全球首款"1.5 亿像素大靶面镜头"，即使屏幕缺陷小得只有一根头发丝直径的 3%，也能被它瞬间精准识别。

"我们这个镜头的特点不在于精度，光说精度的话，显微镜可以看到更细小的东西。它的厉害之处在于能够同时检测一整块屏幕，而且速度非常快。"长步道研发部部长张勇告诉记者。

此外,长步道还在其他领域创新突破,推出了国产首个8K高清全画幅变焦镜头,广泛用于影视制作等方面,2024年央视春晚沈阳分会场节目的录制就使用了长步道生产的电影镜头,并获得了技术团队的高度评价。

如果说长步道研发的是机器人的一双慧眼,那大族激光研发的就是机器人的一双巧手。将一块钢板切割成一个圆形的"福"字金属构件需要多长时间?大族激光的答案是2分钟。

大族激光智能装备(长沙)有限公司董事长蔡建平透露,激光切割机床不仅仅是速度很快,精度也很高,切割的部件误差在0.01毫米级别。

既快捷又精准,这主要得益于企业对激光切割的精细化控制。要做到这一点,必须牢牢掌握切割机的数控软件、激光器、切割头等关键技术和核心部件。掌握了核心技术的大族激光长沙公司2023年销售额近3亿元,今年可望达到3.5亿元到4亿元。蔡建平告诉记者,公司落户雨花经开区以来,在长沙及周边地区,已经形成20多家配套企业。

在长沙经开区,人工智能已经广泛应用于工程机械、汽车及零部件的制造,智能制造"灯塔工厂""黑灯工厂"让人看到未来先进制造业的模样。

在北汽福田长沙超卡工厂的总装生产线,长长的流水线上,等待组装的汽车一辆接着一辆。从一个光秃秃的车架到一辆完整的新车下线,最快只需要3分钟。此外,产线上还配备有一位几乎从不出错的人工智能"质检员"。

"现在,控制检测系统显示屏上各项参数的颜色都是绿色的,这表示合格,如果不合格会显示其他颜色。如果不合格的话,会有专业团队快速处理,确保所有下线车辆全部合格。"北汽福田长沙超卡工厂厂长马子祥告诉记者。

长泰机器人扎根雨花经开区以来,一步步成为国家级专精特新小巨人企业,先后为200余家企业提供智能制造系统综合解决方案,数字化解决方案覆盖十大工业门类、110个应用场景。

从硬件到软件到应用,长沙人工智能产业链正处于多点开花、全面发展的喜人局面。

"近几年,长沙成功获批国家新一代人工智能创新发展试验区、长沙国家人工智能创新应用先导区,成为全国人工智能产业发展和创新探索的'双区联动'城市之一。"雨花经开区党工委书记、长沙市人工智能及传感器(含数控机床)产业链办公室原主任陈海波介绍。

向"新"而行,补链延链强链

"长沙人工智能的产业规模还不够大,规上企业仅有240多家且多集中在产业发展核心区域,高能级的企业较少。"陈海波告诉记者。

人工智能是发展新质生产力的重要支撑,也是实现"三高四新"美好蓝图的重要产业,近年来,长沙在发展人工智能产业方面,激流勇进,大力引进高能级企业补短板。

2022年4月19日,总投资约5亿元的科大讯飞湖南区域总部和智能制造中南总部项目落户长沙,根据协议,科大讯飞将在湘江新区成立独立法人全资子公司,重点建设科大讯飞人工智能创新研究院和科大讯飞长沙人工智能产业加速中心。

2023年5月24日,华为湖南区域总部在马栏山视频文创园动工建设,目前项目已完成地上3层的主体结构,预计年底主体结构封顶,2025年5月底竣工。

此外,长沙已引进蚂蚁集团中南研发中心、京东亚洲一号等重点项目。

借助全力建设全球研发中心的东风,依托互联网岳麓峰会和世界计算大会等高能级会展平台,长沙全力引进业界头部企业,为"人工智能+"蓄势赋能。

业界普遍认为,人工智能发展的三要素是算力、算法和数据,算法是AI的"引擎",数据是AI的"燃料",算力则是AI的"基建"。

当前,长沙在算力建设和大数据产业方面突飞猛进,国家超级计算长沙中心、中国电信中南智能算力中心、中国联通产互公司、湖南人工智能算力中心等重大算力基础设施更新换代、建成投产或签约落地,以湖南大数据交易所为核心的大数据产业快速崛起,制造业、服务业数智化转型升级方兴未艾,这些都为人工智能产业的快速发展提供了坚实基础和越来越多的应用场景,目前,长沙算力规模已超过2200P,超算算力位居全国第三。

打造人工智能产业的集聚区也是进一步推动产业链发展的好办法。作为长沙市人工智能产业主要集聚区,目前雨花经开区集聚长步道、驰众机器人、中南智能等产业链重点企业200余家,人工智能领域创新平台40余个,机器人产业集聚区排名进入全国十强。

为进一步提升企业和研发机构聚集度,2024年2月22日,雨花经开区同升湖人工智能科创谷项目正式发布,该项目选址于雨花经开区范围内风景宜人的同升湖板块,总占地面积702亩,秉持"生态、科技、人文"深度融合理念,因地制宜,规划建设"一脉四区五中心"。其中五中心是指高标准打造企业总部中心、科创研发中心、学术交流中心、产业服务中心、展示交易中心。项目预计2026年正式建成。当天,长沙人工智能科创金融港、长沙人工智能产业服务中心也揭牌成立,11家企业及机构与雨花经开区签订合作协议。

在湘江西岸,湘江智能网联产业园正加紧建设,以园区为主要载体,促进产业协同集聚发展,扩大多元场景综合应用,持续做大做强智能网联汽车产业链,让人工智能在交通领域落地更多应用场景。

人才为要,招引"最强大脑"

要让机器人拥有高超智能,首先还是要有"最强人脑",也就是人工智能的人才团队。

工信部数据显示,目前我国人工智能不同技术方向岗位的人才供需比率低于0.4,这意味着每5个岗位,只有两名符合要求的人才,这严重制约了人工智能关键核心技术、算法、应用等方面的创新能力。

行业的劣势却是长沙的优势。长沙的高校资源优势,为因地制宜发展人工智能产业链解决了人才"瓶颈"。睿图智能是长沙众多的人工智能企业之一,它的核心技术人员名单中,超过9成是来自湖南大学的博士。

"我第一次接触人工智能是2003年,在湖南大学。20多年前,湖南大学就在研究人工智能。技术的发展都是靠人去推动的,新的技术出来以后,也同样要靠人去进入,把技术带入到更多垂直行业。"睿图智能总经理周博文告诉记者。

"公司总共1000万股,将近20%都分给了研发人员,去年,我们公司的研发投入达到了2000万元。"湖南长步道光学科技有限公司董事长李四清透露。

长沙市广播电视台(集团)党委书记、台长、总编辑彭勇(右)在大族激光长沙公司生产车间采访公司董事长蔡建平。

紧扣"产业链"、布局"人才链"、打通"创新链"。支持人工智能产业发展,长沙先后出台了一系列支持政策,对落户长沙的国内外人工智能企业,按其落户实收资本的5%给予一次性奖励,最高可达1000万元。同时,对来长创新创业的人工智能领域高端人才(团队),经认定后也能给予最高1000万元资金资助。此外,长沙还出台全力建设全球研发中心城市人才政策,让专业人才在长沙真正成为"香饽饽"。

终有一天,铁臂阿童木那样聪明可爱、拥有神奇力量的类人机器人将成为人类日常生活中最忠实的朋友、最强大的伙伴,人工智能的发展将带给我们无法想象的美好生活图景。人工智能是新质生力、朝阳产业的代表之一,做强人工智能产业链,长沙重任在肩,当仁不让。

记者手记

2024年3月中旬,习近平总书记到湖南考察时再次强调要加快发展新质生产力。在这个关键时间节点,长沙广电推出17条系列调查报道——《"链"出新质生产力》,这是开篇之作。

人工智能是当前最火热的高科技,也是新质生产力的重要代表。记者调查发现,长沙发展人工智能的优势很多,优质企业也有不少,在算力基础设施建设、智能驾驶、部分垂直领域大模型、传感器等方面也走在了全国的前列,但总体而言,长沙还需加倍努力,在人工智能领域取得更大突破和成效。

在长步道调查采访时,长沙市广播电视台(集团)党委书记、台长、总编辑彭勇详细了解了该公司研发人员的待遇情况,对公司厚待人才的举措深表赞同并在报道中特别提出。

| 院 士 来 了 |

　　惟楚有才,于斯为盛。在湖南,有最牛的"院士天团",截至目前,湖南两院院士共有44名(含工作关系在湖南),其中大多数院士深耕农业领域。一碗香喷喷的大米饭,一盘地道的辣椒炒肉,一盆热辣的剁椒鱼头,一杯清爽的绿茶,湖南院士"一桌菜",是湖南"院士天团"的最大亮点。

　　两院院士是顶级科学家,是人才生态中的参天大树。"院士来了"篇精选5篇作品,生动诠释了新时代的科学家精神。愿科学家精神在一代又一代人的接续传承中发扬光大,永远散发出璀璨的光芒。

探访袁隆平团队如何解码种子"芯片"的奥秘

2021 年 1 月 30 日

习近平总书记在 2020 年 12 月 28 日至 29 日举行的中央农村工作会议上指出,要牢牢把住粮食安全主动权,粮食生产年年要抓紧。要严防死守 18 亿亩耕地红线。要坚持农业科技自立自强,加快推进农业关键核心技术攻关。

农以种为先。种子是农业科学的"芯片",是国家粮食安全的命脉。

一粒种子可以改变一个世界,一个品种可以造福一个民族。"共和国勋章"获得者、"杂交水稻之父"袁隆平院士语重心长地告诫人们:"关键时刻,一粒小小的种子能够绊倒一个强大的国家。"

种业位于农业产业链的最前端,已经上升为国家战略性、基础性核心产业,是引领农业供给侧结构性改革和促进农业长期稳定发展的关键所在。

如何突破农业关键核心技术,保障种子安全和国家战略安全,记者来到湖南杂交水稻研究中心,走近袁隆平院士科研团队,走入田间地头,与农业科研工作者和农业种植户对话,解码种子"芯片"的奥秘,探访一粒种子的梦想。

"海水稻"让"亿亩荒滩变良田"

在前不久召开的第五届国际"海水稻"论坛上,袁隆平"海水稻"团队宣布已在全国签约 600 万亩盐碱地改造项目,今年将正式启动"海水稻"的产业化推广和商业化运营,拟用 8—10 年实现 1 亿亩盐碱地改造整治的目标,实现"亿亩荒滩变良田"。

项目宣布后,成立了智慧农业创新联合体。该联合体是在十九届五中全会提出"推进产学研深度融合,支持企业牵头组建创新联合体"后,在中国科协的指导下,由智慧农业领军企业牵头,全国顶级学会共同发起的创新联合体。"这里面有 8 位院士,我们希望通过顶尖团队联合开发,让农业工程、农业机械、人工智能、自动化、水稻遗传育种、产学研深度结合,实现多部门多学科融合,为国内耐盐碱水稻的研发提供技术支撑。

联合体的成立,说明国家对耐盐碱水稻种植的高度重视,为大面积种植耐盐碱水稻提供了强大技术保障。"联合体专家委员会主任、湖南杂交水稻研究中心二级研究员彭既明对耐盐碱水稻的未来发展满怀信心。

"海水稻"并不是生长在海里的水稻,而是一种抗盐抗碱性的水稻,所以又称为耐盐碱水稻,可在沿海滩涂的盐渍地和我国东北、华北、西北内陆一些盐碱地里生长。

袁隆平院士曾说,我们国家耕地面积少,粮食耕地仅18亿亩,但我国有15亿亩荒芜的盐碱地,其中约2亿亩可进行稻作改良。如果我们能选育出耐盐度在3‰至6‰、耐碱在pH值8.5以上的水稻品种,且年推广面积达1亿亩,平均每亩增产300公斤,这样每年就可增产300亿公斤粮食,相当于湖南省全年的水稻产量,可以养活1亿人口。

习近平总书记曾多次谈到要"藏粮于地、藏粮于技"。

从2012年起,袁隆平院士开始研究盐碱地水稻,并把我国海滩地区的"海水稻"作为试验品种。

2018年,由袁隆平院士领衔的青岛"海水稻"研究发展中心团队,在位于北纬25°的阿联酋迪拜的沙漠里,种出了"中国海水稻",最高亩产达到了520公斤,这是全球首次在热带沙漠实验种植水稻取得成功。

在迪拜沙漠上种出了"海水稻",工人在收割稻谷。

"它的成功,标志着在沙漠里面最严酷的环境条件下,杂交水稻能够生长,能够有收成,为西亚沙漠干旱缺水地区、为广大的非洲干旱地区提供了成功的样本,对我们也是很大的一个鼓舞。"当时参与迪拜水稻项目的彭既明回忆说。而在袁隆平团队到来之前,其他国家也在当地试验过,却收获无几。

"我们强大的法宝是运用水稻强大的杂交技术优势,利用世界各地可交换利用的种质资源,所以我们有可能比别人更快,更好地接近成功的目标。"袁隆平院士的博士生、杂交水稻研究中心后勤处处长吴朝晖快言快语地介绍道。

袁隆平院士团队 2020 年在山东、青海等 10 地启动了"海水稻"万亩片种植示范,10 万亩"海水稻"平均亩产稳定超过 400 公斤,远高于预计 300 公斤的"及格线"。

2020 年 10 月,创下新纪录平均亩产量达 802.9 公斤的"海水稻"位于江苏如东枌茶镇方凌垦区。作为东部滨海盐碱地类型,这里土壤含盐量在 2‰至 6‰之间。

2020 年 10 月,在新疆喀什地区岳普湖县巴依阿瓦提乡的"海水稻"试验基地 300 亩"海水稻"也完成收割,测产量达每亩 548.53 公斤。

2020 年秋天,在北纬 46 度的兴安盟耐盐碱水稻亩产稻谷再破千斤……

"袁隆平院士一辈子都在践行着他的两个梦想,第一个梦就是禾下乘凉梦,就是水稻高产、高产,更高产;第二个是杂交水稻覆盖全球梦。"袁隆平院士秘书杨耀松深情地说。

袁隆平的禾下乘凉梦

2020 年 11 月 2 日,袁隆平院士收获了一个让人激动不已的消息:第三代杂交水稻双季稻晚稻在湖南省衡阳市衡南县现场测产平均亩产 911.7 公斤! 加上此前测得的早稻平均亩产量 619.06 公斤,双季稻亩产量为 1530.76 公斤,实现了袁隆平院士双季稻"亩产 3000 斤"的新目标,再次刷新了杂交水稻的亩产纪录。

在测产时,因为下着毛毛细雨,不可确定因素较大。"那天的天气增加了预测的难度,所以袁隆平院士一直在担心会不会达到 3000 斤这个目标,当我把干燥率告诉他时,他一算就很高兴了。他一生搞水稻,对水稻的数据是非常敏感的。田里面生产多少谷子,他在田里看一眼,说出的数字,有 95% 的准确率。"湖南杂交水稻研究中心副主任张玉烛回忆当时的情景。

"Excited! More than excited!""太激动了,离我的禾下乘凉梦又近了。我原来的目标是达到 880 公斤,现在超过了 900 公斤,我已经非常满意了,这是大家共同努力的结果,我们将进一步把品种,把经验推向全国,为国家的粮食安全作出新的贡献。"当袁隆平院士得到好消息时,不时地用英文表达自己的激动之情。

追求高产更高产,是袁隆平团队永恒的目标。自 20 世纪 90 年代中后期起,开始超级杂交稻攻关,分别于 2000 年、2004 年、2011 年、2014 年实现大面积示范亩产 700 公斤、800 公斤、900 公斤、1000 公斤目标。近 5 年又突破每公顷 16 吨、17 吨的目标。目前世界水稻平均单产每公顷 4.2 吨,而我国水稻平均单产 7.2 吨。

在新的"十四五"规划中,袁隆平院士的团队计划大面积实现杂交水稻每公顷平均产量达 18 吨,那么,该如何实现这一新目标?

"要实现这一目标,前期可以说是需要一个好的'芯片',即良种,我们将利用第三代杂交水稻技术,利用一些有利基因如高光效基因、抗病基因来进行基因重组,用现代技术把所有优异的基因集中在一粒种子上面,以实现最佳产量的预期。"张玉烛表示。

一粒种子可以改变一个世界,袁隆平院士的团队在努力培育更高产的品种。湖南杂交水稻研究中心二级研究员彭既明通过多穗型超级杂交稻的育种,经过十多年的摸索,成功培育出了具有强分蘖能力的多穗型杂交稻新组合明两优 143 和隆两优 0078 两个杂交稻品种。

"我提出的多穗型超级杂交稻模式,是在袁院士的基础上总结的一个水稻育种新模式,其主要特点是分蘖能力强,有效穗多。我的一个审定品种,叫明两优 143,它的有效穗,在区试里面每亩达到 19.6 万,比对照品种有效穗增加 19.5%,需要的氮肥减少 10%的使用量。"彭既明介绍,这种模式不仅增产,还大幅减少了化肥农药的使用量,保护了环境。

杂交稻随着人们的需求也在不断改良,在杂交水稻国家重点实验室检验检测中心,每年检测约 500 个水稻品种。

"2018 年前,优质杂交稻能够达到部颁要求的非常少,一年只有几个,而到了 2020 年我们检测到的品种,有 35%能够达到部颁优质稻,还有一些能达到部颁一级稻优质稻米。"杂交水稻国家重点实验室检验检测中心年轻的负责人柏斌谈到这些有些兴奋。

位于湖南省长沙市浏阳市的沙市镇,是一个产粮大镇,"耕地面积 8.6 万亩,水田面积 6 万亩,种杂交水稻历史悠久,20 世纪 70 年代就开始了。如今,90%的水田种了杂交稻。袁隆平院士在长沙种优质杂交稻时,第一个点就选在了这里。"镇农技站的工作人员喻桢说到这些,带着几分自豪。

浏阳市木山种植专业合作社的负责人许海明于 1989 年出生,大学毕业后回到农村,把父亲手中的犁耙,改成了耕田机,并在沙市镇流转了 1000 多亩农田。说到种优质杂交稻,他的话匣子一下子就打开了。"我们作为农户,最关心的是产量问题,现在的杂优系列品种,比以前更容易种了,产量更好,更容易抗倒伏,抗病性能比以前更好了,种田现在比以前更轻松了,赚的钱也比以前更多了。"许海明算了一笔账,种杂优稻一亩地的产量要比常规稻高产 300 斤左右,价格也要高出 5%,每亩可以多赚 300 多块钱。

袁隆平的杂交水稻覆盖全球梦

袁隆平曾担忧地表示,世界上超过一半的人口以稻米为主食。而事实却是,全球现有的 1.6 亿公顷水稻中,杂交水稻种植面积还不到 15%。如果全球有一半的稻田种上杂交水稻,按每公顷比常规水稻增产 2 吨计算,增产的粮食可以多养活近 5 亿人口。

为了实现这个梦,袁隆平院士和他的团队从 20 世纪 80 年代至今,坚持开办杂交水稻技术国际培训班。近年来,每年都会接待或培训 30 多批次境外求学人员。每次开班或结业,袁隆平院士只要在长沙,就会到培训班来分享经验。

"有次袁院士感冒了不舒服,但他还是拔掉针头去参加培训班,给了大家很大的鼓励。"袁隆平院士秘书杨耀松回忆道。

迄今,湖南杂交水稻研究中心已为 80 多个发展中国家培训了 15000 多名杂交水稻技术人才。目前,杂交水稻已在印度、越南、菲律宾、孟加拉国、巴基斯坦、印度尼西亚、美国、巴西等国实现大面积种植。

"我的身体还可以,脑瓜子还冒糊(不糊涂),所以我还可以继续工作,继续做对人民、对社会、对国家有意义的工作,我还会鼓起勇气继续干下去,从'九零后'一直搞到'百零后'。"老骥伏枥,志在千里。袁隆平院士的话语里透着幽默,而且那么铿锵有力,催人振奋。对于袁隆平院士来说,在杂交水稻上,他永远不会满足。我们祝愿,袁隆平院士的两个梦想早日顺利实现!

✎ 记者手记

2020 年 11 月 2 日,袁隆平院士实现了双季稻"亩产 3000 斤"的新目标,再次刷新了杂交水稻的亩产纪录。

袁老当时在湖南杂交水稻研究中心的会议室收看衡阳收割现场的直播,他看到稻田的生长情况,虽然心里已有谱,但是当时受雨水天气的影响,测产的结果还是未知数。测产过程中,袁老几次微微闭目,似乎在默默测算。当结果出来,达到预定目标时,袁老有些激动。中途休息回办公室,看到记者跟随了过去,还开心地招呼,"我们认识很多年了,来张照吧!"他说,要好好纪念一下这个好日子。大家被袁老的快乐所感染,都笑了。

长沙：科技赋能，院士农业提速乡村振兴

2022 年 4 月 13 日

今年全国两会期间，习近平总书记在参加全国政协十三届五次会议的农业界、社会福利和社会保障界委员联组会时强调，解决吃饭问题，根本出路在科技。

今年以来，长沙充分发挥得天独厚的人才优势，大力发展院士农业，"最强大脑"与技术团队、农民一同攻克共性技术难题，不断提升农业科技水平，加速农业高质量发展。

科技创新，让良田更高产更绿色

作为农业大省湖南省的省会，长沙在中部省会中是拥有农业院士最多的城市，这里"生长"着"杂草防控院士"柏连阳、"柑橘加工院士"单杨、"油菜院士"官春云、"生猪院士"印遇龙、"辣椒院士"邹学校、"茶叶院士"刘仲华、"水产院士"刘少军，7 位院士如同"参天大树"，让长沙农业领域"风景独好"。

挖掘粮食生产新动能，长沙靠的是科技创新。4 月 12 日，长沙首批院士农业项目暨粮食生产"四高"综合示范区启动。长沙市政府与湖南省农业科学院"联姻"，签署了共同推进乡村振兴全面合作框架协议。在加快建设现代农业领航区的路上，院士农业将为长沙蹚出高效农业的新路子，为乡村振兴示范市建设"添柴加薪"。在强省会战略中，凸显长沙农业的担当。

"通过推动院士农业，院校的新产品、新技术、新装备将在长沙转化，长沙将成为新品种的'试验地'、新技术的'推广地'、新成果的'应用地'，政府也将建立'一对一'沟通服务机制，及时了解院士团队工作室科研动态和科研需求，提供高品质、精细化的全方位服务。"长沙市副市长邹特表达了对科研人才求贤若渴的满满诚意。

伴随着机器的轰鸣声，长沙春播的大幕已拉开。在长沙县春华镇，平整的农田上，抛秧机在自如地穿梭。"前段时间农田经过再次升级，沟、渠、路变得更直了，田块之间也拉通了，小田变大田，农机操作变得便捷，300 亩农田 2 台抛秧机，8 天就可以搞定。"

长沙县春华镇粮食生产"四高"综合示范区,农机手在抛秧。(李劼 摄)

农机手龙伟义说。龙伟义耕种的这片地是长沙正在打造的"高标准、高技术、高品质、高产量"的粮食生产综合示范区之一。

春华镇的这片"四高"综合示范区,位于该镇万亩粮食示范片内,通过"四高"综合示范区的建设,生产目标又抬高了。

"春华镇示范片区3年后的产量目标是:在现有高产的基础上再增产10%,化学农药的使用量将减少15%,同时降本增效10%以上。"长沙市农业科学研究院高级农艺师王少希对这些目标的实现,显得底气十足。项目由中国工程院院士柏连阳领衔,院士团队将在这里探索形成粮食产业高效种植、绿色生产的标准化生产技术体系。

长沙市的粮食生产"四高"综合示范区试点面积为1000亩,分布在浏阳市、长沙县和宁乡市。示范区内,双季水稻生产将实现全程机械化、绿色防控全覆盖并推广良种,以做强长沙优质米品牌,形成一批可复制、可推广的精细化、区域化粮食产业发展模式,为全省粮食产业高品质发展探索新路径。

"乡村振兴要怎么搞?第一位的就是要把产业发展好。我们重点围绕乡村农业产业来做文章,'四高'综合试验成功后,对于我们国家的粮食安全,对长沙乡村振兴示范市的建设,能提供基础支撑。把这个重要目标实现了,其他的乡村振兴目标才会有序地实现。"柏连阳表示。

搭建平台,让研究成果普惠乡间

"以前院士大都是直接和企业合作,解决的是企业的个性问题。现在我们希望通过搭建市级平台与院士的合作,在解决个性问题时,能推动解决一批产业发展的共性问题。"长沙市农业农村局工作人员杨勇表示。

我国是生猪生产大国,同时也是猪肉消费大国。虽然我国粮食连年丰收,但我们也要看到"猪粮争地"的现实。为解决这一难题,前不久,长沙市农业农村局请来动物营养学家、中国工程院院士印遇龙为"日粮结构对大围子猪肉品质的影响试验"把脉。长沙县金井镇大围子猪保种场准备进行非常规饲料的开发与利用,以改变现在豆粕玉米型养殖的局面。

"借鉴老祖宗的传统喂养方式,通过营养搭配和科学配比当地的一些农副产品,用它们来喂猪。"印遇龙院士提出回归传统的养殖方式,"我们的大围子猪是湖南有名的地方猪,瘦肉率较高,我们不仅要保护好这个猪种,同时还要开发好。"印遇龙表示,可采取先进的育种技术,在保存大围子猪优良性状的同时,实现品种改良和优化;同时,将传统养殖模式和科学营养调控技术有机结合,利用猪场周边的优质农副产品,例如把金井的碎茶叶、稻谷加工后的碎米等利用起来,提高大围子猪的养殖效率和猪肉品质。

研讨会上,大围子猪种猪场的负责人刘奇听得入神,喂猪不再依赖豆粕玉米,这将解决养殖的卡脖子问题。刘奇已腾出 500 平方米的猪圈,并安排了专门的人员配合此次试验,试验期预计为 9 个月,他十分期待试验结果。

长沙市政府在推进院士农业项目中,将探索政府购买服务方式,同时实行院士农业发展成果发布制度,对于可示范、可推广、可持续的重要成果、重要经验、重要模式等形成成果报告,每年向社会发布工作成果,为全省、全国现代农业发展提供长沙作法、长沙经验。

宁乡花明楼肖胜蓝的辣椒园,春意盎然,4 万株辣椒秧苗刚刚栽插完毕。"这一轮有 10 多种新的试验示范品种,也有扩繁的老品种。我们这是'越冬辣椒+春季品种轮作',这样可以提高土壤利用率,试着增加土地产值!"基地负责人肖胜蓝如数家珍,并非农业专业出身的肖胜蓝说起辣椒种植,不时冒出些专业术语。"因为有专家团队做我们的技术支撑,尤其是王院长教了我们不少知识。"近年来,市农业局的蔬菜研究人员上门为基地指导技术,帮助基地改良品种,如种植的蔬菜从应季到错季等。现在辣椒园的秋延后辣椒已打造出了独有的特色。基地的辣椒在全省第一批获准使用"湖南辣椒"公共区域品牌。这些年来肖胜蓝种辣椒已获得 6 项新型专利、2 项软件著作专利。

最近,通过长沙市农业农村局的牵线搭桥,肖胜蓝的辣椒园还认了一门"亲戚","辣椒院士"邹学校将为基地指导技术,帮助他们攻关秋延后高品质红椒关键栽培,突破越冬辣椒的种植技术。技术研究一旦成功,基地的"辣美椒甜"将引领长沙秋冬季辣椒的生产,填补秋冬季节湖南本地辣椒供应缺口,"春夏樟树港,秋冬花明楼"的辣椒格局也将形成。

"让信息技术从'铁皮柜'中走出来,长沙的院士农业就是让农业院士的技术成果通过平台落地、生根、开花、结果,为科技成果就地就近、即时高效转化创造更便捷的条件,转化速度更快、更精准,效益更明显。"长沙市农业科学研究院副院长王安乐表示。

根据蔬菜生产实际情况,结合院士资源和省、市农业科研成果优势,长沙确定2022年度蔬菜生产"双高双新"试验示范作物种类为辣椒、茄子、丝瓜、苦瓜、叶类菜(菜心)五大类,主要开展"秋延后高品质红椒关键栽培""茄子稀植高效栽培""丝瓜长季节再生高效栽培""苦瓜嫁接高效栽培"和"叶类蔬菜机械化关键环节应用高效栽培"等5个关键性技术的试验示范。计划共建10个试验示范区,打造2—4个特色鲜明、效益明显的亮点基地,形成可复制、易推广的长沙市蔬菜产业发展新模式,示范区效益增加15%以上。

"今年长沙市率先提出发展院士农业,将以提升农业质量效益、带动农民共同富裕为根本目的,以加快补齐长沙现代农业发展短板、提升农业科技进步贡献水平为主攻方向。"长沙市农业农村局副局长陈锦表示。

栽下"梧桐树",引得"凤来仪"

望城区靖港镇,因为独具特色的山水优势和人文资源,正吸引着众多农业院士纷至沓来,农业院士的"朋友圈"在这里逐渐壮大。2021年以来,"辣椒院士"邹学校、"茶叶院士"刘仲华、"水产院士"刘少军分别来到靖港镇建设辣椒育苗基地和院士工作室,茶树和水产2个种业创新中心基地也悄然落户靖港,给这个千年古镇带来新的生机。

"有了茶业界重磅人物——刘仲华院士的加持,现在我们已形成了茶产业+旅游业的全产业链格局,去年我们基地的茶农每户增收了5000元以上。下阶段,我们还将建设茶树种质资源圃。"云游茶业的负责人杨应辉说到这些,有些兴奋。

去年3月,"茶叶院士"刘仲华成为云游茶业的首席顾问,帮助基地保存茶树良种资源及选育新品种,并支持创建"好人好茶"品牌。今年,云游茶业的毛尖得到了量质提升,毛尖干茶超过2万斤,比去年增加10%左右。

百姓尝到了甜头,当地政府敏锐地抓住了这一发展的机遇。在靖港镇政府2022年工作计划中,出现了打造"院士小镇"计划。目前,镇政府针对院士人才所需求的康养环境、办公环境、生活环境等进行多方位的打造,有些项目已取得实质性进展。"我们希望通过软硬件环境的完善,吸引更多的院士专家入驻靖港,力争在小镇打造'人才高地',借'智'激发乡村振兴强劲内生动力。"靖港镇党委委员、副镇长廖章盼满怀憧憬。

在长沙,院士农业成长的这片"森林"中,为了让"森林"变得更加繁茂,人们正在培植养分充足的沃土。政府鼓励新型农业经营主体、院士团队双向对接,联合推进科研成果产业化。同时,支持院士专家团队创办集技术研发、成果转化、人才培养为一体的新型研发机构。在做强现代农业产业技术体系方面,推动每个产业组建"1名院士为首席专家+1个院士专家服务团队+若干农业科技特派员"的"1+1+N"产业创新团队。支持符合条件的院士团队成员积极申报长沙"人才政策22条""乡村产业人才8条"等政策待遇。

眼下正是春耕的关键时期,对农民而言,春季农耕播下种子,秋季收获粮食;而对于院士农业而言,技术是种子,院士就是播种人,技术落地,科技的种子将孕育出无限可能。

院士农业已然成为长沙全面落实"三高四新"战略定位和使命任务的提速器,到2025年,长沙预计水稻全程机械化率达到88%、农业设施化率达到60%、农产品加工产值与农业总产值比达到4.5;长沙现代农业、生物种业、智慧农业等领域产业竞争力达到全省领先、全国一流水平。

✍ 记者手记

长沙要打造"院士农业",这是农业线口的一条重磅消息。因为长期跑农口线,这个信息我提前一个月已获悉。所以早早地在做准备工作,只等时间节点发稿,但是不巧,在长沙首批院士农业项目启动前夕,因为新冠疫情,我被封控居家,这时团队成员主动接棒,担着外出被感染的风险,完成了最后的关键采访。

重大事件,新闻没有缺位,稿件得以顺利推出,在社会上产生了较好的反响。新闻人从来不是一个人的战斗,而是有团队做后盾,感念同事们。

院士来了丨"科研渔夫"刘少军：让老百姓"吃好鱼"

2022 年 6 月 17 日

习近平总书记强调，两院院士和广大科技工作者是国家的财富、人民的骄傲、民族的光荣。很多院士都具有"先天下之忧而忧，后天下之乐而乐"的深厚情怀，都是"干惊天动地事，做隐姓埋名人"的民族英雄。

惟楚有材，于斯为盛。湖南的人才资源优势得天独厚。目前，湖南共有两院（中国工程院、中国科学院）院士 44 名（工作关系在湖南），另有从其他省份聘请的院士 37 名。这份宝贵的人才资源成为湖南以及省会长沙实现"三高四新"美好蓝图、创建国家科技创新中心最强有力的支撑。

长沙广电新闻中心大型融媒体节目《院士来了》，深入挖掘在湘院士背后的故事，展现科学家们胸怀祖国、服务人民的爱国精神，追求真理、严谨治学的求实精神，淡泊名利、潜心研究的奉献精神，集智攻关、团结协作的协同精神，甘为人梯、奖掖后学的育人精神。看他们如何把论文写在祖国的大地上，把科技成果应用在实现现代化的伟大事业中。

今天，我们一起走近自称"科研渔夫"的中国工程院院士、淡水鱼类发育生物学国家重点实验室主任刘少军。

搞渔业的要把文章写在池塘边

我国是世界第一水产养殖大国，水产品总量连续 30 多年保持世界第一。作为农业大省、鱼米之乡的湖南，水产养殖业即将迈入"千亿产业"大关，养鱼已经成为了许多农民与养殖户的"致富经"。但是，随着规模、技术、模式的不断发展，养鱼这条致富之路也并非一帆风顺。近日，记者跟随刘少军院士来到了长沙周边，看看那里的养殖户都遇到了什么样的问题？

刘少军院士告诉记者，做鱼类育种的肯定是以种业为主，但是种业有种还要有业，做育种研究出好的鱼的新品种,还需要到养殖环境里面去看看它的养殖情况。不同的季节、养殖密度、场景都跟产量有关。所以,他和他的团队一年有很大一部分时间都在田间地头。

刘少军院士说,有句话叫"把文章写在大地上",搞渔业的就要把文章"写"在池塘里。

岳麓区雨敞坪镇的养殖大户文先生承包了一片400亩的养殖基地,全力发展"莲虾鱼稻"立体种养模式,虽然投入不小,但回报却一直不高。没想到刘院士的关注点并不在他养殖的产品而是这里的池塘。

刘院士直截了当地向文先生指出,这里的水草长得不好,关键是没有流水。养殖过程中如果只种草却不去治理、不去监测,这都是不行的。刘院士当场表示,以后他们的团队将把文先生的养殖基地作为研究的内容之一。

刘院士还拿出手机主动添加文先生的微信,这可让第一次见到大科学家的文先生受宠若惊。"做农业不可能一下子赚大钱的,你这个前面没亏就是好事了,赚得不大也没问题,慢慢来,但是你有地就是你最大的资源,你终究会要在你这块地上发财致富的。"刘院士面带微笑地鼓励文先生。

刘院士告诉记者,水质对于农村的整体发展和鱼类的养殖意义都极为重要。要种水稻要养鱼,一定要把水质保护到三类,不能达到四类,达到四类就失败了。现实情况是,当前农村里面小沟小渠的水质还是存在很大的问题,很多水都没有达到三类水质的标准,这需要一个漫长的探索。

刘少军院士(左三)在现场指导养殖户。

刘院士介绍,水产是一个基础理论和实践相结合的学科,它的各个方面都有很多难题,都需要坚持不懈地努力。"多做'无人区'的工作,也要坚持坐冷板凳,把冷板凳坐热,要有这种准备。"刘院士很坚定地说。

除了生态环境,如何通过先进的养殖模式带动养殖户发财致富,也是刘少军院士需要重点解决的问题。随着稻—鱼综合种养模式逐渐受到农民的认可,各类绿色生态的农渔发展模式也如雨后春笋一般地出现。但是,在走访中,刘少军发现,绿色生态渔业容易受到基础设施不够完善、鱼类商品率不高等问题的影响,制约了养殖效益。例如,当地养殖户为了追求更大的利润,不少都养殖了鲈鱼、鳜鱼等高档鱼类,因为这些鱼在价格、肉质等方面往往好于其他大宗淡水鱼类,但受养殖技术与养殖成本的限制,养殖收益往往不尽如人意。

如何给水产养殖插上科技的翅膀,让养殖户既能节省成本又能获得稳定的回报呢?鱼类的远缘杂交育种是刘少军多年来一直尝试的解决方案。记者跟随刘院士来到了位于望城区靖港镇的湖南鱼类繁育研究实验基地。望城区靖港镇位于湘江下游,水系发达,渔业兴旺,是当地有名的"渔都",刘少军院士团队的一座鱼类遗传育种研究基地便坐落于此。在这里,记者见到了刘院士自己养的鱼。他们养的鱼有什么特别之处呢?

刘院士动作娴熟地抓起一条鱼,向我们介绍:"这就是非常宝贵的四倍体鱼,世界上独一无二的同源四倍体,也只有这里养了。这个四倍体是我们国家非常宝贵的种子资源。在我们国家也只有这里有多种四倍体。"据了解,刘少军团队在选择远缘杂交研究亲本时,往往以鲫鱼、鲤鱼、团头鲂、鲌鱼、草鱼等常见的经济鱼类为主,这些鱼更容易出现在人们的食物谱系里,刘少军希望能够从这些"亲民"鱼种中取得更大的突破,让人们吃得更好。

在研究基地,刘院士饶有兴致地带着记者观看他们研究出来的合方鲫。刘院士告诉记者,合方鲫比一般的土鲫鱼要长得快,而且没有鱼腥味,所以做出来的汤很鲜。地球上的鱼类有 32000 多种,很多新种就是跟远缘杂交有关。

刘少军和父亲刘筠都是中国工程院院士,是湖南科学家中第一对"父子双院士"。父亲刘筠与鱼打了一辈子交道,为解决我国"四大家鱼"的人工繁殖问题作出了重要贡献。"我父亲对鱼类非常珍爱,我姐姐起名叫刘白鲢,我哥哥叫刘鲩,名字都跟鱼直接相关。我觉得这个世界上很少有这样特别热爱自己事业的人,所以我非常佩服我父亲。"谈起父亲,刘院士眼神中满是尊敬和自豪。

从良种的源头规避农民养鱼风险

父亲刘筠院士一辈子都在琢磨怎么解决老百姓吃鱼难的问题。子承父业的刘少军如今要攻克的,就是怎么让老百姓吃上更多更好的鱼。20 世纪 80 年代开始,刘少军就已经着手研究鱼类远缘杂交和染色体倍性操作了。对刘少军和他的团队来说,每一种新型鱼类的出现都是一个不可错过的奇迹。

刘院士告诉记者，他们研究出来的合方鲫以及合方鲫二号与豆腐一起煮的话，鱼汤特别的鲜。刘院士讲了一个小故事，有时候他们和养殖户一起吃饭，结果餐桌上合方鲫吃得汤都没有了，养殖户养的鳜鱼却没有几个人动筷子。所以说，老百姓还是倾向于吃很鲜的优质鱼类。

刘院士介绍，他们研究出来的一种鱼叫作鲂鲌杂交，突破了远缘杂交难以形成可育品系的难关，从它的第一代、第二代一直到第六代，他们连续做了12年，它都是可育的。现在他们还做出来一种鱼叫作湘军鳊，肉质非常好。目前，刘院士和他的团队研究出来的合方鲫和合方鲫二号已经在全国开始大规模地推广。记者了解到，新中国成立70年来，我们国家鱼价一直涨不上去，跟"四大家鱼"的人工繁殖取得很大突破有直接关系，做到了能够养鱼的地方就能够繁殖青、草、鲢、鳙这四种鱼，还有鲤鱼、鲫鱼和鳊鱼。

眼下，刘院士团队做科研的一个重要目的就是怎么解决鱼的品质的问题、生长速度的问题等等。比如说，如何吃到放心鱼？就需要提高鱼的抗病能力，从而少用药、不用药。刘院士介绍，经过两代人的努力，他们的重点实验室已经培养出抗病草鱼，使得草鱼的存活率大大提高，也不用药。养殖户最大的驱动力就是让自己的钱袋子鼓起来，刘院士在对养殖户进行科学养殖指导的同时，也给他们带来了很多经济效益上的指导。

刘少军告诉记者，搞农业也是有风险的，所以，他们从种业上保证有好的良种给养殖户，同时把销售端也做起来，做到"良种、良养、良销"，成为一个很好的商业体系，让养殖户在销售方面也尽量避开相应的风险。"让农民赚钱、能够获得利益需要多方面的共同努力，很多事情都要认真地去做，不是一蹴而就的，也需要经过很多探索。"刘院士认真地说。

做水产只赚钱把环境破坏了，绝对不行

刘院士告诉记者，国内不少人通过水产业致富，如果养优质的鱼，发家致富的几率就更大。但是集约化养殖有个问题，就是不能把密度搞得太高，你怎么对待鱼，以后鱼怎么对待你，大家必须有敬畏之心。

"做水产的强调可持续发展，目的就是把农村建设得更美好，与乡村振兴总目标要结合起来。如果做水产只顾着赚钱，却把环境破坏了，这个是绝对不行的"，说到这个话题，刘院士明显严肃起来。"绿水青山就是金山银山，需要我们每个人好好去落实去实施，而不是讲在口头上。在这个基础上能够让养殖户增加收入，这才是可持续发展。"

据了解，湖南的水产业总产值，从几年前的500多亿元已经上升到去年的900多亿元，到今年很有可能突破千亿元。"如果我们农业有10个'千亿产业'，就会形成很大的'万亿产业'"，对于未来，刘院士满是期待。

刘少军院士所在的湖南师范大学位于岳麓山大学科技城。目前,大科城拥有中南大学、湖南大学、湖南师范大学等高校院所 7 所,国家级创新平台 24 个、省部级创新平台 182 个,市级及以上众创空间、科技企业孵化器 31 个。具体到下一步的工作重点,刘院士又打开了话匣子。他告诉记者,第一个工作重点是做好育种工作,在已有的基础上,利用已经通过远缘杂交等生物学技术培育出来的新的品系,来研制更多优质的新品种,要不断地创新。第二个重点就是要把优良的品种进行规模化养殖,形成很好的养殖基地,大规模地生产优质鱼类。第三个重点就是做加工业,引导和建议加工企业做优质鱼类的加工。刘院士在社交平台上的名字叫"fish farmer"—渔夫。他谦逊地说,自己就像一个普通的农民,要把事情做到池塘里面,通过把优质鱼类养在池塘里面,养在全国大地,让每一个老百姓都能够"吃好鱼"。

✍ 记者手记

《院士来了》系列报道中,这些湖南籍院士是一代代"科技湘军"的杰出代表。在访谈中,在写稿的过程中,我们一次又一次被他们身上蕴含的科学家精神所感动,也一次又一次地发问,在这个时代,为什么大家如此热切地呼唤科学家精神? 媒体人能够为弘扬科学家精神做些什么?

要实现中华民族伟大复兴的梦想,离不开科学家精神的支撑和引领。大力弘扬科学家精神,需要媒体人在采编过程中打破对科学家进行"圣人"刻画的呆板模式,需要用更生动的采写来还原更为真实的科学家形象,呈现主人公多角度面貌,从而实现读者、观众的共情传递,同时,还需要不断探索科学家新闻报道中科学性与可读性的平衡。做好科学家精神的融媒体传播,媒体人任重道远。

院士来了丨"茶叶全书"刘仲华：潜心茶产业，让农民更富乡村更美

2022 年 7 月 9 日

　　长沙广电新闻中心特别节目《院士来了》，走近两院院士，聆听他们的家国情怀。今天，我们一起走近中国工程院院士、湖南农业大学学术委员会主任、国家植物功能成分利用工程技术研究中心主任刘仲华，看看他是如何在一片小小的茶叶上做出大文章，用科技创新推动茶产业提质增效，致力于让"让农业成为有奔头的产业"，让农民更富、乡村更美。

小小夏秋茶里的"大文章"

　　眼下正是酷暑高温时节，喝一杯清亮甘醇的绿茶，对于不少湖南人来说是一件十分惬意的事情。而湖南人喝的绿茶，大多数是产自湖南本土的品种，如长沙绿茶、君山银针、石门银峰、古丈毛尖等。

　　就在今年上半年，"长沙绿茶"经国家知识产权局认定，成功获批国家地理标志证明商标。长沙县金井镇是"长沙绿茶"的核心产区之一，虽然这段时间天气格外炎热，但刘仲华院士每隔几天就会去长沙县的茶园看看，关注这里夏秋茶的长势。

　　出生于 1965 年的刘仲华院士个头中等，声音洪亮，在茶园里走起来精神气十足，全然不顾烈日当头。刘院士告诉记者，1981 年，年仅 16 岁的他就被录取到湖南农学院茶叶专业。当时，年少懵懂的他根本没想到普普通通的茶叶竟然还能有一个专业。然而，深入到专业里学习之后，他就被茶叶科学的博大精深和中国几千年源远流长的茶文化深深吸引。40 年如一日，在茶学研究的道路上，刘仲华倾注了全部心血，在小小的茶叶里做出了大文章。

　　看到金井镇茶园的茶叶长势非常茂盛，刘院士心情特别好。他向记者介绍，这些夏秋茶的流动性很好，这样的品种不管是做绿茶还是做红茶都很好。

夏秋茶是刘仲华院士的研究方向之一,把夏秋茶的文章做好了,茶叶的产业效益就会提高不少。刘院士现场为茶园开出了"三剂良方":一是将夏秋茶制作成红茶,二是做成出口茶,三是用作药物和保健品的原料。

刘院士告诉记者,夏秋茶生长的气候环境比较恶劣,因此要给它足够的营养,保持足够的氮肥营养,保持茶素有很好的持动性,另外还要进行绿色防控,控制病虫害。

刘院士特别提到,夏秋茶生长在高温、湿热的环境中,和春茶相比,更容易滋生病虫害,要在不使用农药的前提下保障夏秋茶有个好收成,并不容易。如何找到更好的解决方案? 刘院士一直在思考这个难题。

在长沙县金井镇的一个茶园,企业负责人告诉刘院士,今年夏天以来,气温变化无常,病虫害比较多,茶园主要采取放置大量防蚊板、性诱剂以及太阳能杀虫灯的办法让病虫害的爆发期延迟。

刘院士对茶园的做法表示赞赏,并叮嘱企业负责人,一定要把质量安全控制在茶园之中。不要见到有虫子就杀,利用生物来相互制约,这是最好的方式。另外,也可以使用从植物里面提取的相对安全的杀虫剂。几个方式结合起来,一定能使有机茶园成本降低,不会真正产生病虫害的爆发期。

在金井茶厂的茶园,刘仲华院士(右)对茶厂总经理周宇进行现场技术指导。

在金井茶厂的茶园,总经理周宇抓紧时间向刘院士进行技术咨询。他告诉刘院士,茶园里都是金井茶厂今年培育的新苗,此前,他采摘了小部分试着品尝,但茶叶香气始终没有达到预期,这让他对这批新培植的品种产生了怀疑。

刘院士耐心分析道,这应该是气候原因造成的。今年春季,长沙低温阴雨,再好的品种也很难把香气展现出来。而去年长沙的气候条件就比较适合香味的形成。刘院士鼓励周宇,对于新品种的培育一定要充满信心,只要坚持选育自己的品种进行种植创新,同时注重引进适合我们环境的优良品种,坚持两手抓,就一定会有成效。

"刘院士为我们带来了很多技术上的指导,让我们在产业发展中少走了很多的弯路",说起刘院士多年来的现场指导,周宇满是感激。

解码黑茶"金花"的奥秘

黑茶是湖南茶业的另一张闪亮名片。当下虽然不是采茶季,但益阳茶厂的生产车间依然机器轰鸣,每一块茶在经过机器压制成型后,再进入车间发酵,只为等待一种金黄色的菌类爬满茶砖。

刘院士介绍,在很久以前,行业里说,只有老叶老梗才能发出"金花",现在,老叶新叶的砖里面、外面以及散茶都可以发出"金花"。

"金花"到底是什么呢? 原来,"金花"的学名叫"冠突散囊菌",可以让黑茶弥漫浓郁的香气,被誉为黑茶的灵魂。长期以来,黑茶作为官茶,远销西北地区,能够很好地解除油腻,但是为什么能够解除油腻呢? 通过研究分析,刘院士在黑茶中找出了92种成分,这就是黑茶迥异于其他茶类的鲜明特征。

刘院士告诉记者,冠突散囊菌是黑茶茯砖茶品质形成的主要动力,它能够调节人体肠道的微生物,调理肠胃以及糖脂代谢。

发现"金花"的奥秘只是第一步,控制"金花"在茯砖茶中的生长才是产业化的关键。为此,刘院士与当地政府合作建立了黑茶智能化发花工厂,在这里可以精准控制房间内的温度、湿度,12天就能生长出茂密的"金花",不但丰富了黑茶的口感,也让黑茶的品质和价格大幅提升。刘院士带领团队持续攻坚克难,创立了优质高效的黑茶加工技术体系,从而引领湖南黑茶加工实现清洁化、机械化、标准化、规模化,并创制出方便化、功能化、高档化、时尚化的现代黑茶新产品。

科技成果的转化应用,使得安化黑茶从当年不到2亿元的规模快速发展到现在综合产值200多亿元,安化由此成为中国茶叶税收第一县。

阳茶厂有限公司总经理刘杏益介绍,以前的安化黑茶大概只能卖到10元一片,但是现在出产的一品黑茶,400克可以卖到21元一片,所有人都觉得黑茶的春天要到了。

安化县茶旅产业小组肖伟群告诉记者,目前,黑茶已经成为安化脱贫攻坚和乡村振兴的特色产业,安化黑茶满足了36万人就业,将近10万安化人因为黑茶产业而脱贫。

做好做大茶叶深加工

在和刘院士的交流中,记者发现,很多时候,刘院士都是刚刚从外地出差回来,又马不停蹄地赶到各个茶厂基地。用刘院士自己的话来说就是:"我的时间都不属于自己,可以说基本上围绕着科学研究、人才培养、产业服务三个领域去分配我的时间,所以一直在围绕着茶叶转。"刘院士告诉记者,这样的工作节奏肯定会很累,但因为是心有所想,为行业、为科学去做,所以从心理上来讲并不觉得累。

那么,到底是什么吸引着刘院士一直围着茶叶转呢?

刘院士坦言,最吸引他的就是茶的科学价值。以前,茶在人们眼里只是一个简单的饮品,但是现在,人们已经越来越多地因为健康的价值来饮茶、品茶、消费茶。作为研究茶的专家,刘院士深感茶的深加工和茶的健康属性方面的基础研究和技术突破仍然有着巨大的空间,而且必须有多学科的交叉融合。

茶产业从传统农业发展到现代高科技农业,再延伸到大健康产业,这种跨越必须通过深加工技术来完成。刘院士告诉记者,目前,我国采用价值约 25 亿元的茶叶原料,通过深加工打造了超过 1500 亿元的茶叶深加工产业。

在湖南农业大学园艺学院的茶产品展览室里,记者看到,速溶茶、保健食品、天然药品、休闲食品、化妆品,还有口香糖、牙膏、面膜、洗发水……由刘院士和他的团队研发的各种茶叶深加工大健康产品琳琅满目。据了解,刘院士及其团队曾用 10 年时间和德国、日本公司联合研发了全世界第一款用茶的活性成分开发出来的天然药品——Veregen 软膏。这是 1962 年以来美国 FDA 批准的第一款纯植物药,在国际上具有划时代意义。

"20 世纪八九十年代我们跟着日本、德国人跑,今天国际市场上所用到的茶叶提取物或茶叶功能成分很大一部分来自于中国,而这些先进技术的创新源头大多数是我们团队。"谈起技术创新的故事,刘院士滔滔不绝。如今,刘仲华院士团队已经成为全球茶叶深加工技术创新的核心团队之一。

习近平总书记指出,现在发展乡村产业不像是过去,种几亩田、养几头猪,有条件的要通过全产业链的增质增效空间,创造更多的就业增收机会。在刘院士看来,做大做好茶产品深加工,不仅仅是让人们能够享受到更健康更时尚的现代生活,它对于农民增收更有着重大意义。

刘院士认为,做好茶叶的深加工,本质上就是要让湖南和中国茶资源实现价值最大化,这需要我们不断提高资源的利用率。所以,除了不断研发新的大健康产品,还需要通过技术创新,把湖南的夏秋茶或者说传统概念上认为的中下档茶叶的价值充分利用起来,把它们加工成为优质的出口或优质的黑茶。

40 年来,刘院士心中一直有一个梦想,那就是让中国从"茶叶大国"向"茶叶强国"跨越,让中国好茶香飘全世界。因此,在做好科技研发的同时,刘院士也特别重视茶品牌的建设。

2021 年 3 月,习近平总书记在福建武夷山考察时了解当地茶产业发展情况,强调要统筹做好茶文化、茶产业、茶科技这篇大文章,坚持绿色发展方向,强化品牌意识,优化营销流通环境,打牢乡村振兴的产业基础。

刘院士认为,福建茶的品牌打造特别值得学习。福建茶有安溪铁观音、武夷岩茶、福鼎白茶、金骏眉等,多个品类都是通过品牌化的运作走出原产地、走向市场。近年来,通过品牌化的运作,湖南茶当中率先崛起的是安化黑茶,接踵而来的是潇湘绿茶,比如说,以长沙县、望城、浏阳、宁乡为主体,共同打造长沙绿茶。

在刘院士看来,品牌化的运作一定是政府和行业率先发力,然后企业集群整体跟上,通过3年左右的努力,肯定会初见成效,再通过5—10年的打造,将会形成一个完美的品牌化运作的格局。

刘院士告诉记者,目前,中国茶、湖南茶已经进入品牌化发展的时期,他们团队的目标就是通过品牌化运营,让湖南茶、中国茶走进更多老百姓的生活。品牌运作、品牌发展,才是茶产业未来的方向。

如今,刘院士担任湖南省茶叶品牌建设促进会会长,正率领湖南茶叶企业,助推湖南茶叶的品牌名片——安化黑茶、潇湘绿茶、湖南红茶、岳阳黄茶、桑植白茶等走进更多的寻常百姓家。

"茶留住了青山绿水,也换来了金山银山,很多地方因茶致富,因茶使乡村更加美丽,这是它的经济属性。茶还有文化属性和生态属性,茶产业一直在践行绿色生态有机的发展路径。随着茶本身的价值越来越高,茶的消费领域越来越广,我相信,茶产业一定会让我们的农民朋友更有幸福感,让茶农这个职业更有尊严",对于茶产业的未来,刘院士充满信心。

✎ 记者手记

做农业真辛苦,做农业科研真的更辛苦。在和这些农业科学领域的院士们接触的过程中,我们每一个采编人员都深深感受到了这一点。

记者发现,这批湘籍院士基本都是"60后",年近六旬的他们做好科研的同时也在思考如何"传帮带"的问题。刘仲华院士说:"我的几位老师对我的影响非常大,我现在的成就,离不开他们的支持与帮助,我是站在他们的肩膀上做的研究。"他表示,要把自己视作铺路石,让科研"接力棒"不断传承。他还经常提醒中青年人才:"在成长道路上一定要知道自己想做什么、能做什么、做过了什么,以及做成了什么?"

接力精神火炬,点燃科创之光,我们期待着更多的青年科技工作者源源不断地加入到科技强国的梯队中来。

"链"出新质生产力:现代种业及食品产业链
如何绘制好"丰"景?

2024 年 4 月 9 日

习近平总书记在湖南考察时强调,要以科技创新引领产业创新,积极培育和发展新质生产力;要建设好高标准农田,加大良种、良机、良法推广力度,真正把中国特色农业现代化之路走稳走扎实。

农业是社稷之本,种业是农业之基,食品产业是"为耕者谋利、为食者造福"的重要民生产业。自 2020 年开始,现代种业就被列为长沙 22 条产业链之一,食品及农产品加工产业更是长沙的传统优势产业,早已成为千亿产业。去年,长沙结合产业发展实际因地制宜,将原来的现代种业和食品及农产品加工两条产业链,合并为现代种业及食品产业链,成为重点建设发展的 17 条产业链之一,进一步凝聚起产业发展合力,逐步形成"从种子到筷子"的全产业链发展图景。

在隆平高科种业科学研究院,记者了解到,目前这里已经培育出了 500 多个杂交水稻品种,近 5 年全国种植面积前三的杂交水稻品种都是在这里培育的。晶两优 534,就是目前隆平高科自主研发培育的在全国推广面积最大的杂交水稻品种之一,它不仅产量高,而且抗性强、品质优,广受种植户们的喜爱。

隆平高科种业科学研究院副院长王凯介绍,国内杂交水稻种子市场占有率大概有30%,如果笼统地换算一下,就是在国内生产的水稻,我们消费的 5 碗米饭里面,可能有 1 碗就是由隆平高科的种子来生产出来的。

种子是农业的"芯片",隆平高科坚持科技创新,近年来培育了一批高产、优质、绿色广适的农作物新品种。目前,隆平高科的水稻、玉米、小麦、蔬菜、谷子、食葵等作物品种,全球推广面积合计超过 2 亿亩。其中,国内年推广面积超 1.2 亿亩,年助力增产粮食 25 亿公斤以上,年助农增收 120 余亿元。

隆平高科常务副总裁马武表示,隆平高科一直秉持把科研作为自己的核心竞争力来培育,支撑隆平高科育繁推一体化的行稳致远,努力把隆平高科塑造为世界一流的种业企业。

当前,种业由追求高产向追求稳产、优质快速发展,现代种业也已进入"常规育种+现代生物技术育种+信息化育种"的"4.0时代",现代育种平台的建设应用十分关键。在岳麓山种业创新中心关键共性技术平台——华智生物国家级分子育种服务平台实验室,研究人员正在开展种质资源基因型精准鉴定等任务。通过这个实验室里的高通量基因检测系统,一次可检测超过上万个样本,效率是一般实验室的100倍。同时,企业还自主研发了液相育种芯片,打破了国外固相育种芯片技术和产品的垄断。

华智生物技术有限公司董事长兼总裁田冰川告诉记者,公司为国际国内超过800家企业、研究机构以及高校提供从BT(生物技术)到DT(数据技术)全方位的生物育种的技术支撑,公司还组建了一个华智·智造,就是和"人工智能+"、现代制造业相结合,为从实验室到田间、从种子到餐桌上的这些装备提供支撑。

边开拓、边聚才、边创新,以产业链思维不断加强龙头企业和平台建设,长沙产业链生态也不断完善,进而推动产业集聚、要素聚集、企业集中。目前,隆平高科、华智生物所在的隆平高科技园内就集聚了种业企业470家,占到全市的66%,更是拥有7位农业类院士,2500多名副高级以上人才,以及30多家科研院所、近80个省级以上种业创新平台。隆平高科技园作为全国首批国家级农业高科技园,早在2019年就出台了以"一园"为核心区,以"六镇"为拓展区,以"多基地"为辐射区的"长沙·中国隆平种业硅谷"发展规划。

隆平高科技园党工委书记谭雄伟认为,因地制宜发展新质生产力,就是要围绕创新资源,围绕人才、产业、服务,争取在打造种业高峰、扛牢粮食安全这方面做出努力,推动产业的集聚,通过不断强链、延链、补链,让创新的成果能够更密集、更丰富。

通过发挥"大院、大所、大校、大企业"的作用,积极搭建产学研合作平台,农业科技创新成果正加速向现实生产力转化。

眼下正是春耕时节,在离隆平高科园不到20公里的长沙县春华镇智能化育秧工厂里,中国工程院院士柏连阳等水稻专家团,正在对种子安全、品种、病虫害防治等方面给予详细的应对技术指导。

与传统的人工育秧相比,"工厂化"育秧采用立体循环、温室大棚育苗等技术,可以有效避免病虫害和不利天气等影响,实现浸种、催芽、繁育全过程生产标准化,育秧时间可以节省10天以上。

湖南农业大学党委副书记陈光辉介绍,育秧设备是学校自主研发的,当前,学校整合了自身人才平台、项目基地的优势,围绕产业链条的需求来布局创新链和人才链。

春华镇种粮大户柳涛告诉记者,在水稻专家团双季稻"早专晚优"全程机械化绿色

长沙县春华镇智能化育秧工厂里，中国工程院院士、湖南省农业科学院党委书记、杂交水稻全国
重点实验室主任柏连阳（左一）与湖南农业大学党委副书记陈光辉（右一）等院士专家正在进行技术指导。

生产等技术指导下，去年他种植的双季稻平均亩产超过了 1100 公斤，今年更有信心产量再增长 5%。传统农业在"新质生产力"加持下绘就出美好"丰"景。柳涛高兴地说，"我种田种了 12 年了，我觉得种田还是一个很有赚头的行业。"

食品产业，一头连着广袤的农业，一头牵着活跃的消费市场，是让农产品从田间到餐桌的重要助手。宁乡经开区彭记坊所需要的香芋等原材料以往都是从广西订购，如今通过政府牵线延长上游产业链，彭记坊采用"公司+基地+农户"的经营模式，在园区周边宁乡市大成桥镇流转了土地 400 亩，对土壤进行了技术改良，并请专家来指导种植，让企业原料成功实现本土化供应，也带动了当地农民增收。

湖南彭记坊农业科技发展有限公司总经理孟军告诉记者，后期会加强豆角种植、辣椒种植、黄瓜种植，包括生姜、大蒜等一系列，围绕产品线的原辅配料来进行深度开发。

就在上个月，由国家奶业科技创新联盟与皇氏集团湖南优氏乳业共建的"优质乳工程研发中心"，正式落户宁乡国家农业科技园区，该中心明确在联盟主导下，由企业与中国科学院亚热带研究所、湖南农业大学、湖南省畜牧兽医研究所等机构的专家团队，共同打造"产学研用"联合体，大力促进中南地区奶业产业链上下游的深度融合。这样一个国家级研发中心之所以会选择奶源并不丰富的长沙，看中的正是长沙在这一产业链上的人才资源优势。

皇氏集团优氏乳业副总经理唐霞介绍，在产品品质控制环节，公司拥有自己的技术中心，整合了研究机构和高校的资源。目前，公司在宁乡经开区建成了湖南省规模最大、自动化程度最高的鲜奶加工基地，每小时可以生产 2 万杯产品。

　　长沙通过优化区域布局、强化科技创新等系列举措,引导科技、人才、市场、资本等要素集聚,加速现代种业与食品产业有机融合。目前全市现代种业及食品产业链上企业总数超 7000 家,规上企业 374 家,农业产业化龙头企业 358 家,成功将宁乡花猪、长沙绿茶、浏阳油茶等区域特色产品申报为国家地理标志集中商标。

　　中国工程院院士、杂交水稻全国重点实验室主任柏连阳介绍,长沙在发展现代种业及食品产业链方面拥有人才高地、种业企业、食品产业等优势。其中,杂交水稻全国重点实验室是尤为突出的优势。柏连阳表示,一定会珍惜好这些资源,珍惜好这些优势,继而在这些基础上持续攀登,取得更多更好的成果,把长沙的种业高地、"种业硅谷"建设提高到一个新的水平,为长沙全力建设全球研发中心城市作出贡献。

📝 记者手记

　　春日的星城大地,处处撒播下创新的种子,不论是在实验室、田间地头还是车间工厂,都不再是往日熟悉的模样。从传统的"镐锄镰犁"到如今的"金戈铁马",昔日的"人畜劳作"也进化到现在的"机器换人",农业也可以很先进。种业是农业的"芯片",也是农业生产的起点、粮食安全的基石、农业现代化的"生命线"。以种业为核心推动上下游融合发展,加速打造具有核心竞争力的现代种业及食品产业集群,推进乡村全面振兴,长沙大有可为。

| 产 业 风 云 |

当前,发展仍是第一要务,经济工作仍是党和政府的中心工作。因此,产业发展成为《总编辑调查》的选题和报道重点。

党的十八大以来,长沙凝心聚力谋发展,一心一意搞建设,形成了工程机械、汽车及零部件、新材料、电子信息、食品及农产品加工、文化旅游等七大千亿产业,17条重点产业链迎风起舞,GDP在万亿城市中居第15位。

长沙的产业发展有何新的亮点? 存在什么问题? 如何实现高质量发展? 在产业风云篇,编者精心挑选了16篇报道,从数量上看,全书中这个题材的报道是最多的;从内容上看,涵盖了工程机械、文旅等重要产业链,突出了夜经济、假日经济、会展经济等长沙特色经济,关注了对外贸易等重点领域,其中一些报道得到长沙市政府《决策咨询》和职能部门新媒体转载,为产业经济的高质量发展提供了重要借鉴和指导。

产业规模连续十年全国第一，长沙缘何成为工程机械热土？

2021 年 5 月 19 日

美丽的浏阳河畔，为期 4 天的 2021 长沙国际工程机械展览会今天在长沙国际会展中心惊艳开启。时隔 2 年，国内外工程机械大咖们纷纷携带各自的"看家宝贝"或"网红产品"聚首星城，这边厢"机甲战队"同台炫技竞秀，那边厢行业"大佬"坐而论道工程机械的智能创新与未来。长沙，为何要打造这场两年一届的"机甲盛宴"？为何它的每次精彩亮相都能成为格外吸引眼球的焦点？长沙，又是如何一跃成为全球工程机械热土的？来看记者的调查。

顶级盛会，亮点纷呈

这是一场工程机械行业的顶级盛会。室内室外参展面积共计 30 万平方米，其中，国际企业参展面积超过总面积的 20%。参展企业 1450 多家，其中，湖南省外企业占比 71%，全球工程机械"50 强"中有 32 家参展，世界 500 强企业中有 6 家参展。工程机械主机和配套件展品近万种，其中，10% 的产品代表最新科技成果，首次在展会中亮相。除了设备展示外，本届展览会还将举办 5 场主体活动、30 场行业高端论坛、100 多场商务活动。本届展会的起点之高、规模之大，让人大开眼界。

这是一场"国之重器"智能制造的时尚演绎。工程机械行业是挺起制造业的脊梁，是"国之重器"聚集的行业。本次展会的主题是"智能化新一代工程机械"。展会上，高科技加持的"钢铁侠"们为大家呈上了一场"国之重器"力与美的视觉盛宴。记者在现场看到，代表工程机械"湘军"的三一集团、山河智能、中联重科等明星企业的"机甲勇士"纷纷以超强阵容亮相，好一派"力拔山兮气盖世"的威风抖擞。

中联重科的"小绿奇迹军团"仿若威猛无比的"绿巨人"镇守着一片钢铁丛林，挺拔的吊臂剑指蓝天。长沙国际工程机械展组委会项目总监张飚告诉记者，本次展会最高的"大高个"就是来自中联重科的 ZCC13000 超大型履带起重机,高达 178 米。它在国内首创采用双臂架设计,起重重量更大,同时还能通过手机 APP 对设备工况进行监测。

中联重科位于室外展区的 ZCC13000 超大型履带起重机。

继参加 2019 长沙国际工程机械展后,广西柳工再次来到长沙参加今年的展会,也成为本次展会首家进场的省外展商。

这是一场跨越山海、"王者"集结的国际邀约。本次展会的"国际范"着实让人眼前一亮。全球工程机械"50 强"中就有 32 家前来大显身手,如三一集团、中联重科、山河智能、柳工、日立建机、小松、曼尼通等企业。世界 500 强企业中有 6 家前来一展风采,它们是:奔驰重卡、三菱、埃克森美孚、潍柴动力、壳牌、五十铃。

日立建机是第二次参加长沙国际工程机械展,此次共带来 4 件展品。其中,重达 120 吨的 EX1200 超大型液压挖掘机是此次展会上吨位最大的挖掘机。

全球工程机械制造商"50 强"主机企业利勃海尔是首次来到长沙参加国际工程机械展,他们最新研发的 G7 代挖掘机在本次展会上进行了全球首发。

世界级产业集群,呼之欲出

长沙国际工程机械展览会每两年举办一届,由中国机械工业联合会、中国工程机械学会、湖南省工业和信息化厅、湖南省商务厅、湖南省贸促会、长沙市人民政府共同主办;是湖南省迄今举办的国际化程度最高、行业影响力最大的专业展会,该展会也是比肩德国宝马展、美国拉斯维加斯展、法国巴黎展的世界一流品牌工程机械展。

这个展会,我们看到的是长沙作为"中国工程机械之都"所拥有的雄厚实力和充分自信,是长沙意欲通过展会扩大"朋友圈"、冲刺世界级产业集群的雄心壮志。

从扎根湖湘到花开全球，从蹒跚起步到国际领先，40 多年来，工程机械湘军奋楫前行。尤其是长沙多年来一直高度重视和大力支持装备制造业发展，坚持以"三智一芯"为主攻方向，大力发展智能制造，目前拥有三一集团、中联重科、铁建重工、山河智能等6 家大型主机企业，以及一大批中小型主机企业，配套企业 300 多家，成为仅次于美国伊利诺伊州、日本东京的世界第三大工程机械产业集聚地。

长沙工程机械产业集群已拥有 12 大类、100 多个小类、近 500 个型号规格产品，涵盖全国工程机械品种的 70%。

近年来，工程机械"长沙军团"加速拓展海外市场，产品已覆盖全球 180 个国家和地区，成为全球市场有力的竞争者。三一集团混凝土机械、中联重科建筑起重机械、山河智能静力压桩机、铁建重工大直径全断面硬岩隧道掘进机的市场占有率位列全球之首。

2020 年，长沙工程机械产业规模连续 10 年位居全国第一，约占中国的 27.5%、全球的 7.2%。

2021 年 3 月，由工信部组织开展的先进制造业集群竞赛，长沙工程机械集群等 25个产业集群成为第一批全国"先进制造业集群竞赛"决赛优胜者。

2021 年 4 月 28 日，2021 年全球工程机械制造商 50 强榜单发布。长沙仍然是全球唯一拥有 4 家世界工程机械 50 强企业的城市。

在冲刺世界级产业集群的道路上，长沙，从未停下奋进的步伐。

去年 9 月，习近平总书记来到湖南考察，为湖南擘画了"三高四新"的宏伟蓝图。今年 2 月，长沙市召开奋力实施"三高四新"战略全面推进高质量发展大会。会上，长沙发布了《长沙市打造国家重要先进制造业高地三年行动计划（2021—2023 年）》《长沙市推动先进制造业高质量发展若干政策》等一系列文件，为长沙制造业实现高质量发展锚定新方向、敲响定音鼓、放下压舱石。湖南省委常委、长沙市委书记吴桂英在会上强调，要聚焦提升先进制造业集群竞争力、企业竞争力、数字经济竞争力、产业生态竞争力，加快推进国家重要先进制造业高地建设。

实干是成事之基。一直戮力打造"智能驾驶之城"的长沙，开始思索如何用智能网联技术赋能长沙最优势的工程机械行业。为此，长沙连续使出两手"珠联璧合"的妙招。首先是 2021 年 2 月 4 日，智能网联与智能工程机械融合创新应用平台共建合作协议在长沙签订。湖南湘江新区管委会、三一重工达成合作，将推动智能网联与智慧工程机械的融合应用与商业化推广。

时隔仅仅 3 个月，就在本次展会正式开幕的前一天，也就是 5 月 18 日，《智能网联与工程机械智能驾驶融合技术研发创新合作框架协议》在长沙签订，湖南湘江新区、中联重科、湘江智能三方将依托中联重科的"建设机械关键技术国家重点实验室"以及湘江智能的长沙市"路—云—网—图"智能网联汽车新型基础设施、应用场景体系,围绕搅拌车等工程机械装备,共同研发车路协同辅助智能驾驶系统、自动驾驶专用车解决方案、车路协同路云系统服务及车载测试监管设备等,联合打造车路云一体化和智能驾驶示范项目。

"智能网联赋能工程机械重点项目签约,这是湖南湘江新区推动智能网联赋能工程机械,贯彻落实'三高四新'战略的又一重要举措,也是长沙融合'工程机械之都'和'智能驾驶之城'两张城市名片,发挥'1+1>2'的创新叠加效应,打造'新型力量之都'的重要探索。"长沙市委相关负责人表示。

工程机械已然成为长沙实施"三高四新"战略、推动高质量发展的强大引擎。未来几年,长沙将全力聚焦产业链高端,实施智能制造赋能行动,积极探索"5G+工业互联网",大力推动工程机械产业智能升级,加速推进自动化、智能化、数字化转型发展,不断强化工程机械产业优势地位,加快向世界级先进制造业集群挺进。

大道如砥,行者无疆。冲刺工程机械世界级产业集群,长沙,正怀揣着激情与梦想,阔步向前。

✍ 记者手记

在该稿刊发之后的一年半,也就是 2022 年 11 月,"2022 全球工程机械 50 强"榜单发布,长沙除三一重工、中联重科、铁建重工、山河智能再次上榜外,星邦智能首次上榜,位列第 48 位。由此,长沙成为全球第二座拥有 5 家"全球工程机械 50 强"企业的城市。

"十四五"期间,湖南计划将工程机械培育为世界级先进制造业集群,2025 年集群规模预计达到 5000 亿元。业内人士认为,长沙工程机械产业要真正迈向世界级,还需加强数字化、电动化创新,工程机械产业链还需要与电子信息、先进储能等其他产业链加强联动。

从千年学府到中国 V 谷，两个相距千年"网红打卡地"为何如此夺目？

2020 年 10 月 8 日

本来就声名远播的千年学府岳麓书院、马栏山视频文创产业园，在习近平总书记 9 月 17 日下午专程考察后，更是在大江南北、长城内外掀起滚滚热浪。国庆期间，这"一园一院"迎来了火爆人潮。一江之隔，河西河东，传承和创新，在岳麓书院和马栏山视频文创产业园这两个相距千年的"网红打卡地"奇妙地交汇、融合，迸发出绚烂夺目的光彩。

传承：千年学府　弦歌不绝

巍巍麓山，虽然还未到"漫山红遍，层林尽染"的深秋时节，但是因为国庆长假的到来而人山人海，5A 级麓山景区不得不采取了限流的措施。坐落于麓山脚下的千年学府——岳麓书院，在 8 天长假期间，更是迎来了远远多于往年同期的客流。

岳麓书院创建于公元 976 年，是中国古代四大书院之一。1903 年，岳麓书院改制为湖南高等学堂，1926 年正式定名为湖南大学。这里是湖湘文化的源泉，也是中国文化史上孕育思想、创新学术的基地，更是中国高等教育发展史的缩影、世界高等教育史上罕见的延续千年办学的古老学府之一。

9 月 17 日，细雨霏霏，习近平总书记来到湖南大学岳麓书院，考察当地加强和创新高校思想政治工作、传承弘扬优秀历史文化情况。岳麓书院前院长、现任岳麓书院国学院院长朱汉民教授全程陪同和讲解。

已过花甲之年的朱汉民教授在岳麓书院工作了整整 39 个春秋，其中担任院长 21 年。在这次考察中，习近平总书记对岳麓书院的教育传统和学术特色给予高度评价，回忆起总书记考察当天的一幕幕，朱教授仍然抑制不住内心的激动。

朱教授告诉记者，9 月 17 日下午，习近平总书记来考察时，湖南大学马克思主义学院教授龙兵正带着20多名学生在岳麓书院内上课。听说习近平总书记来了，其他院系的湖大师生们也闻讯赶来。在岳麓书院门口，面对热情洋溢的湖大师生，习近平总书记说："见到你们很高兴，让我想起岳麓书院的两句话：'惟楚有材，于斯为盛'。真是人才济济啊！"习近平总书记希望同学们不负青春、不负韶华、不负时代，为实现中华民族伟大复兴贡献聪明才智。

朱教授回忆道，在岳麓书院讲堂，习近平总书记询问他，前来书院学习的众多书生求学的目的到底是什么？他指着太师壁上南宋张栻写的《岳麓书院记》，回答道："盖欲成就人才，以传道而济斯民也。"岳麓书院的建院宗旨就是以人才培养为目标，强调应该"传道"，即传承优秀的中国传统文化；"济民"，即能够爱民利民。

朱教授告诉记者，当天，他还特地向习近平总书记介绍了王文清山长的《岳麓书院学规》，在这18条学规中，其中一条"通晓时务物理"，就是岳麓书院经世致用学风的体现。

公元1167年，朱熹到访书院，与张栻论学，史称"朱张会讲"。从宋代的"道林三百众，书院一千徒"到清代的"中兴将相，十九湖湘"，正是由于"通晓时务物理"的学规一以贯之，岳麓书院培养和熏陶了一代又一代经世济民之才。

朱汉民教授还特别向总书记汇报了当前岳麓书院在学术研究、人才培养与文化传播方面的成绩和特点。当前，岳麓书院在中国思想史、中国经学史、出土文献、中国书院史等领域成绩突出，有的居于全国领先地位。譬如，朱汉民教授最近正在主编党中央下达的国家重大学术文化工程新编《中国通史·中国思想史》的重要任务。同时岳麓书院现在的教学还继承书院传统，实行本科生导师制。习近平总书记听到这些介绍后十分高兴。

在这张新华社记者拍摄的照片中，习近平总书记考察的正是岳麓书院的中国书院博物馆，他正拿起放大镜仔细看一枚竹简。那么，这到底是一枚什么样的竹简？它又有什么特殊的地方呢？

朱汉民教授指导的博士肖灿老师告诉记者，这枚竹简还真不一般。它是岳麓书院珍藏的2000多枚秦简中有关"数"的一枚。

2007年，肖灿就参与了岳麓书院陈松长教授领导的秦简整理小组的考古研究当中。虽然竹简上很多字迹已经非常模糊，但是肖灿和她所在的研究团队经过一道道繁琐的考古程序后发现，其中两枚竹简上面的几句话连在一起、翻译出来就是一道以"勾股定理"为基础的应用数学题。由此可以证明，"勾股定理"在秦朝或先秦就已经成型，且能运用于解决复杂问题，这比汉代《九章算术》记载的"勾股"算题提前了约300年。这一学术成果由肖灿所在团队率先发现之后，轰动了我国学术界。

就在国庆假期的前两天（9月28日），中共中央政治局就我国考古最新发现及其意义为题举行第二十三次集体学习。习近平总书记强调，我们的实践创新必须建立在历史发展规律之上，必须行进在历史正确方向之上。要高度重视考古工作，努力建设中国特色、中国风格、中国气派的考古学，更好认识源远流长、博大精深的中华文明，为弘扬中华优秀传统文化、增强文化自信提供坚强支撑。

金秋时节的岳麓书院，百年金桂清香缭绕，宛若已经延续千年的文脉，如今依旧芳香怡人。"以古人之规矩，开自己之生面"，激活中华优秀传统文化内在的强大生命力，在这方面，岳麓书院堪称代表。朱教授表示，习近平总书记的讲话再次给了书院全体师生极大的鼓舞。岳麓书院有着强烈的文化自信和教育自信，今后一段时间，岳麓书院除了继续保护好它的古建筑和珍贵文物之外，还将进一步做好人才培养和学术研究的规划，大力发挥它在我国教育事业和文化事业上的重大作用。

创新：中国 V 谷　呼之欲出

浏阳河畔，微风轻拂，丹桂飘香，不少游人趁着国庆长假前来放松休闲。位于浏阳河第八道湾的马栏山视频文创产业园，因为上个月习近平总书记前来考察，也迅速成了网红打卡地。

马栏山视频文创园创智园。（图片来源：马栏山视频文创产业园管委会）

9 月 17 日下午，正在湖南考察的习近平总书记来到马栏山视频文创产业园，考察园区开展企业党建和内容生产、技术研发、人才培养等。习近平总书记说，湖南文创很有特色。文化产业是一个朝阳产业。现在文化和技术深入结合，文化产业快速发展，从业人员也在不断增长，这既是一个迅速发展的产业，也是一个巨大的人才蓄水池，必须格外重视。他指出，文化产业既有意识形态属性，又有市场属性，但是意识形态属性是本质属性。一定要牢牢把握正确导向，坚持守正创新，确保文化产业持续健康发展。

马栏山视频文创产业园一开始就对标北京中关村，并确定了"不做房地产，做文化；发挥独特优势，做视频；科创加文创，做数字新经济"三大发展定位。

据了解，从 2017 年底正式挂牌成立截至目前，马栏山视频文创产业园汇聚了 4 家主板上市公司、云集了 3000 多家各类文创企业，已经成为一家以数字视频创意为龙头、深受互联网企业青睐的宝地。去年，园区企业产值已接近 350 亿元。

虽然是国庆假期，但是记者走访发现，园区里很多企业仍然在加班加点，一股创新创业的热潮在园区各处不断涌动。

马栏山视频文创产业园创智园党总支书记周懿辉告诉记者，9 月 19 日至今，每天都有来自全国各地不同单位的职工组团前来参观学习，最多的时候每天要接待 10 多个参观团队。还有很多市民专程来到文创园的广场照相"打卡"。

周懿辉回忆，9 月 17 日下午习近平总书记来园区考察时，听到产业园的党员活动工作室以及园区如何把年轻人聚集起来、在新兴企业和互联网企业中探索出一条党建路子的介绍，习近平总书记对此予以肯定。习近平总书记指出，要坚持把社会效益放在首位，牢牢把握正确导向，守正创新，大力弘扬社会主义核心价值观，努力实现社会效益和经济效益有机统一，确保文化产业持续健康发展。

国庆节前，马栏山视频文创产业园与郴州市汝城县沙洲村进行党建结对，园区文创企业二咖传媒公司的直播团队走进沙洲村田间地头进行"村播"，开展消费"云"扶贫。

据了解，下一步，马栏山视频文创产业园还将通过 VR 技术把沙洲村"半条被子"的故事变身实景旅游。园区打算通过党建领航、服务领路，把视频文创的技术优势和资源优势，转化为党建工作优势，为沙洲村培养直播带货人才，拓宽农产品销路，促进农户增收，用马栏山实践传承红色精神。

夜幕降临，马栏山视频文创产业园已是灯火辉煌。园区一些职员告诉记者，马栏山的白天一般都很冷清，夜晚却是最繁华最热闹的，因为这些文创企业的办公时间基本都是从下午开始，一直延续到第二天清晨。用他们的话来说就是，黑夜给了他们黑色的眼睛，也给了他们最具创意的灵感。

心忧天下、敢为人先，是湖湘文化的精神特质。无论是传承弘扬千年文脉的岳麓书院，还是用科技创新助推文化产业发展的马栏山视频文创产业园，在它们身上，我们看到的是"守正创新"的一脉相承。踏着习近平总书记走过的足迹，湖湘人民将愈加坚定地探索一条更加灿烂的未来发展之路。

📝 记者手记

千里湘江,穿城而过。河东有音视频文创产业高地——马栏山,河西有成就传道济民之才的千年学府——岳麓书院。2020年9月17日习近平总书记专程考察之后,这两处"网红打卡点"的热度持续上涨。人潮涌动、热闹非凡的背后,我们欣喜地看到,守正创新在它们这里得到了最好的表达。

如今,马栏山视频文创园以文化为魂、科技为翼,催生新业态,延伸产业链,集聚创新人才,正在全力建设马栏山全球音视频产业研发中心基地。岳麓书院坚守湖湘文化精神内核,同时不断创新现代高等教育与传统书院的结合方式,让这座知名学府延续千年而越发光彩夺目。

高质量夜经济,拉动经济增长的新引擎

2020 年 8 月 7 日

在当前经济战略布局强调"内循环"为主、"双循环"相互促进的大背景下,以夜经济为手段激活内需潜力、扩大国内市场有了更深层次的意义。

商务部数据显示,目前我国 60% 的消费发生在夜间,大型商场每天 18:00 至 22:00 的销售额占比超过全天的一半。

毫无疑问,夜经济正是长沙消费经济的一大亮点。据腾讯与瞭望智库发布《中国城市夜经济影响力报告(2019)》,长沙已经进入全国城市夜经济影响力 TOP10 名单,仅次于重庆和北京,排名第三。

入夏以来,长沙持续晴热高温,根据以往经验,这正是长沙夜经济最为火爆的时期。在今年这个疫情防控的特殊年份,长沙当下的夜经济情况到底如何? 还会如往年一样火爆吗? 连日来,记者从"吃住行游购娱"等方面对长沙的夜经济进行了一番调查。

食,吃个烧烤要排队

8 月 4 日 22:30 左右,记者来到了"网红打卡胜地"东瓜山。

"网红打卡胜地"这个说法,是东瓜山上的人气店"羊家将"的谢老板反复强调的。当记者说不知道东瓜山啥时候成了网红打卡地之后,他非常认真地纠正,加上了"胜地"二字,还强调了三四遍。

谢老板刚过而立之年,他记得很清楚,自己这家店是 2017 年 5 月 19 日开张的,那时候,东瓜山已经是长沙市著名的夜宵打卡地了,窄窄的一条巷子,入夜后尽是人,开车进来是不可能的,只能停在里把路以外,再走过来。

"今晚流水有多少?"记者好奇地问道。

"八千左右,周末的话多一些,一万五六吧。"谢老板随口就答。

"这个营业额在东瓜山算什么水平?"

"中等偏上吧。"

"什么时候恢复到了去年同期水平的？"

"从5月份开始。"

天心区裕南街社区副书记黄燕告诉记者，东瓜山从默默无闻到声名大振，主要还是因为东瓜山烤肠很著名，慢慢地就带火了这一片。

烤肠老板在马路边摆了一个摊，记者一边拍照，一边跟他聊了几句，3元钱一根的烤肠，一天能卖三四千根，与记者同行的一位小伙伴忍不住也打包了五六根。

黄燕说，盟重烧烤加盟东瓜山，让这里的夜宵生意更火了。记者看到，已经是23：00多了，盟重烧烤店门口还有一二十号人在排队等位。

在店里，记者发现在长沙颇为有名的美食主持"臭屁坨"正在直播。

"直播带货？卖了多少了？"记者抓住"臭屁坨"要问下她的战果。

"好多好多……"

"臭屁坨"反应超快，边走边直播，很快就消失在人流中。

盟重烧烤的老板师毅告诉记者，这家店6月就已经恢复到疫情前的水平，现在的生意比去年同期增长20%以上，每天有400多桌，三四斤一大杯的生啤每天要卖600杯以上。

而此时此刻，河西的渔人码头更是灯火辉煌，人声鼎沸，人们一边喝啤酒啃小龙虾，一边吹江风谈天说地，尽情释放工作后的疲倦和压力。

在长沙，类似东瓜山这样本地人最爱的美食之地还有坡子街、南门口、四方坪、砂子塘、马王堆等一二十处。午夜时分，这些长沙人的"深夜食堂"烟火味正浓。

住，提前预订才会有房

站在长沙君悦酒店61楼的豪华江景客房里，长沙山水洲城的美景尽收眼底。

华灯初上，夜色迷人。

"这样的行政套房我们只有3套，每晚5000元左右，必须提前预订才会有住。"身着套装、戴着口罩的酒店公关经理罗杰蔓告诉记者。

据了解，长沙君悦酒店是国际连锁品牌酒店，目前在华中地区还只有长沙一家。酒店共有345间客房。

"7月份我们的客房入住率达到了89%，超过去年同期。不过，我们的餐厅更火爆，特别是烧烤餐厅要预订才行，婚宴也比去年同期要好……"

看到记者来访，酒店副总经理吴剑颇有些兴奋地介绍情况，同时还给记者分析原因。

8月3日，长沙市旅游饭店行业协会联合携程网，利用大数据对长沙酒店经营情况进行分析和预测。数据显示,疫情发生后,湖南和长沙酒店预订呈断崖式下跌,直到 2 月才逐渐有所回升,4 月 30 日起开始超过去年平均值。5 月开始,酒店预订赶超去年,尤其是 7 月,增长率达到 14.43%。在各种优惠政策的带动下,长沙 7 月酒店预订同比增长 18.97%,是今年到目前为止增幅最突出的一个月。

购,小小专卖店月销售超千万

8 月 4 日 15:00 左右,记者来到长株潭商圈的友阿奥特莱斯。

烈日炎炎,来逛街购物的客人并不太多。

"工作日白天来购物的人不多,主要都是 18:00 以后,我们营业到 22:00。"友阿奥特莱斯办公室主任何成香告诉记者。

这个情况和旁边的环宇城一样,工作日 18:00 到 22:00 才是客流量高峰期,这与商务部的数据相吻合。

友阿奥特莱斯位于长株潭城铁先锋站旁,从 2011 年开业至 2019 年,年营业额从 2 亿元增长到 20 亿元,每年都在增长。

"疫情对我们影响很大,我们从 6 月开始销售额才和去年同期持平。"何成香说。

在友阿奥特莱斯,记者发现有一家耐克专卖店,店面普普通通,但人气很旺。据介绍,今年 5—7 月,这家专卖店销售额都超过了 1000 万。

与友阿奥特莱斯相邻的环宇城 2019 年销售额有 5 亿,但 2020 年上半年不到 2 亿。现在正是夜经济的高峰期,晚上 6 点以后,商场在大门外统一组织了 21 个摊位,以此集聚人气。

与此同时,在长沙市的核心商圈——五一商圈,路上已经有些摩肩接踵,用行人如织、人流如潮来形容毫不过分。

"感觉长沙有一半的人都到这里来了。"穿行在黄兴路步行街的滚滚人流中,同行的摄像记者不禁感叹说。

对商场而言,巨大的流量就是巨大的财富。据长沙国金中心市场部负责人透露,疫情之下,国金中心上半年收入逆势增长 6%。商场容纳超 370 个品牌,于 6 月底全数租出。

据天心区商务局透露,长沙王府井百货 5—7 月的销售额与去年基本持平,恢复率达到 100%;截至 7 月底,悦方 ID MALL 客流恢复至去年同期的 90%,销售额与去年持平,餐饮商户销售额较去年有所增长;到 7 月份,海信广场客流量同比增长 1%。

记者调查发现,大部分商业综合体销售额已经恢复到去年同期的水平,有的甚至出现了同比小幅增长的情况。

娱,太嗨了! 解放西

自从天择传媒制作的真人秀《守护解放西》在 B 站等平台播出后,解放西酒吧街和坡子街派出所成了真正的网红打卡胜地。

18:00 后,解放西开始聚集各色潮男潮女,灯红酒绿的市井气息愈夜愈浓郁,时不时可以看到外卖小哥向酒吧和店面冲刺。

21:40 左右,记者在长沙市酒吧 KTV 娱乐行业商会秘书长廖文彬的带领下,随便逛了逛解放西的几个酒吧,发现个个都是爆满,在摇曳变幻的灯光下,在劲爆的电音里,在人工制造的气氛烟雾中,蹦迪、慢摇、喝酒、摇骰子的青年男女们对记者的拍摄无动于衷,尽情释放着青春活力和生活工作的压力。

廖文彬随后带领记者来到他自己经营的一家名为酒蜗的 KTV,和酒吧的喧嚣相比,这里要安静许多。

记者特意看了下手机上的时间:21:59。

"你们这有多少个包厢?"

"107 个。"

"现在还剩多少个包厢?"

"30 个,不过到 11 点钟就会没有了。"

廖文彬告诉记者,长沙的酒吧 KTV 娱乐行业恢复很快,5 月就达到了去年同期的水平,现在生意非常火爆,基本上是座无虚席。

据长沙市酒吧 KTV 商会初步统计,长沙核心商圈内酒吧 KTV 总数量超 200 家,高峰消费时段大多出现在 22:00 至次日 01:00,带动了周边餐饮、零售、24 小时服务等多行业多业态发展。

游,夜游湘江消暑纳凉,火!

20:00,随着一声汽笛长鸣,华光四射的鐏龙号游船缓缓驶离"三馆一厅"码头,满载客人向橘子洲方向驶去。

这艘游船属于龙骧浏阳河公司,因为湘江水位还比较高,因此只开通 20:00 这一趟游船,环绕橘子洲后回到"三馆一厅"码头,耗时 90 分钟左右。

龙骧浏阳河公司副总经理陈宇告诉记者,鐏龙号有 180 个座位,船票 100 元/人,有节目看,周末还有火宫殿的小吃,看江景吹江风,现在正是生意旺季。

"现在就希望湘江的水早点退下去,我们好多开几趟。"望着一群没有赶上开船时间落寞而去的游客,陈宇说出了心里话。

夜游湘江,近年来成为长沙人消暑纳凉和招待远方来客的一种方式,《长沙市人民政府办公厅关于加快推进夜间经济发展的实施意见》提出，要形成湘江夜游"百舸争流"的壮观景象。

行，东南西北任我行

8月6日21:00，暑热稍退，记者来到湘府东路一处公交车站旁，准备骑一辆共享单车到夜市采访。

和许多公交和地铁站点附近一样，这里密密麻麻摆放了数十台共享单车、共享助力车和共享电动车。有哈罗、青桔、美团、小彬等六七个品牌，让人有些选择困难。

记者最后骑行的还是哈罗助力车，几分钟后便来到木莲路旁的一处夜宵聚集点。入夏以来，记者已经在这里吃了两顿口味虾和烧烤，知道这个时候入口处有不少代驾在守候。

果不其然，这个小区"夜宵街"入口处已经有五六位代驾在守候。记者跟其中一位随便聊了起来。

"师傅，生意怎么样？"

"八点送一位客人过来，刚到这里不久。"

"你干这行多久了，全职还是兼职？"

"快一年了，全职。"

"一个月能赚多少？听说代驾的收入挺高的。"

"还好吧，一万左右。"

代驾师傅告诉记者，现在一晚上可以接到3单左右。平台数据显示，长沙代驾业务恢复情况排名全国第一，滴滴代驾在4、5月就已经恢复到2019年12月的水平。

长沙，如何用"有形之手"拉动高质量夜经济？

为更好地服务夜经济，推动夜经济，天心区率先全省成立"夜经济服务中心"，办公室就设在黄兴路步行街中心广场，每天20:00至次日02:00都有工作人员值守，处理突发情况和群众求助，调解纠纷。

在这里值班的城管队员告诉记者，因为黄兴路步行街人流密集，他们经常会接到寻找走失老人和小孩的求助，有时候一天还会接到好几起，对此，他们是有求必应。

"去年国庆假期，每天都有几千桌客人，产生了大量厨余垃圾。如果这些垃圾不及时清运，我们将无法继续接待客人。"

长沙文和友的一位负责人告诉记者，正当他们一筹莫展时，天心区夜间经济服务中心协调城管、环卫部门，派来了一辆辆餐厨垃圾清运车，为企业解了燃眉之急。

裕南街社区则督促28家餐饮门店全部安装油烟净化器，同时做好"油烟净化器月打卡"管控工作,让人既能享受到烧烤的美味,又免受油烟污染之苦。

长沙黄兴南路商业步行街上的持证艺人正在给夜游长沙的青年画素描肖像。

2019 年 11 月,《长沙县加快推进夜间经济发展的实施方案(2020—2022 年)》出台,规范夜市,延长公交运营时间,打造一批灯光夜景主题消费场景,组织开展一系列推动夜经济的活动,比如"遇见夜星沙·长沙县夜经济嗨购节"等。

望城区和宁乡市以铜官窑古镇、方特东方神画等景区景点夜游夜娱为重点,发力夜经济。

长沙市提出,到 2022 年,全市总共建成 10 个市级、30 个区县(市)级夜间经济示范街区和 200 个夜间经济示范门店;打造 50 个具有全国知名度、100 个具有全省知名度的夜消费名片;夜经济零售总额占社会消费品零售总额比重达到 20% 以上,新增社会消费品零售总额 600 亿元以上,创造就业岗位 10 万个以上。

高质量夜经济是一座城市管理智慧和营商环境的综合体现。从供给侧来看,长沙在文化、体育等方面的消费供给还有欠缺;从保障情况来看,公共交通、停车场方面还有不足之处。让夜经济成为拉动城市消费的新引擎,还需要耐心培育与引导。

记者手记

这次夜经济的采访,从下午三点开始,一直到晚上零点,把摄像和司机都累坏了,因为连轴转,甚至连晚饭都没有吃。怕连累他们,后面几次采访,都是记者一个人进行。

炎炎夏日,是旅游旺季,也是长沙一年中夜经济最为火爆的时期。且不说外地游客,无论怎样,热爱消费的长沙人都要和朋友们出去几次吃点烧烤小龙虾,喝点啤酒消夏避暑吧?

记者其实是个"宅男",并不太喜欢热闹的夜生活,也极少泡酒吧。这次夜晚到黄兴南路步行街调查采访,看到摩肩接踵的人流,真的惊呆了,怎么会有这么多的年轻人啊?是不是全国一半的年轻人都到长沙来了?

虽说采访了吃、住、行、游、购、娱等多种夜经济业态,但长沙市商务局一位处长表示还少了重要的一样,那就是大健康服务业,完全没有把长沙"脚都"的绰号放在眼里。我连忙道歉认错,确实是仓促之下,把长沙这一重要产业忘到九霄云外了,下次必须找机会补回来。

"湖南米粉街"长沙亮相,能否撬动整个湖南的米粉产业?

2020 年 10 月 23 日

2020 年 10 月 1 日,长沙吃货们翘首以盼的"湖南米粉街"开始试运营。这条特色街道位于芙蓉区韭菜园北路,距人气爆棚的"五一商圈"不过两站路程,南临五一大道,北接八一路,周边高楼林立、商铺密集,地理位置不错。

国庆节当天,"湖南米粉街"装饰一新,常德壹德壹、衡阳紫竹林、郴州栖凤渡、米粉博物馆四家新引进的品牌米粉店开门迎客,加上原有的"原汁原味"米粉和湘西米粉,共有六家米粉门店营业。由于引进的其他品牌米粉店和小吃店还在装修之中,当天"湖南米粉街"试运营并没有举行任何仪式,更没有大肆宣传。

"湖南米粉街"上米粉店铺生意如何? 人气怎样? 这条街是否能像长沙的太平街、坡子街、解放西一样成为"网红"街道? 来看记者的调查。

火　爆

10 月 1 日上午 8:30 左右,正值早餐高峰期,记者来到"湖南米粉街",发现壹德壹等品牌米粉店门口早已排起了长长的队伍,长沙人对米粉的热情让这些外地店家感到吃惊和兴奋。

听说衡阳紫竹林的经典卤粉味道不错,记者便点了一份售价 12 元的卤粉,等了足足 16 分钟,终于等来了这碗米粉,赶紧品尝,果然名不虚传。

据了解,国庆长假期间,"湖南米粉街"新开张的米粉店生意红火,壹德壹每天销售量接近 3000 份,总营业额约 26 万元;米粉博物馆日销 1400 份,营业额约 22 万元;衡阳紫竹林、郴州栖凤渡均日销超 1000 份。据米粉博物馆馆长王浩然介绍,这条街上原有的两家米粉店因为受客流暴增影响,营业额和国庆节前相比也已经翻倍。

不过,长沙米粉网红店"易裕和"老板易军认为,国庆长假客流量大,外地游客多,"湖南米粉街"在国庆期间的火爆实属正常,关键还是要看国庆长假过后的情况。

那么,国庆假期后米粉街的情况又如何呢?10月13日上午9:00,记者再次来到这里。

还是熟悉的景象。在壹德壹门口,仍然排着长长的队伍。

"我们的营业额和国庆期间相比没有什么变化,只是高峰期更加规律了,同时晚上的营业额增加了。"壹德壹老板李发明兴奋地告诉记者,"我们即将在东塘步步高再开一家店,计划在长沙的每个区都开两家店,还准备在常德建一个日产8万斤的米粉厂。"

记者调查发现,同国庆期间相比,这条街上的栖凤渡鱼粉、紫竹林卤粉、米粉博物馆的营业额虽然有所下降,但仍然远远高出店家的期望。

正在拍摄采访时,一位山东大汉径直走过来,希望记者能采访下他。

原来,这位张先生是在山东临沂做小吃的生意人,在电视上看到了湖南米粉街试营业的消息,从来没有吃过湖南米粉的他便决定来长沙尝一尝,同时看看有没有可能将湖南米粉引入山东。

"长沙米粉太好吃了,我们已经尝过了五六家粉店,都很清淡很健康,但味道很鲜很好吃,码子也很多,不像我们那边,面条里有很重的油。"

缘 起

长沙市为何要打造"湖南米粉街"呢?这还得从半年前的"湖南米粉大擂台"活动说起。

为撬动餐饮等消费,助推米粉产业发展,2020年4月14日到24日,湖南省委办公厅接待服务中心主办了"湖南米粉大擂台"活动,全省14个市州的米粉名店名厨齐聚一堂,现场献技,每天都火爆异常。

此外,省委办公厅接待服务中心还主办了"嗦粉·说粉"米粉餐饮文化论坛,省内外知名专家学者、各市州接待服务中心负责人、餐饮企业代表等齐聚一堂,共话湖南人的米粉情结与家国情怀,为湖南米粉产业及餐饮行业的发展建言献策。

在这次声势浩大的"湖南米粉大擂台"和"嗦粉·说粉"米粉餐饮文化论坛上,许多人都提出了在长沙建设"湖南米粉街"的倡议,认为建设一条这样的特色街道,既能让"湖南米粉大擂台"永不落幕,满足消费者需求,同时也能树立湖南米粉的品牌形象,推动湖南米粉产业的大发展。

说干就干。"米粉大擂台"活动刚刚落幕,长沙市便决定将韭菜园北路打造成为"湖南米粉街",具体工作由芙蓉区韭菜园街道办事处负责,规划设计、招商、街道改造等工作在"五一"小长假后迅速铺开。

"5月初的时候,韭菜园街道便给我打电话,第二天我就赶到现场考察,这时候正好有个大一点的门面空出来,我赶紧签了合同,前后不到 5 天时间。"壹德壹老板李发明现在还为当时的果断决策感到庆幸和得意,"后来街上的门面老板听到了风声,都开始涨价,我这个门面的老板也非常后悔,说晚一点签合同就好了,哈哈哈!"

为什么选择韭菜园北路作为湖南品牌米粉一条街呢? 据街道相关负责人介绍,主要考虑到以下几个方面:一是地处市中心,人流量大,有刚需;二是交通方便,离迎宾路、芙蓉广场两个地铁站都不超过 500 米;三是老街老味,有历史和文化传承,紧邻的八一桥就是长沙发展的历史见证,而附近毛泽东同志曾经工作、居住过的清水塘中共湘区委员会旧址更是著名的爱国主义教育基地;四是街道全长近 400 米,长短合适,建设成本不会过高。

建　设

为尽快打造好"湖南米粉街",芙蓉区成立了"湖南米粉街"建设协调指挥部,由主管副区长任指挥长,韭菜园街道党工委书记等任副指挥长,下设门店归集、招商、宣传等多个小组。

特色街道如何规划设计,如何装饰装修,如何吸引客源,这可是一个关键问题。

为解决这个问题,"湖南米粉街"建设协调指挥部找来了曾经在长沙餐饮网红店文和友工作过的专业团队,成立了湖南米粉博物馆旅游产业有限公司,希望能联手打造出长沙又一条网红商业街区。

"文和友在餐饮店面装修设计方面蛮厉害,也很擅长项目运营和引流,所以我们找到他们的团队合作。"韭菜园街道一位不愿透露姓名的负责人介绍说。

"我原来参与过文和友的项目运营,现在已经离开了,米粉博物馆是我们投资 1500 万元成立的独立公司,深度参与了这条街的规划、建设和整体运营。"公司负责人毛小武告诉记者。

记者了解到,为打造好"湖南米粉街",长沙市和芙蓉区市区两级财政预计总投入 4500 万元,目前已经对街道市政设施进行了改造,以前空中密如蛛网的弱电线路已经落地,建设了"嗦粉"牌楼和"湖南米粉街"标志性的大碗雕塑,对沿街的墙面进行了改造装修等等,整个街道弥漫着浓郁的烟火气息。此外,政府还会对入驻的品牌米粉店给予不超过 4 个月租金补贴和 2 万到 5 万元不等的开业红包。

"在国庆节开业,并坚持营业一年的,政府会补贴今年 9—12 月的门面租金。"壹德壹粉店老板李发明说。

米粉博物馆坐落在米粉街的北入口处,共有三层,总面积 2600 平方米,是整个米粉街的一个标志性项目。据馆长王浩然介绍,一楼是堂食,二楼和三楼是展示湖南米粉发展历史和制作工艺等的体验性博物馆,目前正在紧张施工中,预计将于 11 月中旬对外免费开放,这个项目将极大提升整条街道的文化品位,从而吸引更多客流。

前　景

"现在这条街已经开始红了!我们目前还没有主动宣传,但不请自来的媒体还不少,很多市民和外地游客来这里吃粉拍照打卡。"谈到湖南米粉街的前景,毛小武信心满满。

"前几天还有一个香港来的自媒体人到我们店里拍 VLOG!"王浩然告诉记者。

按照计划,"湖南米粉街"的运营分三步走,国庆试运营是第一步,11 月 11 日"光棍节"前后米粉博物馆正式建成开放是第二步,2021 年元旦前后湖南省市州 15 到 20 家品牌米粉店全部入驻并营业是第三步。

"我们有信心将这条街打造成网红打卡地。"毛小武毫不犹豫地说。

李发明认为,长沙人对米粉的热情很高,只要能保持高品质服务,"湖南米粉街"一定会越来越火。

"易裕和"老板易军在国庆期间专程到"湖南米粉街"考察了一趟,他告诉记者,如果这条街能尽快引进全省各地的品牌米粉店,建立起湖南省米粉行业协会,大家抱团发展,火起来肯定不成问题,他十分看好这条特色街道的发展前景。

长沙另一家品牌米粉店"民间沙水"负责人许世钦则表示,一条商业街要成为网红打卡地,一般而言要经过 3—5 年的培育期,在此期间内,如果政府引导和整体运营不出现失误,门面租金不出现大幅度上涨,要火起来还是很有可能的,对于"湖南米粉街"的前景,他持谨慎乐观态度。

产　业

韭菜园街道办事处主任梁田告诉记者,打造"湖南米粉街"这样一条特色街道,最终目的还是想撬动整个湖南的米粉产业。

据不完全统计,湖南省有近 30% 的人以米粉作为早餐首选,全省每天的米粉需求量约为 600 万斤,米粉全产业链产值近 360 亿元,而根据专家测算,湖南米粉全产业链产值应该在 1000 亿元以上,还有很大的拓展空间。

在"米粉大擂台"活动开展之后,长沙本地一些米粉品牌店和生产加工企业顺势而为继续扩张,民间沙水、易裕和等都新开了分店。长沙最大的湿米粉生产厂家银洲米粉厂相关负责人告诉记者,今年 9 月,银洲米粉销量比去年同期增长 5% 左右,目前每天销量约 100 吨,除了长沙及周边地区,还远销北京、宁波等地。企业准备再购置几十亩工业用地,用于研发生产干米粉、营养米粉等新品。这位负责人认为,将"湖南米粉街"打造成为网红打卡地,让更多人了解米粉、爱上米粉,这对整个湖南的米粉产业必定起到积极的促进作用。

梁田告诉记者,他们希望借鉴柳州螺蛳粉的发展经验,研发推出方便产品,从而引爆整个湖南米粉产业。

据了解,从 2014 年开始,柳州市便开始发力螺蛳粉产业,编制产业发展规划,制定螺蛳粉食品安全地方标准,建设螺蛳粉产业园、螺蛳美食文化街、原材料种养和加工基地,推进"螺蛳粉+"发展模式,用"规模化、产业化、标准化、品牌化"的工业理念,将其打造为百亿产业。

李发明向记者透露,柳州螺蛳粉产业今年很可能破百亿,短短五六年时间,产业规模增长 20 倍,最重要的原因还是地方政府的大力引导和推动。

湖南省餐饮协会常务副会长任伟政表示,湖南米粉产业要进一步发展壮大,必须在技术规范、食品安全、管理运营上狠下功夫,全面提升从业人员素质,同时也需要政府的扶持和行业协会的指导帮助,比如策划举办米粉大擂台之类的活动等。

记者调查了解到,柳州螺蛳粉是干粉,保质期长,湖南米粉是湿粉,保质期只有 48 小时左右,这就使得湖南米粉预包装生产、运输配送的技术难度和成本大大提升。疫情期间,湖南懂味生活科技有限公司、北京霸蛮牛肉米粉预包装销售在网上一度十分火爆,但目前长沙的预包装米粉销量出现一定幅度滑落,原因就在于冷链运输成本高、保鲜期短、口味不如堂食等。业内人士认为,湖南预包装米粉(方便米粉)要想占领市场,还须加大研发力度。

2020 年国庆节后,湖南米粉街店家生意依旧火爆。

业内人士认为,除了研发方便米粉发力线上,线下连锁经营也是湖南米粉产业做大做强、走出湖南的一种方式。"湖南米粉街"作为湖南米粉品牌形象的集中展示地,对于推动品牌连锁经营有着重要意义。

记者调查认为，"湖南米粉街"极有可能成为长沙的又一条网红街道，这条网红街道无疑又将成为推动湖南米粉产业大发展的一个有力杠杆。让更多人吃上美味的湖南米粉，让湖南米粉走向全国、走向世界，这是湖南米粉行业的光荣使命，我们期盼着这一天的早日到来。

记者手记

仅从长沙观察微信公众号平台的阅读量来看，这篇调查报道是一个妥妥的爆款。长沙是一座烟火气旺盛的城市，嗦粉是长沙人最喜爱的早餐方式，甚至 24 小时营业的粉店在长沙也不罕见。因此，从选题来看，这个接地气的选题便已经具备了爆文的基础。

从调查本身来看，确实也较为翔实，前后有半个多月的时间，采访了入驻米粉街的粉店老板、街道负责人、米粉街品牌打造团队、长沙品牌米粉店负责人、米粉生产企业负责人、消费者、餐饮协会负责人等诸多相关人员，挖掘了一些幕后故事，最后得出结论是湖南米粉街很可能会成为长沙的又一条网红街道。从目前的情况看，笔者的预测非常准确。而这样的预测结果，主要还是源于翔实的调查采访。

除了调查翔实，相关资料和素材的积累也是一个重要原因。此前，笔者参加了湖南米粉大擂台活动，采写了《深度观察｜舌尖上的盛筵——小米粉大产业》一文，在长沙观察微信公众号上也是一篇颇受欢迎的推文，对长沙的米粉产业做了深度分析。这篇文章为《"湖南米粉街"长沙亮相，能否撬动整个湖南的米粉产业?》积累了素材和人脉资源，为深度调查打下了基础。

成交额逆势上扬,这届农博会为何这样有力量?

2020 年 11 月 5 日

11 月 3 日,历时 5 天的第 22 届中国中部(湖南)农业博览会(以下简称农博会)在长沙国际会展中心落下帷幕。组委会透露,本届农博会合同成交额 165.86 亿元(含招商引资项目),意向协议 120.56 亿元,现场零售额超 7.21 亿元(含农机 4.6 亿元)。记者查了下上一届农博会的成交数据,发现无论是成交总额还是现场零售额,本届农博会比上一届均有两位数以上的增长。

湖南省农业农村厅一位负责人坦陈,直到农博会开幕前,内心都非常忐忑,担心在疫情防控常态化的情况下,展会成交额可能不太理想,谁知结果却让人惊喜,远超组委会预期!

本届农博会为何会取得如此耀眼的成绩?又有何亮点?来看记者的调查。

品牌的力量

逛了很多届农博会,记者发现,农博会上展销的商品不仅种类越来越全,品牌货也越来越多,消费者完全可以放心采购。

本届农博会在长沙国际会展中心共设 8 个展馆,除了一个综合馆和一个湖南主题馆外,其他 6 个展馆基本都是品牌展馆。

在品牌产业 2 馆(W2),舜华临武鸭和唐人神集团的展位烟火气最足,人气最旺。记者了解到,这两家知名食品品牌自第一届农博会开始,每年都参加展销活动,一届都没有落下。它们和农博会互相成就,携手成长壮大,2019 年,两家公司肉类产品销售额分别达到 12 亿元和 7 亿元,和 20 年前相比,都翻了数十倍。

舜华临武鸭销售负责人刘林湘告诉记者,这次展会现场零售在 100 万元左右,和 2019 年第 21 届农博会差不多。

"我们是国家认证的地理标志产品,这么多年了,产品质量是有保证的,来现场买板鸭的很多都是回头客,每年都来。今年虽然来逛展览的普通消费者少了很多,但零售额并没有明显减少,说明我们的粉丝还是很铁的。"刘林湘有些得意地说。

"我们带来的产品都卖完了,好多哆哆娭毑(指爷爷奶奶)一买就是好几袋,签约的也有10多个客户,成交了10多万。"电话那头,湖南瑶珍粮油有限公司负责人蒋珍凤的声音有些沙哑,显得既兴奋又疲惫。

11月3日下午,在农博会总结大会上,湖南瑶珍粮油有限公司的生态有机大米品牌获评中国中部知名农产品品牌。

"这么多大品牌参展,就评了30个知名品牌,这块牌子含金量还是蛮高的。"蒋珍凤开心地说。

在此次农博会上,品牌茶叶馆显得比较"高大上",湖南红茶、长沙绿茶、安化黑茶的展台设计颇有特色也颇为打眼,相对其他展馆,这里比较清静,大部分都是专业采购商在用心品茶和小声洽谈。

2018年5月,"长沙绿茶"获国家农业农村部地理标志认证,是长沙区域公用品牌,共有金井、湘丰、骄杨、怡清园、沩山毛尖等10家长沙茶企被授权共享这一区域品牌,此次更是抱团参展。

"有了这个区域公用品牌,我们的名气更大了,发展的干劲更足了,以前长沙没有几家绿茶企业来参加农博会,这次都到齐了。现场销售额比上一届也有5%到30%的增长。"长沙县金井茶厂销售负责人张文一边招呼记者品尝喷香的绿茶,一边微笑着介绍情况。

在本届农博会上,组委会大力推介各级各类农产品区域公用品牌,10月31日,王汉中、官春云、邹学校、印遇龙、刘仲华5位中国工程院院士更是为湖南菜籽油和湖南茶油、河南卢氏香菇和汝阳香菇、山西药茶和山西陈醋、湖北随州香菇和荆州鱼糕、安徽霍山石斛和怀宁蓝莓、江西遂川狗牯脑和井冈蜜柚共12个省级区域公用品牌集体展台。此外,组委会还举行了"邵东中药材""桃江竹笋""华容稻""麻阳冰糖柑""永丰辣酱"等10多场区域公用品牌推介活动,现场签约不断。

"能够被授权享有公用品牌的商品质量一般都还可以,地方政府不会让劣质产品砸了招牌。"一位前来洽谈永丰辣酱业务的专业采购商告诉记者。

补贴的力量

"恨不得天天开农博会!"11月3日下午,正忙着撤展的大疆植保无人机湖南地区代理商杨志军笑着说。

在展会上,杨志军的代理公司主推的产品是能够装载20公斤农药的无人机,这种无人机可以在8分钟之内为20亩地的庄稼喷洒农药,效率很高。

杨志军告诉记者,这种无人机要 49800 元一台,但因为在会展期间购买有优惠再加上政府补贴,最终这样一台机器只需 3 万元就可以买到。正因为补贴力度很大,销量也出现大幅增长。2019 年全年的销量只有 307 台,今年截至农博会闭幕已经卖了 1500 多台。

在农机馆,中联重科旗下的拖拉机、抛秧机等现代农机系列产品也取得了不错的展销业绩:与 9 家公司签订了代理合同,与 1 家公司达成战略合作,现场销售 1000 台,金额 1.3 亿元。公司现场销售负责人周先生告诉记者,他们去年也参加了农博会,但只卖了 100 台,今年销量暴增,关键还是政策给力。

据了解,本届农博会共吸引一拖、沃得、雷沃、久保田、约翰迪尔等 107 家国内外农机生产厂家参展,产品涵盖中南地区现代农业生产全过程所需耕、种、收、植保、畜禽养殖、设施农业、农产品加工等 12 大类。

参展企业承诺产品一律让利 6%—10%。湖南省财政对现场购买已纳入中央农机购置补贴产品范围的产品进行补贴,对已纳入湖南省累加补贴的农机再给予 5% 累加补贴,对未纳入湖南省累加补贴品目的农机给予 10% 的购置补贴。通过手机 APP"农机超市·轻松购"线上购机,还可享受网上下单、线下发货、现场办补、现场贴息等"一站式"舒心服务。

湖南省农业农村厅相关负责人透露,省财政在农博会期间发放农机购置补贴近 1300 万元。

专业的力量

"今年参展的专业采购商增长了 93%,这是本届农博会成交额能够逆势增长最重要的原因。"农博会承办商红星国际展览有限公司广宣部部长李志军这样向记者解释。

因为疫情防控的原因,来逛农博会的普通市民大大减少,不及上届农博会的一半,但农产品现场零售额达 2.61 亿元,比上届增长 16.5%。看来,专业采购商相对于普通消费者,的确是"财大气粗"。

据农博会专业采购商邀约组负责人钟丽梅介绍,今年参展的专业采购商达到 5.8 万人,比上届增加 2.8 万人。

钟丽梅告诉记者,她们这个小组总共 8 人,从今年 5 月份就开始进入"白+黑""5+2"的工作状态,每天给全国各地的批发商、重点商超百货店、相关商会等专业采购商打电话、发短信、发电子邮件,累计发出近 20 万份邀请函。因为电话打得不歇气,有的员工的手机都被电信部门误以为是诈骗电话给停机了,后来,基本上是每人两台手机两个微信号对接采购商。

本届农博会共组织了粮油果蔬、团餐行业、中药材、湖南茶叶、"832"扶贫产品 5 场产销对接会,签约金额 6.5 亿多元。

在湖南省团餐协会专场采购订货会上,江永县诚信家庭农场、张家界硒有慈礼产业开发有限公司、湖南洞庭春米业有限公司等多家特色农产品生产企业和餐饮企业签订购销、集采协议,签约金额达到 1.13 亿元。

江永县诚信家庭农场负责人告诉记者,他们与湖南一品佳餐饮管理有限公司签订了 100 万元的绿标香柚销售合同,这可是农场建场以来最大的一笔订单,为贫困地区优质农产品找到了稳定的销路。通过农博会这个大平台,家庭农场 1600 多亩柚园的 300 多万公斤柚子,已经基本落实了销售单位。

记者发现,除了农博会组委会专业采购商邀约组从北上广深等地邀请到了大批采购商外,各个地方的参展团队也"八仙过海,各显神通",自主邀请了不少客户,现场签下大单。

湖南对口支援的新疆吐鲁番市更是有备而来,展团精心筹备,与湖南省工商联精准对接,一举完成项目签约 23 个,销售和签约总额 130.9 亿元,成为本届农博会最大的惊喜。

"农博会现在越来越专业化,我们已经初步建立了产销双方的大数据库,让产销双方对接更精准、更有效率。今年我们还是人工对接,估计到明年就会通过软件实现自动匹配和对接,我们也就不用这么辛苦了。"钟丽梅透露。

网络的力量

李佳琦、罗永浩等人直播带货的传奇故事,让千万潮男潮女朝着带货网红的道路直奔而去,也让直播带货成为本届农博会的潮流。

沙田包子是湖南宁乡的一个食品品牌,目前在长沙市开设了 200 多家门店,据公司负责人吴达求介绍,今年销售额预计在 8000 万元左右,与 2019 年持平。

在农博会现场,吴达求穿着厨师制服,做了两天的直播。

"你现在有多少粉丝?"

"有个大几万了,才搞几个月。"

"直播带货卖了多少?"

"我们主要是做现场销售和品牌加盟,网上销售一般,主要是品牌宣传,通过直播签了个几十万元的单。"吴达求告诉记者。

就在沙田包子展位旁边,宁乡花猪展位更是人潮涌动、热闹非凡,原来,有美女主播抱着萌萌的花猪幼崽在做直播。

"大家看,这是来自宁乡的正宗流沙河花猪,肉质鲜嫩……"美女主播对围观的人群视而不见,对展厅的喧嚣充耳不闻,十分专注地对着三台直播手机卖力地向粉丝们介绍宁乡花猪和系列产品。

公司负责人李述初告诉记者,自 2006 年以来,他们年年参加农博会,本届农博会线上线下零售额超过 30 万元,比去年增加了 30% 以上,增长部分主要来自直播带货。

"我们通过直播带货以及实体店销售,线上线下双通道来扩大市场规模,提升品牌形象,接下来还会培养一批新网红,联合抖音等新媒体,开展一系列直播带货活动,让更多消费者爱上优质花猪产品。"李述初信心满满地说。

在 E1 馆湖南电商展区一个几平方米的小展间,来自湘潭的谭宇翔并不太在意现场的客流量,展位旁的直播间才是他的主战场,两位主播正通过拼多多平台展示湘潭莲子的功效与吃法,不断引导网友下单购买。

谭宇翔透露,一天直播四五个小时,成交量大概五千单,每天的销售额在 10 万元左右。22.11 元,这是他的拼多多店铺"老农派"里一斤装去芯白莲子的价格。全方位直播湘莲的种植、采摘和制作过程,货真价实,没有中间商赚差价是他成功的诀窍。

湘西十八洞村的苗家阿妹施林娇是一个有二三十万粉丝的直播带货网红,在这届农博会上,她被公益助农平台湘农荟请来做带货主播,为大家推介龙山百合、大米、擂茶等湘西的特色产品,助力消费扶贫。据了解,湘农荟借农博会之机,一口气签约了 8 位网红主播。

来自新疆吐鲁番的葡萄酒厂商在农博会展厅向专业采购商推介产品。

本届农博会还通过虚拟现实与全景漫游技术,推出"线上农博"平台,为参展商和采购商提供信息发布、产品展示、供需对接、洽谈签约等服务;芒果扶贫云超市、农博优品、湘农荟三大网络平台共举办 32 场直播及线上销售活动,涵盖中部六省 500 多家企业1000余种农产品。据不完全统计,本届农博会线上交易额突破1278万元。

记者调查发现,经过20多年的培育和发展,农博会已经成为湖南乃至中部地区一块闪亮的会展品牌。从本届农博会来看,其在农产品和农机产销对接、中部地区交流合作、消费扶贫乡村振兴、农产品品牌培育推介等方面有着不可替代的优势,平台功能和属性日趋强大和完善。

近年来,长沙会展产业迅猛发展,2019年总产值首次破千亿,连续4年荣获省会城市会展业竞争力指数排行榜第一名。在长沙会展经济持续向好和国内大循环为主体、国内国际双循环相互促进的发展格局下,我们相信,明年的农博会更值得期待。

✎ 记者手记

农博会、食餐会都是烟火气浓、人气爆棚的会展,是长沙会展行业两块闪亮的金字招牌,作为一名吃货,这也是笔者最喜欢逛的两个会展。

农博会展销日期长达5天,为了做好报道,基本上天天都在长沙国际会展中心逛展,每天都是一两万步,刚开始两天,脚都走痛了。红星国际会展公司的一位工作人员告诉记者,一天下来,他的腿都抬不动了,不知道是怎样把车开回家的。

会展现场非常热闹,成交也十分火爆。但这样红火场景的背后,是组委会大半年时间的努力。经过采访红星国际会展公司的相关负责人,记者才知道这背后的艰辛,因此也发掘了一些不为人知的细节,这就是调查记者必做的功课,你必须为受众提供一些内幕信息,讲述背后的故事。

双循环大背景下，长沙会展经济如何爆发杠杆威力？

2020 年 11 月 13 日

为期 4 天的第 15 届中国成长型医药企业发展论坛今天在长沙国际会议中心拉开帷幕。本次论坛现场参会人员超过 6000 人，是刚刚落成的长沙国际会议中心接待的第一个大规模国际性会议。

建筑风格大气恢宏、兼具湖湘文化之美的长沙国际会议中心号称长沙最新地标性建筑，它的建成使用对长沙会展经济发展究竟有何意义？今年以来，长沙会展经济又是如何在疫情防控常态化的大环境下逆势前行的？来看记者的调查。

惊艳
长沙的国际型"会客厅"

远看有势，近观有质。历时仅仅 8 个月，长沙国际会议中心于今年 10 月正式竣工，标志着长沙从此拥有了国际型"会客厅"。

长沙国际会议中心由誉为"中国馆之父"的中国工程院院士何镜堂担任总设计师。建筑立面风格借鉴中国山水画"虚实相生""远近结合""粗细用笔"的表现手法，结合传统建筑坡屋顶的灵动造型曲线，形神兼备地诠释了湖湘文化内涵。

记者从长沙市会展办了解到，长沙国际会议中心作为目前中国中部最大的会议综合体项目，规划总用地面积约 212686 平方米，总建筑面积约 168056 平方米。除了一个 7800 平方米的主会场，还有 1800 平方米的圆桌会议厅、3400 平方米的宴会厅、7000 平方米的户外花园以及各型多功能厅、会议室、接见厅、展厅、新闻中心共 60 个厅室。

据运营人员介绍，7800 平方米的主会场可以满足 7000 人参加的会议，而此前长沙最大的会议室也只能容纳 2000 人。会议中心还配套有大型后厨系统，可以同时为 1 万多人提供用餐服务。

长沙市会展办副主任罗庆龙认为，长沙国际会议中心建成开业，突破了长沙无法承

第 15 届中国成长型医药企业发展论坛现场。

接大型国际性会议的硬件瓶颈,它不仅是一个新的地标建筑,更是长沙会展产业不断发展壮大的标志性事件,对长沙会展经济的发展无疑是强大的助力。

作为第 15 届中国成长型医药企业发展论坛的主办方之一,中国医药物资协会监事长徐郁平对长沙国际会议中心更是赞不绝口。在他看来,会议中心的建筑设计有着中国传统文化之美,非常契合协会对于场馆的要求。同时,会议中心的建成仅仅用时 8 个月,创造的"长沙速度"着实惊人。

徐郁平向记者透露,长沙市高度重视会展产业,会展经济发展迅猛,软硬件条件不断提升,协会将连续 5 年把长沙作为中国成长型医药企业发展论坛的举办地。

崛起
充满希望的会展新城

记者从长沙高铁会展新城管委会了解到,目前,为长沙国际会议中心配套的五星级酒店已经主体封顶,可提供 600 余人同时就餐;会展星街、诺富特酒店、宜必思酒店等项目已经建成运营,可提供约 800 人同时就餐。

从地理位置来看,长沙国际会议中心紧邻 4 个高速互通口,距雨花互通口仅 5 公里;与长沙高铁南站隔岸相望,距离仅 2 公里,地铁 1 站可达;规划运营 5 条地铁线和 1 条磁浮快线,机场高速以及磁悬浮列车与长沙黄花机场相连,距离仅 18 公里。目前,东四线、黄江大道、东六线等主干路网基本完成建设。

此外,新展博、光达会展等 50 余家会展企业已进驻这一片区。湖南力量之都国际展览有限公司董事长高海涛告诉记者,他们正在积极筹备 2021 年长沙国际工程机械展览会,展会定在与长沙国际会议中心仅一街之隔的长沙国际会展中心举行。高海涛介绍,长沙国际工程机械展览会是一个展示世界水准、湖南风采、长沙特色的国际性专业展会,是长沙倾力打造的知名品牌会展。高海涛认为,长沙国际会议中心投入使用后,有利于 2021 年长沙国际工程机械展览会形成展览、会议的联动;尤其是作为会议中心配套的国际酒店,能够让参展、观展的人员更加便利地解决食、住、游、娱等一系列活动,为展会顺利进行提供良好的服务保障。

高铁会展新城,这个以高铁南站和会展中心为核心、占地 47 平方公里的广阔区域,正越来越受到各方高度关注。不管是高铁经济,还是会展经济,人们看重的是其背后"虹吸"般的强劲拉动力。作为现代服务业的重要组成部分,会展不仅本身能够创造巨大的经济效益,还可以带动交通、旅游、餐饮、住宿、通信、广告等相关产业发展。据权威专家测算,国际展览业的产业带动系数大约为 1∶9,即展览场馆的收入如果是"1",则相关的产业收入为"9"。

由此看来,长沙国际会议中心无论是对会展产业链还是对整个片区建设的带动,都举足轻重。

站在浏阳河大堤上,只见长沙国际会议中心和长沙国际会展中心隔街相望,周边多个星级酒店和楼盘正在兴建之中,一座充满希望的会展新城正在加速崛起。

点赞
长沙会展经济逆势前行

时至初冬,星城长沙一直暖阳高照,与这温暖的气息同时到来的是一个又一个热闹非凡的展会活动:

10 月 23—25 日

全国首个全产业链未来城市品质家居产业博览会成功举办;

10 月 26 日

2020 湖南生物医药与健康产业博览会暨湖南(国际)生物医药产业发展大会在长沙开幕;

10 月 30 日—11 月 3 日

第二十二届中国中部(湖南)农业博览会嗨爆长沙国际会展中心;

11 月 3—4 日

2020 世界计算机大会精彩纷呈;

11 月 14 日

2020 中国红色旅游博览会将在长沙拉开帷幕;

11 月 19—20 日

2020 中国新媒体大会大幕将启,全国新媒体行业的目光将聚焦长沙;

12 月 9—14 日

中国（长沙）国际汽车博览会将在长沙国际会展中心举行……

就在 10 月 22 日，长沙再次获评"中国最具竞争力会展城市"荣誉称号。

2020 年，在全球战疫这样一个极其特殊的年份，长沙会展业可以说是喜讯频传。据长沙市会展办负责人介绍，截至目前，长沙国际会展中心、湖南国际会展中心、红星国际会展中心、湖南省展览馆这四大展馆共举办展会项目近 80 个，展览面积超 121 万平方米，成交金额达到 540 亿元。展览个数和展览面积超过中部其余 5 个省会城市总和，成交金额较去年同期还略有增长，整个会展产业逆势上扬。

会展业是经济社会发展的"晴雨表"和城市发展的"助推器"。面对新冠疫情这一突发公共卫生事件，会展行业相较其他行业，受冲击最大，遭受损失最直接。在应对疫情防控的工作中，长沙市会展行业团结一心、共克时艰，及时梳理疫情带来的影响，精准施策，化危为机。

今年 3 月 31 日，长沙市政府组织召开重点会展项目新闻发布会，率先向全社会发布 10 个 5 万平方米以上的重大会展项目，明确湖南车展作为疫情后首展项目，向全世界会展行业吹响了复工复产、复业复展的"集结号"，率先向全国会展业界传递了长沙信心和长沙担当。

疫情发生初期，长沙市会展办分组调研市内各家会展企业，为企业主体解决因疫情影响造成的项目改期、合同纠纷、集体退款、经营困难等现实问题；利用疫情防控的窗口期，组织"中国好会展—组展战疫直播厅"线上培训，下拨会展专项资金近 3000 万元，帮助企业纾解资金困难；为四大会展场馆购置头盔式红外测温仪、门框式红外测温仪等疫情防控物资和设备，积极为会展业复苏创造条件；积极承接武汉会展项目转移，成功引进良之隆·第八届食材电商节、中国测绘地理信息展两个项目落地。

长沙市会展办负责人告诉记者，疫情过后，无论是会展城市还是会展企业都是一个重新洗牌的过程。未来的长沙会展将坚定"打造中部会展高地、建设国家会展名城"的发展定位，坚守产业会展的发展路径，按照"项目牵引、政策撬动、人才支撑、财富效应"的发展思路，突出会展提质升级这个关键，瞄准 22 个新兴及优势产业链，特别是围绕推动制造业高质量发展，持续深化会展品牌培育工程，精准施策、精准发力，以会展业发展促进产业发展，使会展与产业相得益彰。

同时，抓住湖南获批国家自贸区的有利契机，持续推进会展品牌化、市场化、国际化。尤其是以长沙国际会议中心建成运营为契机，努力将长沙打造成国内外中高端会议目的地城市。

长沙国际会议中心的惊艳亮相，只是长沙会展经济逆势前行的一个漂亮注脚。我们期待着，会展"湘军"继续发扬敢于担当、敢为人先的精神，让长沙会展在全国的标杆作用、示范作用和引领作用持续焕发夺目的光彩。

📝 记者手记

在德国有位经济学家曾写道:"如果一个城市办会展,就相当于一架飞机在这座城市上空撒钞票。"可见一次会展将会为一个城市带去多大的机遇。当前,一个城市所能承接的会展规模,已经成为衡量一座城市影响力水平、国际化程度等指标的重要参考。

长沙连续多年被评为"中国最具竞争力会展城市",长沙会展业的突飞猛进有目共睹。记者近年来参加了不少展会,亲身感受到了长沙会展经济的蓬勃生机。但是,记者也观察到长沙会展逐渐暴露出的一些问题,如:小型展会较多,大型展会不够多;消费类展会较多,专业性展会较少;申办流动性展会较多,本土培育的长久性品牌展会较少。

长路漫漫,不进则退。将长沙建设成为设施一流、品牌汇集、服务优质、环境优良的国际会展名城,仍然需要相关各方上下拧成一股绳,勠力同心加速奔跑。

"双高铁"点燃长沙高质量发展新引擎

2021 年 8 月 25 日

交通是兴国之要、强国之基。习近平总书记指出,要建设更多更先进的航空枢纽、更完善的综合交通运输系统,加快建设交通强国。

今天上午,长沙高铁西站综合交通枢纽工程开工动员仪式在长沙市望城区举行。这意味着长沙往"双高铁"枢纽城市时代又成功地迈进了一步。

长沙高铁西站将与经过该站的渝长厦高铁同步建设,高铁西站计划于 2025 年竣工。渝长厦的通车将完成国家"八纵八横"高铁中重要的一横。将来,长沙高铁西站还将引入"八纵八横"中重要"一纵"的呼南高铁联络线。届时,京广高铁、沪昆高铁、渝长厦高铁、呼南高铁四条高铁在长沙将交织成"米"字形,长沙的高铁枢纽地位将得以跃升,这也将成为长沙区域优势作用发挥的"倍增器"。

多位一体　串联南北东西

长沙高铁西站站房位于望城区南部金山桥街道,依托于原长株潭城际铁路的黄金西站改扩建,总投资约 33 亿元,站房建筑面积约 8.54 万平米,综合枢纽总建筑面积约为 40.1 万平米。建成后,城际铁路线将与高铁线平行运行。长沙高铁西站站场拥有高铁场、城际场共 12 台 22 线,还预留了普速场扩建条件,未来总规模将达到 16 台 30 线,超过长沙南站 13 台 28 线的规模。车站年旅客发送量预计 2030 年 1515 万人次,2040 年 2020 万人次。

长沙高铁西站站房是长株潭城际铁路西延线的终点站、常益长铁路的重要组成部分,也是渝长厦高铁的重要交通节点,建成后将构建川渝至湘赣闽地区高速铁路主通道,华北、中原、鄂西至华南地区高速铁路主通道,直达川渝、闽粤,串联南北东西。

以高铁西站为带动,呼之欲出的长株潭地区铁路枢纽由京广、沪昆、石长铁路、武广、常益长、长赣高铁、长株潭城际等主要干线及云贵厦联络线,以及客运"三主(长沙、

长沙高铁西站北侧鸟瞰图。

长沙南、长沙西)五辅(株洲、株洲西、湘潭、湘潭北、黄花机场)"组成,构成通往武汉、重庆、怀化、广州、杭州、厦门六大对外通道,并形成由长沙至武汉、合肥、杭州、厦门、广州、南宁、贵阳、重庆、西安九城市5小时通达的高铁交通格局。

高铁西站有常益长高铁、长赣高铁、长株潭城际在本站交会,并经乌山联络线与石长铁路联通。其中,常益长铁路是国家"八纵八横"高速铁路网中厦门至重庆、呼和浩特至南宁两条大通道的重要组成部分,是形成湖南省高铁环线的关键组成部分,常益段与呼南通道共线。线路西起常德市,经益阳市,引入长株潭城际长沙西站,总长度157.502公里,设常德、汉寿南、益阳南、宁乡西、长沙西共5个车站,设计时速350公里。益阳至长沙段预计2022年6月具备通车条件,常德至益阳段预计2022年底具备通车条件。

长沙高铁西站定位为国家级对外交通枢纽与城市轨道换乘中心相结合的复合型交通枢纽,是湖南省首个"多位一体"的国家级综合交通枢纽:①高铁(渝长厦高铁、呼南高铁联络线等);②地铁(2号线、10号线、12号线、河西快线);③城铁(长株潭城际、长岳城际、长浏城际);④预留普速铁路;⑤城市长短途公交、旅游巴士;⑥出租车、网约车、私家车。

长沙高铁西站整个片区将形成双"井"字骨干道路结构和三圈层、立体式道路集疏运体系。东西高架落客、南北广场集散,通过"高接高、快接快"的高架系统实现枢纽交通与片区交通的适当分离,也实现人车分离、站城一体。

外井——长沙高铁西站周边形成由三环线、岳麓大道、黄桥大道、长益复线组成的"外井"字高、快速路网。

内井——马桥河路、望城大道、黄金大道、青山路"双快速双快捷"联络道路构成"内井",实现片区道路与"外井"字高、快速路的便捷衔接。

记者注意到,枢纽交通与城市交通有序分离、快速高效,地铁采用 T 字形换乘模式,旅客分流、秩序井然。今后轨道交通开通运营后,乘客可在长沙南站、长沙火车站、长沙西站中实现"一线换乘",旅客下地铁,乘坐电梯可直达候车大厅,整个过程最快仅1 分钟。

从高空俯视,长沙高铁西站就像一朵盛情绽放的杜鹃花。设计团队将"三湘四水、杜鹃花开"的设计理念贯穿高铁西站的整体设计,巧妙地利用不同使用功能空间在高度上的差异性,将建筑塑造成"杜鹃花开"的美丽造型。此外,设计团队结合建筑四个立面上部的雨棚结构,将其塑造为水波涌动的形式,彰显出长沙"三湘四水"的地域特色。

室内装修融入湖湘文化特色,以浅灰色、白色为装修主色调,简洁古朴,书法喷绘壁画,名画四处悬挂,LED 屏幕滚动播放相关视频,曲面文化灯箱随处可见,移步换景,灵动多彩,经世致用、实事求是、百折不挠、兼收并蓄、敢为人先的三湘文化处处有体现,湖南文物、张家界风景照片同步悬挂,向旅客展示湖南风采。

国内首创:"十字形"站厅布局

记者了解到,长沙高铁西站是国内首个"十字形"站厅布局高铁站,采用高架站场与高架站房"双高"设计,南北广场进站候车,东西站台接站落客,腰部检票进站,侧式进站大厅、桥下多层车场均为国内首次应用,分离不同方向列车的停靠站台,不同车次的乘客互不干扰,扩充停车位,为地面交通减压,将开创全新高铁客站模式。

长沙高铁西站立面采用玻璃幕墙与铝板幕墙相结合,国内罕见,保证通透的同时满足力度支撑,运用角铝连接,简单便捷、连接强度高。满足变位要求,适应平面变形,钢结构装配撑起玻璃屋面,简支梁四面支撑,施工便捷、受力均匀,易于养护、维修、更换,钢结构与幕墙交相呼应,力与形完美结合,柔美通透。

记者在现场看到,长沙高铁西站周边一派热火朝天的景象,挖掘机和货车穿梭于工地,大家正忙着修建护坡等。"我们在去年 6 月提前启动了长沙高铁西站市政配套项目,现在高铁西站片区配套的市政道路、站前北路、东高架匝道以及站前主轴等已经启动建设,整个片区迄今我们已完成了约 11 亿元的投资,将全力保障高铁西站按计划开通运营。"长沙高铁西城建设投资有限公司规划设计部经理王玉龙介绍。

区域发展的新引擎

一座站,带来一座城。长沙高铁西城总体位于长沙市中心城区的西北咽喉之处,北邻望城国家级经济技术开发区,南靠梅溪湖片区,东连麓谷片区,西接宁乡经济技术开发区。湖南湘江新区正通过"站、景、产、城"融合,高起点定位、高质量建设,着力打造立足中部、具有湖湘特色的国家级协同创新枢纽门户。高铁西城片区总占地面积30.05 平方公里,其中约 12.52 平方公里为示范区,即北至月亮岛路(望城大道以西)和银星路(望城大道以东),西至黄桥大道,东至望城大道(银星路以北)和马桥河(银星路以南),南至站场边界(望城大道以西)和黄白路、马桥河路两厢用地(望城大道以东)。

"原来是要想富修公路,现在是要想发展快就修高铁,要想实力强就造机场,这个快不仅仅是速度的快,还是带动经济发展的快。长沙高铁西站将成为区域发展的新引擎。"长沙理工大学交通运输学院教授卢毅表示,有研究资料显示,高铁项目对经济拉动的投入产出比是 1∶10;城市 GDP 增长量将增长 70%,可持续发展能力可提高 40%以上,如同血管一般,高铁延伸到哪里,带动着经济的新鲜血液,就输送到哪里。比如长沙高铁西城示范区总投资约 570 亿,那么可拉动长沙 GDP 约 5700 亿元以上。

"城市运输经济学有一个与牛顿引力公式类似的城市间吸引力计算公式,就是两个城市间的吸引力等于两者体量(人口)的乘积除以时空距离的平方。"卢毅补充道,高铁目前时速是 300 公里/小时,普速列车是 100 公里/小时。当长沙与一座城市通过高铁相连后,城市之间的时空距离缩短到原来的 1/3,两个城市的吸引力增长了 9 倍,吸引力增强,交流增强,双方人流、物流、资金流、信息流、商流加快加大,长沙因此获得经济发展更大的机遇和动力。

"在高铁西站北面望城区范围内规划了一个铁路货运场,高铁将承担其高附加值的小件快运。这是高铁西站落户后新增的项目。"长沙高铁西城建设投资有限公司规划技术部经理王玉龙望着远方的工地,略带几分自豪。目前,京东物流、兴盛优选的货仓纷纷落子望城经开区物流园。

"高铁西站的虹吸效应已经凸显,我们现在明显感觉越来越多的项目都来这边考察并落地,我们今年已经引入 50 多个高新技术项目,还吸引了一批博士和研发人才落户望城。"望城经开区党工委书记周剀对园区的未来满是憧憬。园区作为毗邻高铁西站的产业发展主阵地,交通优势增添了园区招大引强和实现高质量发展的底气,今年铺排的 5 条道路已于 7 月 30 日竣工通车,拉通了高铁西站周边的路网;8 月 2 日,茶颜悦色品牌自研生产基地等项目牵手望城经开区……

长沙高铁西站建成将驱动所在区域的临铁经济、枢纽经济的发展,一座高铁新城、产业新城将拔地而起。长沙高铁西站产业新城以"科技创新、智慧互联、高品质城市配套"三大产业为重点发展方向,以站前中央绿廊与黄金河休闲水廊为驱动"双轴",配置科创总部、生态医养、滨水宜居、田园文旅等特色组团,实现产城融合。

"高铁直接促进长沙乃至长株潭湘江两岸空间的平衡发展。"卢毅分析道。今年 7月 22 日,中共中央、国务院出台《关于新时代推动中部地区高质量发展的意见》,其中明确提出支持长株潭城市圈发展、跨湘江发展。区域成为中心的规律为:交通枢纽——

交通中心——经济中心——区域中心。长株潭跨江发展就是从河东跨湘江到河西的发展,高铁西站将改变大型综合交通枢纽集中于湘江东的格局,西站高铁枢纽将成为湖南湘江新区的重要对外交通枢纽和门户中心,它发挥的经济聚集和辐射作用,直接影响长株潭乃至全省的中西部地区。

目前,我国高铁里程占世界高铁总里程的70%以上,已成为全世界第一个高铁上的国家。湖南高铁里程在全国排第5,长沙高铁站规模以站和线为标准衡量排全国城市的第19。高铁西站建成,长沙大型综合交通枢纽将形成"一体三翼"的崭新发展格局,"一体"就是综合交通枢纽,"三翼"就是高铁南站综合交通枢纽、黄花国际机场综合交通枢纽、高铁西站综合交通枢纽。高铁西站建成后,长沙高铁枢纽将有29台58线的运能,向国内一流阵营挺进。未来长沙还会有更多综合交通枢纽出现,到时整个综合交通枢纽就是"一体数翼"的大格局。

✍ 记者手记

高铁一通,转换时空;高铁一响,黄金万两。当地老百姓对此也是十分憧憬,在采访中,我们遇到胡丙炎老人,为了支持高铁西站建设,6月响应征拆,搬离了老宅。如今新家,离西站不足5分钟的车程。听说西站站房即将动工,他来到社区,希望能为建设做一些志愿服务。他说,这座站将给这里带来一座城,交通方便了,城市发展会越来越好,而他能够为家乡建设奉献一份力量,心里很高兴。

多么朴实的老百姓,老人这种顾大局、识大体的意识,感动了我,其实百姓心中,都有份深深的家国情怀。

弄潮"数字新基建"，看长沙如何闻"基"起舞

2022 年 6 月 2 日

4 月 26 日，习近平总书记在中央财经委员会第十一次会议上强调，要统筹发展和安全，优化基础设施布局、结构、功能和发展模式，构建现代化基础设施体系，为全面建设社会主义现代化国家打下坚实基础。

抓基础设施就是抓发展。加快以"电力、算力、动力"为重点的新型基础设施建设，更是促进高质量发展的有效途径。

近日，湖南省工信厅发布了《湖南省"数字新基建"100 个标志性项目名单（2022年）》，总投资额超 207 亿元，其中 50 个项目来自长沙市。这是湖南省连续三年发布"数字新基建"标志性项目名单，这些入选项目都有哪些亮点？未来几年，数字新基建在长沙将会呈现出怎样的发展景象？来看记者的调查。

人工智能，呼啸而来

相对于传统的"铁公机"，"新基建"主要包括七大领域：5G 基建、特高压、城际高速铁路和城市轨道交通、新能源汽车充电桩、大数据中心、人工智能、工业互联网。数字化、信息化是"新基建"最显著的特点。

记者梳理了一番发现，在这次发布的《湖南省"数字新基建"100 个标志性项目名单（2022 年）》中，有 18 个 5G 项目、27 个工业互联网项目、22 个大数据项目、12 个人工智能项目、11 个物联网项目、10 个区块链项目。值得注意的是，在人工智能这一板块入选的 12 家企业中，有 11 家来自长沙，在全省占据了明显优势。

长沙行深智能科技有限公司是一家成立仅 5 年的人工智能企业，他们的无人驾驶末端配送车产业化项目这次成功入选项目榜单。

在长沙经开区科技新城，记者看到一台车身小巧玲珑、造型新颖时尚的无人驾驶末端配送车正在园区道路上稳稳地穿行。公司联合创始人、副总裁谭筠教授告诉记者，用

户只要在手机微信小程序里预约，就可以收到由这个无人驾驶小车送来的快递包裹、生鲜零食、外卖团餐等。

长沙行深智能科技有限公司无人驾驶末端配送车展示厅。

谭筠教授介绍，公司只有200多个员工，研发人员就有100多人，发明专利达到200多项，其中国际发明专利5项。通过此次项目建设及研发投入，公司开发了系列无人车产品，能够广泛运用在校园、园区、景区、厂区、社区等业务场景中。项目批量生产后，预计可年产无人车1500台，新增产值1.5亿元，为社会提供更智能化、无人化、低成本的末端配送服务。

记者在这次发布的《湖南省"数字新基建"100个标志性项目名单（2022年）》中还发现，长沙工程机械"四大金刚"之一的山河智能已经是连续第三年入选榜单。而且这次入选的有两个项目，其中，"工程机械AGV的研究与应用"项目入选人工智能类别。

记者在山河智能挖掘机装配车间看到，"自动拧紧机器人""底架翻转机器人""无人化仓储物流"等人工智能技术纷纷得到应用，生产变得更加智能、高效。该装配车间挖掘机的月产能也从1000台增长到1400台，相当于每个月增加产值1亿多元。

记者从长沙市工信局了解到，人工智能及机器人（含传感器）产业链是长沙22条新兴产业链的重要一条。2021年2月17日，长沙正式出台《长沙市推进先进制造业高质量发展若干政策》，真金白银地支持发展人工智能产业。例如，支持人工智能领域高端人才（团队）来长沙创新创业，最高给予1000万元资金资助。

2021年，长沙市人工智能企业数量突破2400家，占全省的77%。长沙市人工智能及机器人（含传感器）产业聚集发展态势强劲，已经形成了以长沙高新区、天心经开区、雨花经开区为核心，浏阳经开区、长沙经开区等园区为辅翼的"3+X"产业链格局。

数字星城，便捷你我

每座城市，都有经济腾飞、进阶中心的梦想，而在数字经济时代，这个梦想的基础，与"数字"息息相关。在这次发布的《湖南省"数字新基建"100个标志性项目名单（2022年）》中，长沙在大数据类别同样是占据了半壁江山，22个项目中有13个来自长沙市。

那么，在我们的日常生活中，大数据到底带来了哪些真实可见的变化呢？

今年54岁的邓大姐一直住在浏阳乡村，前段时间还在为自己的社保补缴发愁，因为之前要花几个小时搭车进城去社保部门办理业务。近日，村委会干部手把手教她在手机上下载安装了"我的长沙"APP，只要点击进入这个软件，就可以在手机上轻松办理相关社保业务。邓大姐高兴得连声赞叹："新科技给我们老百姓带来的方便真的是太实在了！"

记者从长沙市数据资源管理局了解到，"我的长沙"APP就是一个基于大数据的城市移动综合服务平台，长沙市民只需注册一个实名账号，就可使用预约取号、生活缴费等1700多项城市服务，目前它的高效便捷服务已经覆盖全市685万注册用户。

长沙是湖南数字经济发展的主战场。2019年，长沙率先全省成立数据资源管理局，统筹全市新型智慧城市建设和数据资源管理。2020年10月，长沙市政府作出了关于加快建设"新型智慧城市示范城市"的决定。2021年1月，长沙正式发布《长沙市新型智慧城市示范城市顶层设计（2021—2025年）》，明确到2025年，长沙智能化服务、治理和发展水平达到全国前列、国际领先。

在位于长沙云谷数据中心的长沙政务云机房，中国电信长沙分公司政企业务部解决方案架构师王珺向记者详细讲解了长沙市政务云平台的总体框架。他介绍说，这几年受到长沙市民普遍称赞的"一件事一次办"改革，其实最关键的技术支撑就是长沙市政务云平台。

眼下，一个以智慧奠定的长沙"新地基"愈发稳健，数字赋能，正为长沙澎湃出奋进之力："长沙政务一朵云"初步建成；长沙依托"城市超级大脑"，已归集数据165亿条，面向全市共享开放，累计被调用15亿次；"一脑赋能、数惠全城"的智慧城市运行格局正在形成；"互联网+政务服务"一体化平台实现300余件高频政务服务全市通办；智慧党建、智慧医疗、智慧应急、智慧文旅等重点领域应用建优建强……

区块链，就在你身边

说起区块链这个新名词，很多市民并不陌生。但是这个新技术到底和我们的生活有哪些紧密联系？它能够为我们带来哪些实实在在的好处？记者发现，在这次公布的《湖南省"数字新基建"100个标志性项目名单（2022年）》中，有10个是区块链项目，其中8个来自长沙。

湖南源品细胞生物科技有限公司"基于C2M（用户连接工厂）的细胞治疗企业数字

化和供应链建设项目"是这次上榜的项目。该项目主要对于干细胞、免疫细胞等细胞治疗生物样本采集、运输、制造、服务过程供应链构建可信数字化平台,实现细胞治疗过程的全流程数字化覆盖。通俗一点来说,就是壁虎断尾,能够重新长出来,而人的肢体受到损伤,再生医学也能够提供一种可能性,修复一定的损伤。而该项目研究的就是如何保证那再生的组织和器官的安全性。

在位于长沙经开区的湖南源品细胞生物科技有限公司,记者见识到了区块链遇见干细胞所带来的神奇故事。

公司信息技术总监肖万贤介绍,区块链最突出的特点就是数据不可篡改。干细胞从医院采集、生产制备、深低温冻存再到转化应用,中间每个环节都会产生数据,这些数据经过验证并添加至区块链,就会永久地存储起来,而这些数据对干细胞提供者和使用者都极其重要。

肖万贤告诉记者,公司是我国首批入选"国家特色区块链+制造(干细胞生物药方向)"的干细胞企业,这次入选的项目自 2021 年 9 月启动,分样本采集、冷链运输、细胞工厂、全生命周期数字化健康体系管理 4 大场景进行,预计在 2022 年 11 月完成。

记者从长沙市工信局获悉,目前,我市一批区块链应用场景已经陆续落地,主要集中在区块链底层平台、智慧园区、知识产权、食品溯源等领域。例如,天河国云与长沙公证处签订的基于区块链的知识产权保护公证服务平台研发;阳光易购(湖南)科技有限公司基于区块链的食品安全监管追溯平台,通过"互联网+"食品安全的模式创新,形成政府监管、企业自律、检验检测机构技术支持、消费者共同参与的食品安全社会治理模式。

长沙市工信局负责人告诉记者,近年来,长沙抢抓区块链产业发展机遇,建成长沙经开区星沙区块链产业园和高新区区块链产业园,入驻企业 100 多家,相关产业年产值已达到 10 亿元左右。在今年发布的《中国城市区块链综合指数报告》(第一季度)中,长沙排名全国第五。

这次公布的《湖南省"数字新基建"100 个标志性项目名单(2022 年)》中,还有两个重要的类别就是 5G 和工业互联网。记者从长沙市工信局了解到,长沙市 2019 年就出台了关于支持工业互联网平台建设和应用的若干政策,市财政每年安排 2000 万元专项资金支持,今年已经是第三期兑现。通过政策引导、市场驱动,建立起了多层次平台体系。截至目前,长沙市累计上云企业 10 万家(次),上平台企业超过 6000 家。

基础设施一头连着经济发展,一头连着民生改善。全面加强基础设施建设,对当前稳住经济大盘、长远实现高质量发展,都具有重要而深远的意义。近日召开的湖南省基础设施建设暨"三大支撑"工作推进会,鸣响了全面加强基础设施建设的"发令枪",数字新基建是其中的坚实担当。我们相信,数字经济总量接近 4000 亿元的长沙,必将为"强省会"战略贡献更为强劲的数字力量。

记者手记

　　数字"新基建"的快速发展固然可喜,但是在和部分业界专家交流后,也引发了记者的"冷思考",那就是,数字"新基建"的建设绝不能"蹭热度""一窝蜂""一阵风",一定要防止造成新的产能过剩和风险隐患。由于数字"新基建"是以创新发展为主要特征的高科技领域,具有发展方向的不确定性、支撑环境的严苛性、政府引导和市场主导的协调性,因此,数字"新基建"需要一定的制度约束、规模约束,也需要投资主体、参与主体的多元化。

　　搞好数字"新基建"是一个复杂精细的系统工程,希望我们的数字"新基建"能够更加健康有序地推进,为高质量发展提供源源不断的新动能。

制度创新，湖南自贸区长沙片区探索全国首创

2022 年 7 月 16 日

　　2020 年 9 月，中国（湖南）自由贸易试验区（以下简称湖南自贸区）正式揭牌。湖南自贸区包括长沙、岳阳、郴州三大片区，总面积 119.76 平方公里，其中长沙片区 79.98 平方公里。

　　按照中国（湖南）自由贸易试验区总体方案要求，长沙片区以制度创新为核心，以可复制可推广为基本要求，加强改革系统集成，到 2023 年底，实施制度创新 113 项。

　　弹指一挥间，湖南自贸区长沙片区成立将近两年了，制度创新的任务完成情况如何？又有哪些亮点呢？

　　连日来，记者在湖南自贸区长沙片区采访发现，改革创新在这片热土上蔚然成风，相关项目挂图作战、倒排工期，制度创新任务总体推进迅速。湖南自贸区长沙片区管委会制度创新局负责人王诗勤告诉记者，目前制度创新已实施 107 项，实施率达 94.69%，累计形成制度创新成果 47 项，33 项入选省级第一批制度创新成果，16 项拟作为省级复制推广经验，4 项拟申报国家级复制推广经验。

增　便　利

　　自由、便利，这是自由贸易试验区的题中之义。

　　最近，长沙市芙蓉区标准化小镇的湖南华晟检测公司负责人文静霆很忙，他与马来西亚国家标准局合资的湖南思璘华晟检验认证有限公司就要正式运作了。4 年来，为了公司能早日开张，他带领着公司的核心团队可谓是操碎了心。

　　"合资公司运作后，将代表进口国对进口产品进行检测认证，国内出口企业对马来西亚乃至整个东盟的外贸清关过程会顺畅很多，此前费时、费力、费钱的局面将得到很大的改观。"文静霆告诉记者，通过湖南思璘华晟检验认证有限公司的专业服务，出口企业的产品认证一次性成功率可以从之前的不到 60% 上升到 95% 以上，认证流程从传

统的 10 个环节压缩至 3 个环节,认证时间从 90 天缩短至 15 天,出口产品认证效率提升 5 倍。

"以前一个产品系列的检验认证费用在 10 万元到 20 万元人民币这个区间,现在有了合资公司后,出口企业在这块的资金成本要节省 20% 左右。与此同时,企业因为不懂进口国贸易规则导致的技贸壁垒方面的损失也将大幅度降低。"公司高管李智透露。

湖南自贸区长沙片区芙蓉事务中心制度创新部负责人郭旭林告诉记者,湖南思璘华晟检验认证有限公司的引进,构建了应对东盟技术性贸易措施综合服务体系,有利于打破技术性贸易壁垒,极大地方便企业对马来西亚和东盟各国的出口。

"目前来看,这个包含了检验、检测、认证、认可、报关等全链条一站式服务的综合服务体系是全国首创,这样的创新对于 RCEP 的顺利推行是很好的细节支撑。"郭旭林说。

外国人来华工作一站式服务中心是湖南自贸试验区长沙片区制度创新的重要成果。从 2021 年 10 月开始,长沙在全国首次实现国际旅行健康检查证明书、外国人工作许可证、居留许可的"并联审批",大大缩短了审批流程。

"并联审批"一改过去直线距离 46 公里的科技、公安、海关三个涉外审批事务窗口分布格局,实现了集中办公。原本所需要的 3 套资料也被整合成 1 套,让 3 地 3 部门 3 套办事流程融合为一。

2022 年 7 月 8 日,来自美国的梅天佑在长沙科技局服务窗口拿到了他的外国人工作许可证,从提交材料到领证只用了 5 个工作日,一窗式受理减少了他在陌生城市的来回奔走。

"长沙办事比较方便,一个地方就可以办完所有手续。"在国内其他省份办理过外国人工作和居留许可的梅天佑深有感触地告诉记者。

记者了解到,"一窗式"办理,涵盖境内新办、境外新办两类场景,包括工作许可延期、注销、变更、补办四个审批类目,解决了过去外国人需多部门重复报资料的难题,必要材料清单减少 40%,外籍人员体检、资料受理、现场面签等多项事宜最多 2 个小时内就能办完,审批时限由原来的 30 个工作日以上压缩至 10 个工作日。

外国人来华工作一站式服务中心的高效、便捷服务,吸引越来越多的外国专家来长工作,截至 2021 年底,全市 A 类高端外国专家数量同比增长超 100%。

"在建设湖南自由贸易试验区外国人来华工作一站式服务中心的过程中,我们需要克服办公地点物理空间的分散、部门之间的信息壁垒、人员配备的不足等种种问题,但在省委省政府、市委市政府的坚强领导下,通过各部门之间同频共振合力推进,最终我们在全国率先整合了科技、公安和海关三个部门的办事窗口,形成了快捷高效的管理服务机制。"湖南自贸区长沙片区管委会制度创新局刘益球全程参与了这项改革创新,他认为,相关部门的大力支持配合是改革成功的关键所在。

近日,湖南自贸区工作领导小组公布了第一批制度创新成果。记者发现,湖南自贸区长沙片区的创新成果,半数以上都瞄准优化营商环境、促进外贸便利化的目标,比如建立跨境电商人才培训评价体系、探索建设中非跨境人民币中心、探索实施市场监督领域"触发式"综合监管新模式、创新推出"一码集成"规范涉企检查等。

值得一提的是,中非经贸合作领域的第一个跨境贸易金融服务平台——中非跨境人民币中心,开辟了人民币在对非经贸往来新的流通路径,帮助企业拓展跨境融资。2021年,中非跨境人民币中心业务涉及非洲38个国家140家业务,开出保函16笔,金额达1.55亿元,为中资和外贸企业从境外申请跨境融资15亿元,同比增长173%;累计为8家企业建立跨境双向人民币资金池,实现了资金池收付业务同比增幅71%。

育 新 机

"制度创新,不仅要转变政府职能、优化营商环境,让外贸更便利;而且要培育新业态,打造外贸新的增长点。"湖南自贸区长沙片区的一位负责同志强调。

2021年11月,山河智能装备股份有限公司的一台二手旋挖钻机作为湖南自贸试验区工程机械二手设备"首单"成功出口,破解了长久以来二手设备闲置的难题,推动了工程机械企业"走出去"。

目前,我国海关名录里没有"工程机械二手设备"名目,多数设备以新机备注"整备"方式出口;另一方面,二手设备出口退税没有政策依据,不能享受新机出口的税收政策。此外,买卖和产品信息不对称,标准、配套及渠道的缺失也造成了我国工程机械二手设备出口不易。为此,长沙经开区会同海关、税务等单位多次研究,制定工程机械二手设备出口改革实施方案,鼓励企业先行先试。

"二手工程机械设备出口标准化模式还需在评估定价、出口退税、金融保障等方面进行探索,我们将通过系列改革举措来打通产业链各环节,助力湖南工程机械设备'走出去'。"湖南自贸区长沙片区管委会制度创新局相关负责人告诉记者。

长沙号称"世界工程机械之都",二手工程机械设备保有量较大,二手工程机械设备出口的制度创新,无疑会极大地推动整个行业的发展。

湖南自贸区长沙片区临空区块探索的国际邮件、国际快件和跨境电商业务集约发展新模式,作为全国首创,对于推动外贸新业态的发展也是显而易见的。

2022年7月12日,在黄花国际机场旁的中国邮政湖南省国际速递分公司监管中心,数十名身着防护服的工作人员正在封闭的监管仓内查验境外包裹快递,有的还须开包检查。

中国邮政湖南省国际速递分公司副总经理孙得新告诉记者,早在2019年,在物流口岸、海关、商务等部门的共同推动下,中国邮政集团公司投资 2000 万元建设了集国际邮件、国际快件和跨境电商业务于一体的监管中心,将以前的 3 个场所和 3 套监管系统合而为一,每单查验时间从 1 分钟压缩到 20 秒,通关时间平均压缩近 50%,日处理能力从 5 万件提升到 30 万件。2021 年,主要物流、电商企业采用新模式后,运营成本较 2020 年降低 30%。

叠加跨境电商综试区优势,金友、茂航等一批新兴跨境电商企业逐渐崛起,大批湖南籍跨境电商卖家回流长沙。2021 年,湖南自贸试验区长沙片区完成跨境电商交易额 110.08 亿元,增长 71.74%。

湖南自贸区长沙片区雨花区块内的高桥大市场是全国的市场采购贸易试点之一,雨花区自贸办充分发挥自贸区与市场采购试点的叠加优势,推出风险补偿、通关一体模式等创新制度,引导外贸供应链企业为开展市场采购的中小微企业提供外贸供应链服务,对可能产生的出口应收账款回款风险进行一定比例分担,降低企业出口风险;联合银行金融机构开展市场采购贸易自贸授信贷业务,对经认定的市场采购外贸企业给予一定授信贷款支持,缓解企业资金周转压力,同时叠加享受自贸区金融扶持机制;创新性运用"区块链保函"及"跨境直联汇款"等机制为汇款、信用等领域的风险管控提供服务保障。

一系列制度创新极大地激活了市场采购贸易这一新型业态,今年上半年,高桥大市场市场采购贸易方式试点累计放行货物 7230 票,共计放行金额 6.1 亿美元,同比增长 118.6%。

外国友人正在湖南自贸区长沙片区外国人来华工作一站式服务中心办理业务。

先进的制度必定带来先进的生产力。2022年1—5月,湖南自贸区长沙片区实现进出口总额463.4亿元,同比增长38.9%,实际使用外资同比增长60.5%。王诗勤告诉记者,创新永无止境,接下来将重点在贸易便利改革、投资便利改革、金融开放创新等方面寻求突破,如探索构建工程机械二手设备出口标准化模式、探索对非本币结算贸易模式,着力打造中非经贸品牌和先进制造品牌,等等。

✒ 记者手记

2023年11月24日,中国决定试行扩大单方面免签国家范围,对法国、德国、意大利、荷兰、西班牙、马来西亚6个国家持普通护照人员试行单方面免签政策。2023年12月1日至2024年11月30日,上述国家持普通护照人员来华经商、旅游观光、探亲访友和过境不超过15天,可免签入境。

这项免签入境的新政策,对于扩大对外开放,促进外贸便利化具有重要意义。而湖南自由贸易试验区长沙片区的设置,也就在于通过一系列制度创新,推动内陆城市对外贸易,畅通国际大循环。

2021年,长沙在全国首次实现国际旅行健康检查证明书、外国人工作许可证、居留许可的"并联审批",极大方便了外国友人来长沙旅游、居住和工作,对于推进国际交流和对外贸易具有重要意义,值得向全国推广复制。

当前,各行各业都在深化改革、创新发展。长沙人向来敢为人先,希望湖南自由贸易试验区长沙片区的创新探索不停步,为长沙打造内陆地区改革开放高地做出更大贡献。

发力"热经济",长沙夏日消费更火爆

2022 年 8 月 6 日

7 月以来,长沙迎来持续高温天气,连续多日最高气温在 37 摄氏度以上。防暑降温、"清凉一夏"作为刚需,对于"火炉"城市长沙而言,无疑蕴含着极大的商机,"热经济"备受关注。

连日来,记者调查发现,长沙"热经济"强势增长,夏日消费更加火爆,成为长沙夜经济的重要支撑。

避暑民宿一床难求

大围山作为浏阳河的源头,海拔 1600 多米,夏季气温维持在 20 多摄氏度,是避暑纳凉的好去处。

大暑时节,从长沙市区驱车一路向东,约摸两个小时便来到大围山脚下。在大围山镇工作人员的带领下,沿着九转十八弯的盘山公路行驶到半山腰,一座古朴别致的楼宇院落便映入眼帘,这就是颇具规模的民宿唯山居。此时已是上午 10 点多钟,院子里停满了车,车子大都是长沙本地的,也有少数来自株洲和湘潭的小车。

"现在是避暑和旅游旺季,我们的客房早已订满了,价格也没有折扣优惠,要保证有房的话最好提前 10 天左右跟我们预订。"唯山居店长说。

据了解,这家民宿海拔高度 600 多米,2018 年建成营业,价格最低的房间 880 元一晚,最贵的是两个面朝竹林的"吊脚楼"套房,要 1680 元一晚。

"我们这下半夜气温只有 25 摄氏度,根本不用开空调。"店长介绍说,民宿的无边游泳池可以望见群山万壑,现在早已成为网红打卡点。据了解,由于生意不错,唯山居的主人在附近又开了家民宿。

行走在大围山镇,道路两旁随处可见某某农庄、吃饭住宿的招牌,普通农户把家里的空房改造为客房接待避暑的游客,早已是惯常操作。

"我们村里有 56 户人家都在做民宿接待避暑游客,总共有 600 个床位,现在是 120 元到 150 元一天,包吃包住。来住的大都是六七十岁的退休老人,一般都是住一两个月。"大围山村党总支书记罗运国说,一年下来,床位多的村民可以赚到四五十万元,少的也有十一二万元。由于是旺季,现在价格有所上涨,平时住一个月只要 3000 块钱,100 块钱一天,"来避暑的游客基本上每年增加 20% 以上,今年生意特别火爆,一床难求。"

宁乡沩山乡平均海拔 760 米,夏季气温在 26℃—30℃,自 2019 年以来,避暑康养已经成为沩山乡的一个重要产业。2021 年,该乡接待避暑游客 17.6 万人次,带来直接经济收入 3522.6 万元,间接收入 5018.9 万元,高峰期每日过夜人数达 4100 多人次。

"我们这里总共有 198 家民宿,床位 6116 张,一人一个月包吃包住的话,费用在 2200 元至 3800 元之间。现在 60% 以上的游客都会住一个月以上。今年到沩山避暑的游客估计会超过 25 万人次,和去年相比增长迅猛。"说起民宿经济,沩山乡宣传委员陈苏如数家珍。

据介绍,为规范避暑民宿的发展,防止不正当竞争和宰客等现象,沩山乡民宿必须办证许可才能经营,同时乡政府对民宿开展星级评定,分为 2 星到 4 星,民宿的收费标准同星级一致,星级越高,价格越高。目前,沩山避暑民宿大都是 2 星级,吃住一个月不超过 3000 元。

为了让避暑游客有更丰富更快乐的体验,沩山乡游客服务中心广场每天都有"文化早市"和"文化夜市"。游客和村民在这里吹拉弹唱、跳广场舞交谊舞,自得其乐,广场每周还会举办一场规模较大的文艺演出。此外,乡政府还请来专业老师,免费向游客传授太极拳等健身方法。

目前在全市常住人口中,60 岁及以上人口占比超过 15%。夏季离开喧嚣的城区回归宁静的田园,到周边相对凉爽的山野乡村避暑是众多老年朋友的不二选择。目前来看,长沙周边价廉物美的避暑民宿供不应求,发展避暑康养民宿,依旧是一片蓝海。从国家政策来看,今年 7 月,文化和旅游部等十部委出台《关于促进乡村民宿高质量发展的指导意见》,提出到 2025 年,初步形成布局合理、规模适度、内涵丰富、特色鲜明、服务优质的乡村民宿发展格局,助力乡村振兴。长沙发展避暑民宿,可谓正逢其时。

夜市经济蓬勃发展

"在办公室里吹了一天的空调,晚上出来呼吸下新鲜空气、喝点啤酒,和朋友们吹牛聊天,这是我最喜欢的解压方式。"8 月 3 日晚,在长沙市开福区四方商贸城夜市吃烧烤啃小龙虾的程序员赵文龙笑着说。

"夏天太热我不喜欢做饭,胃口也不好,出来吃点小吃、喝点手打柠檬茶,和闺蜜一起边聊边逛好开心。"在夜市小摊上吃烤牛肉串的白领丽人黄霞一边回答,一边热情地递过来几根烤串。

夜市,是最迷人的城市烟火。四方商贸城管理处负责人胡安说,去年下半年,他们专程到芙蓉区扬帆夜市调研学习了半个月,在夜市治安、食品安全、卫生保洁等方面的管理更加规范,同时对场地进行了亮化等提质改造,如今夜市商户增加到456家,平时人流量在3万人次左右,周末可以达到五六万人次。

从湘潭来四方商贸城做夜宵生意的马樱之,她这个门面光转让费就花了18万元,现在生意不错,平时一晚有1万多元收入,周末能达到2万多元。"长沙是网红城市嘛,人流量很大,你看现在这里是不是人山人海啊?"

长沙开福区四方商贸城夜市一角。

而此时的芙蓉区扬帆夜市,同样是摩肩接踵、水泄不通,人气之旺,比四方商贸城夜市有过之而无不及。"一个1米见方的小摊,有的一晚上可以卖1万多块钱。"扬帆夜市管理办公室负责人李浩透露。

这个长沙最大的夜市业态比较丰富,除了各种小吃,还有水果、服饰、玩乐等,不含门面,光小摊就有350多家。

"我们这个夜市其实是地摊经济的'4.0版本',一晚上的销售额保守估计在100万元以上。"李浩自豪地说。

据了解,扬帆夜市管理办公室制定了一系列管理制度,包括食品、消防、燃气安全管理制度,治安防范制度、疫情防控制度、市容环境卫生制度等。

"对于食品安全,我们有一系列制度,还与摊主签订了承诺书,一经发现违反承诺书或相关制度的,立即清理出市场。去年至今,有一家卖海鲜的摊主因为顾客反映吃了拉肚子被我们清退了。"李浩说。

在扬帆夜市,每一个摊位都悬挂了摊贩登记证书、健康证等,使用了液化气的摊主,还在摊位公开了送气员的详细信息。从这些细节来看,扬帆夜市不愧是地摊经济的4.0版本。

火热的天气催生了火热的夜市,规范化管理让长沙的夜市更为火爆。而各种脑洞大开的创新,给长沙夜市增添了新活力。

7月30日,雨花区圭塘河畔的悠游小镇夜市开张,迅速成为夜间遛娃的好地方。这个夜市聚集了不少儿童玩乐摊位,有手工制作、捕捞小鱼、旋转木马、各类电游等,家长们一边喝着夜市上的鲜啤酒、奶茶,一边吃着烤串,一边看着孩子们开心玩耍,尽享人间天伦和烟火之乐。

在湘江边,近日开张营业的"不超级文和友"夜市成为新的网红打卡点,这个由文和友团队及天心国资联合打造的夜市,将露营、露天酒吧的元素融合进来,给人以全新的体验。

今年以来,雨花区红星街区的德思勤城市广场在露天空地上开设的潮玩文创夜市也火了,1米来长的小摊一晚上可以卖出千元以上的小商品。

在晚霞映照下,开福区润和广场数十辆私家车一字排开,后备箱亮出琳琅满目的小商品,糖水、化妆品、玩具、手工制作、手机套等吸引了不少市民驻足选购。据了解,这个新近火起来的后备箱集市贩卖的是新潮和快乐,同时也为上班族开辟了一个新的增收和社交渠道。

夜市是长沙夜经济的重要组成部分,是最接地气的人间烟火,对于繁荣经济、促进就业具有重要意义。只有公安、城管、市场监督等职能部门悉心呵护、规范管理,长沙的夜市才能更加繁荣。

亲水娱乐人气满满

"我们这个亲水营地是7月26日开始试营业的,因为一些设施还没有完全搞好,也就没有做什么宣传,没想到一下子来了两百多台车的游客,真是出人意料。"站在溪边大树的浓荫下,大围山镇52岁的创业者李峻说。

这个叫"青山派"的山水营地坐落在大围山镇同幸村的深山峡谷之中,一条无名小溪潺潺流过,溪水清澈见底,不少小鱼游来游去。一群小朋友在家长的带领下在刚刚没过脚踝的浅水处戏水,翻石头抓螃蟹,欢声笑语在山谷中回荡。

据介绍,这个营地总投资已经超过300万元,是李峻联合几个朋友与同幸村集体共同投资建设的,营地的门票目前是18元每人,主要经营项目是露营和餐饮。

"除了中午太阳直射时热一点,其他时间营地都非常凉快,晚上露营的话不盖被子会冻醒。"李峻介绍说。

在长沙最大的水上乐园"乐水魔方",人气更是火爆。"平时我们这购票入园的有三四千人,周末的话每天可以达到8000人次,翻了两倍多。"水上乐园市场部负责人胡正发说。

据了解,这个水上乐园总投资1.5亿元,2017年建成营业,位于长沙生态园林园这个占地2000亩的大公园内,由于环境优美、设施齐备,建成后人气一直很旺。

人气和"乐水魔方"不相上下的,是湘江欢乐城。虽然水上乐园的规模稍微小一点,但因为多了一个省内规模最大的冰雪世界,游客也是络绎不绝。目前湘江欢乐城欢乐雪域、欢乐水寨两大园区周末基本满负荷接待,即使是工作日的客流量也相比平日翻番,7月湘江欢乐城游客量突破20万人次。

"周末湘江欢乐城欢乐水寨的日接待游客均已过万,预计今年暑期游客接待人次将创历史新高。"湘江集团华年文旅公司有关负责人透露。

据了解,目前,长沙市已拥有大型水上乐园7个,为市民夏日戏水避暑提供了好去处。

7月25日,宁乡沩山漂流在阔别10年后再次迎来追逐清凉和刺激的游客。据介绍,目前每天游客量达到2000人次以上,漂流价格是每人次160元到200元。夏日炎炎,位于浏阳、宁乡的10余个漂流线路欢笑不断、人气满满。

值得一提的是,随着暑期的到来,长沙市以政府购买服务的形式,让全市中小学生到游泳场馆免费游泳,为夏日"热经济"助上一臂之力。

冻品空调销售火爆

夜市的火爆直接带动了冷链食品的销售。在雨花区云冷1号专做冷冻串串批发生意的一位经营户透露,现在是销售旺季,今年的销售同比去年已经翻倍。

"7月以来,品牌冰淇淋的发货量每天都有1500—2000件的样子,比去年同期增长至少20%以上。"云冷1号的冰淇淋批发大户郭宁说。

记者发现,郭宁批发的冰淇淋基本上都是哈根达斯、和路雪、雀巢、明治、钟薛高这些知名的大品牌,市场零售价高达三四十元一根(盒)。

"现在吃这些冰淇淋的基本上是'90后''00后',一方面生活水平确实提高了,另一方面消费理念也变了。"郭宁这样分析。

据统计,云冷冷链冰淇淋类经营户共7家,每天总出货量约6000件,同比增长约30%;经营烤串类的商户11家,每天总出货量约4000件,同比增长约40%。

长期以来,长沙都是空调厂商的必争之地。据国美电器德思勤店负责人介绍,入夏以来,空调销量比平时增长40%—50%,近期,国美电器还将举行让利促销活动,让空调销售再"火"一把。

"真的搞手脚不赢，我每天早上 8 点出发，马不停蹄干到晚上 8 点，每天要安装六七台空调，已经连续两个多月没有休息了。"空调安装工程师老余说。

烈日炎炎，长沙"热经济"越发火爆，相关消费旺盛，业态不断创新。但是，如何进一步丰富和完善相关供给，不断满足市民群众日益增长的"清凉一夏"需求，仍是一个需要不断研究、探索、创新的课题。

✎ 记者手记

作为中国"四大火炉"城市之一，夏日的长沙确实酷暑难熬，网友调侃"全靠空调续命"。不过，这也相应推动了"热经济"和"夜经济"。

浏阳大围山、宁乡沩山，作为长沙一东一西的两座大山，却也因此成为避暑民宿的聚集区，带动一方经济，推动了乡村振兴。目前，国家已经进入银发社会，老年人尤其怕热，但对于绝大多数只有三四千元一月退休工资的老人们来说，避暑胜地的高端民宿住不起。记者认为，应该大力发展常住型的避暑民宿，以经济实惠的价格和优质的服务为城市银发族夏日避暑休闲提供一个好去处。

长沙跨境电商产业风帆正满

2022 年 10 月 29 日

党的二十大报告指出,要推动货物贸易优化升级,创新服务贸易发展机制,发展数字贸易,加快建设贸易强国。

党的十八大以来,长沙对外贸易发展迅猛,连续多年实现两位数高速增长,外贸短板逐渐补齐,打造内陆开放新高地成效显著。今年 1—9 月,长沙市进出口总额约 2477.4 亿元,同比增长 24.3%,增速高出全国 14.4 个百分点。

2018 年 7 月,长沙获批第三批中国跨境电子商务综合试验区(以下简称长沙综试区),对外贸易有了新引擎新动能。4 年时间一晃而过,长沙跨境电商产业发展得怎样,又取得了哪些成果和经验呢? 来看记者的调查。

增长快,进出口业绩年均增长 100% 以上

在长沙高新区中电软件园,2019 年注册成立的美迈科技花了 1.2 亿元左右购置了两栋独立办公大楼作为公司全球总部。如果不是相关人士介绍,记者还真不知道这是一家跨境电商领域的龙头企业。

美迈科技的主打产品是各式鞋履,通过亚马逊、eBay 等海外知名电商平台和自建线上平台在欧美等地销售,同时在美国也有 30 多家线下商铺。

"这些年来,市商务局多次主动上门走访,为我们提供了政策、资金、信息、人才方面的支持与服务,帮助解决公司发展阶段中遇到的困难,助推了我们快速发展。"美迈科技 CEO 助理兼商务总监马寅宁介绍,2021 年公司销售额约 20 亿元人民币,今年 1—9 月销售额依然保持强劲增长,同比增长 81.3%,在亚马逊平台属于鞋履类头部品牌。

和这家拥有 557 人的跨境电商龙头企业相比,今年刚刚试水跨境电商业务的长沙无限星空电子科技有限公司显然还只是个小字辈。

"以前公司其实就是个夫妻店,今年做跨境电商尝到了甜头,新招了 10 名员工。"

公司创始人许慈坦陈。

许慈告诉记者,公司跨境销售的主要是芯片和家庭储能系统。家庭储能系统每套售价 700 美元左右,今年 3 月到现在,已经卖出了 150 万美元。

"如果按照传统外贸方式的话,我们要参加国内外的行业展会来推介产品,这个费用我们小公司承担不起,同时效果也不如电商,在阿里巴巴国际站,只要投入一些广告费就可以让很多客户看到我们的产品。"许慈告诉记者,他在阿里巴巴国际站已经投入了 40 万元的广告费。

许慈的公司设在高桥大市场出口产品聚集区大楼内,做了快 20 年外贸生意的罗勤也在这里办公。罗勤的外贸公司在中亚地区建有海外仓,从去年 12 月开始试水跨境电商,通过阿里巴巴国际站卖钢化膜、数据线等手机配件。

"到现在我们卖了 150 多万元人民币,比预计的要好一些。我觉得平台的推广费用太高了,公司现在准备自建一个海外电商平台。"罗勤透露。

高桥大市场出口业务部总监潘亮告诉记者,因为有货源和市场采购贸易试点的优势,同时还能享受自贸区的政策,高桥大市场的许多商户开始试水跨境电商,一些传统进出口公司也纷纷向跨境电商转型升级。为了满足商户的需求,高桥大市场已经开设了跨境电商产业园,总面积约 1 万平方米,就设在大健康产业城的五楼和六楼,现在正在紧张装修之中,预计年底将入驻 200 家左右的跨境电商,实现集聚发展。

在长沙自贸临空区,今年 8 月 28 日开工的长沙黄花井贝跨境电商产业园正加紧建设。项目总占地面积约 7.23 万平方米,总投资 5 亿元,为跨境电商提供仓储、物流等服务。

长沙市商务局电商处提供的统计数据显示,截至目前,长沙共有长沙高新区、金霞保税物流中心、长沙自贸临空区 3 个跨境电商核心园区,开展跨境电商业务企业 2000 余家;2018—2021 年,累计实现跨境电商进出口业绩 76 亿美元,年均增长 104%,增速居全国前列。

业态新,牵手新零售融合发展

近日,位于长沙自贸临空区的友阿跨境荟开始了试运营。商城运营相关负责人陶英告诉记者,友阿跨境荟探索的是跨境电商与新零售融合发展的新业态,已经入驻 ARUARU(湘兔国际)、年年有鱼、八百里海鲜、卓伯根家居、日卖通 tomorrow、友阿海外购 MAX 旗舰店等 16 家较大规模的跨境电商或一般外贸商家,卖的都是欧美、日本、东南亚等海外进口商品,预计 2023 年元旦正式开业。

在友阿跨境荟,跨境电商与新零售是如何融合发展的呢?这里既有跨境电商的店铺,也有传统外贸商家的商铺;既有完税商品,也有免税商品。比如 ARUARU(湘兔国际),是专业经营日本化妆品和清酒等商品的跨境电商,近百平方米的店铺内既有完税进口商品,也有免关税的进口商品,琳琅满目。免关税的商品须先在店内看好样品,消费者选定样品后在 ARUARU(湘免国际)的小程序上下单付款,离店铺数百米的保税仓库接到订单信息后,将商品放入无人配送车,邮政快递的工作人员在友阿跨境荟接到无人车后,将商品放入商城内的智能自提柜,消费者收到短信通知后自提。整套流程下来约 20 分钟。现场展示+网上下单+保税仓配送+现场提货,这种"前店后仓(保税仓)"的进口商品销售模式确实比较新潮,而无人车配送+智能柜自提的物流模式科技感十足,引得许多消费者驻足观看。

"通过小程序购买免关税的进口商品,比完税商品要便宜 30%以上。"ARUARU(湘免国际)物流部经理罗代明告诉记者,市内其他地方通过小程序下单购买的话,可以做到当日下单,当日或次日送达。"我们 9 月份在五一商圈也开了家线下体验店,目前两个店铺的销售还可以,每天有四五百单的样子,大大超出了预期。"

"这个进口的化妆品质量比较好,价格也便宜,所以我下了两个单。"一位前来提货的女士开心地说。

据了解,线下体验、线上下单的 O2O 模式在友阿海外购已经运作多年,目前友阿海外购已经在湖南省开设了 20 多家线下体验店。"作为长沙自贸临空区国有资本投资运营主体,临空集团积极推动资产运营多维联动,联合友阿股份打造以跨境电商新零售为特色的自贸试验区高端消费中心。"临空集团相关负责人表示。

定位准,搭建中非经贸合作的"金桥"

最近,总部设在长沙高新区的跨境电商 Kilimall 火了,据央视报道,Kilimall 为非洲数字经济发展起到了积极的推动作用。

据了解,Kilimall 成立于 2014 年,目前已经发展为非洲电商行业的头部企业,建立了独立的在线支付体系、物流体系、海外仓和社区服务驿站等。Kilimall 副总经理谢斌告诉记者,目前入驻 Kilimall 网上商城的卖家有 7000 多家,其中湖南的卖家有八九百家,售卖的商品达几十万种。2021 年,Kilimall 的销售额为 6 亿元人民币左右,今年上半年同比增长 70%以上。

"平台上的商家 50%以上都是国内的,80%以上的商品都是国内的,包括日用百货、家居装饰、电子产品、邵阳产的假发等。"谢斌告诉记者,"目前我们长沙总部有 120人,主要是做技术研发和平台运营。"

今年是中非经贸博览会闭会年,Kilimall 承办了 2022 年网上中非经贸博览会暨精选好物狂欢季的活动,为期 3 个月的活动周期,创造了 15 亿次的网站访问量,商品交易总额达 1.7 亿元人民币。

在全国已批 21 个自贸试验区中,湖南自贸试验区唯一被定位为中非经贸深度合作先行区,位于长沙雨花区高桥大市场的中非经贸合作促进创新示范园更是其核心区。2022 年 4 月 28 日—5 月 12 日,"第四届双品网购节暨非洲好物网购节"湖南专场在湖南高桥大市场中非经贸合作促进创新示范园举办,2.2 万余款品质好物,230 余款精选非洲特色产品集中亮相,埃塞俄比亚、肯尼亚、卢旺达及南非等国家直播达人与国内主播开展多场连麦直播,实景实地探寻非洲优质产品及原产地,观看总量超过 1300 万人次,非洲好物销售额超 2000 万元。活动的成功举办,离不开 Kilimall 和众多本土直播跨境电商的大力支持。业内人士认为,面向非洲的跨境电商产业仍是一片蓝海,长沙本土跨境电商为中非经贸合作搭建了一座"金桥"。

据了解,今年 1—9 月长沙市对非进出口额 191 亿元,同比增长达 91%,已经超过去年全年总额,占全省比重近 50%。在建设中非经贸深度合作先行区中发挥重要作用。

跨境电商快速发展,离不开政府部门的大力扶持。长沙综试区获批后,《长沙市跨境电商工作推进方案》《长沙市跨境电商产业专项资金管理办法》等一揽子文件先后出台,从产业布局、平台建设、企业引进、品牌培育、物流配套、金融支持等方面协同发力。

长沙高桥大市场跨境电商孵化中心的直播电商正在介绍非洲商品。

近 4 年来,长沙市共安排拨付跨境电商各类奖补资金超 4 亿元;实现了"邮快跨"集约发展,通关更为便捷;2021 年在飞国际货运航线达 14 条,国际货邮首次突破 9 万吨,中欧班列(长沙)年开行量首次突破 1000 列,跨境物流更加畅通;联合株洲、湘潭在 7 所高校设立产业人才培训基地,年培训超 3000 人;培育招引了安克创新、水羊股份、天泽信息、友阿海外购、联科等一批龙头企业。

"开放融通是长沙市贯彻落实强省会战略的十二大专项行动之一。下一步,我们将继续聚焦跨境电商高质量发展总目标,突出抓好'湘商回归'和'湘品出海'两条主线,进一步壮大市场主体、全力做实产业基础、优化完善服务体系。"长沙市商务局党组成员、副局长汪东华表示。

✍ 记者手记

跨境电商也许是电商的最后一个风口了,把国内的好物卖出去,把国外的好物买进来,消费者得实惠,经营者赚利润,有力推动全球化进程。

长沙的跨境电商仍处于高速增长的红利期,安克创新2023年的半年报显示,公司销售收入和净利润仍在以两位数快速增长。

记者在宁乡采访也发现,宁乡经开区的斗禾智能电器生产的空气净化器等家电产品因为绝大部分都是供应跨境电商,产销两旺。而在高桥大市场跨境电商产业园,一家做家庭移动电源的小公司也在跨境电商领域尝到了甜头。

但总体来看,长沙跨境电商的活跃度、整体实力等,和沿海地区还是有较大差距,长沙还要大力招引跨境电商、大力培育本土跨境电商。

长沙:向世界旅游目的地进军!

2022 年 11 月 24 日

党的二十大报告指出,要坚持以文塑旅、以旅彰文,推进文化和旅游深度融合发展。

11 月 23 日,首届湖南省旅游发展大会刚刚闭幕 2 天,首届长沙市旅游发展大会即在有"千年陶都、楷圣故里"美誉的望城区特色文旅小镇——铜官古镇拉开帷幕,这是长沙贯彻党的二十大精神,践行"办一次会、兴一座城"发展理念的扎实行动。

首届长沙市旅游发展大会提出,将以"强省会"为目标,兴文强旅,奋力打造国际文化创意中心和国际旅游中心城市,建设世界旅游目的地。力争到 2026 年,全市旅游总收入达到 1800 亿元以上,旅游增加值占地区生产总值比重达到 6.5%。

长沙怎样向世界旅游目的地进军呢?来看记者的调查。

基础扎实底气足

丰富的旅游资源、良好的产业发展态势是长沙建设世界旅游目的地的底气所在。

长沙是一座积淀千年的楚汉名城、诗情画意的山水洲城、十步芳草的红色之城、活力迸发的创意新城,城市文化和都市休闲名片熠熠生辉,夜经济、新消费走在全国前列。截至目前,长沙共有 71 家 A 级景区,其中 4A、5A 景区共计 28 家。今年夏天,长沙梅澜坊和红星街区获评第二批国家级夜间文旅消费聚集区,此前,长沙已有五一商圈和阳光壹佰凤凰街获评首批国家级夜间文旅消费聚集区。

过去五年,长沙市旅游接待人次、旅游收入保持 8% 以上的年均增长率。2021 年,长沙市旅行社新增 52 家,共 515 家;接待游客 1.15 亿人次,实现旅游总收入 1290.23 亿元。2022 年 1—9 月,旅游人数、旅游收入逆势飘红,旅游业已经成为经济发展的强大动力。"想你的风又吹到了长沙""我在长沙想念你""全国一半的人都来到了长沙"等刷屏的网络流行语成为长沙旅游业逆势发展的最好见证。

项目建设强基础

项目建设是经济发展的"牛鼻子",对于文旅产业而言,项目是产业发展的强大支撑。

首届长沙市旅游发展大会的重头戏同样是项目签约,会上,浏阳浦梓港春江花月夜项目、望城区华侨城长沙欢乐谷文化旅游综合项目、长沙县㮾梨绿色水乡古镇项目等15个项目签约,涵盖特色书店、特色建筑艺术园、航空运动营地、历史文化商业街、特色小镇、研学教育基地、水上运动项目等,总金额达266.06亿元。

其中,由湖南大学建筑与规划学院教授、博士生导师魏春雨教授领衔的当代建筑艺术中心落户湘江新区后湖艺术园,将依托湖南大学建筑学科、湖南大学设计研究院,以建筑为引领,打造有后湖特色的建筑及艺术设计产业集群。

"建筑是一门非常古老的艺术,几乎伴随着人类文明进程,伴随着城市发展,公众对城市建筑的兴趣也越来越大。"魏春雨透露,当代建筑文化中心将重点探讨城市公共空间、城市更新、城市设计和城市文化中心的塑造,未来将定期邀请院士、建筑大师及业内著名学者举办关于城市与建筑的高端学术论坛,开展公益性学术讲座,打造属于长沙的"后湖国际建筑双年展""后湖城市建筑论坛"等超级学术IP。

"天心区这次签约了西文庙坪资产运营项目,准备把西文庙坪打造为新的文旅高地。从北到南,从太平老街到奥体小镇,我们已经铺排了一系列都市文化和都市休闲项目,要把湘江风光带建设成为国内一流的文旅消费带。"天心区委常委、区委宣传部长洪孟春告诉记者。

在湘江西岸,占地面积约450亩、总投资约23亿元的湘江欢乐海洋项目正在加紧建设。作为大王山旅游度假区湘江欢乐城的重要组成部分,该项目集海洋和极地动物展示、机械游乐及多媒体体验、主题演绎活动、海洋文化科普为一体,预计2023年可正式对外开放。

据介绍,目前长沙市在建文旅项目149个、计划投资966.13亿元;储备项目289个、总投资达2312.05亿元。

服务提质创品牌

"现在民宿光靠卖风景卖环境已经不行了,关键还是要提升服务质量。我们这个民宿在服务上已经升级到3.0版本了。"坐在望城区铜官镇五号山谷民宿的恒温游泳池旁,民宿董事长陈子墨侃侃而谈。

据介绍,这个民宿占地面积274亩,项目一期总投入1100万元,目前建成客房14间,最贵的客房每晚3580元,最便宜的也要2480元一晚。

"我们这个民宿是去年 2 月开业的,去年 10 个月收入是 480 万元,今年到目前已经收入 650 万元。"陈子墨表示,疫情对自己这个民宿的经营好像影响不大。

据介绍,五号山谷民宿已经成为民宿界的知名品牌,目前在张家界、河南鹤壁都有连锁店,同时在浏阳、株洲、重庆、安阳等地开疆拓土,到明年可望新增三家连锁店。

"我们这里有专人带小孩子玩,有专业摄影师为客人拍照,养了鸽子、鸵鸟、松鼠等几十种动物,简直就是一个迷你动物园。"陈子墨告诉记者。

在离五号山谷民宿约一公里之遥的 4A 级景区新华联铜官窑古镇,景区负责张宁向记者透露,2021 年景区收入约 2 亿元。据了解,这个占地面积约 3000 亩,建筑面积约 100 万平方米的景区 2018 年 8 月建成营业,目前已接待游客近 400 万人次。

"景区在不断提升服务质量,今年新设了摩天轮、星空馆,开展了剧本游、换装游等沉浸式游园项目,还准备打造花间营地,推出了智慧导览、微信小客服等智慧服务,进一步提升了游客体验。在节假日,景区基本上是客满状态。"张宁告诉记者。

作为旅游饭店而言,服务就是客源的保证。在长沙,一些品牌连锁酒店如君悦酒店等,虽说也受到疫情影响,但总体影响不大。而承接首届长沙旅游发展大会的新华联铜官窑丽景酒店,在疫情期间苦练内功,在今年初获评国家五星级旅游饭店。

"为了服务好此次旅游大会的嘉宾,我们主动和大会组委会对接,组织了有 20 多位金牌服务员的一对一服务管家团队,提前与嘉宾沟通,告知天气情况,摸清饮食喜好、包括喜欢什么样的水果等,真正做到宾至如归。"新华联铜官窑丽景酒店总经理傅景宏告诉记者,因为服务优良,他们管理的铜官窑古镇陶源居客栈今年还获评湖南省五星级旅游民宿。

长沙市委宣传部副部长、长沙市文化旅游广电局局长郭润葵告诉记者,虽然受到疫情影响,但长沙市景区景点、旅游饭店、民宿、乡村旅游基地等市场主体评星评级的积极性更高了,市文化旅游广电局也大力扶持,及时出台和兑现相关政策。依据《长沙市建设国际文化创意中心三年行动计划(2021—2023 年)》《关于推进文化旅游融合高质量发展的意见》等综合性政策文件,设立文化创意产业引导资金 1.2 亿元、文化和旅游消费专项 1 亿元。2021 年,全市文化和旅游专项支出 12.4 亿元,同比增长 7.6%。

融合发展拓市场

"为了办好首届长沙市旅游发展大会,我们承担了部分会务工作,比方说联系参会客商,组织商户参加现场展览等。这也是我们旅行社转型融合发展的新尝试。"在首届长沙市旅游发展大会主会场外的展厅旁,长沙市旅行社行业协会会长、长沙海外旅游有限公司董事长蒋燕妮告诉记者,目前很多旅行社都开始大力拓展会展业务,同时也开始投资旅游景点、研学基地,实现全产业链融合发展。

在本次旅游发展大会上,与开福区签约西长街文和友项目的文和友集团有限公司,既是一家餐饮公司,更是一家文旅公司。公司旗下的长沙超级文和友,曾经以一天排号3万多桌而闻名全国,到这里沉浸式体验老长沙市井文化是全国各地食客纷至沓来拍照打卡的重要理由,一家主打小龙虾的餐饮店成为长沙独具特色的重要景点。

餐饮+文旅是长沙新消费崛起的重要原因。以重现湘江老渔村场景而闻名的长沙餐饮界新秀"湘江里"同样如此,而同处湘江边的野肆月球、方寸生活馆等,将都市休闲和江岸文旅水乳交融,把湘江风光带升级为湘江文旅消费带。

在长沙县茶叶重镇金井镇,早已形成茶树种植、茶叶加工、茶园研学旅游一二三产业融合发展的乡村农旅样板。

2022年10月27日,文化和旅游部官网发布关于第四批全国乡村旅游重点村名单和第二批全国乡村旅游重点镇(乡)名单的公示,浏阳市古港镇梅田湖村拟入选第四批全国乡村旅游重点村。近年来,梅田湖村实施农旅融合发展战略,大力发展乡村旅游,2022年春节前夕,村里41户入股研学实践基地的农户现场分红312万元,农民兄弟开心领钱的画面,在长沙人的朋友圈刷屏。

日前,记者来到雨花区跳马镇珍珠红盆景苗木基地育景园山庄,体验"绿心之美"。这个苗木基地刚刚签约打造新农村文旅研学营地建设项目,山庄总经理龙燕春风满面。

"为迎接此次旅游发展大会,我们加紧建设了一个园中园,让游客能更好地欣赏到四季美景。"龙燕告诉观察君,现在基地从卖盆景卖苗木演进到卖风景卖环境,打造了露营基地、书吧、手工制作吧、休闲垂钓池等基础设施,以园林美景优势大力发展休闲、团建、研学等文旅产业,山庄发展势头更加喜人。

近日,赛迪顾问智能装备产业研究中心发布全国先进制造业百强市榜单,长沙排名榜单第8位。作为智能制造高地,长沙在工业旅游研学方面也开始发力,三一重卡、晓光模具等企业吸引了越来越多的研学参观团队。

长沙市委常委、市委宣传部部长陈澎指出,要强化"旅游+""+旅游",推动全域、全季、全链旅游均衡发展。规划上加强旅游发展与城乡功能建设、产业发展、土地利用、生态环保等方面的衔接,路径上推进农业、商业、工业、体育、会展、康养等与旅游业的融合发展;业态上大力发展都市游、乡村游、康养游、亲子游、研学游等多种形态;手段上推动"大智移云"等新技术在旅游领域广泛应用,加快建设智慧旅游平台,实现"一部手机游长沙"。

首届长沙市旅游发展大会取得共识,推动旅游产业实现新突破,除了要抓规划、抓产品、抓营销之外,还要抓服务,着力完善交通设施体系、公共服务体系和管理队伍体系,以全国文明典范城市创建为总抓手,着力提高市民文明素养,美化城市环境,提升城市品位。

新华联铜官窑古镇。

快乐长沙，韵味星城。打造世界旅游目的地，长沙已做出全面部署，吹响了冲锋的号角，旅游业繁花似锦的春天，正在前面不远处等着我们。

✍ 记者手记

如何将绿水青山化作金山银山，建设民宿发展休闲度假游也许是一个好办法。

这次采访报道，认识了"五号山谷"民宿的创始人陈子墨先生，他从事旅游行业已经很多年，曾经是张家界的名导游，接待过一些国家领导人，是见过大世面的人。

他创办民宿，最初只是想着为父母养老提供一个比较舒适的环境，但这块市场需求还挺大，所以"五号山谷"做着做着就变成全国性连锁品牌了。

望城的"五号山谷"民宿，是陈子墨与望城文旅投、当地村集体和村民几方合作的结果，讲究的是一个互利共赢，所以村民没有人会眼红他暗地里使绊子，只会期盼民宿的生意越来越红火。

有人做民宿赚了钱，自然也会有人跟风。在浏阳张坊镇道官冲，有位城里人利用当地的夯土老屋做民宿，当地人受到启发纷纷返乡把废弃的夯土老屋改造成民宿，逐步形成了一个颇具规模的民宿部落，大家互相学习，抱团发展。

旅游业还有大发展，旅游业是富民产业，记者在采访中深深感悟到这一点。

十年磨一剑！岳麓峰会与湘商如何相互成就？

2023 年 6 月 19 日

智联湘江，乘数而上。6 月 19 日，2023 互联网岳麓峰会拉开大幕。本次峰会主论坛—岳麓论坛以"AI 致远　产业图新"为主题，此外还举办了科技金融、新一代信息技术、智能制造、新材料、科技创新 5 个分论坛。

冬有乌镇，春有岳麓。作为国内互联网业界的顶级论坛之一，今年的岳麓峰会依旧是大咖云集，除了姚劲波、李新宇、吴太兵、戴跃锋等湘籍互联网企业家，还有华为、阿里、科大讯飞、蚂蚁集团等知名互联网公司高管参与主旨演讲或者圆桌论坛。另外，陈晓红、柏连阳、蔡自兴、段献忠等院士专家和部分三类 500 强（世界财富 500 强、中国企业 500 强和民营企业 500 强）企业家、数字经济上市公司企业家、独角兽企业家等业界大咖参与。高朋满座、胜友如云，越发彰显岳麓峰会作为国内互联网行业顶级论坛的重要地位。

2014 年至今，互联网岳麓峰会已经走过 10 个年头。连日来，记者调查发现，砥砺十年，岳麓峰会和长沙的互联网产业早已乘风破浪，驶向广阔无垠的蓝海。

顶级峰会成长史

时间倒回 2014。那一年，移动互联网行业风起云涌，大潮澎湃。

审时度势，当年 9 月，在姚劲波、熊晓鸽等 6 名湘籍互联网企业家和投资人的推动下，2014 互联网岳麓峰会在千年学府岳麓书院成功举办。峰会的目标很明确，就是致力于为国内外互联网业界领袖、投融资机构负责人、企业家等相关人士搭建交流共享平台，共话互联网产业发展新趋势，寻求行业合作共赢机会。

首届互联网岳麓峰会主题为"指尖世界　成就梦想"。IDG 资本全球董事长熊晓鸽，拓维信息创始人、董事长李新宇，清科集团创始人、董事长兼 CEO 倪正东，58 集团董事长兼 CEO 姚劲波等 6 名互联网业界人士出席会议。

"我们每一年的岳麓峰会都参加了,对于湖南本土企业来说,这是一个了解和学习互联网行业最前沿技术、理论的很好的平台;在参加峰会的过程中,我们拓展了朋友圈,收获了友谊;创业者是孤独的,在峰会中,我们和其他创业者一同交流学习,感受到了携手前行的温暖。"水羊股份董事长、总经理戴跃锋告诉记者。

事非经过不知难,成如容易却艰辛。历经十个年头,互联网岳麓峰会从 2014 年的 300 人参会,发展到 2022 年吸引了超万人报名参加;从最初 6 名湘籍互联网业界人士参与发展到 2022 年 564 名业界大咖聚会;从首届的 12 家企业参会发展到超 7000 家企业的齐聚,单场投融资机构最高超过 300 家;在 2015 年创新开启线上直播以来,线上观看直播人数最高达 1588.46 万人,相关话题最高总阅读量达 9.77 亿次。拼搏成就梦想,努力终有回报。十年来,岳麓峰会从小规模地区论坛发展为全国互联网行业的年度盛会,并成为湖南乃至全国在互联网领域的一张亮丽名片。

十年来,互联网岳麓峰会迎来了众多企业家、投资家、院士专家等各界英杰的参与、分享和探讨,峰会金句频出,唱响了湖南互联网产业高速发展的时代强音。

姚劲波:参加首届岳麓峰会的 12 家企业已全部成功上市。

熊晓鸽:马栏山一定不要简单复制中关村,而要找准定位,放大湖南的优势,争取超越中关村。

李彦宏:全球技术创新进入"长沙时间"。

徐小平:希望新一代的 BAT 诞生在湖南长沙。

胡 军:20 世纪 80 年代看广东,90 年代看浦东,未来十年,我看好长沙,看好湘江新区。

李四清:将企业落户长沙,不仅是因为家乡情怀,更多是因为长沙的营商环境。

峰会与产业共成长

办一个会,兴一座城。

从 2014 年开始,湖南相继出台鼓励互联网及应用软件产业发展的政策,省级层面设置 100 亿元"湖南移动互联网产业基金",推出"柳枝行动"专项扶持政策;市级层面设置 2 亿元"长沙移动生活天使投资基金";长沙高新区连续 5 年,每年划拨 1 亿元作为移动互联网产业发展专项资金。湖南、长沙以最优政策、最大诚意、最暖服务推动互联网产业发展。而岳麓峰会,不仅只是一个互联网行业前沿技术、理念交流与碰撞的平台,同时也成为展示湖南、长沙营商环境和城市形象的平台,成为招商引资的重要平台。

在 2018 年互联网岳麓峰会上,湖南向中国互联网界发出"春天的邀约":期盼腾讯、京东、阿里巴巴等国内外知名互联网企业将第二总部落户长沙,推动形成"北有北京、南有深圳、东有杭州、中有长沙"的中国互联网产业发展格局。

"当下的长沙和湖南,是创业的热土,科技创新蓬勃发展。蚂蚁集团将立足湖湘优势,深耕数实融合,加大在湘投资力度,服务湖南经济社会发展。"在 2023 互联网岳麓峰会论坛上,蚂蚁集团董事长兼 CEO 井贤栋表示。

记者了解到,随着岳麓峰会的影响力不断增强,前来长沙投资的互联网企业纷至沓来,华为、腾讯、阿里、百度、科大讯飞、字节跳动等头部企业不断加大在长沙的投入。

2023 年 5 月 24 日,华为湖南区域总部项目在马栏山视频文创产业园开工建设,预计 2024 年底投入使用。这一项目将为马栏山带来音视频产业最新技术,为湖南数字化转型提供技术、产品、解决方案和服务支撑。

截至 2022 年,湖南省互联网及应用软件产业实现营收 2516 亿元,对比 2014 年的 160 亿营收,增长了 1472.5%,其中长沙互联网及应用软件产业的营收约 1200 亿元,成为妥妥的千亿产业。

峰会与湘商相互成就

在 2020 年互联网岳麓峰会上,智能网联专场论坛备受关注。论坛上,长沙湘江智能相关负责人做了《智能网联汽车与智慧交通融合应用场景的长沙模式探索与展望》分享发言,描绘了智能网联汽车的美好前景。

如今,在长沙,梦想早已照进现实。一辆辆白色纯电动智能网联汽车"RoboTaxi"变身"老司机":过红绿灯,自动避让行人或障碍物,虚线变道超车,处置复杂突发路况……在校园、园区、景区等场所,憨萌可爱的无人售货车、无人快递车四处游走……

在国家智能网联汽车(长沙)测试区,智慧公交、智能环卫车、无人驾驶出租车相继应运而生,并为百度、京东、上汽、广汽等 70 多家知名企业的 200 多个车型开展了 8000 多场测试。

"通过岳麓峰会这个平台,扩大了企业的影响力,聚集了产业的生态,促进了产业的发展。"湘江智能总经理姚广告诉记者。

睿图智能创始人、湖南伢子周博文是清华大学博士后,2016 年带着创业团队回湘创业。乘着互联网+制造业的东风快速成长,公司近日入选了 2023 年度长沙市新一代人工智能开放创新平台,企业打造的智能边缘终端和视觉算法软件平台两大核心技术已经在中国烟草、中国中车等 2000 多家企业得到应用。

"第一次参加岳麓峰会时,我还是个创业新手,一直在用手机录音,直到手机没电了。"周博文说,峰会上众多移动互联网行业大咖的精彩分享,让他受益匪浅,"通过岳麓峰会,我们也了解到更多行业信息、知识,结识到朋友,也让更多人了解到长沙人工智能和智能制造相关的企业和技术,对开拓市场有非常积极的意义。"周博文认为。

通过岳麓峰会这个平台,不少在外打拼的湘商感受到了家乡的热忱和优越的营商环境,纷纷回到长沙创新创业,或是在这里打造公司第二总部。

2014年,徐少春先生作为湖湘汇的联合创始人,参加首届岳麓峰会后,便将金蝶集团旗下制造云事业部、顾问学院、客户成功中心等业务放在了长沙,并投资1.2亿元在湘江新区成立湖南金蝶移动互联技术有限公司、湖南金蝶软件科技有限公司两家子公司,打造以云计算、移动互联网、工业互联网、智能制造等领域产品研发和人才培养为主的长沙基地,目前已发展为5家子公司、10多个业务体系,员工近800人。2022年,金蝶集团决定在长沙陆续投资10亿元,在湘江新区国家网络安全产业园打造信创基地。

近日,湖南省政协"湘商回归"民建界别委员工作室在长沙互联网企业万兴科技挂牌,将致力于推动更多项目和企业在长沙落地。就万兴科技本身而言,自2019年来到长沙后,一直在大力推动公司内部员工及其他一线城市优秀湘籍人才返湘就业,并提出了"拿深圳同等高薪、住长沙宜居房子、干全球软件事业"的引才口号,目前企业在长沙的人才团队已接近1000人,接下来计划进一步在长沙扩大投资,建设近十万平方米的万兴创意世界产业园区。

2023互联网岳麓峰会"数智时代的科技再创新与产业再升级"圆桌论坛现场。

"回来吧,回到我们梦开始的地方,回到孕育我们的这片土壤。共同打造一个充满活力、创新和机遇的湖南,让我们的故乡成为全国乃至全球的繁荣之地。"在此次互联网岳麓峰会上,万兴科技董事长吴太兵现身说法,发出了湘商回乡的倡议。

记者调查发现,通过岳麓峰会这个平台,拓维信息、水羊股份等一批本土湘商不断苗壮成长,同时,也吸引了金蝶国际、万兴科技、深信服等百家以上外地互联网行业湘商回归,在家乡继续发展壮大。是湘商促成了互联网岳麓峰会的诞生,而岳麓峰会又反哺了广大湘商,二者相辅相成、相得益彰。

十年砥砺奋进,十年春华秋实。走过十个年头的互联网岳麓峰会,其科技创新力、产业带动力、人才吸引力可谓旭日东升、风华正茂。当前,数字经济浪潮势不可当,互联网岳麓峰会必将乘势而上,为长沙实现"三高四新"美好蓝图贡献更大力量。

✎ 记者手记

十年磨一剑!不知不觉,岳麓峰会已经走过十个年头。十年间,当初参与峰会的12家企业全都成功上市;十年间,长沙互联网及应用软件产业已经成为妥妥的千亿产业;十年间,百余家互联网及应用软件行业湘商回归,在长沙落地生根、开枝散叶。

在本届岳麓峰会上,湖南省委书记沈晓明提出了要将长沙打造为全球研发中心城市的设想,让与会人员振奋鼓舞。两个月后,长沙出台全力建设全球研发中心城市的实施意见,开始了新的征程。

因为这一重大事件,2023互联网岳麓峰会必将在峰会历史上留下浓墨重彩的一笔。

开放创新！长沙对非贸易上演"速度与激情"

2023 年 7 月 3 日

跨越山海来"湘"会。6 月 29 日，第三届中非经贸博览会在长沙国际会展中心开幕。此次博览会主展馆面积 10 万平方米，比上届增加近 3 万平方米；参展商 1500 家，比上届增长 70%；共有 53 个非洲国家和 12 个国际组织参会，来自 29 个国家的 1590 项展品亮相博览会，比上届增长 1.6 倍。从展会规模、活动议程、项目签约等诸多方面来看，本届中非经贸博览会对于双边贸易的推动力更加强劲，平台功能更加强大。

作为中非经贸博览会的永久举办地，2022 年，长沙对非进出口额 244.7 亿元，同比增长 72.3%。在湖南自贸试验区长沙片区，2022 年对非进出口额 95.3 亿元，同比增长 209%，可以说是井喷式增长。

长沙对非贸易为何能实现快速增长？中非经贸博览会起到了怎样的作用？长沙对非贸易前景如何？来看记者的调查。

企业：走进非洲是必然

在此次中非经贸博览会上，三一重工展出了多款电动化、智能化新品。7 月 1 日上午，一位现场工作人员告诉记者，目前已经有意向订单约 2000 万元。据了解，在 2019 年首届中非经贸博览会上，三一重工签约金额有 1 亿多元；在 2021 年第二届中非经贸博览会上，首日订单便达到 1.5 亿元。

在本届中非经贸博览会城市合作论坛上，三一集团轮值董事长、三一重工董事长向文波表示，非洲是三一的福地，是三一国际化的起点，2002 年三一首批出口的液压平地机销往的国家就是摩洛哥。目前，三一在非洲的设备保有量近两万台，拥有本地员工近千人，累计实现销售收入近 170 亿元，今年 1—5 月实现销售 13 亿元。

记者发现，在本届博览会上，长沙工程机械行业的另外三大巨头中联重科、山河智能、铁建重工也参加了展览。目前，中联重科在非洲的工程和农业机械已突破 1 万台。

山河智能设备已进入非洲 20 多个国家,在非销售设备累计千余台(套)。

"凭借中非经贸博览会的东风,企业在非业务量年增长率达 50% 左右。"中联重科海外公司副总经理伍伟恒说。

为了对冲国内工程机械行业的周期性影响,近年来,长沙工程机械行业加快"走出去"步伐,国际化水平不断提升,对非贸易和投资持续增长。为做好售后服务、再制造和租赁服务等业务,三一重工、山河智能已分别在南非、尼日利亚设立工程机械出口后市场综合服务中心。

记者注意到,长沙知名企业威胜集团也参加了本届博览会。据公司副总裁李婷介绍,集团已经深耕非洲 20 多年,累计向非洲交付智能计量表 800 万只,此外还建设了一家本地工厂和一家服务中心,目前非洲业务占公司海外业务的 20% 以上。

"国内市场毕竟有限,竞争也很激烈,所以我们很早就开始国际化,走进非洲。"李婷透露,在非洲,公司还试点了一两批易货贸易。

除了工程机械、电子产品、工程建设等行业,医疗器械也是长沙对非贸易的重点领域,长沙本土上市公司三诺生物、圣湘生物、可孚医疗都极其重视非洲市场。

"虽然对非销售占比还不到我们出口销售总额的 10%,但我们依然很重视这个市场,我们认为非洲市场还有很大的拓展空间。"可孚医疗外贸总监潘建波告诉记者。

近年来,长沙大力推进开放型经济发展,长沙企业不断拓展海外市场,连续多年外贸总额以两位数快速增长,2022 年,长沙进出口总额为 3315.56 亿元,比上年增长 21.1%。

平台:助推对非贸易的强"引擎"

中非经贸博览会永久落户长沙,每两年举办一届,目前已经成功举办三届。当前,中非经贸博览会、湖南自贸试验区长沙片区、中非经贸深度合作先行区等平台功能日益彰显,成为推动长沙对非贸易快速增长的强劲引擎。

"我们这一次是深度参与了中非经贸博览会,成为了本届博览会的战略合作伙伴,不仅在主展馆有 90 平方米的展位,公司负责人还在 2023 中非质量基础设施互联互通论坛上作了主旨发言。"威胜集团副总裁李婷告诉记者,公司在非洲的业务年均增速在 30% 以上,在坦桑尼亚设有工厂,还计划在南非、尼日利亚等国继续投资设厂,通过政府搭建的中非经贸博览会这个大平台,向非洲国家展示企业品牌形象和技术实力,更容易建立互信,有利于促进对非业务的进一步拓展。

据李婷介绍,借助本届博览会的东风,已经有来自马里、坦桑尼亚、尼日利亚等国的 10 多批客商到展位和威胜集团长沙工厂参观考察。

作为长沙本土医疗器械生产和销售企业,可孚医疗已经连续三届参加中非经贸博览会,此次博览会更是在主展馆设立了 180 平方米的展位。"现在肯尼亚、乌干达等国的客户已经表示了采购意向，马拉维等国就是通过这个博览会这个平台了解企业并进一步考察了工厂。"可孚医疗外贸总监潘建波透露。

专注于跨境电商的长沙无限星空电子科技有限公司是一家主打家庭移动电源产品的初创企业，这次在博览会上设置了一个9平方米的标准展位。

"有南非、尼日利亚等大约20个国家的客商留下了具体联系方式，另外还有一些国内的客户也有代理产品的意向。我们是头一回参加这个博览会，算是练手吧，总体来说对于展览的效果还是比较满意的，这是一个比较好的获客平台。"公司创始人许慈告诉记者。

长沙国际会展中心主展馆人头攒动，长沙高桥大市场分展馆也是热闹非凡。7月1日下午，记者步入中非经贸合作促进创新示范园一期三楼，一群非洲青年欢快的手鼓让人热血沸腾，仿佛让人置身于那遥远而神秘的非洲大陆。

这里是中非经贸博览会常设馆，总面积1万平方米，有3个综合馆和34个非洲国家馆，实现了53个非洲国家展销全覆盖。目前常设馆汇聚了85家非洲产品经销商，引入约2000款非洲特色商品。

在本届博览会期间，这里举办了非洲好物网购节活动。活动期间，南非驻华大使谢胜文来到直播间介绍非洲好物，"发放福利，一元钱一单，欢迎大家下单"。谢胜文举起小茶包展示，直播间网友纷纷支持，库存很快销售一空。

记者在现场看到，各个国家馆前都围满了前来参观和洽谈的专业参展商，埃及馆的香水、肯尼亚馆的紫茶、马达加斯加馆的海鲜、埃塞俄比亚馆的咖啡等，都成了抢手货。

7月1日下午，这里还举行了中非经贸交流洽谈会，肯尼亚紫茶创始人迟玉文与深圳一家公司签下了1200万元的紫茶贸易订单。

"还有10多家大型企业留下了联系方式，会后我们将深入洽谈，肯尼亚茶叶是不施化肥不打农药的，这个国家的标准很严格，所以我们的茶叶优势是非常明显的。"迟玉文一边给记者泡茶一边热情地介绍。

记者了解到，为了让常设馆真正成为永不落幕的中非经贸博览会，展馆采取"1+6+N"的市场化运营模式。亚欧非贸易投资联合促进会会长苏军平告诉记者，1是指一个总运营方；6是指打造6个中心，即非洲特色产品展示中心、中非经贸信息发布中心、中非经贸联络磋商中心、中非商旅服务中心、中非研学交流中心、中非商协会联络中心；N是指多个国家馆馆长，总运营方准备招募37个国家馆馆长，负责本国资源整合、产品对接、企业接洽、经贸撮合等具体业务。

"我们还将在这里打造一年一度的非洲文化节，举行非洲国家日活动，打造海关特殊监管区，等等。我相信，这一系列举措落地实施后，湖南自贸试验区长沙片区对非进出口额有可能再度翻倍增长。"苏军平信心满满。

长沙高桥大市场是全国第二大综合性市场，2022年市场交易额1660亿元。作为中非经贸博览会常设馆所在地,作为自贸区长沙片区雨花区块的重要组成部分,同时也是国家市场采购贸易方式试点市场,多个平台叠加、对非贸易优势十分明显。

在中非经贸交流洽谈会上,湖南高桥大市场股份有限公司董事、总经理助理刘赞介绍说,市场每年销售腰果达 5 万吨以上,芝麻 8 万—10 万吨,干辣椒 5 万吨,有很多都来自非洲。在这个基础上,市场建设了非洲咖啡、坚果、可可、农产品等四大交易中心,打造了从非洲直采、仓储物流、保税加工、品牌打造、营销推广的全产业链。产业链建设产生了很强的带动作用,比如咖啡,通过直采产业链降低采购成本 20%,2024 年采购量预计能达到 3000 吨。

"平台很重要,我们就是通过高桥大市场的湖南出口产品集聚区这个平台,把腊八豆卖到了埃塞俄比亚。"湘潭市湘雨果食品有限公司一位销售人员告诉记者。

机制:不断优化中非经贸营商环境

本届中非经贸博览会期间,湖南自贸试验区长沙片区管委会发布了 8 项对非合作创新成果,进一步建立健全了长沙对非贸易机制,优化了中非经贸营商环境。

其中,对非工程机械出口后市场综合服务中心、中非技术贸易措施研究评议基地、新型易货贸易交易管理平台、中非标准合作创新中心、VFS Global 联合签证中心、非洲科学院交流促进会、留学人员创业港均是推动中非经贸关系的实体和硬件创新;首批外籍创新创业人才在长停居留便利措施是政策软环境。这些机体和制度的落地与实施,对于推进中非经贸的便利化将起到重要作用。

记者了解到,中非标准合作创新中心是全国首个中非标准合作平台,该平台通过与非洲标准化组织(ARSO)成员国成立合资公司的形式,致力于为中国企业出口非洲国家产品提供"认证、检测、加速通关"一站式服务。目前,肯尼亚标准局、津巴布韦标准局已与中非标准合作创新中心签订了合作协议。

为助推"湘品出海",中非标准合作创新中心将针对食品、药品、化妆品、保健品、工程机械、电子电器、医疗器械、服饰业和"3C"电子产品等行业与非洲国家进行标准合作,通过"标准制定授权中心"将离岸检测变为在岸检测,帮助企业降低出口成本 30%、提升时间效率 60%。

而 VFS Global 联合签证中心签约长沙,不仅大大便利湖南及周边省份客商签证出境,还将进一步凸显长沙的"国际范",在其周边将形成一个颇具异域风情的国际商事服务集聚区。

记者了解到,湖南自贸试验区长沙片区深入推进制度创新工作,比如设立外国人来华工作一站式服务中心,设立中非跨境人民币中心,探索"触发式"综合监管模式,探索国际邮件、国际快件和跨境电商业务集约发展新模式等,极大地推动外贸便利化,推动

第三届中非经贸博览会期间，来自尼日利亚、乌干达等国的客商到长沙威胜科技园参观并进行商务洽谈。

了对非贸易的快速发展。

共谋发展、共享未来。长沙对非贸易的快速增长，除了企业自身"走出去"的迫切需求、中非经贸博览会等一系列平台助力、外贸营商环境的持续优化之外，还与长沙黄花国际机场增开非洲货运航线、湘粤非铁海联运通道的建成、湘沪非江海联运通道优化密切相关。

志合者，不以山海为远。中非经贸深入发展是大势所趋，身居内陆但胸怀天下的长沙，对非贸易的"速度与激情"，必将不断上演新篇。

✍ 记者手记

记者已经参加了两届中非经贸博览会，感觉这个展会的规模越来越大，参加的中非客商也越来越多，中非经贸合作越来越密切。

中非经贸博览会的常设馆就在高桥大市场，如何在博览会闭会期间让常设馆也热闹起来？亚欧非贸易投资联合促进会会长苏军平的运营计划听起来不错，如果能执行到位，那这个常设馆将成为中非经贸和文化交流的重要基地。

非洲有着丰富且优质的农产品。记者发现，一些有着探险精神的中国人，在非洲开设种植园、加工厂，把肯尼亚紫茶、南非葡萄酒、马达加斯加海鲜等好物卖到中国，销售十分火爆。

记者相信，中非经贸博览会将越办越好，中非经贸合作也将更加密切。长沙，也将因为博览会的举行和常设馆功能的增强，更加具有国际范。

中秋国庆假日经济火爆，长沙为何霸榜"十大热门旅游城市"？

2023 年 10 月 8 日

继今年春节、"五一"假期和暑期文旅消费热潮之后，刚刚过去的中秋国庆双节，长沙文旅、餐饮、商场等消费场所再现火爆场景。

美团发布的"十一"黄金周消费数据显示，长沙上榜十大热门旅游城市；在夜间玩乐消费 TOP5 城市中，长沙位居成都、上海之后，排名第三，五一商圈跻身全国夜间消费最火的五大商圈第三名。

湖南省文化旅游统计监测系统显示，截至 10 月 6 日 12 时，长沙市列入全省统计监测范围的 27 个景区监测点假日 8 天累计接待游客 263.21 万人次，累计同比增加 108.18%。

长沙假日消费情况到底如何？为何能在"十大热门旅游城市"中长期霸榜呢？来看记者的调查。

顶流带动消费倍增

五一商圈是长沙着力打造的千亿商圈，也是首批国家夜间文化和旅游消费聚集区之一，太平老街、贾谊故居、百年老店火宫殿、茶颜悦色、长沙文和友、王府井百货、平和堂、国金中心、黄兴南路步行商业街等一大批网红打卡点和潮流商业荟萃于此，是全国都市休闲游的代表商圈之一，更是年轻人游长沙必到之处。长沙旅游火不火，五一商圈是一个重要的观测点。

"我们到这里来，就是要喝一杯茶颜悦色。"在五一商圈，两位来自广东佛山的小姐姐告诉记者。

根据监测数据，中秋国庆双节期间五一商圈每天接待游客 100 万人次以上，其中国庆节当天高达 120.44 万人次。长沙文和友作为文旅餐饮综合体，8 天接待游客近 60

万人次。太平老街作为长盛不衰的网红打卡点，9月30日至10月4日客流量都在20万人次以上，连续7天在长沙景区热力榜上排名第一。

"假日期间我们接了将近300个长沙游的团队，多的一天接了60多个团队。游客量比'五一'假期更多。"湖南橄榄枝国际旅游有限公司负责人肖征翔透露。

根据去哪儿平台统计，"'00后'最爱去的城市"第一位就是长沙。

巨大的流量必然会带来巨量的消费。记者了解到，火宫殿坡子街总店中秋国庆双节期间日销售臭豆腐近2万片，销售额同比增长170%。

"楂堆的单店销售额是平时的2倍到2.5倍，日均500杯到800杯。"长沙新消费品牌、山楂果饮创始人牟生透露。

"客串出品所有门店假日期间销售额都是翻番，供应链对合作品牌的销售额在节前也是大幅增长，整个9月份供应链这块销售达到了2000多万元，环比增长30%。"长沙网红消费品牌客串出品创始人王浩告诉记者。

"茶颜全国区域的营业额是去年同期的171%左右，店均杯数达到了去年的152%左右。"茶颜悦色相关负责人透露。

在芙蓉区的湖南米粉街，慕名前来打卡嗦粉的游客摩肩接踵，在各个粉店门口排起了长龙，10月1日到3日每天客流量超过3万人次。

在距离长沙核心城区100多公里外的宁乡沩山景区，假日期间多家民宿全部客满。"每天晚上光是烧烤就能卖出6000元左右，在家里就能赚钱，还是挺满足的。"沩山乡磊筑民宿老板娘刘磊开心地说。

作为美食之都，中秋国庆双节期间长沙的许多餐饮商家的销售额都实现了倍增。美团的数据显示，省外游客在长沙的餐饮堂食消费同比增长133%。

随着客流大幅增长，长沙各大商场销售额也水涨船高。长沙王府井百货客流同比上涨50%，销售同比上涨30%。长沙海信广场客流同比提升200%，销售同比提升30%。长株潭商圈的友阿奥特莱斯假期日均客流在5万以上，车流数1万左右，近半车牌来自外地，销售额是近5年最好，其中耐克品牌店7天销售突破500万元，安踏儿童同比去年增长220%，据统计，友阿奥特莱斯8天总销售额达1.1亿元。

"红、绿、古、夜"魅力四"色"

十步之内，必有芳草。红色是长沙的底色，2021年国庆后，飞猪旅行发布的假期旅游大数据显示，长沙是全国红色旅游目的地榜首。

两年后，红色游热度不减。数据显示，今年中秋国庆双节期间，岳麓山、橘子洲两大景区是长沙景区热力榜前三强，在头条、抖音、小红书等平台，许多游客晒出了自己与橘子洲头青年毛泽东巨型头像的合影。

以刘少奇故居为核心的宁乡花明楼景区连续 8 天进入长沙景区热力榜 10 强,最多一天接待游客 23700+人次。在长沙县,前来瞻仰杨开慧故居的游客达到 7.3 万人次,最多的一天有将近 2 万人次。9 月 29 日,地处长沙县果园镇的田汉文化园进入长沙景区热力榜十强。

记者也发现,长沙大围山国家森林公园、长沙滨江文化园、洋湖湿地公园、长沙园林生态园等以“绿”色为特色的景区也多次进入长沙景区热力榜十强。看来,节假日投入大自然的怀抱放松身心成为游客的重要选择。

这样一来,占据好山好水的品牌民宿自然成为节假日的抢手货。品牌连锁五号山谷民宿的负责人陈子墨告诉记者,假日期间客房全满。除了美丽自然景观,还有温泉养生助力的宁乡灰汤足迹岛星空民宿,假日里有 5 天全部满房,其他时间入住率在 50%左右。在岳麓山下,经营情况一直不错的品牌民宿敬野舍假日前 5 天都是满房。在望城区靖港古镇旁,节前才开张的树屋民宿也实现了 50%的出租率,这对于均价在 1700 元左右的高端民宿而言,是一个不错的开始。雨花区浏阳河边的冬斯港露营基地 8 天客流超过一万人次,创造了开营以来的新纪录。

从中秋国庆双节期间的长沙景区热力榜来看,“古”色也是长沙吸引游客的重要法门,湖南省博物院、天心区的太平老街、望城区新华联铜官窑古镇、靖港古镇、宁乡炭河古城均多次上榜。根据望城区文旅部门的统计分析,游客在铜官窑文化旅游度假区停留时间显著延长,假期共有 15 万多游客前来打卡,铜官窑古镇景区营收及入园人次创开园以来历史新高。

长沙的“夜”色迷人,夜间经济在全国而言一直都是名列前茅。今年中秋国庆双节期间,晚上 9 点后的“深夜时段”消费同比增长 104%。据了解,假日期间长沙最大的夜市——芙蓉区万家丽商圈的扬帆夜市日均客流量达到 8 万人次以上,是平时的两倍,摊贩们的生意更是超级火爆,销售额是平时的两三倍。同样,开福区的四方坪夜市、天心区的冬瓜山夜市人头攒动,不少顾客需要排队等位。

“我们每天晚上的客人都在 2000 人次以上,如果天气好一点的话,人会更多。”湘江风光带上的酒吧综合体野肆月球经理人孙俊杰告诉记者。

长沙颐而康假日期间近百家直营门店整体进客量达 8 万余人,销售额超 1000 万元,同比增长 10%。值得一提的是,这家以足疗、按摩、SPA 等保健服务见长的企业,煲仔饭、粉面、卤菜等美食也成为吸引客流的亮点。

除了“红绿古夜”魅力四“色”吸引游客,亲子游成为长沙假日文旅的另一亮点,长沙生态动物园和以各类玩乐设施齐备著称的宁乡方特东方神话连续多日进入长沙景区热力榜十强。

10 月 4 日上午 11 时,记者在浏阳市永安镇“遇见童年”景区看到,碰碰车、海盗船、玻璃滑道等 10 多个大型玩乐项目汇成一片欢乐的海洋，许多孩子在大人的带领下在板栗林中打板栗、捡板栗，其乐融融。据景区负责人介绍，假期每天接待游客一万多人次，最高将近 2 万人次，还没有算免票的儿童，游客人数同比增长 80% 以上。

在永安镇丰裕村，刚刚成熟的数百亩爆浆水果玉米也迎来不少大人带着孩子前来采摘，有的掰下玉米就直接往嘴里送。记者也摘了根水果玉米试味，果然入口沁甜、水分充足。

在雨花区跳马镇的一处家庭农场，晚熟的桃子也吸引了一些家庭亲子游客前来采摘，"这桃子刚好是假日期间成熟，个头很大，很脆，现在每天有几百人前来采摘。"农场老板乐呵呵地说。

望城区乔口镇"乔见金秋好丰景"丰收节以"庆国庆、共享丰收成果"为主题，吸引了 1 万多游客带孩子前来体验，共享劳动果实。

服务、创新、营销火力全开

10 月 3 日上午，从外地来长沙旅游的姚先生和女友不慎将行李落在了出租车尾箱，等他们在酒店前台办理完入住手续时才意识到，便立即报警求助。

"行李箱里有证件、钱包等贵重物品，如果找不回来，这趟旅行基本就泡汤了。"接警后，长沙县星沙派出所民警廖思敏和同事迅速赶到姚先生入住的酒店，姚先生一脸焦急地诉说丢失行李的经过。

详细了解情况后，廖思敏一边安慰姚先生，一边查看事发现场环境，"请不要着急，酒店门口有天网视频，麻烦你和我去一趟所里调取监控，确认一下乘坐的出租车"。

在派出所里视频侦查员的协助下，姚先生一眼认出送他们来酒店的出租车，廖思敏赶紧根据车辆牌照与其所属公司调度员联系，最终联系到出租车司机。经司机确认后，行李仍在尾箱，他送完车上乘客后便将行李"完璧归赵"。

在中秋国庆假日，这只是长沙公职人员服务市民游客的一个缩影。

在五一商圈，天心区、芙蓉区、开福区均组织了志愿者为游客提供各类服务，真正做到宾至如归。天心区市场监督管理局和五一商圈著名的"德望大叔"志愿服务队合作，给他们赠送了代表文明和诚信的砝码，协助维护商圈秩序，让短斤少两等违背商业文明的行为无处藏身。

从 8 月下旬开始，天心区大力开展平安商圈整治行动，对五一商圈存在的消防隐患、违章建筑、户外广告牌、特种设备等进行了全面摸排整治，逐一销号。同时实施了交通优化工程，畅通街区微循环。还举行了 5 次应急演练，率先全市在五一商圈投放了首批 20 台自动体外除颤器，为游客平安出游提供了坚强保障。

针对假日人潮涌动的特殊情况，长沙地铁、湖南省博物院特地开通延时服务，让游客出行游览更舒心。

　　望城区开通从五一广场、锦泰广场等商圈与地铁站直达望城各热门景区的"望城中秋国庆旅游免费直通车"，开设直通车 58 趟次，接驳游客近 5 万人次，其中假期前 5 天全部预约满座。免费直通车有力解决了旅游交通瓶颈和游客出游痛点问题，进一步提升了文旅服务品质。

　　为吸引游客，长沙各旅游景区景点"八仙过海，各显神通"，创新推出各种活动、演艺。坡子街火宫殿总店除了传统的庙会民俗表演，夜间还举行了流光溢彩的灯光秀活动，野肆月球每晚推出不同主题音乐，"中秋民乐""国庆红歌专场""电音之夜""摇滚之夜"等，总有一款适合您。坡子街"潭州市集"还原宋代长沙市集场景，为游客带来沉浸式体验。长沙文和友则请专门团队表演与游客互动的年代秀，重现 20 世纪 80、90 年代的市井时光，让怀旧的感觉爆棚。长沙县陶公庙会、松雅湖心动节拍嘉年华、2023YOLO 青年文化节长沙站、国潮华灯季、花果游园会等文旅消费体验新场景层出不穷，带动了百万人出游。

2023 年中秋国庆双节期间的长沙五一商圈局部。

　　酒好还得靠吆喝。假日到来前，一些景区景点、卖场酒店等都开展了一大波营销活动，效果明显。记者了解到，浏阳永安镇"遇见童年"景区请了两批共 200 人的网红和自媒体达人进行宣传推介；宁乡灰汤紫龙湾温泉度假区投入 50 多万元做了不少户外、楼宇和新媒体广告，假日 8 天入园游客突破 3.5 万人次，同比增长 67%。而新华联铜官窑古镇因为加大了在外省市广告投放力度，密切了跟旅行社方面的合作，今年以来游客量增长迅猛，并在中秋国庆假期创下新高。

节前,长沙网信部门还向广大网友发出邀约,有奖征集评选一批短视频、精美图文、文旅攻略等,一起记录"最爱中国红 大美长沙城",鼓励网友打卡并宣传长沙,进一步提升长沙的知名度美誉度。

近期,长沙市将在浏阳举办第二届旅游发展大会,一系列重大文旅项目又将签约落地。而长沙的文旅产业和假日经济,势必会再上一个新台阶。

✏ 记者手记

10月4日,长沙天气晴好。记者到浏阳永安镇现场采访调查,发现当地文旅产业确实比较发达。"遇见童年"景区从原来的板栗采摘基地发展到采摘+儿童游乐+民宿,业态越来越丰富,人气也越来越旺。景区一位负责人透露,明年还要提质改造,向4A级景区的目标发起冲刺。

永安镇湾里屋场也是美名远扬,通过美化环境、建设民宿、成立老种子博物馆,村里人都吃上了旅游饭,一位村民说她每天卖自家做的酸菜、干菜和辣椒酱等就有一千块钱的毛收入。

因为路途较远,当天永安镇还有一个千鹭湖景区记者就没有实地探访了。

一个乡镇,有三处知名旅游景区景点,同时还在努力探索农文旅融合发展之路,成立专门办公室推进文旅产业发展,记者感觉他们对文旅产业的重视不只是写在文件上,而是真正落实到了行动上。

通过采访调查,记者深刻地认识到,把农村变成景区,大力推进农文旅融合发展,这是一条乡村振兴的好路子。

长沙现代物流产业如何迈入发展"快车道"？

2024 年 5 月 25 日

物流是实体经济的"筋络"，连接生产和消费、内贸和外贸，是国民经济的重要一环。

作为陆港型国家物流枢纽、生产服务型国家物流枢纽和国家骨干冷链物流基地，现代物流产业链是长沙着力发展的 17 条重点产业链之一。截至 2023 年底，全市共有物流企业万余家，其中 A 级物流企业累计达 120 家，5A 级 10 家。

长沙物流行业如何发展新质生产力，如何实现高质量发展？连日来，记者走访了市内多个物流枢纽、园区和相关企业，发现数智化升级、绿色新能源应用、经营管理模式创新等都是物流企业降本增效、高质量发展的重要路径。

数智化升级

红星冷链是长沙冷链物流领域的骨干企业之一，园区一年的交易额超过 400 亿元。

在雨花经开区红星冷链新园区内，两个巨型冷库已经建成，其中一座传统人工作业冷库已经开始运营，旁边的智能冷库正进行紧张调试，预计今年 6 月正式启用。

在这座智能冷库的一楼，来自中烟物流技术有限责任公司的几位技术人员正在紧张调试。

"无人智慧仓的技术其实已经比较成熟了，搬运工把货物从车上卸下来后，理货员在托盘和货物上贴两个二维码，叉车司机把托盘和货物运送到传送带上，理货员用扫码机扫描一下，以后就是自动运行了，约 1 分钟左右，机械会把托盘和货物运送到最近的地方保存。出库时理货员在电脑系统中操作就行了。"一位技术员告诉记者，在智慧仓，只需要 3 位工作人员，而管理传统冷库，至少需要 30 人，大大节约了劳动力成本并提高了工作效率。

据了解,红星冷链的这个智能冷库总投资约 1.25 亿元,其中智能机械设备的投入占了大头。

位于长沙北部金霞开发区的恒昌医药长沙智慧仓储物流中心的托盘四向穿梭式立体库,也是一座智慧仓库。

该仓占地面积约 11000 平方米,存储量高达 40 万件。从一楼到五楼,每一层都充分利用了先进的物流技术和设备,如自动化输送分拣设备、电子分拨复核设备等,实现了药品的高效、准确配送。

"从入库到出库,都是机器设备在工作,类似于黑灯工厂。"恒昌医药一位负责人介绍,仓库中的四向穿梭车、拆垛机器人、自动导引车、贯穿 1—5 楼的箱式输送线等就是高效率的"搬运工"。

在长沙,一艘货船进港的手续办理时间最快是多久?长沙新港给出的答案是 1 分钟。只需依托新港生产业务管理数字化平台,客户既不需要停船报港、也不用上岸缴费,只要通过手机申报就可办理。通过数智赋能,长沙新港的货物进出港效率和年吞吐量都得到了大幅提升。

在长沙新港智控调度中心的生产业务管理平台上,港区主通道、仓库等重点信息都一目了然。

"上新电子信息化平台之后,提升了我们装卸作业的效率,相对于其他码头来讲,作业流程更加规范,装卸货物实现了可视化,我们可以通过手机进行在线查询,这对于货物的安全也是有力保障。"湖南至友物流有限公司业务经理苏庞柱告诉记者。

作为中国民营物流企业 50 强,一力物流自 2021 年起与阿里云密切合作,先后投入 2000 余万元建设了物联网平台、园区可视化管理平台、数据中台、站台货运智慧作业系统、CRM 客户管理系统、客户精准画像等系统,不仅使园区的仓储、加工、配送等内部作业管理能力得到提升,也为货主精细化管理、客户业务快速办理等各个环节提供了更优质的服务。

"2022 年,我们的站台货运智慧作业系统上线后,减少站台作业人员 20 人,40 种作业绩效数据统计准确率 100%,整体效率提升 30% 以上,为企业每年减少直接成本 100 余万元。"一力物流数智化部负责人陈梦华告诉记者。

绿色能源应用

近日,位于长沙经开区三一智联重卡产业园外的三一绿电制氢加氢一体站火了。

在这里,每公斤氢气为 35 元。根据测算,在这个价格下,一辆传统燃油重卡的能耗成本与氢能源重卡基本持平,但在节能减排方面,氢能源重卡优势明显。

记者了解到,高能耗一直都是物流行业的痛点。研究资料显示,能耗成本达到了运

长沙经开区三一智联重卡产业园外的三一绿电制氢加氢一体站,一辆氢能源汽车在进行加氢测试。

输物流企业总成本的40%以上。针对这一痛点,绿色新能源运输车辆成为重要的解决方案,目前,三一集团正推动氢能应用和提升电动化程度,大力推广氢能重卡与换电重卡等。

5月14日,福田汽车在长沙发布一系列新能源产品,并与湖南智慧物流云签约合作,助力湖南区域物流实现绿色低碳转型。

推动物流行业绿色发展,既是节能减排的要求,也是行业的高质量发展的客观需要。2018年,长沙启动城市绿色货运配送示范工程建设,5年来,中心城区的纯电动货运配送车辆增长6.9倍,城市配送车辆吨公里运输成本降低18.73%,单车行驶里程提高30.2%,为推动绿色物流发展,助力碳达峰、碳中和作出了贡献。

在冷链物流中,冷库的耗电量达到运营成本的60%左右。如何才能降低冷库的能耗成本呢?

"我们与第三方合作,建设了屋顶光伏项目,新老园区共有3.8万平方米的光伏发电面板,合作方给我们的电价是8毛多一度,一年下来我们可以减少150万元用电成本。"红星冷链副总经理吴波告诉记者。

记者了解到,云冷物流一方面也利用光伏项目降低冷库能耗成本,另一方面尝试在冷库建一道内保温门,减少冷气泄漏。

"我们测算发现,冷库门多开一分钟,保持原有温度就要多耗两度电。"云冷物流副总经理朱文明这样解释加装内保温门的原因。

运营模式创新

今年,中国(湖南)自由贸易试验区报送的"湖南国际邮件、国际快件和跨境电商业务集约监管新模式"成功入选商务部自由贸易试验区第五批"最佳实践案例"。

早在 2019 年,在物流口岸、海关、商务等部门的共同推动下,中国邮政集团公司投资 2000 万元建设了集国际邮件、国际快件和跨境电商业务于一体的监管中心,将以前的 3 个场所和 3 套监管系统合而为一,每单查验时间从 1 分钟压缩到 20 秒,通关时间平均压缩近 50%,日处理能力从 5 万件提升到 30 万件。2021 年,主要物流、电商企业采用新模式后,运营成本较 2020 年降低 30%。

当前,全国多地正在竞相布局低空经济这个新质生产力的重要赛道。一个月前,长沙县召开低空经济发展大会,顺利举行湖南省城市低空物流首航仪式。

目前,长沙县已开通湖南首条常态化低空物流应用航线,通过可载重 4.5 公斤、巡航速度 60 公里/小时的无人机,最大配送范围半径达 7 公里。今年,该项目预计在当地开通 5 至 10 条无人机物流配送航线,实现不低于 1 万架次的物流无人机飞行量。

无人机物流这种低空运输新模式的商业化运营,离不开湖南对通用航空和低空经济的提前布局,早在 2020 年 9 月,湖南便成为全国第一个全域低空空域管理改革试点省。

多式联运模式往往也能为物流企业降本增效。2023 年,长沙新港专用铁路开通,港口枢纽和铁路货运专线实现无缝连接,长沙"铁水公"多式联运打通"最后一公里"。

"这条铁路专用线运送的货物主要是从涟钢、湘钢发出的钢材,包括卷钢、钢板、螺纹钢等。"长沙新港有限责任公司生产运营部负责人介绍,每月 26 日到次月 5 日为集中到货期,待货物抵达长沙港后,会陆续装船发运给客户。据测算,相较原来的铁路运输或公路运输,"铁水联运"可降低各企业物流成本 10—15 元/吨,每年可节约物流成本 700 万元至 1000 万元。

铁路专用线的运营促进了水路货运量的提升。2023 年长沙港全年共完成集装箱吞吐量 25.09 万标箱,同比增长 21.83%。据悉,除铁水联运外,长沙还稳定运营 10 条"航空+高铁"国内货运线路。

记者还了解到,当前一些物流企业早已不是单纯的"搬运工",开始渗透到产业链的上下游,创新"物流+"模式,并与上下游企业融合发展。

总部设在长沙的德荣医疗科技股份有限公司是一家专注于医疗供应链的科技企业。目前,该公司已经与中南大学湘雅医院、湘雅二医院、湘雅三医院等医院深度合作,为医院提供药品、耗材的精细化管理服务,为医院降本增效、与医院深度融合的同时,也为自身寻求到更多盈利模式。

2023年,该公司获评全国供应链创新与应用示范企业,是湖南省物流行业唯一获评企业。

"交易带来物流,物流反过来促进交易的增长。这是依托物流枢纽发展枢纽经济的基本逻辑。"湖南一力物流股份有限公司总裁李红霞认为,"交易+物流"的双轮驱动,以大市场促进大交易,以大交易带动大物流,是一力物流园发展枢纽经济的心得。

据了解,作为长沙生产服务型的物流枢纽,一力物流园集聚各类企业2000余家,钢铁物流量占区域市场80%左右份额,交易额过千亿。在提供仓储、加工、运输、交易服务的同时,一力物流园还为相关企业提供金融服务。

记者调查发现,如今,"物流+"运营模式已经成为越来越多物流枢纽和物流企业的发展方向,比如在北交所上市的长沙物流企业华光源海,就摸索出了"物流+货代"的独特经营模式。

"物流行业发展新质生产力,一方面要进行数智化绿色化改造降本增效,另一方面要与制造业深度融合,把物流优势转化为产业优势。"长沙金霞经开区党工委书记黎明这样认为。

习近平总书记指出,必须有效降低全社会物流成本,增强产业核心竞争力,提高经济运行效率。现代物流产业发展新质生产力,关键在于有效降低运输成本、仓储成本和管理成本,创新运营模式。

记者调查发现,长沙现代物流行业正努力培育和发展新质生产力并取得一定成效,物流成本占GDP比重持续下降。今年1—4月,长沙市社会物流总额16610.9亿元,同比增长4.8%;社会物流总费用为678.5亿元,同比增长3.0%;物流业总收入533.7亿元,同比增长4.7%。

✎ **记者手记**

现代物流产业链是个非常宽泛的产业链,就运输、仓储、邮政等核心业务而言,在长沙就有上万家企业,更不用说上下游企业,因此,调研工作是非常辛苦的,因为样本和案例太少的话,可能会如盲人摸象一样,只见局部不见整体。

总体上来看,物流企业正在升级,一些企业已经进化到"生产+仓储+销售+配送+服务"的全链条模式,升级为供应链企业,比如本文中提到的两家医药物流企业。

在采访中,记者明显感受到,传统的物流行业也在求新求变,通过培育和发展新质生产力降本增效。

人 民 至 上

人民群众对美好生活的向往就是我们的奋斗目标。

近年来,长沙聚焦就业、医疗、住房、教育、养老等重点民生领域,围绕老百姓"急难愁盼"问题,围绕每年两会提出十件重点民生实事项目,自我加压,一件一件抓落实,一年接着一年干,努力为老百姓托起"稳稳的幸福"。

促发展、惠民生。至2023年,长沙已连续16年获评中国最具幸福感城市。打拼能出彩,生活能幸福。近悦远来,长沙常住人口连年增长,目前已成为千万人口特大城市,人才密度在全国省会城市中位居前列。

人民至上篇精选了15篇相关调查报道,或许可以从中窥见长沙的幸福密码。

长沙如何破解城市特殊困难群体兜底帮扶难？

2020 年 7 月 29 日

习近平总书记指出，我们人民的美好生活，一个民族、一个家庭、一个人都不能少。

相较于连片贫困地区，长沙城区也存在特殊困难人群，他们主要为因病因残或年老人群，抵抗风险能力较弱，又分散在各地。如何破解城市特殊困难群体兜底帮扶难？连日来，记者深入长沙市内五区和望城区进行了调查走访。

深入调查研究　兜准困难群众基本生活

随着经济社会快速发展，长沙大部分群众过上了小康生活，但仍有一些城市居民生活比较困难，他们虽然身处"闹市"，但生活贫困，尤其是一些外来务工人员，因病致贫、因灾致贫的情况时有发生。

2019 年 7 月 22 日，湖南省委常委、长沙市委书记胡衡华不打招呼直接走进了开福区四方坪街道胜利社区，这是长沙典型的农安型、拆迁型、流入型社区。他推开先天重残低保户周永由的房门，爷孙三代六口人住在 50 多平米的老房子里，除了社会救助外，家庭几乎没有其他收入来源，一番交谈后，他陷入了沉思，"像这样的城市特困家庭，在充分享受了已有的社会救助政策后，如果生活还十分困难怎么办？在长沙高水平全面建成小康社会路上，如何确保这些人'不掉队'"。结合前期的走访了解、"解剖麻雀"式调研，他旗帜鲜明强调"要关注城市特殊困难群体，确保'一个都不掉队'全员奔小康"。

为摸清情况，2019 年 9 月，一场覆盖全长沙市的大排查、大摸底开始了。长沙市结合"不忘初心、牢记使命"主题教育，分六个工作组，花了半个月时间，在全长沙市选取朝阳社区、封刀岭社区、长坡社区、赤岗社区等多个具有代表性的老旧型、农安型、楼盘型和综合型的社区，以"解剖麻雀"式入户走访 2 万多户 6 万多人，准确把握困难群众诉求。

根据走访调研情况，2019 年 9 月 16 日，长沙市委、市政府在全国率先出台了综合性的帮扶方案——《关于开展城市特殊困难群体帮扶活动的实施方案》。比照脱贫攻坚"两不愁、三保障"方式，根据致困原因和困难程度，对城市困难群体实施"急难、医疗、住房、就业和基本生活"帮扶为主的"五帮扶"活动。

在急难帮扶方面，遭遇自然灾害、突发事件，在享受保险、赔偿和救助后，基本生活仍陷入困境的，一次性给予每户3—6个月低保标准帮扶金；在医疗帮扶方面，一次性给予每户3—6个月低保标准帮扶金，特别困难的最高可享受9个月低保标准帮扶金；在住房帮扶方面，按照公租房货币化保障方式给予帮扶，针对符合条件的城市户籍家庭、新就业无房职工和外来务工人员开辟绿色通道，应保尽保；在就业帮扶方面，依托四级公共就业服务平台提供就业服务与失业帮扶；针对不符合上述四类帮扶标准，家庭没有大灾大难但因多种原因陷入困境的群体，则一次性给予每户不超过2个月低保标准的基本生活帮扶金，并做好后期跟踪服务，让这些困难群体及时得到关怀和救助。

实施多元化帮扶　兜实困难群众基本生活保障网

以真实需求为导向，保持政策的灵敏度，有针对性地为特殊困难群众提升综合支持力度，是长沙市开展"五帮扶"专项活动的基本理念。通过把问题清单变成效果清单，最终让群众得实惠、享红利。

一年后，记者再次来到居住在开福区四方坪街道胜利社区的周永由家，老周看起来显得气色好了很多，家里收拾得井井有条。"搭帮社区呢，帮我们改造了阳台，让我孙子有了自由学习的空间。"老周开心地讲述着家里的变化，政府还帮他孙子申请了5000元助学金。现在家里挤是挤了一点，但是其乐融融。老周的女儿周小红，原来经常到社区吵闹，如今成了调解邻里关系的"热心大姐"。社区还有意安排她到残疾人就业服务中心就职。

胜利社区党总支书记王卓告诉记者，他是去年到社区上任的，刚开始时感觉就像在医院坐门诊，每天来"诉苦"的居民络绎不绝。胜利社区是2006年由村改为社区的，社区约3000人，但是洗脚上岸的村民不太适应城市生活，社会矛盾交织。市委、市政府实行"五帮扶"活动以来，党员干部上门对困难群体逐一排查，帮大家解决实际困难，或用资金，或心理疏导等，帮扶了100多户家庭。

"'五帮扶'活动以来，促进了基层治理能力的提升，提升了居民的归属感。现在群众的气顺了，对我们的信任度高了，社区办起事来更顺畅了。"王卓感慨，现在社区服务中心还办起了老年大学，"4:30课堂"等。服务中心活动多起来了，不少社区居民志愿报名加入其中，自得其乐。而王卓则有了更多的时间思考社区未来的发展，他打算把辖区内沿浏阳河堤的700米风光带打造成网红打卡地，目前正在积极筹措资金。"网红打卡地一旦形成气候，将带动周边经济，最起码我们的门面租金会涨不少，相信我们胜利社区的居民今后的日子会越来越好。"王卓对未来充满信心。

"你们吃饭了吗,没吃饭,我就下碗面给你们吃啊!"72 岁的张沅华老人是一位失独老人,独居在雨花区左家塘街道赤岗社区的宿舍楼内。老人看到社区党委书记宾端容和工作人员到了饭点还在忙碌,就张罗着留他们吃饭。在张娭毑看来,宾书记他们就是她的亲人,看到他们就想着多和他们说说话。张娭毑去年因病两次动手术,是社区干部给她送来了精神慰藉,让她重新振作起来了。张娭毑身体康复了,每次社区搞活动,她都积极参加。防疫期间,她还主动当志愿者。"我是一名老党员,党组织就是我唯一的组织,只要组织需要,我就上。"张娭毑动情地说。

看到张娭毑脸上的笑容多起来,宾端容打心眼里替她感到高兴。赤岗社区常住人口 1 万多人,是一个老旧纯居民社区,安置居民及企业下岗职工较多,困难群体相对集中。"对于困难群体来说,有时候给予精神支柱大于经济帮助,驱散他们心中的阴霾后,他们的精神面貌改变了,他们对生活就有了追求。有了追求,生活也会变得更好。"宾端容对此感触颇深。社区成立了"赤岗党群喜乐会",将赋闲在家的退休党员组织起来,通过走家串户与百姓拉家常的形式,了解群众困难。赤岗社区还把"五帮扶"工作和精神文明建设相结合,一年来,社区调解成功率超过 98%,妥善化解了基层矛盾。

在天心区,对于特困群体实施多元化帮扶,在区财政"应保尽保兜住底线"的原则下,还在动员社会力量参与,如实施"爱心天心帮扶工程",通过发动社会力量对困难群众实施结对认领和结对帮扶。天心区 200 多名政协委员结对帮扶了 50 多户困难家庭。

聚焦共享发展　兜住兜牢困难群众民生底线

今年春节以来,新冠疫情打破了人们平静的生活。长沙在第一时间行动起来,对"一老一小"特殊困难群体给予特别关爱,兜住困难群众的底线。如雨花区对养老机构按在院老人每人 300 元的标准给予资金补助,激励养老机构进一步做好疫情防控。开福区在全区 15 个养老机构派驻专员,并分批将口罩、酒精、猪肉、蔬菜等配送到机构,确保了机构安全运营和老人健康……

疫情防控期间,长沙市针对急难情形先行帮扶达 17686 人次,发放 3583 余万元,有效缓解了困难群众的"疫中之困"。

长沙最年轻的城区——望城,在长沙市"五帮扶"政策中主动作为,坚持区财政据实保障和"区级统筹、街镇负责、社区实施"的原则,开展城市特殊困难群体帮扶活动。

"没有想到我们外地人也能得到望城政府的救助,你们真是'及时雨'。"来自新化的伍女士看到街道社区工作人员送来了 6000 元救助金,感到有些意外,同时也倍感温暖。伍女士现住在望城区月亮岛街道金甲社区,前段时间早产生了一对双胞胎。当全家人沉浸在喜悦中时,新生儿被诊断为肺透膜病、新生儿败血症等。病情严重,需要巨额医疗费用。社区网格长了解到情况后,迅速上报。民政局迅速给予"为难帮扶",让这个陷入困境的家庭感受到了异乡的温暖。

"'五帮扶'是法定救助体系之外的有益补充,它彻底打破了户籍壁垒,让经济社会发展成果向更多困难群众尤其是低收入边缘群体和非户籍人口惠及。"望城区副区长易文龙说。

那么"五帮扶"是否还需要政府"大包大揽"?如何持续实施?面对这些疑问,长沙市民政局党委书记、局长陈昌佳说:"我们从三个方面破题,一是充分赋权基层,让熟悉情况的群众和街道社区干部来识别贫中之贫,有效把握帮扶的面与度,避免出现乱帮、滥帮等现象;二是立足于'帮基本,保重点',让城市的善意与温暖体现在困难群体的日常基本生活中,不会形成攀比;三是由党委政府主导,引导社会力量积极参与,充分发挥财政资金'四两拨千斤'的效应,最大限度地实现资源聚集,不会额外增加各级财政负担,具有可持续性。"

长沙在全面小康的答卷上没有漏题

自 2019 年 9 月实施"五帮扶"活动以来,长沙市累计帮扶 3.3 万人次,其中,非本市户籍 1114 户;共发放帮扶资金 8588 万元,有效缓解了急需救助群体的生活困境。通过帮扶,有效破除了社会救助"一刀切"的难题,延伸了传统社会救助制度的"臂膀",让身处急难中的困难群众有人问、有人帮、有人管。

"加大对城市特殊困难群体的帮扶力度,就是要关爱善待城市特殊困难群众,包括外来非长沙户籍人员,让城市建设者、奉献者感受到党和政府的关怀,感受长沙的厚道,共享城市发展成果,最终实现城乡同步奔小康。"湖南省委常委、长沙市委书记胡衡华说。

2019 年,长沙已连续 12 次获评"中国最具幸福感城市"。幸福底色来自善意满满、情义浓浓的民生,来自"新老市民"安心生活、安心思考、安心发展的状态,来自未来可期、幸福可及的感受。如今,在全面小康的答卷上,长沙摆出全面发力、整体推进的决战态势,为应变局开新局涵养底气、夯实根基。通过"五帮扶"活动,用实实在在的举措取信于民,通过兜牢、兜准、兜实城市特殊困难群众之底,让这座城市有高度,有宽度,更有温度。

✎ **记者手记**

这是一条由追踪报道衍生而来的调查报道。相较于连片贫困地区,长沙城区也存在"插花式"的特殊困难人群,星罗棋布于城市的角角落落。这些特殊困难人群该怎帮,这是市委市政府关切的问题,一年前时任市委书记经过大调研后,组织相关部门出台了综合性的帮扶方案。

一年后,政策落地情况如何,我们起先是计划做一条追踪报道,但是随着采访的深入,发现大家的关注度非常高,于是报道从如何帮、帮出了怎样的成效等方面进行了较为翔实的调查。长沙的帮扶效果明显,如有的特殊困难群体曾经不理解、不支持社区工作,经过帮扶后,干群的心贴得更紧了,尤其是新冠疫情以来,一些困难群体主动为社区解忧,大家用行动温暖着彼此,让长沙这座古城,散发出幸福的光芒。

长沙对特殊困难群体的"五帮扶"政策获得成功,具有极强的可复制性,推出后,通过"学习强国"等平台推送,获得过百万人的关注。

把稳就业摆在首位！长沙是这样切实解决群众揪心事的

2020 年 8 月 17 日

就业是最大的民生。扎实做好"六稳"工作、落实"六保"任务,稳就业、保居民就业都摆在首位。

在今年的《政府工作报告》中,"就业"出现了 39 次。

"要坚持以人民为中心的发展思想,切实解决好群众的操心事、烦心事、揪心事,扎实做好下岗失业人员、高校毕业生、农民工、退役军人等重点群体就业工作。"6 月上旬,习近平总书记在宁夏考察时强调。

7 月 22 日召开的国务院常务会议要求,对高校毕业生、农民工、下岗失业人员等重点群体从事个体经营的,按规定给予创业补贴、担保贷款、税收优惠等支持。

今年上半年,长沙克服新冠疫情等不利影响,以"大干一百天 实现双过半"竞赛活动为抓手,力促"六稳""六保",GDP 同比增长 2.2%,在全国 30 个重点城市中排名前四,可以说交出了一份令人满意的成绩单。

发展经济的目的就是惠民生,在经济建设如火如荼的长沙,就业形势又如何呢？来看记者的调查。

就近就业,开心

8 月 11 日中午,记者在浏阳两型产业园一家名为聪厨的食品加工厂食堂,见到了 30 岁的农民工张春花。她和婆婆、大儿子正同在一桌吃午饭,小女儿躺在旁边的婴儿车中酣睡,吃完饭后,她要给还不到一岁的女儿喂奶。

记者和她攀谈起来。

"你在这里上班多久了？"

"快两年了。"

"一个月能拿多少钱？"

"5000 多元。"

"要不要加班?"

"一般不会加班。"

"你是哪里人?"

"沿溪镇沙龙村的,走路过来上班只要一刻钟。"

"你以前在哪里打工?"

"在广东东莞的厂里干过 3 年多。"

"在东莞多少钱一个月啊?"

"4000 元左右。"

"那现在要强很多啊,而且是在家门口打工。"

"是的,我结婚后就没有出去了,浏阳这边工厂也越来越多了。"

聪厨的老板告诉记者,他们这个食品加工厂总共有 600 多名员工,大多是附近的村民。

离聪厨不远,有一家叫绝艺的食品公司,公司于 2011 年投产,生产的熟食绝大多数在网上销售,生意火爆。记者在现场看到,有不少身着制服的工人在忙着打包。工厂负责人说,厂里有 350 多人,95% 以上都是本地人,人均月工资在 4500 元左右,高峰期可以达到 6000 元以上。

沿溪镇及附近的两型产业园还有彭记轩、湘典、飘香等 100 多家食品加工企业,是全国农产品加工示范基地、湖南特色食品产业园,为周边农民提供了成千上万个工作岗位。

沿溪镇沙龙村有 7000 多人,其中劳动力 4000 多人。据村党总支书记罗平春介绍,村里共有 16 家合作社、2 家民营企业,76% 的村民实现了在本地就业,省外就业的只有 200 多人,这些在省外的人大部分都是做生意当老板。

记者在沿溪镇采访的时候,离该镇只有半小时左右车程的浏阳经开区大型企业——长沙惠科光电有限公司已经开始招兵买马了。这家总投资 320 亿元、主要生产高清显示器的公司一口气要招 1000 多人,其中不需要工作经验的助理技术员就要招 500 人,开出的月工资是 4000—5500 元。

据浏阳市人社局统计,浏阳农村劳动力 86% 实现了市内就业,大多数人打工再也用不着千里迢迢远赴广东等沿海省市了。

记者调查发现,因为村集体经济不断壮大、县域经济快速发展,长沙县、望城区、宁乡市的农民工和浏阳市一样,大多实现了本地就业,离土不离乡,既能打工赚钱,又能照顾家人。

农民工就业不愁,城镇居民的就业情况又如何呢?

社区关爱，暖心

8月11日下午，记者在天心区坡子街街道八角亭社区见到了"90后"女孩党玉贺。这位小姐姐个子不高，面容清秀，但给人的感觉是特别的精干和自信。

党玉贺告诉记者，她2016年从老家常德市汉寿县来到长沙找工作，就租住在八角亭社区。有一天，她抱着试试看的心理，在社区的人社专干那里做了一个求职登记，没想到社区很快就给她推荐了一份餐馆服务员的工作，现在她已经当上了这家餐馆的店长。

八角亭社区是就业充分社区，社区居民失业率常年控制在2%以下。社区主任符鹊说，她们有一个就业群，街道社区有求职需求的居民可以在这里发布求职信息，另外还有2个黄兴路步行街招聘群，有近千家商户可以在这里发布招聘信息，人社专干的一项重要工作就是将求职信息与招聘信息及时对接，既保障辖区内商户的用人需求，又满足居民的求职需要；另外，街道和社区每个月都会在步行街中心广场召开现场招聘会，以此实现充分就业。

8月12日上午，记者在望城区望府路社区见到了社区的城管协管员张利辉。烈日下，她在小区巡视，看到环境卫生问题或安全隐患等情况，立马就用手机拍下来，督促小区物业整改。

张利辉已经54岁了，但工作非常认真，一上午下来，脸上已经被太阳晒得通红。

"一个月有两千多块钱呢，自己也吃不了这么多，还有剩余的可以补贴家用。"张利辉实话实说。

社区专干肖专说，张阿姨一家都是灵活就业人员，她又属于"4050"人员，就业比较困难。因此，社区将她安置在城管协管公益性岗位上，已经干了4年了。

据了解，目前长沙市这种兜底性质的公益性岗位共有3300多个，肖专所在的望府路社区就有9个。

肖专告诉记者，最近社区对辖区内住户进行了摸底调查，目前没有发现零就业家庭，但有5户潜在零就业家庭，社区正在开展就业帮扶。

7月8日，长沙市人民政府办公厅印发《关于进一步推进零就业家庭就业援助工作的通知》，要求对零就业家庭实行"三级响应"标准化服务，通过社区、街道（乡镇）、区县（市）"三级响应"机制，最迟在21个工作日内解决零就业家庭的就业难题。而社区，就成为就业帮扶的最前线。"要就业，找社区"正在成为就业困难人员的口头禅。

直播带岗，贴心

在今年这个大学生"最难就业季"，长沙人社部门简直是操碎了心。

7月25日,长沙市人社局联合市工信局开展了大型"直播带岗"活动。活动现场,众多用人单位招聘负责人化身主播进入直播间,将招聘职位推荐给求职者。同时,直播间里长沙市人社局就业处负责人宣讲人才新政,为各类符合政策补贴申请条件的人员在线答疑。

此次活动共吸引100家长沙知名企业参会,现场为求职者提供405个优质岗位,各类人才特别是软件业人才需求共计3013人。

长沙市人社局推出的"直播带岗"活动是7月初开始的,第一季"软件业再出发"直播带岗活动已走进18家企业,收到面试申请2683份。

据了解,今年在长58所高校共有19.7万名毕业生。为帮助他们尽快就业,从5月12日起,长沙开展了高校就业服务季系列活动,统筹归集了2.8万个适合高校毕业生的岗位。开展各类线上线下招聘活动近200场,发布5750多家用人单位的岗位信息12万多条,帮助3.6万多名高校毕业生成功就业。同时,发放2020届高校毕业生求职创业补贴近3000万元,发放高校毕业生见习补贴879万元。

技能培训,用心

8月12日中午一点半钟,许多人还在午休,长沙市妇联湘女家政公司正在组织10多位阿姨在进行试岗培训,学习育婴知识。

来自浏阳市枨冲镇的丁秋元今年48岁了,第一次面对电视记者的摄像机,她紧张得把想要说的话全忘了。

丁秋元以前在浏阳的花炮厂打工,但现在很多小型花炮厂都关门大吉,她也没事做了。听人介绍,她参加了长沙市妇联湘女家政公司的免费培训。

记者和她随意聊了几句。

"培训了多久啊?"

"7天。"

"什么职业?"

"育婴员。"

"带小孩?"

"对,就是帮人带满月以后的小孩。"

"找到工作了?"

"找到了,公司免费推荐的。"

"多少钱一个月?"

"4000元。"

"包吃包住4000元,还可以啊。"

长沙湘女家政公司正在开展育婴员职业技能培训,培训费用由人社部门支付。

据湘女家政公司法人代表朱耀国介绍,公司去年免费培训 5000 多人,这些人基本上都找到了工作。

据了解,长沙市共有类似培训机构 203 家,今年以来截至 7 月底,已组织培训开班 5.15 万人次,长沙市各级财政向具备资质的培训机构拨付各类补贴资金 3788.82 万元。

在长沙,不少企业还有内设培训机构,让职工能够终身学习,减少失业风险。比如长沙市水业集团、楚天科技等公司,有的甚至不惜重金让员工到国外学习培训。

稳就业,就必须稳企业。疫情发生后,长沙市迅速出台系列稳企纾困政策和措施,向 1.5 万余家企业发放稳岗补贴 1.81 亿元,减免社保费 50 多亿元,让企业尽量少裁员或不裁员。

稳就业,就必须加大投资力度,加强项目建设,长沙市 2020 年初即铺排重大建设项目 1320 个,年度预计投资 3592 亿元,项目建设大干快上,热火朝天。

稳就业就必须优化营商环境,培育创新创业的肥沃土壤,1—6 月,长沙新设市场主体 99619 户,同比增长 14.49%。

此外,长沙高度重视农民工、大学毕业生、"4050"无技能人员、零就业家庭等就业困难群体的就业公共服务,以过硬的措施兜住了民生底线。

长沙市人社局提供的数据显示,6 月底,全市城镇登记失业率 2.87%,低于控制目标 1.13 个百分点。1—6 月全市农村劳动力失业返乡累计 0.52 万人,占农村劳动力转移就业总数的 0.57%,暂未发现农民工大规模集中回流现象。疫情之下,长沙通过综合施策,就业形势仍然保持了总体稳定,且呈现逐月回升、向好的态势。

✍ **记者手记**

实现充分就业,关键还是要大力发展产业。

在长沙,近年来乡镇产业重新步入发展快车道,文旅、花炮、茶香等特色乡镇不断涌现,国家级园区、省级园区不断发展壮大,绝大部分农民工实现了在家门口就业,农村居民收入增速大大高于城镇居民收入增速。

在宁乡沩山乡,有一位开民宿的村民,在2023年国庆期间,一晚上卖烧烤就能卖到6000元。虽然忙碌辛苦,但他的脸上总是挂满笑容,精神很好。

"在家里就能赚钱,已经很满足了!"村民朴实的话语道出了幸福的内涵。

在采访中,记者深深感受到,就业是最大的民生! 任何时候都要把稳就业、实现充分就业放在最重要的位置,千方百计发展产业、繁荣经济。

连续 13 年蝉联"中国最具幸福感城市",网红长沙的 "幸福密码"是什么?

2020 年 11 月 18 日

一千个观众眼中,有一千个哈姆雷特。

幸福是什么? 一千个人也许有一千个不同的答案。

今天下午 5 点,在杭州举行的 2020 中国幸福城市论坛上传来好消息,长沙获评"2020 中国最具幸福感城市",长沙县入选"2020 中国最具幸福感城市(县级)"。

"中国最具幸福感城市"调查推选活动和中国幸福城市论坛,由新华社《瞭望东方周刊》、瞭望智库共同主办,迄今已连续举办 14 年。

长沙,这座既不靠海又不沿边的中部省会城市,竟然连续 13 年蝉联"中国最具幸福感城市"! 幸福,已然成为长沙最闪亮的名片! 长沙,凭什么?

遇见幸福　为长沙喝彩

自 2007 年至今,"中国最具幸福感城市"调查推选活动已累计约 10 亿人次参与调查,70 余座城市获得"中国最具幸福感城市"荣誉,使"幸福城市""城市幸福感"概念深入人心。2019 年 11 月,习近平总书记在上海考察时指出,城市要让人民有更多获得感,为人民创造更加幸福的美好生活。"人民城市,幸福小康"是 2020 中国最具幸福感城市调查推选活动的主题,以城市精细治理、人民共建共享、助力全面建成小康社会为主线,全方位展示城市居民的幸福感受。

每年论坛上,最激动人心的时刻,当属"中国最具幸福感城市"系列榜单发布。2020 年"中国最具幸福感城市"调查推选分为四类城市:省会及计划单列市、地级市、县级市、城区。每类榜单只有 10 座城市。对于一座城市而言,"最具幸福感城市"是"含金量"很高的荣誉,许多知名城市仅仅上过一次榜单。这个荣誉可不是随随便便喊喊口号就能得到的,而是专业调查机构对涵盖就业指数、居民收入指数、生活品质指数、生态环境指数、城市吸引力指数、公共安全指数、教育指数、交通指数、医疗健康指数等9个一级指标,以及上百个二级细分指标的大数据综合分析测评结果。幸福不会从天而降。幸福,都是奋斗出来的。今天,让我们一起为长沙喝彩,13次蝉联中国最具幸福感城市,长沙,实至名归!

幸福密码①
交出疫情防控"优异答卷"

让发展更有温度,让生活更有温情,让市民享受更有质感的幸福,是长沙孜孜以求的城市理想。作为紧邻湖北、武汉的省会城市,面对大量涉鄂涉汉人员抵长的严峻考验,长沙自觉担当省会责任,在今年初那场异常艰巨的抗击新冠疫情的战斗中,交出了一份疫情防控的"优异答卷",让长沙800多万市民在那份难得的岁月静好中真真切切地感受到了幸福。长沙率先取得疫情防控阶段性胜利,用不到1个月的时间实现新增病例清零(2月20日清零),用不到2个月实现确诊病例清零,医务人员实现"零感染",救治率(99.17%)在全国确诊200例以上城市位居前列。

在抓好常态化防控的同时全力支持复工复产,长沙旗帜鲜明地提出"两手抓",向夺取"双胜利"吹响冲锋号。2020年上半年,长沙实现地区生产总值5621.21亿元,同比增长2.2%,位居全国万亿GDP城市前列,各项指标走在全国省会城市前列,实现疫情下的逆势增长。

幸福密码②
民生实事建设的"长沙路径"

幸福不是冷冰冰的数据,而是源自老百姓内心的真实感受。近年来,长沙始终以人民为中心,倾注真情实感,投入真金白银,75%以上的新增财力用于民生,一条条民生新政破浪前行、一件件民生工程落地生根。幸福的味道在1.18万平方公里的星城大地上弥漫开来。"房住不炒"奠定"幸福基石":上海易居房地产研究院发布的《2019年上半年全国50城房价收入比报告》显示,长沙以6.4的房价收入比"垫底",是50城中唯一一个房价收入比低于7的城市。

今年8月,中央电视台《焦点访谈》做了一期特别报道《房住不炒如何实现?长沙这么做》。报道中提到,以2020年3月为例,全市新建商品住宅成交均价为8382元/㎡,在全国30个直辖市及省会城市中排第25位,居住性价比很高。这样的成绩,来自于城市管理者真正贯彻落实党中央关于"房子是用来住的、不是用来炒的"定位精神。近四年来,长沙年均净流入人口24万左右,一批先进制造业优势企业落户长沙。

"民生实事"守住"幸福底色"。长沙市以"一圈两场三道"("一圈"即15分钟生活圈;"两场"即停车场、农贸市场;"三道"即人行道、自行车道、历史文化步道)为龙头,创新民生实事项目建设,2018年以来,"15分钟生活圈"基本实现城区全覆盖。2020年,长沙又打造"一圈两场三道"升级版,扩面提质"15分钟生活圈"130个,让老百姓步行15分钟就能享受20多项公共服务,实现幸福感在家门口升级。

"深度帮扶"兜住"幸福底线"。自2019年9月以来,长沙建立起财政资金引导、社会力量参与,资金物质、生活照料、精神慰藉等相结合的特殊困难群体帮扶机制,共帮扶37648人次,发放资金10169万元。党委政府的全面统筹,政府的条块联动、企业的责任担当、居民的邻里守望、志愿者的及时补位,兜牢、兜准、兜实城市特殊困难群众之底,让这座城市的"全面小康路上"一个都不掉队,彰显着长沙城市的民生温度和幸福维度。

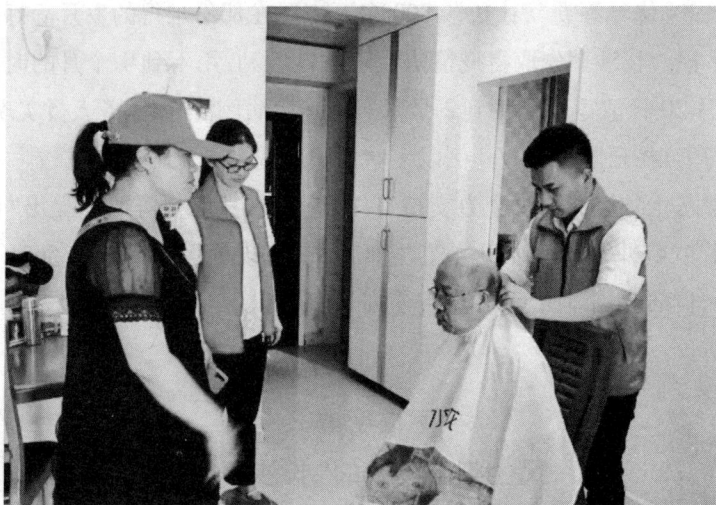

长沙市天心区文源街道"源圈"公益服务志愿者与爱心商家上门为独居老人提供理发服务。

幸福密码③
打造高质量发展"长沙样本"

为快速融入国内大循环为主体、国内国际双循环相互促进的新发展格局,长沙主动出击,优产业、调结构、换赛道、走新路,探索出高质量发展新样本。"智能制造"成为发展"新引擎"。长沙以"三智一芯"(智能装备、智能汽车、智能终端和功率芯片)产业为主攻方向,以软件业再出发推动产业链再升级,推动制造业高质量发展。1—8月,全市引进重大招商引资项目127个,总投资1994亿元。阿里巴巴、京东云、CSDN等一批国内知名企业落户长沙。

"营商环境"赋能经济"软实力"。今年初,爆款推文《网红长沙的厚道》中特别谈到,长沙的"厚道"体现在为企业的服务和解难上。今年 2 月 21 日,来长洽谈项目合作的比亚迪董事长兼总裁王传福说,他将今年疫情防控期间项目洽谈的第一站选在长沙,理由就是:"患难见真情,越是困难的时候,越能看出一个地方对企业的重视程度和营商环境的优劣。"

长沙大力推进"放管服"改革,强化"不叫不到、随叫随到、服务周到、说到做到"的服务理念,率先中部省会城市出台《优化营商环境规定》。重点深化"一件事一次办"改革和"三即"承诺制(领照即开业、交房即交证、交地即开工),建设"24 小时全天候办理"的"15 分钟政务服务圈"。今年 8 月,长沙再次获得"2020 年国际化营商环境建设标杆城市"荣誉称号。

幸福密码④
培育文明文化"独特魅力"

麓山巍巍,湘水悠悠,大自然赋予了长沙山水洲城的独特风貌,三千年悠久的历史文化,滋养出长沙人"心忧天下、敢为人先"的独特精神。

2016 年 7 月,长沙当选 2017 年东亚文化之都中国代表城市。

2017 年 11 月,长沙入选世界"媒体艺术之都",成为首个获此殊荣的中国城市。

"吃得苦、霸得蛮、扎硬寨、打硬仗"是湖南人的优良传统,在这样的湖湘文化熏陶下,文化产业一直是湖南一张响当当的名片。马栏山视频文创产业园从诞生之日起,便承担了湖南实施"创新引领开放崛起"战略"试验田"的重任。一大批优秀的文创企业在这里抢滩布局,一大波新颖的文化创意在这里茂盛生长,中国最大的视频基地——"中国 V 谷"正呼之欲出。

9 月 17 日下午,正在湖南考察调研的习近平总书记来到马栏山视频文创产业园,考察园区开展企业党建和内容生产、技术研发、人才培养等。习近平指出,文化和科技融合,既催生了新的文化业态、延伸了文化产业链,又集聚了大量创新人才,是朝阳产业,大有前途。谋划"十四五"时期发展,要高度重视发展文化产业。要坚持把社会效益放在首位,牢牢把握正确导向,守正创新,大力弘扬和培育社会主义核心价值观,努力实现社会效益和经济效益有机统一,确保文化产业持续健康发展。

11 月 19 日至 20 日,2020 中国新媒体大会举行,全国新媒体行业的目光将聚焦湖南长沙。

11 月 10 日,中国文明网发布了《第六届全国文明城市入选城市名单和复查确认保留荣誉称号的前五届全国文明城市名单》,长沙继续蝉联全国文明城市称号。

近年来,长沙通过打造媒体艺术之都、全国文明城市、网红城市,城市知名度和美誉度不断提升,老百姓更有归属感和自豪感。

长沙一跃成为全国知名"网红城市"似乎就是这两年的事。今年7月,21世纪经济报道、21财经客户端联合知乎和快公司共同发布《中国潮经济·2020网红城市百强榜单》,长沙跻身全国八强,名列中部第一。据腾讯与瞭望智库发布的《中国城市夜经济影响力报告(2019)》,长沙已经进入全国城市夜经济影响力TOP10名单,仅次于重庆和北京,排名第三。

有数据显示,今年国庆8天长假,长沙共接待游客人数793.04万人次;黄金周期间的铁路客流量排名全国第五,仅次于北上广深;国内酒店预订量首次跻身前十;地铁甚至创下单日客运量超200万乘次的新高……

文和友排号超3万桌,茶颜悦色门口排起了"长龙",喝茶颜悦色,吃文和友龙虾,甚至成了外地游客到长沙的必点套餐。

"网红城市""夜经济"火爆的背后,其实是一系列有效举措的加持。2019年12月1日,长沙出台施行《关于加快推进夜间经济发展的实施意见》,丰富夜经济供给、打造特色场景平台、加强业态创新,成立"夜经济服务中心"。同时,打造一批灯光夜景主题消费场景,组织系列夜游夜购等文旅活动。

幸福密码⑤
推动城市环境"宜居大美"

今年国庆期间,长沙一些网红打卡历史文化街巷,人山人海,热闹非凡,历史文化名城长沙彰显出别样的魅力和活力。习近平总书记指出,城市规划和建设要高度重视历史文化保护,不急功近利,不大拆大建。要突出地方特色,注重人居环境改善,更多采用微改造这种"绣花"功夫,注重文明传承、文化延续,让城市留下记忆,让人们记住乡愁。依据这一理念,近年来,长沙市对老城区、棚户区改造采取有机更新的办法,保留了历史文脉,增强了城市活力,提升了市民的获得感和幸福感。据长沙市城市人居环境局介绍,到2020年底,长沙老城区有机更新试点任务将基本完成,历史文化步道示范线全线贯通。

为大力推进"精美长沙"建设,努力将长沙打造为"有颜值、有气质、有内涵、有格调、有品位"的现代化城市,日前,长沙市人民政府办公厅印发《"精美长沙"建设工作实施方案(2020—2022)》。长沙计划通过两三年时间,到2022年,构建市民参与、专家支撑、政府决策的建设新机制,形成可复制、可推广的"精美长沙"建设模式。"精美长沙"建设主要从精美建筑、精美街道、精美社区、精美环境、精美生活五个方面落实落地。

幸福都是奋斗出来的!新时代是奋斗者的时代。幸福城市建设就是一场永不停歇的"接力赛",为人民打造最具幸福感城市,长沙,永远在路上!

✍ 记者手记

　　就在此书编稿过程中,幸福的消息再次传来,长沙获评"2023 中国最具幸福感城市"。至此,长沙已是连续 16 年蝉联"中国最具幸福感城市"!

　　幸福是什么? 幸福是老百姓最真实的内心感受。在长沙,何以幸福? 发展优先、文化滋养、人民至上,打造高质量发展的幸福之城,这是长沙一直遵循的发展之道。16年,是一个美好的记录,幸福城市建设,只有起点,没有终点。我们欣喜地看到,今日之长沙,正以舍我其谁的气魄、久久为功的信念、笃行不息的坚定,锚定"三高四新"美好蓝图,全力建设全球研发中心城市,用情用心书写更加精彩的幸福答卷。

浏阳医改开出五剂"良方"，破解百姓看病难看病贵

2020 年 12 月 24 日

2020 年是全面建成小康社会的收官之年。"没有全民健康，就没有全面小康。"这是习近平总书记提出的重要论断。建立分级诊疗制度，合理配置医疗资源，推进优质资源下沉，提升基层服务能力是医改的重要内容。

"小病不出乡，大病不出市。"如今，在湖南浏阳看病不再难，在县域内就可以享受到优质高效便捷的医疗服务。据湖南省浏阳市卫健局提供的数据，县域内就诊率持续稳定在 96% 以上，高出全国县域内平均就诊率 6% 以上。湖南省浏阳市 35 家乡镇街道医院，2019 年医疗业务收入近 12 亿元，其中有 10 家年收入超过 5000 万元。

浏阳，一座边远的县城，缘何出现如此多的"超级乡镇医院"，县域内就诊率如此高？带着疑问，记者深入湖南省浏阳市部分乡镇医院进行了走访。

"良方"一
打造特色专科　提升核心竞争力

"我在城里的大医院都看过了，说我年纪大了膝盖退行性病变了，我不想动手术，想到社港医院这边来想保守治疗一下。""我来自汨罗，陪我妈到这里来看病的，她腰椎间盘突出。""我是湖北通城来的，我妈妈把大腿摔骨折了，听说这里可以，所以就过来了。"12 月 7 日一大早，浏阳市骨伤科医院的门诊大厅已是人满为患。

据浏阳市骨伤科医院负责人介绍，每天都有 1000 多人前来就诊。浏阳市骨伤科医院来这里看病的 90% 都是外地人。社港地处浏阳北部，远处的龙华山连接着湖南省岳阳市平江县和湖南省长沙市长沙县。如此边远的小镇，为什么会吸引这么多患者前来就诊？

上午 9 点多，骨伤科名医江林的门诊室已坐满患者。江林出生于骨伤科世家，是"江氏正骨术"的第三代传人，每天要接诊 100 多位病人。

记者注意到一组数据，浏阳市骨伤科医院 2019 年有 30 多万人次就诊，手术为 1.7

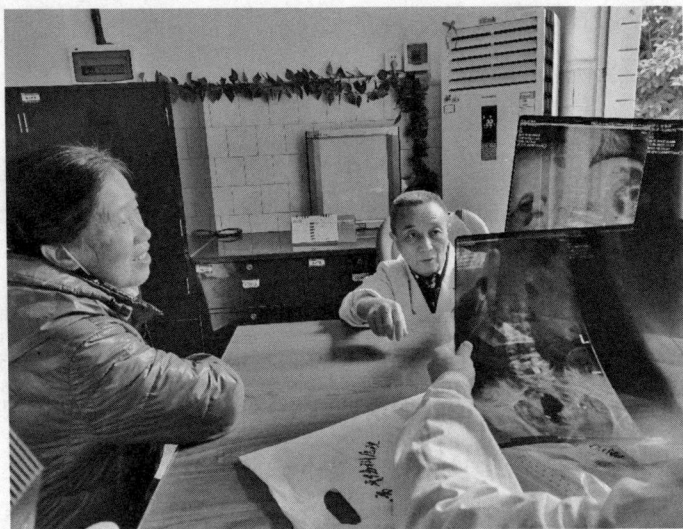

江氏正骨术第三代传人江林在给患者看病。

万台,手术率不到7%。而一般骨伤科医院手术率一般在40%左右。即便如此,现在医院500多张床位还是需要排队等候。

"前段时间把手绊成了粉碎性骨折,像这样的骨折,我朋友在城里大医院要花2万块钱,我到这里来治疗4次了,才4000多块钱。"从湖南长沙赶来的患者张新华告诉记者。

医术不错,收费低廉,这是记者在浏阳市骨伤科医院采访患者时得到的回答。2019年,浏阳市骨伤科医院采用传统手法复位,为患者节约治疗费用至少1亿元。浏阳市骨伤科医院2019年业务收入达到3.2亿元。

和浏阳市骨伤科医院地处偏僻不同的是,集里医院是一家坐落于浏阳市区的乡镇街道医院,与浏阳市里的两家三级医院——浏阳市人民医院、浏阳市中医院相距不到两公里。集里医院通过倾力打造神经内科、眼科、微创结石科和疼痛科等四个特色专科,发展成为了一家"超级乡镇医院"。医院2020年门诊就诊量预计50万人次,业务收入预计4亿元。

湖南省浏阳市卫健局体制改革科科长王科明表示,浏阳像这样的"超级乡镇医院"还不少,卫生院采取差异化错位发展策略,打造各自的特色专科。比如,湖南省浏阳市大瑶镇卫生院的特色专科是疼痛康复科,湖南省浏阳市枨冲镇卫生院的特色专科是甲亢科,湖南省浏阳市沙市镇卫生院的特色专科是蛇伤科。

"良方"二
深化薪酬改革　吸引和留住人才

实现分级诊疗,首先要把基层医疗卫生机构做实做强,其中最重要的就是要解决基层医疗卫生机构留不住人才的问题。

　　湖南省浏阳市大瑶镇卫生院院长卢要文表示,要留住人才,就要解决其愿不愿意干、会不会干、能不能干这三大问题。

　　深化薪酬制度改革,建立健全激励机制,这是留住人才的关键。

　　"一线骨干医生的薪酬比院长都要高,我们对薪酬制度进行了改革,医生的薪酬比行政管理人员要高出很多,高的可以拿20多万。"湖南省浏阳市大瑶镇卫生院院长卢要文介绍。

　　浏阳市全面推行薪酬分配制度改革,合理核定和动态调整公立医疗机构薪酬水平,优化薪酬结构,实行亏欠补发、节余奖励办法,鼓励多劳多得,优绩优酬。建立基层绩效工资总额核定和公立医院人员支出比例增长机制,在核定绩效工资总额基础上,可提取收支结余60%作为人员奖励。通过实施薪酬分配制度改革,医务人才队伍得到稳定,2020年公立医院人员支出比例达40%以上。

　　"1994年我们医院30多人,当时年收入40多万元,医院发展陷入困境。"集里医院院长陈小玲回忆,当时也是想尽办法求生存,医院先后建立了相关特色专科,经过10多年的发展,起色却不大。

　　2005年,陈小玲出任院长,她发现没有高层次的人才和先进的技术,很难吸引更多的患者。于是,医院不惜重金聘请学科带头人。当时院长年薪不过3万元,却以10万元年薪和送一套160多平方米房子的待遇,从河北引进了一名副主任医师。2006年,从中南大学湘雅医学院毕业的王立成为了湖南省内乡镇卫生院引进的第一位硕士研究生。通过10多年的历练,王立已成为浏阳市集里医院神经内科四病区主任。

　　"因为神经内科亚专科内容比较多,所以我们从人才引进、培养等各个方面来满足百姓的需求。我们神经内科有9个病区,520张床位,有医护人员286名,有15名副主任以上的医师。"集里医院神经内科主任贝玉章如数家珍般向记者介绍了"家底"。

　　同样作为江氏正骨术第四代传人的黎益丰在骨伤科的细分领域——运动医学苦心造诣,不到40岁就成为医院的主任医师,独当一面。"我结合江氏正骨术的理念进行了创新,如以前很多手术要开刀,现在则改成了微创手术。如患者习惯性肩关节脱位,以前都要开刀,开的口子至少10—20厘米,现在通过微创,只要开几毫米的小口子,这样患者恢复得更快,这在湖南省来说是首例。"黎意丰说。

"良方"三
放权松绑　拓展医院发展空间

　　"无改革不浏阳",这是人们对浏阳人的评价。浏阳人素有敢想敢闯敢干的精神,2011年湖南浏阳启动新医改,出台了《浏阳市市级公立医院管理体制改革实施方案》等一系列医改文件,按照"能放全部放"的原则,将人事管理、内部机构设置、副职推荐、中层干部聘任、收入分配、年度预算执行等6项权利全部下放到市级公立医院。

此外，浏阳市还在药品采购、设备配备、服务权限、职称晋升等政策上松绑放权。

集里医院作为湖南省唯一一家设有重症监护室、能做开颅手术的乡镇医院，今年以来已经做了120多台开颅手术。一家乡镇医院却能承担风险高、过程复杂、高难度的三四类手术，这在全国都不多见。

"我们给他们'松绑'，乡镇卫生院只有一级医院的服务权限，但是我们考虑到集里医院科室的技术条件已经达到了开颅手术的标准，具备相应资质的医生和综合服务能力，只是医院的资质等级没有达到，我们就给予审批、备案，不能因等级而限制医院的手脚，所以我们放开口子。"湖南省浏阳市卫健局体制改革科科长王科明介绍。

为乡镇卫生院开"绿灯"的远不止这些，如为医院争取编制和中高级职数，让更多的优秀人才能如期晋升职称，为一些乡镇卫生院争取CT、核磁共振等医疗设备的购置资格等。

"良方"四
大手牵小手　医联体建设惠及最广大患者

新医改提出，大力发展农村医疗卫生服务体系。进一步健全以县级医院为龙头、乡镇卫生院和村卫生室为基础的农村医疗卫生服务网络。

针对市域内疾病谱、外转病种排序、基层医疗机构发展不平衡的实际情况，湖南省浏阳市建立灵活多样的医联体模式，实现优质医疗资源和患者就诊"双下沉"。

这间放了10多张病床的血液净化室是大瑶镇中心卫生院与浏阳市中医医院科室共建型医联体，从2019年9月至今已接诊了血透病人7000多人次，患者在家门口就可以享受到优质的医疗资源。像这样的由三级医院提供医疗设备或技术人员到基层医院进行帮扶的共建或联盟的科室在大瑶卫生院就有3个。

据湖南省浏阳市卫健局介绍，目前浏阳市已建成多形式医联体56个，其中托管型4个、服务共享型25个、科室共建21个、专科联盟4个、远程医疗2个（医学影像远程会诊中心、心电诊断中心）。市级公立医院对基层医疗卫生机构实施精准帮扶，市级公立医院下派基层正副院长20人，科主任等骨干力量30人。2020年，基层医疗机构诊疗量、住院手术台次、业务收入均增长10%以上。

"良方"五
医防深度融合　家庭医生守护群众健康

"天气变冷了，您要注意千万别着凉感冒了，尽量莫出门啊。"浏阳市沙市镇敦睦村村民陈爱国因肺衰竭长期在家进行治疗，沙市镇卫生院家庭医生团队的医生龙瑛正在他家问诊。"我这病能维持到现在，我们的家庭医生是最大的功劳。"陈爱国向龙医生竖起了大拇指。

近年来，浏阳市以健康浏阳大数据为支撑，以高血压、糖尿病为突破口，以家庭医生签约为抓手，推进医防融合工作，打通了健康管理最后一公里，群众疾病负担明显减轻，基层首诊率及诊疗量占比明显提升。目前，"两病"管理系统共筛选出确诊患者 18 万，已纳入"两病"标准化管理的患者达 12 万余人，医防融合率达 100%。

浏阳市建立家庭医生签约收付费制度和签约激励机制，落实绩效工资"两个允许"要求，家庭医生收入增长 20%。2019 年重点人群签约率达 60% 以上，签约人群首诊率提升 20%、满意率达 95%，实现了签约人群首诊率和满意率"双提升"。

在国家卫健委优质服务基层行活动中，浏阳市已经有 9 家乡镇卫生院达到了推荐标准，也就是说基本达到了二级医院的标准，其他乡镇卫生院全部达到了基本标准，在湖南全省率先实现这一目标。

2019 年，集里医院医改被中国人民大学卫生政策研究与评价中心列入"中国医改十年评价·湖南的经验与政策评估"案例。中国人民大学卫生政策研究与评价中心研究员孔国书认为，浏阳"超级乡镇医院"现象是新医改的一个成功案例。新医改以来，许多地方的基层医疗机构作为公益一类单位，实行收支两条线管理。这样虽然有利于切断个人收入和机构收入之间的利益链，却也容易形成大锅饭现象，挫伤基层医务人员的积极性，无论是基本公共卫生或医疗服务能力都被弱化了。而浏阳成功之处就在于其敢闯敢试，从当地实际出发，在薪酬制度改革、绩效评定等方面采取了灵活的运行机制，能有效激发医护人员的积极性。同时，浏阳"超级乡镇医院"结合当地实际，打造各自的特色专科，也是其发展迅猛的主要原因。

✎ **记者手记**

"病人都是喜笑颜开地回去，我心里还是很有成就感的。"这是"江氏正骨术"的第三代传人江林教授发自内心的工作感受。采访中，这位老教授的医者仁心，让我心生敬意。

到浏阳社港来正骨的病患，大都是因他慕名而来。江教授年近古稀，每年除了过年休息三天外，再无节假日，每天早上 5 点起床，雷打不动地要到病区查房，上午在公立医院接诊，下午又在相隔不远的民营医院继续看病，门诊价格还一样。他看的病人，大都不住院、不做手术，手术复位后只服用中药治疗，一个在大医院花费上万元的骨折手术，到了江林手中，往往只需数百元就能解决问题。

江教授在行医路上，一心为民，疲而不倦，正是因为有了这样的名医，带出了一群好医生，带火了一座乡镇。

鼓励就地过年，长沙诚意满满

2021 年 2 月 5 日

立春之后，春节的脚步越来越近了。每逢佳节倍思亲，在外打拼了一年，能回老家与父母妻儿团圆，热热闹闹吃一顿年夜饭，这是游子们最大的念想。但是，在疫情防控的特殊背景下，就地过年、平安过年却是他们最坚定的选择。

一定要让这些异地的务工人员感受到家一般的温暖。2021 年 1 月以来，全国各地不少城市发布稳岗留工、鼓励就地过年的政策福利。作为近年来人口增长最快的城市之一，长沙也出台了鼓励外来务工人员就地过年的系列暖心举措，用实际红利与真情服务，帮助企业稳岗留工，用真心热心让就地过年者暖心安心。

暖 心 政 策

2 月 5 日，正值南方"小年"，长沙市望城区在比亚迪电子工厂兑现首批鼓励就地过年政策大礼包。

"我领了 1000 元现金，还有政府送来的新春大礼包，这里面有口罩、有坚果，还有望城全域旅游年卡，过年的时候公司还准备了除夕晚会等，而且文体室都会开放的，这个春节我们不会孤单。"长沙比亚迪电子工厂的辽宁籍员工丁鹏开心地展示着收到的新春大礼包。

1 月 19 日，望城区在湖南省率先出台《关于支持企业有序生产、鼓励外省员工就地过年的若干措施》，为就地过年的外省员工，每人发放千元大礼包，采取"先发后补"方式，由企业先足额发放，政府给予企业补贴。望城区今年有 1.2 万名外省员工选择留在本地过年，首批申报的 3699 名外省员工各项补贴及流量包、全域旅游卡、新年礼物等物资发放总额近 560 万元。

"就地过年，放弃回家团聚，充分体现了大家深明大义、胸怀全局、爱家爱国的无私情怀。天下没有远方，有爱即是家乡，大家虽然来自不同的地方，但是来到望城，就是望城人,望城就是你们值得信赖和依靠的第二故乡。"望城区委书记刘拥兵表示,望城区委区政府将为企业正常生产、员工就地过年提供全方位保障,并采取各种形式,想方设法为外地员工提供人文关怀、营造节日氛围,让外地留守员工度过一个平安、幸福、祥和的"望城年"。

1月22日,长沙县人民政府、长沙经济技术开发区管理委员会发布《关于公布鼓励非湖南省户籍人员留县(区)过年十项举措的通知》,鼓励各企业向非湖南省户籍留县(区)过年员工发放"过节"红包,由县(区)财政向企业补贴发放"过节"红包的30%(财政补助金额每人不超过600元),同时安排文化娱乐活动,提供免费体检,免费照护中、小、幼学生,免除半个月房租等,让省外务工人员开开心心就地过春节。

1月25日,浏阳市发布《关于公布鼓励外省员工在浏过春节若干措施的通知》,同样有政府发红包、免房租、送旅游卡等政策福利,特别是"赠送烟花、燃放焰火",体现了浏阳特色。

1月28日,长沙高新区发布《关于支持企业春节期间稳岗留工促发展的若干措施》,决定对在长过年的省外户籍员工每人发放800元现金红包,发放价值200元的新年大礼包,减免半个月房租等。

就在芙蓉区、天心区、岳麓区、开福区、雨花区和宁乡市外省人员也在咨询当地是否也会有类似政策福利时,好消息来了!2月2日,长沙市政府发布《长沙市"迎新春送温暖、稳岗留工"专项行动工作方案》,针对就地过年的农民工等务工人员及医用物资生产等重点企业,推出多项暖心举措,决定对留长过年的非湖南省户籍在长务工人员,发放不超过1000元的留长礼包,发放不超过300元的工会新春消费券,20G春节本地流量,实行国有景区和公共文化体育场所等预约免费开放,鼓励企业组织留长过节职工开展岗位技能提升培训,人社部门先行拨付培训补贴资金总额的50%。

这个市级层面政策出台,进一步压实了各地的主体责任,让稳岗留工政策福利得以在长沙全面施行,同时也充实了举措内容,特别是在先行拨付企业培训补贴方面,体现了长沙人社部门的积极作为。

暖 心 企 业

长沙工程机械巨头之一的山河智能有员工6500余人,外地员工占总人数的六分之一。1月26日,山河智能发布《关于鼓励员工就地过年的福利政策通知》,为外省籍就地过年员工发放1200—3000元红包,同时还可以享受当地政府的政策福利。据该公司透露,山河智能决定就地过年的外省籍员工已经超过1100人。

据了解,春节假期,山河智能还会为留厂员工准备团圆饭,员工活动中心的所有娱乐设施,比如KTV、电子竞技室、棋牌室等都会开放。除夕夜,山河影院也会实时播放央视春节联欢晚会。

广西河池人韦乃建是长沙经开区企业南方长河泵业有限公司的采购部部长,今年春节响应号召就地过年。他告诉记者,公司的政策很好,凡是就地过年的外省籍员工,一律发放3000元补贴,同时今年"五一"节会给他们多放几天假,还报销回家探亲的路费。

"公司的做法非常人性化!在长沙工作了这么多年,也没有到周边景区景点好好看看,这次一定要好好逛一逛。"韦乃建开心地说。

长沙戴湘汽配科技有限公司的技术员唐坤,老家在河北秦皇岛,今年春节选择留守长沙加班,公司给他在秦皇岛的家属寄去了特别年货大礼包。

唐坤的妻子郑兰告诉他,年货大礼包里有手撕腊牛肉、香肠等湖南特产,收到礼包真的很开心。

"我们在家和老人一定把这个年过好,你们就放心工作,把工作搞好。"郑兰在电话那头说。

记者了解到,基本上所有企业对于外省就地过年的员工,都发放了额外的过节礼包。位于望城经开区的德赛电池为外省留长员工每人发放近3000元津贴,航空工业起落架公司为外地单身青年组织开展云相亲、云合唱、家乡话送祝福、网上年夜饭等系列活动,新希望南山等企业为外省员工家里邮寄一份新春礼包,用心用情让就地过年更有年味。

长沙这些企业为就地过年的外省员工发放额外的礼包或津贴,一方面是响应号召勇担社会责任;另一方面,许多企业也确实赚了钱,在长沙不断发展壮大,春节过后,可能还要招兵买马。南方长河泵业有限公司透露,2020年公司业绩基本没有受到疫情影响,销售额达到1.4亿;山河智能预计2020年度净利润5.28亿—6.29亿元,同比增长5%—25%;长沙戴湘汽配科技有限公司2020年销售额5.4亿,同比增长26%。

2021年长沙市《政府工作报告》指出,2020年,全市规模以上工业增加值增长5.1%。这一数据显示,尽管受到疫情的冲击,但长沙规模工业企业依然在砥砺前行,逆势成长。

长沙市人社局相关人士认为,从稳岗留工的角度来看,企业的福利政策无疑会增加企业的美誉度和招工吸引力,有利于企业在春节假期后迅速复工复产,确保订单进度。

政府和企业的政策福利叠加,同频共振,让更多人相信,这确实是充满温暖和人情味的长沙。

暖 心 城 市

老家在山东青岛的小张是哈啰出行湖南公司的员工,今年也不准备回老家和父母一起过春节了。

"今年估计在长沙过年的人会多一些,也会热闹一些,可能不会像以前,街上一到过年就冷冷清清。"看到长沙鼓励就地过年的系列福利政策后,小张这样分析。

留下来过节的人增加了,"米袋子""菜篮子"一定要保障好。

2月3日,长沙召开全市生活必需品"双节"保供工作调度会。据市商务局透露,目前,长沙市主要生活必需品市场保持良好平稳态势,以肉、菜、粮、油应急保供为重点,春节期间全市肉、菜自产自供能力达15天;粮、油自产自供能力达74天;此外,储备也较为充足:冻猪肉4500吨,活体储备30000头;蔬菜存量40余万吨;粮食储备18万吨;食用油储备1.46万吨;家禽存栏2300万羽;肉牛5万头;水产存量7万吨。这些都将极大地保证市民假日期间生活必需品的有效供应。

据了解,春节期间,长沙华润万家、步步高、大润发、麦德龙、家乐福等大型超市均正常营业。长沙本土生鲜团购龙头兴盛优选鼓励门店春节无休,并有24000多名物流及仓储人员坚守在岗位上,市民依旧可以足不出户网上买菜。

"兴盛优选整个春节期间,包括大年三十和初一都不会打烊,将以丰富的年货、充足的供应、高效的配送、无忧的售后以及全方位的防疫措施,保障消费者就地过好年、开心过大年。"湖南兴盛优选电子商务有限公司公关中心总经理李浩介绍说。

记者从长沙市旅游饭店行业协会了解到,春节期间,全市星级以上旅游饭店正常营业,有的还推出了打折促销活动。火宫殿、徐记海鲜、秦皇食府、筷乐潇湘等品牌餐饮企业春节期间都不打烊,坡子街火宫殿总店还会举行传统庙会活动,提供吃喝玩乐一条龙服务。

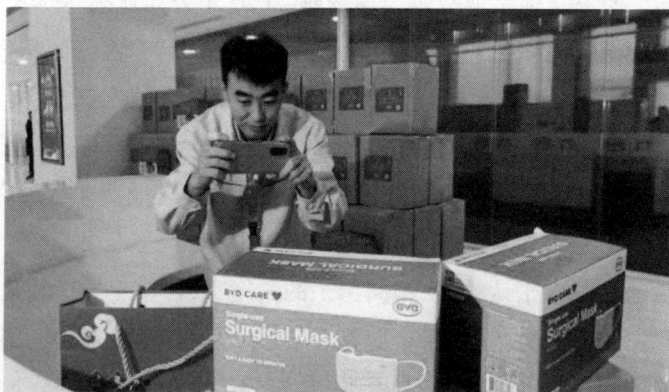

长沙比亚迪电子工厂辽宁籍务工人员丁鹏把望城区政府发来的大礼包拍照发朋友圈。

作为娱乐之都,春节期间长沙绝大部分酒吧、KTV将正常营业。长沙市电影协会秘书长焦先觉告诉记者,春节期间,长沙100多家影院集中上映《唐人街探案3》《你好,李焕英》《侍神令》《刺杀小说家》《人潮汹涌》《新封神:哪吒重生》《熊出没》等贺岁大片。长沙松花江饺子馆就地过年的东北籍员工张亮表示,这个春节一定要连看三场电影,好好过足瘾!

为了让留长人员快乐过年,长沙文旅部门也使出了浑身解数,岳麓山、橘子洲等景区景点预约开放,全市图书馆、群艺馆、博物馆、美术馆等公共文化场所免费开放,《龙翔九天——元明清御用瓷器特展》《清平乐——黄河流域汉唐宋元乐舞戏曲精品文物展》《湖湘木帆船制作技艺展》等5个展览也免费开放。

记者调查发现,为了让外省务工人员就地过好年,为了稳岗留工,为了抗疫大局,长沙市各级各部门和相关企业都出台了过硬措施,用真心真情真爱温暖异乡同胞,让他们体验幸福的味道,让长沙成为他们的第二故乡。

在长沙过年,真好!

✎ **记者手记**

现在回想起来,2021年的春节真的十分温暖,对于留在长沙过年的外地人员特别是省外人员来说,长沙就是他们温暖的家。

三只熊冰雪王国的东北籍教练们,除了享受到长沙市稳岗留工的暖心政策外,长沙广电集团新闻中心的采编人员还为他们送去了丰盛的年夜饭,让他们感受到长沙人的友爱与温情。

长沙市委宣传部也及时发布了外地来长务工人员免费看电影的政策,竭尽所能为他们提供精神文化服务。

有网友评论说,长沙是一个包容、有爱、幸福的城市,从笔者的调查来看,所言非虚。

笔者万万没有想到的是,这样一篇似乎没有太多深度的调查文章,在学习强国平台竟然有将近400万的点击阅读量,创下了《总编辑调查》栏目稿件在学习强国平台的最高纪录!现在想来,这并不是笔者的调查文章写得有多好,而是长沙做得太好!

踏遍青山——探访湘赣边

2021 年 7 月 2 日

踏遍青山人未老,风景这边独好。

是什么让党的星星之火燃遍全国?为什么中国的大地春常在?习近平总书记在党史学习教育动员大会上强调,全党同志要做到学史明理、学史增信、学史崇德、学史力行。为贯彻落实习近平总书记重要讲话精神,长沙市广播电视台推出大型融媒体特别节目《踏遍青山——探访湘赣边》。从今年 4 月初到 6 月底,记者先后深入湘赣边湖南、江西两省的浏阳、安源、醴陵、茶陵、汝城、桂东和井冈山等革命老区,挖掘党史故事,感悟党的思想,学党史、悟思想、办实事、开新局,立体展现湘赣边以人民为中心、带领人民群众谋发展的动人篇章,以此庆祝中国共产党百年华诞。

学党史,悟思想

湘赣边区涉及湖南、江西两省的浏阳、醴陵、茶陵、井冈山、永新、安源等 24 个县(市区),是一片为新中国成立、为中国革命作出巨大贡献的红色土地,革命时期牺牲的烈士达 30 万人,可谓是"青山处处埋忠骨"。

在湘赣边区,第一面军旗、秋收起义、文家市转兵、三湾改编、第一个县级红色政权、"半条棉被"等重要历史事件成为了中国革命史和中共党史上不可磨灭的光辉记忆,湘赣边区是建党历史资源高地、建党精神研究高地和建党故事传播高地。

文家市转兵:光辉的起点

时光流转,浏水汤汤。历史,注定要铭记住 1927 年那个风云激荡的秋天,中国共产党在湘赣边领导了波澜壮阔的秋收起义。1927 年 9 月 19 日,工农革命军在浏阳文家市会师,审时度势之后,改变进军长沙的路线,转兵井冈山,开创了中国共产党领导下的第一个农村革命根据地,中国革命由此踏上了农村包围城市的正确道路。

中共浏阳市委党校高级讲师黄勇认为,湘赣边秋收起义孕育着中国革命走向胜利的历史必然,而文家市正是中国革命走农村包围城市道路的光辉起点。秋收起义高扬党为人民谋解放的旗帜,选择了符合客观实际的正确道路,善于凝聚人民群众力量,善于锻造革命队伍,坚持实事求是思想路线,这五个方面贯穿了中国共产党领导革命和建设走向胜利的全过程。

汝城:"半条被子"悟初心

郴州市汝城县是湘南起义的策源地、红军长征突破第二道封锁线所在地,更是"半条被子"故事的发生地。

2020年9月16日,习近平总书记在湖南考察时参观了汝城县沙洲村"半条被子的温暖"专题陈列馆并指出,"半条被子"的故事体现了中国共产党人的初心和本色,当年红军在缺吃少穿、生死攸关的时候,还想着老百姓的冷暖,真是一枝一叶总关情!

湖南省委党史研究院副院长王文珍认为,中国共产党在领导中国革命斗争中间,没有个人的利益,只有为了人民谋幸福。老百姓从这"半条被子"当中,直观地认识了中国共产党,也深切地感受到中国共产党人一心一意为人民的赤诚初心。

井冈山:星星之火从这里燎原

井冈山位于江西省西南部,是中国共产党执政为民的起点,党的初心使命变成了生动的实践。1927年10月,毛泽东、朱德率领中国工农红军来到井冈山,创建中国第一个农村革命根据地,走出了一条农村包围城市、武装夺取政权的正确道路。井冈山被誉为"中国革命的摇篮"和"中华人民共和国的奠基石"。

习近平总书记指出,井冈山时期留给我们最为宝贵的财富,就是跨越时空的井冈山精神。井冈山精神最重要的方面就是坚定信念、艰苦奋斗,实事求是、敢闯新路,依靠群众、勇于胜利。

井冈山革命博物馆副研究员周见美认为,艰苦奋斗攻难关是井冈山精神的基石。永葆艰苦奋斗的精神,永葆廉洁奉公的本色,这是新时代的我们所应该做的。

办实事,开新局

十步之内,必有芳草。

在湘赣边革命老区探访,记者的足迹遍布浏阳、醴陵、茶陵、安源、汝城、桂东、井冈山。一路走来,记者强烈感受到,在湘赣边这片为中国革命付出巨大牺牲、作出重大贡献的红色土地上,热血记忆从未远去,红色基因薪火相传,信仰的力量澎湃不息。融入骨髓、化为血脉的红色基因已然成为湘赣边区在推进区域高质量发展进程中随时可以迸发出来的活力因子。

浏阳:自强不息,敢为人先

秋收起义带给了140多万浏阳人民"自强不息、敢为人先"的城市精神。"无改革,不浏阳",成为浏阳最鲜明的发展标识。

在如今蕉溪岭隧道的入口处,1992年的时候还是一座矗立群岭之中的山峰,对于当时的浏阳而言,要想对接外界谋求发展,就必须跨越眼前这座"高山"。

浏阳市蕉溪岭隧道。

1992年12月,"要致富先修路""没有资金自己凑"的思想在浏阳迅速成为共识,不到3个月时间,全县社会集资额就达到2280多万元。1996年国庆节,319国道竣工通车,成为当时全省第一条县级自修的国道。

蕉溪岭隧道打通的不只是一条交通便捷路,更是一条经济发展的高速路。1997年,浏阳摘掉了国家级贫困县的帽子。如今,浏阳经开区(高新区)等园区沿路而立,249家省市智能制造试点示范企业、32家省级"小巨人"企业、2家国家级"小巨人"企业在这里扎根壮大。

湖南省委书记、省人大常委会主任许达哲对湘赣边区域合作寄予很高的期望,明确提出要将湘赣边区域打造成为乡村振兴的示范区域。湖南省委常委、长沙市委书记吴桂英对浏阳怎样在湘赣边区域合作中间担当领头羊也寄予了很高的期望。

记者了解到,浏阳作为湘赣边区域的发起单位,将在机制共建、产业互动、民生共享等方面先做一些探索。同时,按照湘赣边区域合作"以红色为魂、以产业为骨、以设施为桥、以绿色为底、以民生为本"的要求,真正让湘赣边区域合作能够成为全国区域合作的典范。

汝城:党建引领谋出路

沙洲村村民朱中慧是党员朱向勇的联点对象之一,他承包了村里100多亩土地,种植柰李、鹰嘴桃等特色水果,去年亩均效益达到1万元左右,今年果树挂果良好,丰收在望。

朱向勇告诉记者，在沙洲村，每名党员都会联点帮扶5户村民，指导剪枝、套袋等技术，并把他们生产生活的一些急需问题想办法解决掉。

近年来，沙洲村大力发展红色旅游产业，以"党建+"模式推进，以"旅游+"模式扩展，村民们在家门口吃上了香喷喷的"旅游饭"。2018年沙洲村实现整体脱贫，2020年人均可支配收入达1.5万元，村集体收入达到55万元。

"原来的时候共产党人给了沙洲村半条被子，现在同样的，共产党人也会给我们沙洲村带来幸福日子。"汝城县沙洲村党支部书记朱向群说。

井冈山："革命摇篮"展新姿

井冈山市茅坪镇神山村曾是井冈山市最偏远的贫困村之一，如今，昔日的穷山村已经蝶变成了山清水秀的美丽乡村。50出头的农村妇女彭夏英在2018年获得"全国脱贫攻坚奖奋进奖"，是神山村的"名人"。曾经，三双筷子、三个碗和一箩谷子是她家的全部家当，所以在村里一直以"苦"出名。2016年2月2日，习近平总书记冒着风雪来到神山村视察精准扶贫工作，就是在她家的小屋里深情地说，"在扶贫的路上，不能落下一个贫困家庭，丢下一个贫困群众。"总书记的话让彭夏英深受鼓舞和感动。她发现来村里旅游的人越来越多，于是带领家人开办了全村第一家农家乐，在自家屋里开起了小卖部，向游客出售自家制作的腊肉、笋干、米酒等土特产。因为奋斗，她让自己在全国都出了名。

近年来，神山村按照"党建为先、产业为根、立志为本、机制为要"原则，实施一系列的帮扶措施，截至2020年底，全村农户人均收入达到2.8万元。

井冈山管理局局长、井冈山市市长焦学军表示，井冈山将努力构建山清水秀、集约高效宜居的区域空间格局，形成产业特色鲜明、生态安全秀美、社会稳定和谐的新局面。力争到2025年，井冈山市产业结构持续优化，综合经济实力显著增强，生态环境质量位居全国前列，百姓幸福感获得感持续提高。

✎ 记者手记

踏遍青山人未老，革命人永远是年轻。三个月来，行走在湘赣边革命老区，我们深刻感悟到中国共产党波澜壮阔的百年征程、历久弥坚的百年初心，深深感受到中国共产党人艰苦奋斗、开拓进取的伟大精神，湘赣边区翻天覆地、欣欣向荣的巨大变化更是让人振奋不已。

党的十八大以来，习近平总书记多次强调要把红色资源利用好、把红色传统发扬好、把红色基因传承好，对湖南也提出了要讲好红色故事、传承红色基因的殷切嘱托。

踏遍青山人未老,风景这边独好。如今的湘赣边区,正以更加开放的姿态,在生态共建、绿色共享、乡村振兴、产业发展等多方面展开合作,"湘赣一家亲"正在新时代焕发出新的光彩。我们坚信,穿越时空的湘赣情,必将助力老区振兴迈上快车道,为老区人民带来更多实实在在的福祉!

从"五位"入手，长沙这样为群众办实事

2021 年 6 月 20 日

天地之大，黎元为先。

习近平总书记指出，这次党史学习教育要同解决实际问题结合起来，开展好"我为群众办实事"实践活动。

"学位、床位、车位、厕位、梯位"等是当前群众最关心的"急难愁盼"问题，它们一头连着高质量发展，一头连着百姓高品质生活。

长沙在党史学习教育中，是如何以"我为群众办实事"实践活动为契机，从"学位、床位、车位、厕位、梯位"等民生难题入手，从而推动民生服务大提升的呢？来看记者的调查。

学　位

天心区是长沙的老城区、中心城区，近年来，随着城区人口的急速增加，如何有效满足老百姓"好上学""上好学"的愿望成了当地党委政府的重要议题。

家住天心区友谊路的陈女士的儿子马上就要幼儿园毕业了，儿子能不能就近读个优质的小学和初中，一直是她在操心的事。今年初，得知家门口在建的九年一贯制学校——湖南师大附中双语实验学校将于今年 9 月开始招生，陈女士全家都乐开了花。

记者从天心区教育局了解到，从 2013 年起，天心区共计投入 50 亿元，完成了 47 个新建改扩建项目，新增学位 59560 个，2018 年在全省率先完成了义务教育标准化学校建设任务。2022 年，长沙市一中城南中学等 3 所学校又将全新启航，新增学位 5790 个。

据了解，2021 年，长沙市共安排中小学校学位扩容建设项目 35 个，年度计划总投资 39.2 亿元，计划新增学位 5.7 万个。

床　位

床位问题实际上就是看病难、住院难。

长沙市卫健委提供的数据显示，截至 2020 年底，长沙市医疗卫生机构总床位数 83180 张，每千常住人口床位数 8.28 张，高于国家每千常住人口医疗卫生机构床位数控制在 6 张的规划指标。

随着长沙市常住人口突破 1000 万，长沙的医院建设也在加快推进。

在韶山路旁的长沙市中心医院，记者看到，建筑面积接近 6.6 万平方米、总投资 5 亿多元的医疗综合楼已经封顶，目前正在进行外墙装修。

长沙市中心医院总务科科长黄晖告诉记者，这栋地上 23 层、地下 3 层的大楼可望在 2021 年底竣工，投入使用后，将增加 900 多张床位。

目前，长沙市中心医院实际开放床位 1800 多张，日均住院病人 2300 多人。新大楼投入使用后，将极大缓解住院床位紧张的局面。

长沙市妇幼保健院也是住院床位比较紧张的医院之一，在 2017 年、2018 年二孩生育高峰期间，产科床位是一位难求。长沙市妇幼保健院副院长王团美告诉记者，为更好地服务市民群众，医院将在河西梅溪湖新建国内一流的现代化三级甲等妇幼保健专科医院，共设置床位数 1300 张。此外，长沙市妇幼保健院还将在原址拓建，新建约 2 万平方米医疗业务大楼，床位数将增加到 1000 张。

长沙市妇幼保健院梅溪湖新院效果图。

据了解，"十四五"期间，长沙市四医院滨水新城院区、望城区人民医院、长沙县人民医院、长沙市口腔医院河西分院、长沙市中医医院第三住院大楼和医养结合病房项目、长沙市公共卫生救治中心一期、长沙卫生职业学院附属医院等 10 个重大建设项目可望完工，投入运营后，预计共新增床位 8469 张。

除了新建扩建增加床位,长沙市各级医疗机构还对床位进行精细化管理,进一步提高床位周转率。此外,长沙市还通过建设城市医联体、县域医共体,实施医保优惠减免政策,推动医联体内上级医疗机构下转患者;将乡镇卫生院、社区卫生服务机构住院报销比例由80%提高到85%,并降低基层医疗卫生机构住院起付线,推动参保人员就医往基层倾斜,助推分级诊疗落实。全市县域内就诊率不断提高,浏阳市超过95%,基本实现"小病不出乡、大病不出县",有效缓解市区级大型医院尤其是市级三甲医院"一床难求"的局面。

车　位

开车十分钟,停车半小时。这句话道出了很多人的无奈。在长沙五一商圈、各大医院以及老旧小区,"停车难"问题尤其突出。

交警部门提供的数据显示,目前长沙机动车保有量已突破300万辆,城区动态车辆为178万辆,城区停车泊位167.7万个。按照住建部《城市停车设施规划导则》,停车泊位应达到车辆的1.1—1.3倍。按城区动态车辆1.3倍计算,长沙城区应建设231.4万个泊位,实际缺口达63.7万个。

据交警部门测算,近年来长沙平均每年新增机动车21万台。而2014年至2020年,全市新增泊位25.1万个,泊位建设远远跟不上机动车增长速度,"停车难"问题日益凸显。

在多次调研、座谈的基础上,长沙市成立市静态交通管理领导小组,全面统筹全市停车管理工作。2021年2月24日,市重大交通设施建设事务中心编制的《长沙市解决停车难治理停车乱两年行动计划(2021—2022年)》经市政府批准实施。

《长沙市解决停车难治理停车乱两年行动计划(2021—2022年)》要求,两年内新增停车位40万个,将中心城区95%的停车场纳入全市智慧停车管理服务平台,对"停车难"最严重的69个区域实施专项治理。此外,还将通过强化执法管理、推进立法等措施,进一步提高城市停车管理水平和服务质量。

目前,全市(含长望浏宁)的所有停车场数据信息已完成采集,泊位建设工作已纳入今年的重点民生实事项目。

记者在天心区坡子街附近的小西门排渍泵站看到,小西门泵站末端调蓄设施及停车场共建项目目前已完成主体建设,预计6月底完工。该项目是长沙首次采用"泵站调蓄池+停车场"模式,建成后,不仅长沙主城区小西门泵站纳污区减少高峰期污水外溢,同时还将新增一座80个停车位的地下两层停车库。

除了利用扩改建、"平改立"等方式挖掘用地潜力建设停车场外,长沙还将在2022年底建成5万个路内停车泊位。

在湘江大道湘春路口至橘子洲大桥的临江辅道上，今年4月26日成立的长沙静态交通投资运营有限公司管理着这里的174个路内停车泊位。这些泊位，半个小时内免费，超过半小时，每15分钟收费2—3元，24小时152元封顶。

"6月底全市将共投入运营路内泊位2万多个，年底将增至4万个，绝大部分泊位收费也会更加实惠。"长沙静态交通投资运营有限公司支部书记王晓华告诉记者。

哪里有停车场？停车场内还有没有泊位？这些关键信息，可以通过"湘行天下"智慧停车管理服务平台在手机上查询。长沙市数据资源局党组书记、局长张武表示，长沙将依托"长沙城市超级大脑""政务云"等基础设施为智慧停车赋能，方便市民在线查询、车场导航、快捷支付和预约停车泊位。

为缓解医院停车难问题，长沙市发改委等部门规定，公立医院对与就诊有关的车辆，免费停放时间不低于45分钟，医院周边道路临时泊车位在重要节假日全天免费停放，双休日减半收取停车费。城市交通枢纽、轨道交通换乘站配套停车场采用计次收费方式，24小时最高收费标准不超过30元。

厕 位

小厕所，关系大民生。

雨花区长沙大道旁的圭塘河堤岸，青草丛生，空气清新，一直是附近居民散步休闲的好去处。但是长达几公里的河堤上多年来一直没有公厕。在区人大代表的提议下，2018年底，一座造型时尚、设施齐全的示范性公厕建成投入使用。

记者从长沙市城管局了解到，2016—2020年，长沙市新建公厕89座，其中示范性公厕16座；提质改造公厕300座。2021年，全市将新建公厕25座。全市公共厕所实行"一厕一人、定人定岗"管理，24小时对外开放巡回保洁。同时推进开放沿街社会单位管理的厕所，多渠道增加1000余座单位内部厕所对外向市民提供方便。

在长沙市各个乡镇，一场农村"厕所革命"也正在强力推进，"改厕"成为农村人居环境整治的重要内容。

据长沙市农业农村局相关负责人介绍，长沙市各个乡镇充分采用村村响、屋场夜话、上门夜谈、短视频等方式宣传改厕工作，2020年以来，完成农村改（新）建无害化户厕214476户，农村无害化户厕普及率达95%。

梯 位

既有多层住宅增设电梯工作是长沙许多老旧小区居民翘首以盼的"福音"。5月17日，湖南省委常委、长沙市委书记吴桂英在芙蓉区调研老旧小区电梯加装、旧城改造等工作时强调，要着力解决"学位、床位、车位、厕位、梯位"等人民群众关心的问题，以

"小切口"为突破,推动民生服务"大提升"。

近日,长沙市住建局下发《关于进一步做好我市既有多层住宅增设电梯工作的通知》,明确 2021 年、2022 年长沙市既有多层住宅每年增设电梯 1200 台。长沙市内五区增设电梯财政补贴 10 万元/台。

"我父亲腿脚不便,一个月都难得下楼一次。现在有了电梯,只要天气好,就会下楼晒太阳。""这个电梯坐着感觉特别好,旁边还有逃生梯,安全也有保障,为政府点赞。"长沙市岳麓区金星小区多位居民为电梯的安装竖起了大拇指。

记者了解到,增设电梯工作已列入长沙市政府对各区县(市)政府的民生实事考核。长沙市住建局将牵头制定和发布既有多层住宅增设电梯申请资料格式文本,统一规范全市增设电梯工作申请和办理业务流程。探索建立增设电梯工作网络审批平台,实现网上申报、网上办结,提高工作效率,方便群众办理。

民有所呼,政有所应。今年以来,长沙市积极开展"我为群众办实事"实践活动,聚焦群众"急难愁盼"问题,把党史学习教育成果转化为为民办实事、解难事的实际行动。除了着力解决"学位、床位、车位、厕位、梯位"等人民群众关心的问题外,还在全力推进 2021 年长沙市两会确定的城镇危房改造、农村公路建设、村(社区)综合文化服务中心建设、社区养老服务设施建设等民生实事,不断增强市民群众的获得感、幸福感、安全感。

✎ 记者手记

"一切为民者,则民向往之。"我们党之所以能够始终得到人民衷心拥护,最关键的是始终坚持为人民利益而奋斗,坚持把人民放在心中最高位置。开展党史学习教育,就是要从党的百年非凡历程中汲取宝贵经验和启示,保持初心不改、本色不变,切实为群众办实事、谋福利。长沙把开展党史学习教育作为砥砺初心使命的"试金石",紧紧依靠人民,不断造福人民,长沙人民看在眼里,记在心里。

正如习近平总书记强调的,任何时候我们都要不忘初心、牢记使命,都不能忘了人民这个根,永远做忠诚的人民服务员。扎实推进党史学习教育,不仅要让广大党员干部受洗礼、有提升,更要让党史学习教育成果真正惠及群众。党史学习教育永远在路上,我们必须常怀为民之心,常谋利民之策,常办惠民之事,把党史学习教育融入日常、抓在经常,不断增强为民办事的本领,才能凝聚起更强劲的动力,为全面建设以"三高四新"为引领的现代化新长沙不断贡献新的力量。

长沙"新六尺巷"为何美名扬？

2021 年 11 月 13 日

11 月 10 日傍晚，华灯初上。

随着长沙市梓园路湖南省儿童医院对面 10KV 鸿园线 012 电线杆迁移工程圆满完成，最近备受瞩目的长沙"新六尺巷"巷口豁然开朗，双向通行的最后堵点被拔除，小巷尽头闲置多年拥有近 300 个车位的长沙市雅礼十五中学（以下简称雅礼十五中学）社会停车场达成对外开放要求。这也意味着，省儿童医院及周边停车难、行车难问题得到缓解。

11 月 11 日，长沙市优化营商环境工作领导小组办公室发出通报，对推动雅礼十五中学社会停车场闲置这一历史遗留问题解决、缓解省儿童医院及周边停车难、行车难工作的 15 家先进单位给予公开表彰。

记者调查发现，虽然才命名不久，但这条位于省儿童医院对面仅百米的"新六尺巷"已经美名远扬，成为长沙市党史学习教育"我为群众办实事"实践活动、建设全国文明典范城市、持续优化营商环境的生动案例。

办实事，攻坚克难

湖南省儿童医院位于长沙市梓园路 86 号，是三级甲等综合型儿童专科医院。据介绍，医院日均门（急）诊量超过 5000 人次，暑假高峰期日最高门诊量超过 8400 人次，院内日人流量更是高达 20000 人次以上。据统计，每天进出医院的车辆近 2800 台次，而医院仅有停车位 329 个，"停车难"一度是就诊群众反映强烈的问题。

而省儿童医院所处的梓园路两厢是稠密的住宅区和学校等单位，仅对面的雅礼十五中学便有师生 3000 余人，密集的车流人流使得只有两条车道的梓园路十分拥堵，梓园路省儿童医院路段更是被人戏称为长沙的"堵王"之一。

为破解省儿童医院及周边停车难、行车难问题，长沙市综合施策，在距离医院仅百余米的雅礼十五中学操场下修建了两层地下停车场,共有 298 个车位;由雨花区牵头,在 2020 年底前拆除了 20 世纪八九十年代建设的 24 个历史违章门面共 1200 平方米,退让出来的地面改建为就诊落客区,大大减少了占道停车现象;2021 年 8 月,长沙市交警支队牵头,将梓园路儿童医院路段改为单向行驶;与此同时,省儿童医院也积极采取措施,优化院内停车方案、禁止医院职工车辆停入院内,把车位让给就诊群众。

长沙市雅礼十五中学社会停车场局部。

上述工作至少牵涉到省、市、区各级单位 15 家,周边居民群众近 500 名,召开各级各类协调会、座谈会等数十次,工作难度可想而知。仅仅是违章建筑的拆除,雨花区侯家塘街道及区属司法、资规、住建、城管、市监、消防、交警、园林等部门就做了大量耐心细致的工作。

"我们是无情拆违,有情操作,帮承租户找门面、找仓库,尽最大能力帮助他们,满足他们的合理诉求。违章拆除后,没有一户上访。"雨花区侯家塘街道办事处城管办副主任汤泓告诉记者。

"现在路不堵了,进出雅礼十五中学停车场的巷子拓宽了,环境也变美了,闲置几年的停车场马上就能投入使用了,儿童医院的停车难问题终于解决了,我很开心。"家住省儿童医院对面侯家塘社区的李玉梅老人告诉记者。

促文明,真抓实干

要让 2018 年便已建好的雅礼十五中学社会停车场投入使用,彻底破解省儿童医院及周边停车难行车难问题,必须拓宽梓园路到停车场之间的百米通道,使之由 3.8 米拓展到 6.5 米,实现双向行驶。

要实现这一点,关键是要做好做通湖南省税务局侯家塘宿舍区职工和家属的工作,让他们同意家属大院的围墙退让2米左右。

"听说要退让这么多,一开始业主群里都炸开了锅。大家担心噪声、尾气、采光什么的,有些人想不通。"一位不愿透露姓名的业主告诉记者。

"我们局领导、街道干部、我们小区业主委员会多次组织召开座谈会、沟通会,甚至是个别谈话,与停车场通道设计单位、运营公司反复沟通研究,最终大家打消了顾虑,统一了意见,舍小家为大家,让他三尺又何妨。"小区业主委员会主任罗洪武说。

退让的另一方是国网长沙供电公司,公司配电间的楼梯改向,让出了宽约1米、长约10米的地盘。

这条百米通道约有一半在雅礼十五中学职工宿舍区内,学校职工和家属以大局为重,同意拓宽道路。

共建共享共赢。取得共识后,停车场运营方长沙静态交通投资运营有限公司投资200多万元,在1个月内即完成停车场内地面清理、亮化改造建设、车位分区、微循环标识安装及周边道路降坡、降噪处理,按要求细心设置女性专用车位等个性化设施,打造了省会首个女性友好、儿童友好型停车场,并与周边群众达成互利互惠方案,为停车场的开放奠定了坚实基础。

全程联点该项目的长沙市发改委相关负责人有感于当地居民群众克己礼让方便公众的义举,建议把这条百米无名小巷命名为"新六尺巷"。现在,小巷入口右侧崭新的墙面镌刻着《长沙新六尺巷记》以及讴歌文明新风的对联、歌谣,新建围墙上则通过浮雕方式展现了孔融让梨、长沙开国大将许光达让衔等礼让故事。在这里,礼让的文明传统与动人的现实故事融为一体,沉浸式体验让人怦然心动,"退一步海阔天空"的道德与智慧更令人深思。记者认为,"新六尺巷"有望成为长沙建设全国文明典范城市的全新打卡之地。

优营商,千方百计

时间就是金钱,效率就是生命。

从古至今,交通便捷度都是营商环境的重要考量。盘活闲置的雅礼十五中学社会停车场、解决省儿童医院及周边停车难行车难问题,既是群众叫好的民生实事,也是长沙持续优化营商环境结出的硕果。

城市交通出行环境和车辆有序停放关系群众生活和营商环境,关系城市公共服务满意度和民生幸福感。基于这个认识,长沙市近年来不断想方设法解决停车难和行车难问题,出台停车场与停车泊位建设具体行动方案,真抓实干,啃下了不少"硬骨头"。

今年以来,结合老旧社区小区提质改造,长沙市开福区、芙蓉区拆除了大量历史违章建筑,优化了公交线路和站点设施等,畅通了湘雅医院、湘雅二医院院内及周边道路,腾出了不少停车位,大大缓解了这两家全国知名三甲医院的停车难行车难问题。

记者在湘雅二医院综合提质改造项目现场发现,医院周边小区和单位以大局为重,有的拆除围墙,有的各自退让数十公分至一米多空间,使原本狭窄的小巷拓宽成为现实,同样演绎了一幕幕现代版"六尺巷"故事。

"道路宽了,路面整齐了,周边环境也更清爽了,医院周边的道路大变样了,非常感谢芙蓉区委区政府、文艺路街道卓有成效的工作!"湘雅二医院党委书记罗爱静表示,"医院周边交通一直是百姓'急难愁盼'的问题,在提质路面、改造地下管网、强弱电下地、南元宫路人车分离四大工程中,我们充分感受到了政府为群众办实事的温度与力度。医院也会继续加强车辆、道路管理,增加院内道路指示,完善车位地桩等配套设施,让提质改造成果真正惠及广大人民群众。"

2021年5月8日,长沙市发改委出台《长沙市机动车停放服务收费实施细则》规定:道路临时停车泊位收费免费时长由15分钟增加为30分钟,执行政府指导价的停车场免费时段最低为30分钟;国家机关对外来办理业务车辆免费停放时间不低于2小时,社会团体、事业单位及公益、公用企事业单位对外来办理业务车辆免费停放时间不低于1小时;公立医院对与就诊有关车辆免费停放时间不低于45分钟;医院周边道路临时泊车位在重要节假日全天免费停放、双休日减半收取停车费,缓解医院停车难问题。

2021年9月16日,长沙市优化办会同市发改委、市机关事务管理局、市重大交通设施建设服务中心召开专题会议,决定从2021年中秋节起,长沙市、区县(市)政府及园区管委会机关大院地面共计11638个车位,在双休日和法定节假日有序对社会免费开放。

"小车位影响大环境,小创新解决大问题。"长沙市发改委副主任易鹰表示,长沙优化营商环境在公平普惠生态基础上持续创新突破,提高人民群众公共服务满意度和获得感,下一步将加大整合车位资源,倡导错峰停车,将免费停车向有条件的事业单位、公用企事业单位延伸。

日前,全国工商联发布2021年度"万家民营企业评营商环境"调查结果。结果显示,根据营商环境综合得分,长沙在全国城市中排名第9位、比上年提升4位,居中部第一。

"千里修书只为墙,让他三尺又何妨?万里长城今犹在,不见当年秦始皇。"这是清代大臣张英写给家人的礼让诗,一首诗最终促成家人和邻居为拓宽巷道各让地三尺,形成"六尺巷",成为我国克己礼让的文明佳话。如今,多方互让互利的"新六尺巷故事"

在长沙多地温情上演,正如周边居民新编民谣传唱:"我家两堵墙,前后百米长,德义中间走,礼让站两旁。"

民之所盼,政之所向。只要坚持以人民为中心,不断攻坚克难,将关系老百姓切身利益的事情办实办好,就一定会有更多"新六尺巷"故事在文明长沙、幸福长沙涌现。

记者手记

古人云:"退一步海阔天空,让三分心平气和"。如今,不仅仅是在长沙,在全国各地都涌现出很多"新六尺巷"的故事,中华民族谦和礼让的传统美德一脉相承,又延伸出了社会主义新风尚,"新时代六尺巷工作法"更是成为基层社会治理的一个金品牌。有专家指出,"新时代六尺巷工作法"的核心就是弘扬优秀传统文化,古为今用、定分止争,让"礼让精神"内化于心、外化于行,更好地推动共建共治共享。

记者在采访中了解到一个细节,湖南省儿童医院院名是胡耀邦同志题写的,如今医院及周边停车难问题得以缓解,正是应了他的那句话:"心在人民,原无论大事小事。利归天下,何必争多得少得"。

长沙："百街千巷"华丽转身

2022 年 12 月 10 日

支路街巷是城市的"里子"，关系千家万户。2022 年长沙市《政府工作报告》提出，将全市 1011 条支路街巷综合环境整治提升作为今年政府工作的重点任务，年底前这些支路街巷全面完成华丽蜕变。

2022 年即将过去，长沙"百街千巷"环境综合整治提升工作到底进展如何呢？来看记者的调查。

以人为本，街巷焕新颜

在"百街千巷"环境综合整治提升工作中，长沙以人为本，真抓实干，突出抓好支路街巷行车难停车难、设施破损、卫生脏乱差等问题的整治，啃下了不少"硬骨头"。

芙蓉区文艺路街道位于"芙蓉之央"，这里寸土寸金、商贾云集。在文艺路街道，有 10 条街巷加入"百街千巷"整治行列，开启了拆违章、清路障、拓道路的街巷变形之路。

南元宫路是进入全国知名三甲医院湘雅附二医院的唯一入口，以前最窄的地方不到 5 米宽，行车难停车难是这里的"老大难"问题。在今年的"百街千巷"整治提升行动中，通过优化道路、扩宽路幅，增加人行道，全线打通人民路 129 号、南元宫 7 号、南元宫 1 号通道，设置临时泊车点等硬举措，彻底打通了"肠梗阻"。几位来湘雅附二医院看病的市民高兴地告诉记者："现在到这里只要 10 分钟就可以找到车位，不仅违停少了，巷子也不堵了。"

雨花区东塘街道辖区内的新建巷，不到 1000 米长，周边有六都国际、六都公馆和康苑小区等居民小区，往来人员较多、车辆时常拥堵。今年，雨花区将新建巷等 30 条街巷列入美丽文明街巷进行重点打造，精准整治解决"出行难、停车难、环境差"等难点问题。委托专业设计单位按"一街一策"原则，挖掘具有本色底蕴的"雨花元素"，通过对机动车道进行沥青路面铣刨重铺，铺整人行道彩砖，疏通市政排水管网，打造都市庭院型美丽街巷,让居民"推窗见绿,出门进园"。

全长 1.5 公里的宁乡市白马桥街道正农北路过去巷道狭窄、坑洼,车辆只能单行通过。如今,沥青路面、平直顺畅的双车道给车辆通行破了"堵局",街巷两边一幅幅栩栩如生的彩色墙绘,更是增加了不少文明分。这样看得见、摸得着的生活变化,正是源自宁乡市"百街千巷"环境综合整治提升工作的持续推进。

正农北路社区党总支书记彭超告诉记者,背街小巷离老百姓最近,小街小巷应该改成什么样,老百姓最有发言权。社区通过举办"屋场夜话"等形式积极征集居民意见和建议,调动居民参与。在征求意见的过程中,有不少居民主动提出拆除自家围墙,让出自留地,使社区道路宽度增幅至 6 米。为了解决小巷拥堵难点,社区还建起了生态停车场。

湘江新区每周督查落实"百街千巷"整治提升工作,打造了润德路、白云路等一批精品街巷;

湖南湘江新区润德路整治提升前后对比。

开福区部门联动推进整改提质,固城路、四方商贸城街巷等支路街巷的出行环境明显改善。

望城区、长沙县、浏阳市在"百街千巷"环境综合整治提升工作中注重整体规划、营造主题风格。

"'百街千巷'环境综合整治提升坚持因地制宜、分类施策。"长沙市城市管理和综合执法局相关负责人告诉记者,"整治类"项目主要对基础较好的街巷进行市容环境整治、市政设施维护、长效管理机制健全等,共 696 条;"整治+提质类"项目主要对设施较好或受损较轻的街巷以环境综合整治为主,对部分设施进行提质改造,共 192 条;"提质类"项目主要对道路设施受损较重的街巷进行提质改造,共 123 条。

文化传承,老街韵味足

长沙,是一座历经 3000 年城址不变的历史文化名城。支路街巷往往是城市中最能反映普通百姓真实生活状态、最有烟火味的地方,在"百街千巷"环境综合整治提升行动中,如何让街巷更加宜居,同时也更有长沙味道呢?

　　记者从长沙市城市管理和综合执法局获悉,在"百街千巷"环境综合整治提升行动中,通过充分挖掘长沙人文底蕴和文化品位,坚持"古今结合""一巷一策"原则,将街巷历史文化、特色人文典故充分植入街巷改造过程,着力打造"设施+人文"相融的街巷环境。

　　都正街,是长沙中心城区极具市井气息的一条百年老街,踏着古韵十足的青石板路,穿梭在都正街两侧的清式老宅中,记者分明感受到古朴与现代、怀旧与时尚在这里不断碰撞却又和谐共舞。

　　芙蓉区定王台街道办事处副主任刘学余告诉记者,他们"百街千巷"环境综合整治提升的主要做法就是"三个一":

　　"一街一长":每一条街巷都有街巷长、网格员;

　　"一街一策":根据每一条街的实际情况和特点来设计一套提质改造方案;

　　"一街一品":每条街巷都是精心打造的精品。

　　这样的整治提升理念让老街历史血脉依旧,但街巷颜值不断升级,建筑功能持续加码。

　　天心区青山祠社区,原本是一个房屋破旧不堪,路面污水横流的老旧街区,如今,"百街千巷"环境综合整治提升后的街巷焕然一新。尤其是别具特色的戏剧文化一条街——剧院街更让人流连忘返,这条街巷曾经云集了长沙花鼓戏剧院、长沙映山红民间剧场、长沙湘剧院等多家戏曲单位,是长沙的历史文化保护区。

　　如今的小巷围墙上一侧刻着各种戏剧片段,一侧刻着如紫金冠、皇帽和凤形宫灯等戏曲配饰及道具,造型精巧、栩栩如生。社区充分采用仿古手法,挖掘长沙民间戏剧资源,突出"戏剧之魂、民间文艺、园林之美、湖湘之情"的理念,再现了古长沙的风土人情和市井文化,剧院街因此成为长沙市首条历史文化特色样板街。

商业创新,街巷有活力

　　如何让"百街千巷"既宜居又宜业宜游?记者从长沙市城市管理和综合执法局了解到,长沙在支路街巷的整治提升中以功能完善为第一要义,尤其是对商业型支路街巷着力提升商业功能,通过整治改造引导沿线商业业态的升级,打造一批创新街区、创新空间,让支路街巷成为吸引游客、带动周边消费、增加沿街商户收入、提供更多就业机会的"网红"打卡地。

　　芙蓉区韭菜园北路,原本是连接五一大道和八一路的一条普通街巷。如今,它蜕变为极具湖湘风味和特色的热门打卡点——湖南米粉街。随着"百街千巷"环境综合整治工作的推进,这条街巷最近又"上新了",墙面悬挂的大红辣椒,极具造型感的崭新门楼……湖湘元素更浓郁的米粉街吸引了越来越多的市民和游客前来消费,如今,这里日均游客量已接近 3 万人次。

湖南米粉街作为一条赫赫有名的美食街,路面上却没有厨余垃圾的困扰,韭菜园街道城管办主任潘立明告诉记者,这是因为社区成立了米粉街自管委员会,不少沿街门店老板都是自管委员会的一员。

说到老街的商业活力,不能不提到开福区潮宗街历史文化街区。早在明清时期,潮宗街已是满目繁华。如今,开福区以潮宗街、西园北里历史步道为脉络,把"百街千巷"环境综合整治延伸到周边的 42 条古街老巷,成片整治。尤其是持续加强对 42 条街巷支路的环境卫生常态化精细化管理,在整治提升中坚持"修旧如旧",街区营商环境因此迅速提升,商业聚集不断加速。

餐饮酒吧、脱口秀剧场、网红民宿、书店、潮生活购物等网红商业潮流文化与老长沙文化在这里交融发展,迸发出满满的消费活力。随着"夜"态的不断丰富,潮宗街历史文化街区正朝着长沙夜经济新秀迈进。

据了解,截至 11 月底,全市 1011 条街巷已完成环境综合整治提升的有 967 条,正在推进的 44 条,整体完成率为 96%。

长沙市城市管理和综合执法局党组书记、局长邓鹏宇表示,下一步,长沙将持续推进"百街千巷"环境综合整治巩固提升。坚持"全面覆盖、应改尽改",对未纳入整治范围的支路街巷进行查漏补缺、对标整改;坚持"示范引领、典型带动",深入推进特色街巷打造,继续创建 100 条左右"文明美丽街巷";坚持"精致管理、共建共享",完善支路街巷维护管理体制机制,落实好"街巷长"制、"门前三包"责任制,做好整治提升"后半篇"文章。

党的二十大报告指出,要"增进民生福祉,提高人民生活品质"。长沙这场"百街千巷"环境综合整治提升大行动,让老百姓的幸福感在家门口持续升级。

✍ 记者手记

记者在这次调查报道中走访了 20 多条古城老街、市井长巷,街巷里居民们优哉游哉的慢生活,透出的是发自内心满满的惬意;来这些街巷"打卡"的游客数量不断攀升,见证的是"网红长沙"越来越强的磁吸效应。

爱上一座城,始于颜值,终于品质。"百街千巷"的华丽转身,折射出长沙的城市管理者坚持以人民为中心,建设"四精五有"精美长沙的"绣花功夫"。"精心呵护一座城,诚心服务一城人",长沙,这座生活有温度、发展有速度的最具幸福感城市,正敞开怀抱,欢迎更多的人常来常住!

5年翻倍！人才总量增至280万，长沙是怎样做到的？

2022年8月31日

　　8月30日，党中央、国务院对全国"人民满意的公务员"和全国"人民满意的公务员集体"进行表彰，其中，长沙市委人才工作局作为全国"人民满意的公务员集体"受到表彰。

　　实至名归，长沙市的人才工作有目共睹、有口皆碑。第七次全国人口普查数据显示，2020年长沙市常住人口数突破1000万。10年间，长沙以年均新增30万人的速度，成为近年来全国各大城市"抢人大战"中的"赢家"。

　　目前，长沙人才总量达到280万，特别是2017年以来，各类人才纷至沓来，人才总量倍增，中高端人才净流入率居全国前三位，"人才吸引力指数"进入全国十强，位列中部第一。

　　2020年9月，习近平总书记考察湖南时，用"千金买马骨""徙木立信"两个典故肯定长沙人才工作。

　　让人才纷至沓来，长沙是怎样做到的？

真金白银礼遇人才

　　杨继良教授是长沙隆平高科技园华智生物技术公司检测副总经理，湖南省重点人才计划专家，长沙市高精尖人才。他牵头搭建了高标准检验检测实验室，组建了专业化的人才团队，并顺利通过了湖南省农业农村厅组织的农作物种子质量检验机构（CASL）评审及扩项评审，使得该公司成为全国唯一一家首批认定的打假维权种子检测机构，并获得全国农作物品种DNA指纹库公共平台使用权。

　　为让杨继良教授舒心工作，长沙市、芙蓉区、园区积极帮助他办理人才申报项目和签证，主动做好医疗服务和节日问候，特别是帮助他在芙蓉区购得商品房一套，并申领购房补贴80余万元。

根据长沙市现行人才政策，人才最高可享受 200 万元奖励补贴、200 平方米标准全额购房补贴、1000 万元项目扶持资金。

近年来，长沙持续升级人才政策体系，继 2017 年"人才政策 22 条"后，先后启动高端产业人才倍增行动计划，出台"乡村 8 条""自贸区 45 条"及配套实施办法，这些政策，都是真心实意、真金白银，干货满满。

2022 年 6 月 24 日，长沙人才政策"升级版 45 条"26 个配套实施办法对外发布，实现了人才政策迭代升级，比如"升级版 45 条"明确，对引进的诺贝尔奖获得者、院士等一流科学家和创新团队实行"一事一议"，最高给予 1 亿元综合资助。

此外，《长沙支持"智能制造"海归小镇建设若干政策》规定，新入驻企业最高可获得 2000 万元奖励，高端领军人才项目团队最高可获得 1000 万元奖励。

长沙市委人才工作局提供的数据显示，截至目前，全市人才工作累计投入超 60 亿元，发放国内高校毕业生租房和生活补贴 121.77 万人次，人才购房补贴发放 1.26 万人次、4.63 亿元，支持海外专家引智项目 309 个、3490 万元，兑现制造业企业专业技术人才职称晋级奖励补贴 1.43 万人次、5082 万元。

除了各类奖补资金，"长沙人才绿卡"提供的各种便利也让人才纷纷点赞。

最近，长沙一家企业的技术总监匆匆赶赴长沙至西安的航班，但到达机场时已临近起飞。紧要关头，他出示了刚刚获得的"长沙人才绿卡"电子卡，于是一条"绿色通道"向他开启——专人引导，贵宾通道完成安检托运，在机舱关闭前几分钟他顺利登机。

"不光是没误事的欣慰，更多的是受到尊重的感动。"这就是长沙礼遇人才的温度。

长沙市委人才工作局紧盯人才"引、育、留、用"全链条，实现人才服务"一卡畅行、一窗受理、一键办理"，先后办理人才子女入学、医疗保健、配偶随调等各类服务 7000 余人次。

"从过去 100 万元（人才奖补）'包干'，到现在全要素、全链条发展人才的各个细节，折射出城市治理水平的飞跃。"长沙高层次人才联谊会会长刘东波说。

"行行出状元，长沙市对人才的理解和定义都是很科学的，覆盖面很广，并不都是高精尖的科研人员。"谈到自己被评为长沙市 C 类人才，享受到实实在在的礼遇政策，茶颜悦色创始人吕良表示，这的确是"不拘一格降人才"。

房价洼地吸引人才

安居才能乐业，这是一条朴素的真理。

在岳阳市一中学教书的段老师的儿子在深圳做程序员，但段老师依照儿子的意愿，早两年便在长沙星沙松雅湖边买了三室两厅 100 多平方米的房子，这个暑假，他花了近 30 万元装修好了房子。

"在深圳工作是学技术,毕竟那边软件行业比较发达,互联网大厂也多,不过最终还是要回来的,那边买房压力太大了,在长沙才是生活,离我们也近。"段老师告诉记者。

"拿深圳同等高薪、住长沙宜居房子、干全球软件事业!"这是长沙的万兴科技到深圳招才引智时提出的响亮口号,较低的房价成为公司招引人才的重要砝码。

"回长沙发展的一个重要原因就是房价,我在广东工作了很多年,那边买房压力真的很大,一回长沙我就买了房。"长沙文和友总经理孙平笑着告诉记者。

"因为房价低,所以长沙人有钱去消费,所以才会产生茶颜悦色、三顿半、黑色经典这样的新消费品牌,这就吸引了全国各地的人才来长沙在新消费这个赛道创业,从而产生更多新消费品牌,这样就形成一个良性的循环。"在今年8月上旬举行的中国品牌节年会上,一位论坛主讲嘉宾反复强调长沙较低的房价是长沙吸引人才、打造出众多新消费品牌的重要原因。

一直以来,长沙作为房价"洼地"是被公认的。在全国省会城市中,长沙经济总量排名第6位,但2022年7月的全国省会城市房价排名显示,长沙市城区新房均价为每平方米12000多元,排名第18位。

参考经济总量同一梯队的其他城市,长沙房价均价应在1.5万—2万元,而放量供应土地、严禁炒房等措施,让长沙的平均房价保持在了相对低位,甚至比江浙地区一些县城房价还要低。

长沙坚持房住不炒,不仅对刚入社会的毕业生充满了吸引力,也兼顾了在外拼搏多年的游子。相关调查显示,长沙有将近20%的人才由北上广深4个一线城市涌入。

长沙连续14年获评中国最具幸福感城市,相对较低的房价无疑是一个重要原因。业内人士普遍认为,房价"洼地"成就了人才"高地"。

产业高地留住人才

对于人才,既要引得进,更要留得住。

海阔凭鱼跃,天高任鸟飞。留住人才,必须有能让人才大展拳脚的广阔空间,要有一份较为可观的收入。因此,兴旺发达的产业是吸纳人才、集聚人才的根本。

近年来,长沙聚精会神抓经济建设,大力发展22条产业链,形成了工程机械、食品及农产品加工、电子信息、文化创意、旅游、新材料、新能源和智能汽车、生物医药等多个千亿产业集群。根据2022年2月7日发布的《大力实施"强省会"战略 推进产业发展"千百十"工程实施方案》,到2026年,长沙将打造15个左右千亿级产业,培育50个以上百亿级企业,实施180个左右十亿级项目。

目前,长沙工程机械产业集群正在努力打造世界级产业集群,新一代自主安全计算系统产业集群,已在国家先进制造业集群初赛中胜出,先进储能材料产业集群继续冲刺国家级先进制造业集群初赛,"1+2+N"产业体系正在逐步形成。企业培育方面,长沙培育专精特新"小巨人"企业再次走在全国前列,据统计,长沙2021年新认定国家"小巨人"企业数排名全国省会城市第二,累计总数排名全国第三。目前,长沙A股上市公司突破80家,稳居中部第一。

在长沙企业铁建重工的生产车间里,上海交大博士刘郡正在忙碌着。一名"90后"刚入职就有机会担纲国内首台(套)装置的研制,得益于公司不断发展壮大对人才的渴求和科研项目揭榜挂帅机制。

2020年,长沙喊出了"软件业再出发"的口号,目前,长沙的软件信息企业总数超过3万余家,主营业务收入突破1000亿元,长沙成为程序员的新乐土,每年都会举办"程序员节",预计到2022年底,长沙软件和信息技术服务业吸纳人才将突破30万。

为了留住人才,长沙医药装备行业领军企业楚天科技深谙"舍得"之道,在公司的研发人员中,年收入超百万的有200多人。公司还希望通过股权激励的方式,使员工身价过亿的突破100人,过5000万的突破500人。在长沙,这样的公司还有不少。

2017年,长沙GDP超万亿,正式迈入"万亿俱乐部"。2022年上半年,长沙GDP为6711.29亿元,同比增长4.3%。产业的不断发展壮大,让曾经的"孔雀东南飞"演变为"孔雀东南回"。

创业福地培育人才

作为创业福地,长沙不仅培育出80家A股上市公司和数百家上市后备公司,还培育了一批快速成长的品牌企业。

柠季是长沙本土迅速爆红的新消费品牌,2021年2月8日才在长沙市南门口开出第一家3平方米的小店,但目前已获字节跳动、腾讯投资、顺为资本数亿元投资,在湖南、湖北、上海、海南、江西、广西、成都等地拥有超600家门店。

8月23日,胡润研究院发布《2022年中胡润中国猎豹企业》,列出成立于2000年之后、5年内最有可能达到独角兽级10亿美元估值的中国高成长性企业。长沙市雨花区的企业"零食很忙"上榜,成为湖南省此次唯一入选企业。成立于2017年的"零食很忙"是长沙市新零售翘楚,目前,在全国所开门店已突破1200家,今年预计销售额可达60亿元。

8月25日,《2022年中胡润全球瞪羚企业》发布,总部在长沙的长沙智能驾驶、三顿半2家企业上榜。

从上述企业快速崛起的情况来看,长沙不愧是创新创业的福地,特别是新消费网红品牌的重要策源地。

柠季的创始合伙人汪洁认为人才是第一资源,她透露说,根据公司发展进度,柠季会超前培训和储备人才,留给人才一定的学习、试错时间,以便业务快速扩张时实现人才的无时差配给。

为支持创新创业,《长沙市争创国家吸引集聚人才平台若干政策(试行)》规定,高层次人才个人或创办(控股)的企业可申请无抵押、零担保"优才贷",个人额度最高300万元,以人才创办或控股企业申请的,额度最高可达2000万元;对个人自主创业、合伙创业、小微企业提供创业贷款支持,最高贷款额度分别为50万元、100万元、500万元,并按规定给予贴息。截至目前,长沙市委人才工作局等相关部门协调金融机构投放"优才贷"200多笔8.5亿元,带动授信100余亿元。

日前,《长沙市"小荷"青年人才创新创业项目支持实施办法(试行)》印发施行,主要面向青年人才,每年将评选不超过20个"小荷"青年人才创新项目和不超过100个青年人才创业项目,每项给予最高20万元经费支持。

作为青年人才向往的城市,长沙为支持青年人才创新还推出了一系列举措,比如设立自然科学基金和杰出创新青年培养计划等,以真金白银支持青年人才创新创业。

2022年4月28日,长沙市委人才工作会议召开,发布《长沙市争创国家吸引集聚人才平台若干政策(试行)》。

在创业的道路上,长沙总是用心用情全力支持。在岳麓山大学科技城,创业培训、创业沙龙、项目路演等活动常年开展,一大批青年俊才在岳麓山下茁壮成长,一大批科技成果得到转化应用。在长沙各个产业园区,众创空间、孵化平台星罗棋布。长沙高新区创业服务中心拥有33万平方米的孵化场地、2000余家在孵企业,近年来,孵化157家高新技术企业,24家新三板挂牌企业,18家上市后备企业,8家主板上市企业,孵化出国内基因检测行业领军企业圣湘生物、国内第一家血糖仪上市企业三诺生物、小微卫星商业化量产的天仪空间研究院等一批行业领军企业……

长沙市委组织部负责人表示,长沙不仅适合打卡,更适合打拼,适合创新创业,不信的话,可以研读一下长沙人才政策"升级版45条",以及26个配套实施办法。

惟楚有材,于斯为盛。近年来,长沙深入学习贯彻习近平总书记关于新时代人才工作的新理念新战略新举措,人才政策持续优化升级。如今的长沙,创新有平台、创业有沃土、就业有选择,在"引、育、留、用"人才的路上显露出鲜明的长沙底气。

✍ 记者手记

这篇报道几乎没有做什么调查工作,因为平时接触这样的新闻素材太多了,对长沙卓有成效的人才工作还是比较熟悉的。

几个侄女毕业选择工作城市时,我都跟她们讲,在长沙工作的话会有租房和生活补贴哦。最终,她们都留在了长沙,有个侄女还找了个河北唐山的老公,一同在长沙打拼。

2023年,长沙全力建设全球研发中心城市,为此,又专门出台十条人才新政策,对于国际领军人才,直接给予200万元奖补,同时全额补贴购置200平方米以内商品房费用,可以说,一次性给予人才安家费500万元左右。

10多年来,长沙常住人口从七八百万增长到一千多万,很重要的一个原因就是长沙对人才的尊重和关爱。当然,长沙不断发展壮大的产业是长沙人才增长的根本。在当今的长沙,打拼能出彩,生活能幸福。这样的城市,怎能不让人才近悦远来呢?

聚焦"急难愁盼"问题，年度"十大民生实事"暖人心

2022 年 12 月 28 日

人民群众对美好生活的向往就是我们奋斗的目标。政府工作的根本任务就是增进民生福祉，让生活更美好、民众更幸福。长期以来，长沙市坚持问题导向，明确每年必须完成十大民生实事项目，做实民心工程。

2022 年初公布的长沙市《政府工作报告》明确指出，全年要完成"双减"工作重点监测目标任务；建设城区学校人行天桥 5 座；建设社区养老服务设施 100 家；既有多层住宅加装电梯 900 台；新改建农村公路 600 公里；推进食品安全放心工程；新改建室外运动场 200 个；新建公厕 80 座、提质改造 200 座；新改建停车场 270 座、新增停车位 18 万个；完成全市农村电网乡村振兴工程。

今天上午开幕的长沙市第十六届人民代表大会第二次会议宣布，省市民生实事全面完成。对于长沙市 2022 年度十大民生实事项目的完成情况，记者做了调查。

全面完成，部分超额

近日，记者从长沙市人社局考核表彰处了解到，长沙市 2022 年度十大民生实事已经全面完成，其中，既有多层住宅加装电梯、新改建农村公路、新改建停车场、新增停车位等项目还是超额完成。

社区养老服务设施建设是近年来长沙市年度民生实事的重点项目。在开福区新河街道，新建的一家综合养老服务中心 7 月正式对外开放，中心设有老年食堂，老年人可以刷脸吃饭，两荤一素一汤只要 10 元钱。

"这里干净、卫生，饭菜的口味也挺好的，60 岁以上的政府一餐补贴 2 元，80 岁以上的补贴 4 元，我中午晚上都过来吃。"一位正在就餐的退休阿姨在接受记者采访时表示，这里的服务令人满意。

据综合养老服务中心负责人介绍，中心的营业面积有 500 多平方米，场地是社区免

费提供的，除了老年食堂，这里还有保健理疗室、KTV 室、老年课堂、舞蹈室、阅览室以及助浴等设施设备，老人们在 KTV 包厢唱个下午场，只需要 40 元钱，学一种乐器，比如古筝等，一个人只需 380 元的学费。

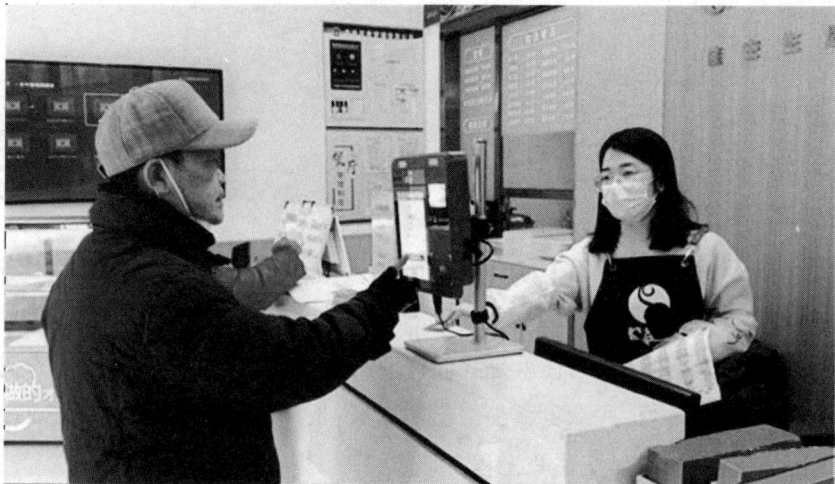

2022 年 12 月 8 日，在开福区新河街道综合养老服务中心，一位老人正在刷脸支付午餐费用。（剑裘 摄）

在天心区芙蓉南路社区，前些日子刚刚建好的"银发族老年餐厅"受到广泛好评。除了老年人，一些中年人和青年人也纷纷前来"蹭饭"，现在每天中午有 150 多人用餐。社区一位热心业主发现餐厅确实是为老年人办好事办实事，还主动捐助了价值近万元的粮油。

关爱"一老一少"是民生实事项目的重点。记者注意到，2022 年度长沙市十大民生项目中有修建人行天桥一项，这些天桥全部修建在学校周边，方便学生安全横过马路。在开福区车站北路四方商贸城路段，一座崭新的钢结构人行天桥横跨马路上空，人车各行其道，车行更畅通，行人更安全。

"这一路段两厢有国防科大附中、幼儿园、四方商贸城等学校和商贸市场，人流比较密集，以前都是通过斑马线穿行，既不安全，也造成这一路段经常堵车。"区政府实事办一位负责人告诉记者。

据施工单位介绍，这座人行天桥工程总投资约 700 万元，2022 年 3 月完工。从进场施工到建成使用，总共 4 个月时间。

据了解，为确保年度民生实事项目按质按量完成，市人社局考核表彰处强化工程质量、后续管理等考核权重，实现精细化考核；每个月处室都会向统计部门报送民生实事项目实施进展情况，并对进度滞后项目开展专项督查。

量力而行，尽力而为

记者发现，一些纳入省、市《政府工作报告》的民生实事项目，如老旧小区改造、增加公办义务教育学位、建设社区养老服务设施、既有多层住宅加装电梯、新改建农村公路、新改建停车场增加停车位等，基本上近三年每年都在实施。在政府财力有限的情况下，这些民生实事项目采取分步实施的策略，连年推进，久久为功。

乡村公路建设直接关系乡村振兴大局。2021年，新改建农村公路600公里纳入长沙市十大民生实事项目清单，实际完成770.65公里，完成率达到128.4%；2022年，长沙市十大民生实事项目再次明确新改建农村公路600公里。

近日，记者在长沙县路口镇看到，今年提质改造后的上扬公路全长约6.8公里，破烂的水泥路面改成了平整的沥青路面，许多路段拓宽了四五十厘米，还加装了路灯、防护栏、反光膜等安全设施。

"这段公路的提质改造，总共花了1700多万元，除了上级部门的补贴，绝大部分还是县级财政开支。"长沙县交通局公路科科长宋拾平透露。

据介绍，2022年，长沙县完成了4条县道的提质改造，合计26公里，县级财政安排投资7900万元；建设农村公路295公里，农村公路建设和养护年度投入达2.8亿元。2023年农村公路建设计划将不缩减规模，建设里程不低于300公里。

"经过持续多年的努力，目前我们已经完成90%以上的县道提质改造，预计到2025年可以全部完成。"宋拾平告诉记者。

老旧小区提质改造同样考验着政府的财力。前些年，雨花区井巷社区提质改造，财政投入达到7000多万元。2022年，天心区楚湘社区提质改造，财政投入6000多万元。

天心区人居环境局提供的数据显示，2022年，全区老旧小区改造共铺排78个项目，总投资约52290万元，涉及104个小区。为保障老旧小区改造项目顺利推进，天心区对成片实施的项目进行包装，努力争取上级补助和配套资金；同时发行了老旧小区专项债1.96亿元；此外，还积极发动各方出资共同参与老旧小区改造，对接社会资本参与老旧小区改造和运维管理。

因为老旧小区提质改造资金投入大，多年来，政府部门只能逐步推进，积小胜为大胜。

2021年，长沙市一般公共预算收入1775.04亿元，一般公共预算支出1541.59亿元，其中，民生支出是财政支出的大头。2022年9月27日举行的"长沙·非凡十年"增进民生福祉专场新闻发布会透露，党的十八大以来，长沙持续加大民生投入力度，民生支出占一般公共预算支出比重稳定在75%以上。

尊重民意，雪中送炭

与其锦上添花，何如雪中送炭？

记者调查发现，近年来，长沙市在铺排年度重点民生实事项目时，注重问题导向，聚焦车位、梯位、床位、学位、厕位等市民"急难愁盼"问题，不断攻坚克难，啃下一根根"硬骨头"。

"开车3分钟，停车半小时。"停车难是近年来群众普遍反映的热点和难点问题，为此，2021年长沙市十大民生实事清单确定新改建停车场200个，增加停车位15万个；2022年，停车场停车位建设继续纳入政府年度十大民生实事项目，要求新改建停车场270座、新增停车位18万个。据这项民生实事的责任单位——长沙市重大交通设施建设事务中心统计，截至今年11月底，已完成新改建停车场302座，增加停车位19.9万个，超额完成年度任务。据了解，2023年，长沙市计划新增停车位15万个。

既有多层住宅加装电梯是众多老年人翘首以盼的大好事，虽然加装电梯有政府财政补贴，但协调楼栋居民达成一致意见难度很大，有时还会遇到意想不到的困难。比如湘江新区岳麓街道科学村社区有两栋居民想要加装电梯，但两栋楼之间有一棵受保护的百年古樟树，加装电梯势必要对古树"截肢"，最后社区请来林业部门共同商议，才在今年11月18日圆满解决问题。

虽然既有多层住宅加装电梯是一块难啃的"硬骨头"，但既然纳入了长沙市年度十大民生实事项目名单，就要全力推进，兑现承诺。2020年，加装电梯1005台；2021年，加装1012台；2022年，加装1003台，连续三年超额完成既定任务。

那么，长沙市年度十大民生项目是如何确定的呢？

2021年10月26日，市人社局下发《关于征集2022年重点民生实事项目的通知》，并组织各市直单位、区县（市）实事办认真开展征集工作，共收集整理项目133件。随后在媒体上对12个备选项目进行网络投票，充分尊重民意。最后经市政府常务会审议确定2022年"十大民生实事项目"。

日前，市人社局组织各市直单位、区县（市）实事办开展2023年度民生实事征集工作，共收集整理项目77件。对初步筛选出的16个备选项目，在省市媒体上开展宣传和群众投票活动。截至活动结束，浏览量达20万余次，参与投票互动人数达4.3万余人次，群众建言献策填报项目513件。

从近年来长沙市重点民生实事项目的确定流程来看，充分发动群众参与、充分尊重民意成为最大亮点。

四面云山皆入眼，万家烟火总关心。在长沙，天心阁上这副对联的美好愿景早已化作生动现实，一件件看得见、摸得着的民生实事，让长沙不断提升着"幸福之城"的成色。

✎ 记者手记

民生实事是民心工程、幸福工程。只有把人民的冷暖挂在心头，人民才会把你高高举起。

长期以来，长沙市政府每年自我加压，按质按量完成年度十大民生实事，在区县（市）一级，省、市、县三级年度民生实事项目累计往往达到 30 个以上的指标，这要在政府支出中占据很大一部分。记者采访还发现，长沙有些村（社区），也安排了年度十大民生实事项目，解决基层群众"急难愁盼"问题。这样一级带一级，民生福祉才会具体呈现，老百姓的获得感、幸福感才会更强烈，社会的进步才会看得见摸得着。

长沙农民工纷纷就近就业的底气何在？

2023 年 3 月 8 日

连日来，沐浴着和煦的春风，记者走访了长沙市望城区、长沙县、浏阳市、宁乡市多个乡镇。记者发现，如同田野间盛开的油菜花一样，许多乡镇产业生机勃勃、经济欣欣向荣，为农民工就近就业提供了不少岗位。

根据浏阳、宁乡两地人社部门的统计，今年这两个县级市外出务工农民工较前两年均减少 2 万人左右。浏阳市人社局人力资源服务中心主任周水波透露，目前浏阳市农村劳动力资源总量为 64.8 万人，就业率为 95% 左右，在浏阳市内就业的农民工已达到 83%，大量劳动力在乡镇实现就业，"15 分钟就业圈"基本成型。

特 色 小 镇

浏阳市大瑶镇是花炮始祖李畋故里，是国内闻名的花炮特色小镇，花炮原辅材料占全国市场 70% 以上。目前，全镇拥有花炮产业相关企业 400 余家，吸纳就业人数 4.5 万人，2022 年花炮全产业链年产值达 180 余亿元。

3 月 1 日，记者在该镇李畋村的一家花炮厂看到，150 多名农民工正在加紧生产"加特林"烟花。兔年春节期间，这家工厂的烟花卖断货，现在订单不愁，工厂满负荷生产。

今年 50 岁的黄孝礼在这家工厂做技术助理，是隔壁天和村人，从事花炮行业 20 多年的他在这里已经工作了六年。因为妻子身体不好，两个女儿读大学，曾经是困难户。如今孩子们大学毕业参加工作，自己也新建了楼房，买了小汽车，日子越过越红火。

"我住的地方离工厂三四公里，上下班只要几分钟就到了，有时候下班了还可以到地里种点菜。"谈到工资收入，他透露说有八九万一年。

在大瑶镇汇丰村的湘丰花炮厂，200 多名农民工正在各条生产线上忙碌着。工厂负责人陈建福告诉记者，去年工厂的销售额超过 3000 万元，今年除了国内的订单，还接到了不少海外订单。记者看到，偌大的工厂仓库空空荡荡，产品基本上一生产出来就运走了,没有积压。

"一般的工人是计件算工资,每天可以赚到 300 元左右;像上药工这样危险一点的岗位,可以做到六七百元一天。"陈建福告诉记者。

汇丰村 59 岁的肖彩文老人告诉记者,她在做家务之余,给花炮厂的筒子贴包装纸,一年也可以赚个 2 万元左右,女儿女婿在镇上的花炮企业上班,两人一年赚 10 多万元没问题。

记者了解到,除了大瑶镇,浏阳东部地区的文家市镇、澄潭江镇、金刚镇等乡镇,花炮产业都是当地的主打产业,基本上满足了农民工就近就业的需求。

宁乡市灰汤镇是有名的温泉小镇,目前区内已开发国家 4A 级景区一处、3A 级景区两处,国家五星级农庄一处,按国家 5 星和 4 星标准建设的酒店 3 家,拥有省总工会职工疗养院、灰汤华天城、紫龙湾温泉度假酒店、金太阳现代休闲农庄等多家大中型旅游接待企业,足迹岛、大夫第、桐庐善德堂、雅云阁等特色高端民宿 6 家,家庭旅馆 96家,农家乐、餐馆 87 家,全部床位达 5000 多张。在疫情之前的年份,灰汤温泉国际旅游度假区游客量曾一度达到 230 万人次。

"现在我们一天接待 2 万游客没有什么问题。"灰汤温泉国际旅游度假区管理局副局长张建军告诉记者。

温泉酒店、民宿、餐馆等旅游度假服务业为灰汤本地劳动力就业提供了大量岗位。

"我们有员工 300 多名,90%以上都是灰汤本地人,高峰期还要招一些临时工,按小时计酬。"灰汤华天城营销部经理谢建权告诉记者。

"招人!招人才!"近日,灰汤紫龙湾温泉酒店负责人邓辉军在朋友圈发出招聘广告,招聘岗位包括餐饮部经理、美工、自媒体运营、销售经理、服务员、水电工、保安等,在旅游业全面复苏的当下,这个温泉小镇吸纳的就业人员已经辐射到了周边乡镇。

"我们镇是种业小镇,有 220 多家企业,现在我们的农村劳动力不是缺就业岗位,而是挑就业岗位,在'双抢'的季节,一些企业还要到周边乡镇请人。"长沙县路口镇组织委员陈柏安告诉记者。

近年来,长沙大力发展乡镇特色产业,"种业小镇""茶叶小镇""门业小镇""花猪小镇""苗木小镇""油茶小镇""水果小镇""避暑小镇"等不断崛起,镇域经济蓬勃发展,为农村劳动力就近转移提供了强大支撑。

兴 工 富 农

一个小镇,2022 年规模工业增加值 25.38 亿元,同比增长 16%,园区企业总产值近80 亿元,新增省级以上"专精特新"小巨人企业 1 家,净增高新技术企业 11 家。这个小镇,就是浏阳市镇头镇;这个园区,就是镇头镇代管的浏阳市环保科技示范园。

地处长沙株洲融城核心，分享两市工业产业"溢出效应"，浏阳市环保科技示范园的奋斗目标是打造百亿级工业聚集区，打造长沙南横线经济带。

九方创想集团是镇头镇的明星企业，主打产品是智能环保的水泥搅拌站成套设备，2022年企业总产值接近5亿元。公司副总经理杨永锋告诉记者，目前企业有700多名员工，本地人占50%以上，今年新招的100多名员工中，有70%是本地人。

今年41岁的李建芳是镇头镇土桥村人，曾经在广东东莞市打了十年工，2017年来到九方创想集团旗下的一家工厂任班组长。"现在工资是一万多，比在东莞要高，关键是离家近，一刻钟就到家了。"李建芳笑着告诉记者。

"其实我自己也算是就近就业了，我是长沙县的，以前在广东惠州等地的电子厂做管理做了10多年了，现在来到镇头，离家也就个把小时的车程。"杨永锋也乐了。

长沙县黄花镇镇域内有国际空港黄花机场，还有归属长沙经开区的三一重卡、山河智能等大型工业企业，工业经济和现代服务业发达，黄花产业基地内有100多家企业，从经济实力来看，是"三湘第一镇"。

一般人也许不知道，黄花镇还是一个印务小镇，镇上有二十多家印刷工厂，广大学子们熟知的《五年高考三年模拟》便出自这里。

黄花产业基地内的规模以上工业企业——长沙鸿发印务实业有限公司有300多名员工，其中一半以上是长沙本地人。今年36岁的申静是工厂生产计划负责人，2014年进入这家大型印刷企业，目前月收入在9000元左右。"我家就在黄花镇，上班近是最大优势，开车三分钟就到家了，哈哈，这个超过了90%的同事，幸福感满满。"说到就近就业，申静开怀大笑。

"印刷业比较辛苦，黄花本地人一般不会干这个，因为还有更多更好的就业机会，这里工厂多，企业多啊。"工厂负责人告诉记者。

这个春天，记者发现，长沙不少乡镇都在积极招商引资，忙着"引老乡回故乡建家乡"。有的还发布了乡镇一级的人才政策，吸引各类企业入驻。而一些难以入驻国家级、省级园区的中小型工业企业，纷纷把目光投向地理区位、营商环境优越的长沙各区县(市)乡镇。这些企业在壮大乡镇经济的同时，也让越来越多的农村劳动力实现了离土不离乡就近就业的梦想。

政 府 助 力

从春节上班第一天起，长沙各级人社部门便拉开"春风行动"大幕，把现场招聘会开到了乡镇、村(社区)，送岗位送到农民兄弟的家门口。

2月8日，尽管春寒料峭，但官渡镇激情广场人潮涌动。2023年浏阳市"春风行动"在这里拉开了序幕，38家企业搭台布展，2870个岗位虚位以待。根据浏阳人社部

2023 年长沙市"春风行动"浏阳。

门的统计,截至目前,浏阳市已举办现场招聘会 12 场,参加企业 481 家,提供岗位 25228 个,初步达成意向 4737 人次。

记者发现,在望城区、长沙县、浏阳市、宁乡市,今年的"春风行动"现场招聘会基本上覆盖到了劳动力较为集中的街道乡镇,企业和人社部门的招聘人员甚至进村入户,精准送岗。

职业技能培训让农村劳动力掌握更多工作本领。近三年来,浏阳市举办政府补贴性培训 1700 多班次,主要是市场需求量大的电工、叉车司机、育婴员、电子商务师等工种,培训人员 8 万多人次。

据长沙市人社局就业处负责人介绍,2022 年,全市共组织开展各类职业技能培训 19.96 万人次,其中含农村转移就业劳动者、脱贫人口培训 3.18 万人次。

近日,长沙县出台支持湘商回归和返乡创业十条政策,对创业者给予厂房租金减免、资金奖补等政策。这些激励政策,有利于进一步壮大园区、乡镇经济实力,为农民工就近就业提供更多机会。

目前,长沙市各级农业农村部门正在大力发展农村集体经济,40%以上村集体经济收入超过 50 万元。日益壮大的村集体经济为农村劳动力转移提供了越来越强劲的助力。

园区、乡镇经济的持续快速发展,让长沙本地的农民工得以实现就近就业的梦想。2022 年,长沙农村居民人均可支配收入 40678 元,增长 6.5%,超过长沙城镇居民收入增幅 1.6 个百分点。

打造特色产业小镇,一二三产业融合发展,农民工就近就业,在长沙广袤农村地区,这些美好愿景正变成现实。

✍ 记者手记

在长沙,发展特色产业、招商引资是乡镇一级政府的重要工作,许多乡镇产业兴旺、经济欣欣向荣。这就使得广大农民工在家门口就业成为了可能,今年到省外务工的农民工要少很多。

记者行走在美丽乡村,看到农民工的笑脸,也着实为他们高兴。要实现乡村振兴,首先要振兴县域经济,把各地的产业优势充分发挥出来;其次要大力开展美丽乡村建设,发展乡村旅游,实现农文旅融合发展。十八洞村这样边远的山区都能发展得那么好,其他地方就更不用说了。

只有真正用心用情用力,乡镇的产业才会兴旺发达,农民才会在家门口从小康走向富裕。

家庭医生签约服务给群众带来了什么？

2023 年 9 月 4 日

习近平总书记强调，要完善国民健康政策，为人民群众提供全方位全周期健康服务。

家庭医生制度对于提高城乡居民健康水平、缓解看病难看病贵问题、优化医疗资源配置等方面具有重要意义。长沙积极探索、深入推进家庭医生签约服务工作，今年上半年，全市共有 243.75 万人购买了家庭医生签约服务，将近四分之一的常住人口拥有了自己的家庭医生。

作为一项普惠性制度，长沙家庭医生签约服务是如何开展的？又为签约群众带来了哪些实实在在的好处呢？连日来，带着这些问题，记者深入长沙县、芙蓉区等区县部分乡镇街道进行了采访调查。

费用：40 元购买一年服务

根据 2018 年 10 月公布的《长沙市家庭医生签约服务包收付费工作实施意见》，家庭医生签约服务包分为基础服务包和个性化服务包两大类，基础服务包涵盖了基本医疗服务、基本公共卫生服务和健康管理等服务，个性化服务包则是在基础服务包的基础上增加了根据重点人群分类设置的增值服务项目包括家庭病床等。

记者了解到，购买家庭医生签约服务，如果只需要基础服务包的话，一年只需花 40 块钱，其中国家基本公共卫生经费补贴 20 元；如果签约居民是长沙市城乡居民医保参保人员，则从医保基金中支付 12 元，个人另外支付 8 元；如果签约居民是长沙市职工医保参保人员，国家基本公共卫生经费补贴 20 元，医保基金支付 20 元；如果是非长沙市医保参保人员，除国家补贴外，需个人支付 20 元。

也就是说，无论是什么人，个人最多支付 20 元，便可以享受价值 40 元一年的家庭医生签约基础包服务。显然，这是一项普惠性的医疗保健服务。

而购买个性化服务包,比如长沙县果园镇卫生院推出的儿童中医保健、残疾人康复、中风后遗症康复、颈肩腰椎痛等15项个性化服务包,就要另外支付费用了。不过,和没有签约的相比,患者在接受这些医疗服务时可以享受一定的打折优惠。

记者了解到,在长沙县和芙蓉区,针对脱贫户、监测户、低保户、计划生育特殊家庭、严重精神障碍患者、肺结核患者等困难群体,家庭医生签约服务已经实现全覆盖、全免费。2023年,长沙县及芙蓉区免费签约人员共计达11万余人。

服务:签约群众反响好

芙蓉区按照网格化管理模式,在每个社区设立家庭医生签约工作室或"芙蓉健康驿站",家庭医生团队定期下社区开展家庭医生签约、履约服务,为有需要的签约居民量血压、测血糖、开降压降糖药物等,提升居民感受度,切实做到签约一人、履约一人、做实一人。

8月30日上午8点半,在长沙市芙蓉区马王堆街道火炬新村社区的家庭医生签约服务点,街道卫生服务中心的家庭医生团队已经开始忙碌起来。家庭医生团队长王海医生和他的同事一边给签约居民量血压、测血糖、开处方、发药,一边回答签约居民的咨询、提供健康指导。看得出来,家庭医生和这些签约居民是老熟人了,彼此都十分亲切。

记者了解到,这个家庭医生团队重点服务了三个社区,每周每个社区都会安排半天时间提供服务。而在定王台街道走马楼社区的家庭医生工作室,每天都有医生值班值守。

火炬新村社区的家庭医生签约服务对象梁美华今年81岁,是高血压慢病患者,每周三上午都要来家庭医生签约服务点量量血压、把把脉,和王海医生聊上几句,有时候就在这里买几盒药回去,因为家庭医生团队下社区都是带了药来的。

"王医生的服务态度可好了,问什么都很耐烦,有时候我也打电话给他问一些医药知识,都是很耐心地告诉我。这里的药也很便宜,我吃的那个降压药只要5.5元一盒,还可以报销一大部分,药店和大医院都没有这么便宜的药。"梁美华乐呵呵地告诉记者。

今年75岁的张长安是芙蓉区走马楼社区居民,他有高血压和糖尿病,几年前家庭医生签约服务刚刚推出,他就签了约,之后每年都签。

"签约前,我每个月的药费要100多元,现在一个月10多块钱,一杯奶茶的钱都不到。"在走马楼社区家庭医生工作室,张长安主动向记者介绍签约的各种好处,"有什么问题,不管是身体上的问题还是生活上的问题,家庭医生都会耐心解答,跟亲人一样,对,家庭医生就是我们的家人"。

记者了解到,40元的家庭医生签约服务费用,大部分会支付给家庭医生服务团队,作为团队的医生,这份收入目前占总收入的 5%—10%。随着签约居民越来越多,收入占比可能会进一步提升。

"做家庭医生,我很有成就感,不只是在现场或通过微信群或者电话提供健康咨询、健康管理服务,有一种被需要被信赖的感觉,就是走在路上,这些签约居民都会主动跟你打招呼,特别尊重你。"王海告诉记者。

据了解,家庭医生签约服务,主要是由乡镇卫生院和街道社区卫生服务中心的家庭医生团队提供,当然也包括部分上级医院的医生。

团队以"3+X"方式组成,即包含一位经验较为丰富的全科医生、一位护士、一位公共卫生医生,此外还有中医师或者专科医生等,由全科医生担任团队长。通常一个团队服务一到两个村(社区)。作为家庭医生,上门服务、随访也是经常的事。

记者调查发现,家庭医生签约服务的基本内容,实际上各个医院并不完全相同,但服务项目会在规定的基础上,根据医院特色和老百姓需要开展。

比如长沙县湘龙街道社区卫生服务中心,签约的居民每年可以免五次门诊挂号费,做 CT、彩超、胃肠镜等大型检查可以优惠 10%—20%,来这里看病或者向上级医联体医院转诊可以享受"绿色"通道,对于病情稳定的糖尿病、高血压等慢病患者,家庭医生一次可以给他们开具三个月用量药品处方,免得他们来回跑医院,至于健康咨询和健康管理,那就是常态化工作。

记者看到,湘龙街道社区卫生服务中心的家庭医生齐旭有两个签约服务微信群,每天每个群里都有不少人咨询小儿打疫苗、如何用药等卫生健康方面的问题。

"我们的家庭医生团队都在群里,会第一时间回复相关咨询,同时,我们也会主动在群里发布健康资讯和知识。"齐旭告诉记者。

"我每次拿着这个签约本到社区卫生服务中心看病拿药,不用排队挂号,直接就去找齐医生,非常方便,他们的服务态度也非常好。"看到上门随访的齐旭家庭医生签约服务团队,家住长沙县花样年华小区的杜文贵老人告诉记者。从齐旭医生和她的小团队对老人住址的熟悉程度来看,显然,他们不是第一次来这里上门服务。

两年前,长沙县果园镇卫生院开启了互联网技术下的"智慧医养"服务新模式,根据群众需求上线 15 组"互联网+家庭医生团队个性化服务包",签约对象只要在手机 App 上"点单"、支付,家庭医生团队就可上门提供护理康复等服务。

"现在个性化服务包已经在长沙县各个乡镇街道医院全面推广了,我有位亲戚住在另外一个乡镇,我有时也会通过系统点单,让他们的家庭医生团队为亲戚提供上门服务。"果园镇卫生院党支部书记、院长王涌江告诉记者。

覆盖:每年提升几个百分点

据了解,为了提升签约覆盖率,芙蓉区开展家庭医生签约服务常态化监测和动态化预警,采取"一周一统计、一月一通报、一季一调度、半年一评价、一年一总结"的工作通报制度,以确保全人群和重点人群签约服务覆盖率实现每年提升2—4个百分点。截至2023年8月31日,芙蓉区全人群签约服务覆盖率与上一年度同期相比增长6.15%;重点人群签约服务覆盖率与上一年度同期相比增长19.41%。

果园镇有常住人口两万多人,其中与果园镇卫生院签订了家庭医生服务协议的有一万多人,重点人群签约率超过90%。据了解,重点人群包括0—6岁儿童、65岁以上老人、孕产妇、慢病患者等。

在长沙县,2023年共计签约居民33.51万人,较2022年增加27105人,签约服务覆盖率增长2个百分点。其中,老年人签约率79.87%,高血压患者签约率82.69%,糖尿病患者签约率74.04%,脱贫户、监测户、计划生育特殊家庭、肺结核签约率100%。

记者调查发现,长沙其他区县(市)情况也大致如此。总体来看,重点人群签约率较高,但在中青年群体中还有待继续推广,让这项卫生健康福利惠及更多人。

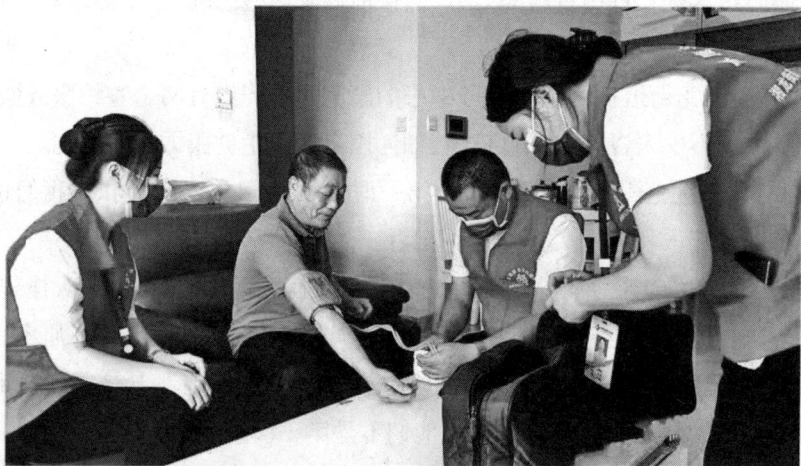

长沙县湘龙街道社区卫生服务中心的家庭医生到签约居民家中提供履约服务。

长沙县卫健局公卫科科长宋利表示,提高整体签约覆盖率,必须加强家庭医生的培训,提高服务质量;丰富服务内涵,提高签约吸引力;加大宣传力度,让家庭医生签约政策家喻户晓。

芙蓉区卫健局副局长朱丽认为,在家庭医生签约服务团队中,还要加强专科医生的力量,同时,进一步完善和推广智慧平台,让居民实现线上签约、线上点单、线上咨询等功能。

记者从长沙市卫健委了解到,为进一步提升家庭医生签约覆盖率,长沙支持鼓励组建"1+N"组合服务模式,即医联体上级医院专家作为技术力量参与家庭医生签约服务工作,推行"联合签约,全程服务"。家庭医生团队对签约居民进行健康管理,病情危急时开通绿色通道及时转诊至上级医院,上级医院对签约的患者提供优先接诊、优先检查、优先住院等服务,切实缓解签约对象"一号难求、一床难求"的状况。推进医疗保险定点医疗机构双向转诊政策,经过基层家庭医生转诊的签约对象,享受"一增一减一免"优惠政策。同时对高血压、糖尿病"两病"家庭医生签约参保患者在协议定点基层医疗机构门诊发生的政策范围内药品费用,统筹基金支付70%,个人支付30%。通过优质协同的医疗服务,增强居民就医体验,提高居民对签约服务的认可度。

当前,长沙市正大力推进社区卫生服务能力"十大提升行动",进一步改善基层基础设施和设备条件,强化基层医疗卫生机构基本医疗服务功能。市级采取经费补助的方式引导基层配备全自动生化仪、彩超、DR(CR)等基本医疗设备,不断提升其辅助诊断和健康管理水平。以服务能力的提质升级,推动家庭医生签约服务覆盖率的提升。

人民健康是民族昌盛和国家强盛的重要因素。提高人民群众的健康水平,家庭医生签约服务是一项重要举措,特别是进入"银发社会"后,家庭医生签约服务关系着无数老人和家庭的幸福。当前,长沙正全力推动家庭医生签约服务工作,只要绵绵用力、久久为功,让每个家庭拥有一位医生朋友的梦想终将成为现实。

✏️ 记者手记

看国外的一些影视剧,经常有家庭医生给达官贵人看病的场景,家庭医生往往是他们非常亲密的朋友,救死扶伤、德高望重,备受敬重。

这时候,总是希望我们国家也有家庭医生,让家庭医生走入寻常百姓家,成为老百姓健康的守护神。

前些年,国内也开始推行家庭医生制度,但作为一名新闻工作者,竟然对这个制度一无所知,这是记者孤陋寡闻还是这项工作的宣传力度不够?或者是别的什么原因?

医疗保健关系着每一个家庭、每一位国人的幸福,是人民群众特别关注的事情,既然如此,为何不认真调查一番呢?这就是记者调查家庭医生签约服务制度的初衷。

调查发现,家庭医生签约服务制度确实是一项惠民的好制度,但在中青年群体中签约量偏少,与宣传引导、服务质量还是密切相关的。

衷心希望家庭医生签约服务制度不断完善、越来越好,为缓解"看病难、看病贵"问题作出更大贡献。

如何守护长株潭生态绿心？

2023 年 6 月 1 日

在长株潭三市的交会地区，有一片总面积约 528.32 平方公里的绿地，它就是长株潭城市群生态绿心。其中，长沙地区绿心面积达 306 平方公里，占长株潭生态绿心地区总面积的 57.92%，包括雨花区跳马镇和同升街道、天心区暮云街道和南托街道、湘江新区坪塘街道、浏阳市柏加镇和镇头镇。

绿水青山就是金山银山，保护生态环境就是保护生产力，绝不能以牺牲生态环境为代价换取经济的一时发展。

长沙如何践行习近平生态文明思想和绿色发展理念，守护好长株潭生态绿心？来看记者的蹲点调查。

铁 腕 护 绿

"自从工业企业退出绿心后，这一片地方的变化真大啊！"2023 年 5 月 23 日，望着即将竣工的天翼云中南数字产业园项目一期，天心区南托街道沿江村村民汤正荣感慨万千。

汤正荣告诉记者，天翼云中南数字产业园项目用地原来属于长沙正大有限公司，这是一家生产饲料和生猪养殖的农业龙头企业，但污水、噪音、灰尘等污染物排放较多，村民经常投诉。这家企业退出绿心地区后，加上美丽乡村建设，现在村里的环境是越来越好，一些到城里买了房的村民又开始回村居住。

2019 年的最后一天，随着长沙礼恩派拉线工业有限公司最后一条生产线完成拆卸，炉火和钢花全部熄灭，长沙市绿心地区 567 家工业企业全部退出。

除了退出工业企业，雨花区跳马镇还完成了境内 11 个废弃矿坑的生态修复，总计修复面积约 605 亩。

"我们在矿坑上种植的果树今年有不少开花结果，预计明年会是一个大年，到时欢迎前来采摘。"跳马镇田心桥村党支部副书记张灿告诉记者。

据介绍,田心桥村柳树塘矽砂矿 10 年前被关闭后,留下了三片面积达 52 亩的山坡。由于整片矿山地表植物遭到严重破坏,导致水土流失加剧,山体坑洼不平,光秃秃的,被当地村民称为"癞头"。

为做好生态修复,田心桥村填平了废旧矿坑、铺上了种植土,修建了排水沟渠,种上了桃子、柚子、枇杷等树苗,2021 年 10 月完工。

位于跳马镇的石燕湖生态公园是绿心之"芯",森林覆盖率达 98%,空气中负离子含量每立方厘米达 8 万以上。

"以前石燕湖还是存在一些乱砍滥伐的现象,现在没有了,我们每年三月都会补栽补种两三万棵树。"公园负责人彭辉告诉记者,为了保证湖水的二类水质,临湖的住宅都已经不再住人。

2013 年 3 月,《湖南省长株潭城市群生态绿心地区保护条例》正式颁布实施,以立法的形式保护一片绿地,在全国属于首例。长沙根据这一地方法规,通过规划卫星图斑调查和国土巡查,重拳出击,到 2019 年底,拆除了绿心地区全部违法违章建筑并完成生态修复。

为了守护好绿心生态环境,长沙还活跃着一批巡林巡河志愿者,由全国、省、市、区四级,长沙、株洲、湘潭三市政协委员联动的"守护绿心政协委员工作室"在跳马镇成立,开展清除入侵物种一枝黄花等志愿行动。工作室成立至今,发动政协委员围绕"守护融城绿心、共建中央公园"主题撰写 50 多件提案,累计吸引社会精英投入数千万元参与生态保护等工作。

相关数据:

近年来,长沙积极推进长株潭城市群绿心保护工作,落实绿心生态补偿方面,每年市、区两级分别安排 1800 万元资金补偿至乡镇(街道)、村(社区)或个人,有效激发基层保护绿心的积极性,同时近三年争取省级生态补偿专项资金 6154 万元用于支持长株潭中央公园长沙起步区绿道、融城公园等绿心地区生态项目建设,推动生态修复治理、生态宜居乡村建设和助推绿色产业发展,完成绿心地区裸露山地复绿验收面积 600 余亩,完成跳马镇龟坡等 11 处废弃矿山矿坑生态修复;区域内生物多样性显著提升,植物、动物和微生物种类及数量呈增长趋势,初步形成森林城市生态体系,森林覆盖率比 2012 年提高 4.41 个百分点。

绿 色 产 业

让绿水青山成为金山银山,关键是要树立正确的发展思路,因地制宜选择好发展产业。

在这场新旧动能转换的产业进退中,天心区退出了 361 家工业企业,"腾笼换鸟"换来了新业态、新技术、新模式,天翼云中南数字产业园、湖南地理信息产业园、湖南大数据交易所……一个个数字经济产业项目在天心数谷片区向阳而生。

5 月 26 日,记者在位于天心大道旁的天翼云中南数字产业园项目一期工地看到,三栋大楼已经封顶,外装修基本完成,建设者们正在加紧进行室内的机电设备安装。

"产业园定位是国家级的区域数据中心,是中国电信集团在中南区域定位的全国第五大数据中心。"中国电信湖南公司云网基建办高级总监王伟告诉记者。

据介绍,天翼云中南数字产业园项目总投资 120 亿元、拟建设 40 万台服务器。作为迄今湖南省内投资最大的数字新基建标志性项目,产业园一期即将于今年 8 月实现投产运营,预计项目全部建成后可带动近 500 亿元的相关产业发展。

在不远处的天心数谷一期项目工地,近 500 名建设者正忙着幕墙安装、园林绿化等扫尾工作,预计今年 7 月完成全部施工。按照规划,天心数谷将分为"起步区、核心区、拓展区、辐射区"四大片区,打造以大数据、软件、人工智能为主的高技术生产性现代服务业集聚区。

"天心数谷一期项目建成后,预计承载数字科技相关企业 100 家,实现全年全口径税收 1.5 亿元以上。"长沙融城经济发展集团有限公司董事龙新华告诉记者。

经过三四年的快速发展,位于绿心地区的天心经开区数字经济总产值已接近 300 亿元,今年预计继续两位数的高增长。

在绿心范围内,湘江新区、天心区、雨花区和浏阳市,正依托各自的资源优势,积极推动产业转型升级。农文旅、花卉苗木等绿色产业欣欣向荣、蒸蒸日上。

今年五一期间,位于长株潭生态绿心的长沙生态动物园接待游客总量 16.8 万人次,多次排名《长沙景区热力榜》前三。作为绿心之"芯"的石燕湖生态公园,入园人数每天超过一万人次。

"这里环境很好,玩的项目也比较多,从湘潭过来也蛮方便的。"5 月 26 日,从湘潭来石燕湖游玩的喻兆祯告诉记者。

在湘江新区坪塘街道,湘江欢乐城等文旅项目成为当地支柱产业,2022 年暑假期间接待游客超 50 万人次,成为长沙新兴热门文旅目的地。记者了解到,湘江欢乐城欢乐海洋场馆建设已经完成,预计年底可向游客开放。

花卉苗木是绿心地区的传统优势产业,雨花区的跳马镇、浏阳的柏加镇、镇头镇均以花卉苗木的培育种植闻名遐迩,是长沙"百里花木走廊"的中流砥柱,三地花卉苗木产业高峰期年产值近百亿元。

柏加镇汇智家园精品苗木基地负责人刘敏表示,如今苗木产业要转型升级,通过一三产业融合,将苗木园打造成以观赏园林为主题的星级农庄,形成"产业+文化+旅游"新型业态。

长株潭生态绿心局部。

跳马镇的育景园是一家以珍珠红为主打的苗木基地,近年来,育景园的女主人龙燕利用基地的秀美风光,发展了研学、团建、露营等业务,"红果果"露营基地成为这个苗木基地的新名片。

在天心区暮云街道,1100亩的山林田地变成西湖共享农场,实现了农文旅融合发展。每逢周末,孩子们和大人在这里种菜采摘,干农家活吃农家饭,偌大的农场笑语喧天。

记者调查发现,在长沙绿心地带,农家乐、农庄、民宿、露营基地星罗棋布,成为长沙市民休闲度假的好去处。

相关数据:

今年,长株潭绿心地区33个建设项目获省发改委批准准入,包括长株潭一体化重点道路建设、市政基础设施、公共服务设施、生态修复和绿色产业发展等项目。按照生态美、村庄美、产业美、生活美、风尚美的要求,长沙市在绿心地区铺排美丽宜居村庄14个左右。目前,长沙已开展《长株潭城市中央公园长沙起步区选址及规划研究》的编制工作,长沙奥体中心公园、花卉园艺博览园等首期重点项目正稳步推进。

长株潭生态绿心,这是大自然的恩赐。记者调查认为,唯有将"绿水青山就是金山银山""保护生态环境就是保护生产力"等的生态文明理念融入骨髓,才能自觉担当起保护绿心的千钧重担,才能杜绝急功近利的短期行为。

如今,长沙已在长株潭生态绿心播下绿色产业的种子,终有一天,它们将成长为参天大树,让当地百姓收获富裕和幸福的硕果。

✍ 记者手记

当我们的采访车在跳马镇的公路上穿行的时候,确实是像一只小船在绿色的海洋里起伏。

"退休了如果能住这样的地方实在是太幸福了,环境太美、空气太好!"看到路边绿树掩映的农舍,记者羡慕不已。

久在钢筋水泥的森林,到绿心采访不仅是工作,更是享受。

石燕湖生态公园的负责人告诉我们,湖里的水可以直接饮用,这让我们啧啧称赞。

如今,生态文明理念深入人心,长株潭生态绿心也越来越美好。希望长沙在今后南部片区的开发建设中,守护好这片珍贵的绿色,让城在林中,人在景中。

让一江碧水入洞庭

2023 年 4 月 25 日

暮春时节，洞庭湖畔，一江碧水，草长莺飞。

2018 年 4 月 25 日，习近平总书记乘船考察长江，从湖北荆州石首港登岸进入湖南，第一站便来到华龙码头。习近平总书记通过巡护监测点的实时监控，察看了东洞庭湖国家级自然保护区生态保护状况，勉励大家继续做好长江保护和修复工作，守护好一江碧水。

望城区地处湘江下游、洞庭尾闾，是长沙市唯一纳入洞庭湖生态经济区的区县，湘江贯穿区境 35 公里。在长沙，守护好一江碧水，望城首当其冲。

长沙是如何牢记嘱托、走出长效治水之路的呢？5 年来，长沙坚持全流域治污、精准治污、科学治污、依法治污，以河长制为抓手，念好了"治、管、用"三字经。近日，记者蹲点调查，进行了实地探访。

标本兼治，建设水美乡村

因水而生，因水而美，因水而兴。望城区境内有沩水河、沙河、石渚河、马桥河等 7 条主要湘江支流，2 个大型湖库，一线堤防 164.3 公里，万亩以上堤垸 8 个。

近年来，长沙市、望城区牢记殷殷嘱托，纵深推进"一江七河两湖库"系统保护与治理，统筹推进治水、管水、用水，水生态修复明显改善，水环境质量明显提升，水经济产业蓬勃发展。

在望城区新康沩水河坝，记者看到，因为前两天暴雨，上游的垃圾飘到沩水河下游，河面出现大量漂浮物。望城区新康沩水河坝事务所所长蔡光辉告诉记者，遇到这种情况，他们就会赶紧调垃圾打捞船清理，再让保洁员善后。

沩水河坝地处沩水下游，是沩水河与湘江的交会处，也是整个沩水河污染治理压力最大的区域。连续几天大雨后，河道会漂来不少垃圾，如果不迅速清理，水质会降低到

IV类、V类。

近年来,望城区河长办以水质达标为底线,以近期治标、远期治本、建管齐抓为原则综合施策治理沩水污染,逐渐摸索出了一套行之有效治理方案——培养专业队伍,用机械化设备进行河道清理。

"我们有30人的专业队伍,还有大型垃圾打捞船一艘,小型垃圾打捞船四艘,垃圾运送车两辆。我们的大型垃圾打捞船,是长沙市河道保洁工作中唯一的一艘机械化操作船。"蔡光辉不无骄傲地告诉记者。

2022年夏天,由于持续高温少雨,沩水河道望城段滋生了大量蓝藻,为了避免生化污染,河道清理团队用机械化垃圾打捞船搅动水体,以物理方式抑制蓝藻生长。

望城区垃圾打捞船在作业。

专业化与机械化让沩水治标不再是难题,但要实现长治久安,靠的还是"活水长流"。随着大众垸河湖水系连通工程的完工,大众垸内长达68公里的水系全面打通,新老沩水连成一片,死水成了活水。

望城区还与邻近区县(市)一同建立长效机制,实现跨界河流上下游环境风险隐患点、工业污染、水质监测、水量等信息共享,协作流域联防联控。目前,湘江长沙望城段望城水厂、千龙湖水质良好,符合相应水环境功能区标准要求,地表水国家、省、市控考核断面水质达标率100%。

但光有河湖水系的治理还远远不够。在望城区茶亭镇狮子岭村,长沙荣安泰生态环境科技有限公司项目施工负责人黄显义带记者参观了他们正在实施的小微黑臭水体治理工程。

据统计,望城全区有沟、渠、塘、坝等小微水体9040处。茶亭镇狮子岭村地处的望城区东北角便是个水系丰富、小微水体众多的丘陵地区。这里的水以前都非常浑浊,有蓝藻、绿苔,相当于黑臭水体。

黄显义治水经验丰富,参与过数十个水体治理与水体修复项目。目前,他们通过种植挺水植物,比如四季常青的黄菖蒲,来达到净水功能。在池塘地下,则是满塘种植吸附能力很强的矮生驯化的苦草。

在望城,许多农村小微水体修复工程,都以水底种植苦草,辅以挺水植物、动物、微生物等方式,构建一套生态平衡系统,达到长效治水的目的。而这些植物的来源,同样位于望城境内。在望城区乌山街道团山湖村,湖南荣安泰农业科技有限公司的矮生苦草种植基地占地达 500 多亩。

团山湖村党总支书记、村委会主任程府迎告诉记者,2020 年,大连理工大学的水生态创业团队来到他们这里做了一个示范,把水生态修复之后再来养鱼,取得了良好经济效益和生态效益。

从空中鸟瞰如今的团山湖村袁家塘,水质清澈,水草清晰可见。2020 年,看到了袁家塘的治水效果后,团山湖村便与黄显荣团队合作创办了长沙荣安泰生态环境科技有限公司,不仅引入治水技术,还引入治水产业,帮助村集体增收。

2021 年,团山湖村约有 800 亩的黑臭水体恢复清澈。这一年,团山湖村捧回"全国乡村治理示范村""湖南省'水美湘村'示范村"的牌子。每到周末,都有不少来自周边的游客。

眼下,已经在治水上取得初步成果的长沙荣安泰生态环境科技有限公司董事长黄显荣又开始了新的尝试,准备利用水草基地进行大闸蟹的养殖,发展真正的生态循环农业。

长沙数据:

近年来,根据"一河(湖)一策",长沙市共铺排市管"一江一湖六河"综合治理任务 1355 项,各级共投入河湖治理资金 200 多亿元,提标改造或新建扩建城乡污水处理厂 112 个,新建或改造污水收集管网 654.37 公里,雨污分流管网改造 458.45 公里,完成"一江一湖六河"干支流清淤 1408.39 公里,累计清淤 436.73 万立方米。通过综合治理,市管河湖水质明显好转,全市国控、省控地表水考核断面平均水质优良率连续 4 年达到 100%,湘江、浏阳河、沩水河等稳定达到Ⅲ类水质以上,"一江一湖六河"水质达到有监测记录以来最好时期。

齐抓共管,健全长效机制

通过长期不懈的治理,望城区各类水体水质持续向好,生态底色越发靓丽,越来越多的候鸟与鱼儿恋上了这片土地。

2023 年 1 月，在湘江望城蔡家洲水域，望城区城市管理和综合执法局水上二中队副队长周古遥和队员们在巡查过程中间发现有 3 只江豚在水中嬉戏。江豚被称为"长江生态的活化石"，其珍稀程度上不亚于大熊猫，由于它对环境十分敏感，只愿意到水质好的地方"做客"。周古遥高兴地告诉记者，他们已经连续三年发现江豚来望城做客了，说明他们的禁捕工作做到位了。

要想让碧水长流，建立长效监管机制是重中之重。通过机制创新，望城区探索出了不少有特色的治水管水经验。

2022 年，望城区主动与开福区、岳麓区、宁乡市、益阳市赫山区、岳阳市湘阴县与汨罗市等 6 个周边县区签订《跨界河流联防联控合作协议》，实现了河湖管护共商、共享、共治、共管。

同时，针对在禁钓区域屡劝不改的钓鱼人员，刚柔并济的执法形式也是望城区城管局水上执法的一大创新。周古遥介绍，对于首次违法的钓鱼人员，他们会带回来学习禁钓知识，写上保证书存档，以后再被巡查发现，才会没收渔具。在执法部门的严格监管下，如今的湘江望城段，网鱼和电鱼的行为已经基本杜绝。

除了望城区城管局以外，近年来，望城区公安、水利、生态环境、市场监管、农业农村、交通运输等有执法权的单位纷纷根据自身职能职责，履职尽责，加大涉水执法力度，形成既多点开花又联合行动的执法格局。

2020 年以来，全区开展禁渔联合执法 171 次，城管、市场监督部门行政立案 21 起，公安部门办理刑事案件 17 起，查获涉案渔获物 40 公斤，行政处罚 1.3 万元，行政处罚 7 人，对 22 人采取刑事强制措施。

如今的望城，不仅水中有江豚嬉戏，国家二级保护动物白鹭的身影也越来越多地出现在水边。

河长制是水体治理和保护的重要抓手。自 2021 年 3 月全面启动河长制工作以来，望城区桥驿镇推出了党建+河长制的工作模式，1+4 的水质监测体系，1+N 的管护模式，生态环境越来越好。

望城区桥驿镇党委副书记、镇长王卿是桥驿镇副总河长，也是望城区唯一一位 2022 年省级优秀河长。王卿告诉记者，桥驿镇境内有沙河和石渚河两条主干河流、支流 6 条、水库 7 座，全镇的镇村级河长及具体工作人员有近 200 人。针对河道、水库的不同管理特点，桥驿镇引进各有专长的公司进行物业化的管理维护，并根据河流、水库不同时期研究制度考核细则，实现了河长制到河"常"治的规范运行。另外，桥驿镇还安排工作人员定期对各流域水质进行监测，通过监测数据变化，反查各排水口的情况。

据了解，2022 年，望城区、乡镇、村三级河长联合巡河湖达 7000 余人次，推动"四乱""碍洪""污染""管护"等范畴 200 余个问题及时解决。

"河小青"是望城区参与保护河湖健康行动、助力河长制的青少年志愿服务品牌，目前全区"河小青"注册志愿者近 2.2 万人。每支河小青队伍都由"1 名社工+1 名团员+3 名青少年志愿者"模式组成，公益、交友、时尚、健康等元素融合"河小青"工作，不断吸引青少年加入。

长沙数据：

5 年来，长沙市全面建立市、县、乡、村四级河湖长制责任体系，全市四级河湖长共巡河湖 48 万多人次，召开各类推进和调度会议 187 次，解决问题 5300 多个，实现从"有名有责"到"有能有效"的转变。化"九龙治水"为"一龙统筹"，长沙市以河湖长制为抓手，整合部门资源，率先建设主城区入河排口视频监控管理系统，按时序推进排口的排查、监测、溯源，对湘江干支流 93 个重点入河排口实现 24 小时实时监控预警，让水留下来、活起来、净起来、美起来。

以水兴业，做强鱼米之乡

靖港镇复胜村位于大众垸内最低洼的地区，据当地村民回忆，以前只要出现连续多日的下雨或者天晴，田间不是水淹就是干旱。去年，长沙又遭遇极端大旱，如何才能保证农田旱能浇、涝能排呢？

村党总支副书记王湘望告诉记者，为解决这一问题，他们启动了河湖连通工程，它在新、老沩水已连通的基础上，拓宽、加固垸内河流和渠道，将老沩水和团头湖整体连通。

如今的复胜村，绿色的生态护坡替代了传统的混凝土砌石挡墙，防洪安全与水系治理得到了完美融合。

此外，望城区大力推进河湖堤垸堤防提质达标工作，沩水流域综合治理工程、翻身垸堤防综合整治工程已经全线完工，湘江东岸综合整治工程正在实施，全区堤防岸线基本达标。农田的灌溉与防洪有了保障，如何发展水经济则是下一步要考虑的内容。

4 月 15、16 日，恰逢周末，艳阳高照。蓝天、碧水、快艇，金色的沙滩上游人如织，2800 亩水面碧波荡漾，这样的风光让人误以为来到了一座滨海城市，其实这里是望城区长沙千龙湖生态旅游度假区。

这里原为靖港镇格塘水库，但因年失修、缺乏维护和管理，周边一片荒凉。2003 年，为了充分发挥这里的水资源优势，长沙千龙湖生态旅游度假区应运而生。

水清景美，鸟飞鱼跃，构成了一幅生态和谐的美丽画卷。仅仅 4 月 15、16 日周末两天,来千龙湖游玩的客流量就接近 1 万人。而吸引游客远道而来的不仅仅是水上娱乐,还有当地的特色美食——翘嘴鲌鱼。

千龙湖是环洞庭湖经济生态区中百里优质水产走廊经济带的一部分。这里的鲌鱼与市面上常见的淡水鱼不同,被誉为"淡水鲨鱼",肉质细嫩、味道鲜美。近年来,望城鲌鱼养殖规模不断加大,已形成集苗种繁育、集约化养殖、加工、休闲垂钓、吃鱼于一体的鲌鱼全产业链。目前,望城鲌鱼主产区将近 1 万亩,预计年产量达到 1 万吨,一、二、三产业融合预计产值近 5 亿元。

同为环洞庭湖经济生态区中百里优质水产走廊经济带的望城区乔口镇,则有另外一本致富经。

一大早,位于望城区乔口镇田心坪村的望城区荷花虾物资配送中心涌入了一辆辆小货车,他们的目的只有一个,那就是收虾。

尝到"一荷三虾"甜头的乔口镇盘龙岭村农户刘建平把种养规模从去年的 100 亩扩大到了今年的 240 亩,按照每亩 2000 元的收益来算,她养虾一年就能获得 49 万元的收益。而以前他在稻田里忙活一年,一家收入才 10 万元。

记者了解到,"一荷三虾"是在传统的荷虾共作的基础上进行技术创新,由"荷前虾""荷中虾"和"荷后虾"三个生产环节组成。这样就解决了小龙虾季节性限制的问题,实现了一年四季都有鲜虾供应上市。

近年来,乔口镇依托水资源丰富的自然条件,大力推广"荷花+小龙虾"生态套养模式,打造了荷花虾、生态鱼等特色农产品全产业链,带动农户增产增收。

据乔口镇副镇长张国洁介绍,通过"龙头企业+合作社"的形式,乔口镇让养殖大户带动村民以土地入股分红或参与生产经营等方式创收致富,现在全镇荷花虾种养殖规模达到 1.22 万亩,连片面积 50 亩以上的种养殖基地 45 家,年产量 2340 吨,综合产值近 2.2 亿元,成功跻身全国综合实力千强镇。

长沙数据:

5 年来,长沙牢记"共抓大保护,不搞大开发"与"守护好一江碧水"的嘱托,做活"水文章",在生态文明建设上展现新作为,在"绿色经济"上迈上新台阶。全市农业经济总量稳步提升,特色产业小龙虾种养规模达 13 万亩,农林牧渔业总产值连续跨越500 亿元、600 亿元、700 亿元大关,2022 年全市农林牧渔业总产值 776 亿元、增长 3.8%。

✎ 记者手记

"共抓大保护、不搞大开发""守护好一江碧水",习近平总书记5年前考察湖南时的殷殷嘱托,言犹在耳,催人奋进。5年来,长沙牢记嘱托,做活"水文章",做足"水功夫",以壮士断腕、脱胎换骨的实际行动和作为,生动诠释星城儿女"治水兴湘"的责任担当,在生态文明建设上取得新成绩,江豚跃、白鹭飞、水碧草青,一派勃勃生机;在"绿色经济"上迈上新台阶,现代农业、绿色制造业、现代服务业风生水起。

绿水青山就是金山银山。实践再次证明,放弃赚快钱、大开发的老路,坚持走生态优先、绿色发展的新路,我们就能够书写科学发展、有序发展、高质量发展的新篇章。

区域合作

兄弟同心,其利断金;创业维艰,奋斗以成。区域协调发展是一项系统工程,需要在不断实践探索中持续推进。对于中部省份来说,加强区域合作更是促进中部地区加快崛起的有力举措。

区域合作篇虽然只有《十年跨省协作,看武陵山"龙"飞"凤"舞》《湘赣边区域合作,湖南长沙干得怎样?》2篇代表作,但是通过记者深入全面的调查报道,长沙在深化区域合作、促进区域协调发展方面的勇于担当、善作善为跃然眼前。

一花独放不是春,百花齐放春满园。无论是中部崛起、西部开发还是东北振兴,无论是湘赣边的繁荣还是长株潭都市圈建设,都离不开区域合作、携手共进。下好区域协调发展"一盘棋",长沙责无旁贷。

十年跨省协作，看武陵山"龙"飞"凤"舞

2022 年 8 月 17 日

湘鄂边武陵山腹地，酉水河蜿蜒流淌。

湖南龙山与湖北来凤两座县城隔河相望，毗邻而居，县城中心距离不到 4 公里，被称为全国最近的两个县城。两县都是土家族苗族聚集区，虽分属两省，但山同脉、水同源、民同俗、人同宗。

2011 年 10 月，国务院批复同意设立武陵山龙山来凤经济协作示范区，成为继成渝、北部湾后，国家规划的第三个省际间经济区，也是全国 14 个集中连片特困地区中唯一设立的跨省经济协作示范区。这一重大国家战略，让同是国家级贫困县的龙山和来凤迎来了千载难逢的发展振兴机遇！

十年跨省协作，十年比翼同行。十年过去了，龙山来凤协作同建的效果到底怎么样？六月底七月初，记者前往龙山来凤两县进行了实地调查采访。

城市同建，从 14 公里到零距离河东河西融为一体

建设跨省经济协作示范区，龙山来凤两个县相约把城市同建列为区域经济一体化的重要内容协同推进。当地人用这样一句话进行了直观描述：以前两个县城之间相距 14 公里，后来是 4 公里，现在已经是零距离了。

湘鄂情大桥是连接龙山与来凤主城区的标志性工程。2009 年 9 月，在省会长沙对口帮扶下，龙山县启动大桥龙山段建设。2011 年龙凤跨省经济协作示范区获批后，大桥建设开始提速。次年 8 月，来凤县启动来凤段建设，两年后大桥全线通车，全长585.8 米，双向六车道，将龙山华塘新区与来凤龙凤新区连成一体，双方中心城区车程仅 10 分钟。

两县与湘鄂情大桥联通的城市主干道分别被命名为"岳麓大道"和"武汉大道"。龙山县居民张登兆在龙山县城生活已有 30 多年，他动情地告诉记者，湘鄂情大桥如同

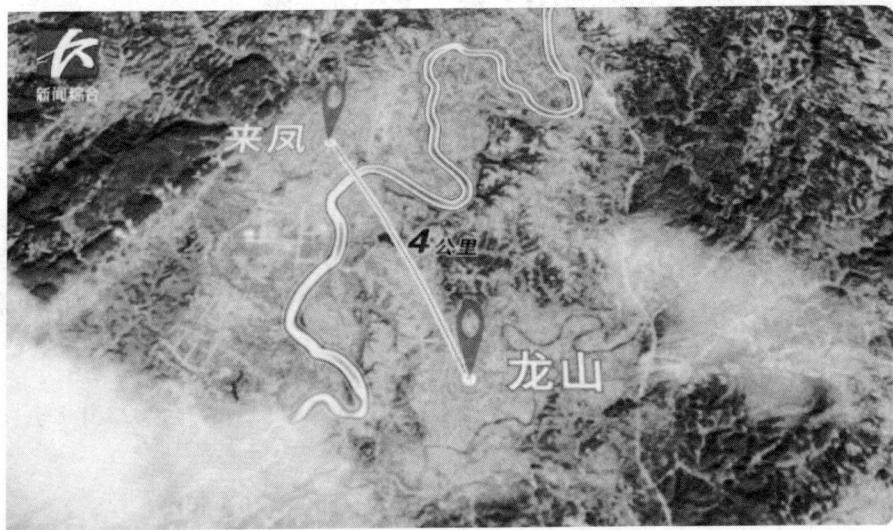

一双大手,把两个县城紧紧地拉在一起。张老说,他曾经写过一篇文章叫《龙凤呈祥》,一边是湖北的来凤、一边是湖南的龙山,它们两个就像一个大龙、一个金凤,比翼齐飞,共同飞向美好的未来。

一桥跨两省,两省融一城。以跨河桥梁作为基本骨架,龙山来凤两县正在构想着建设一条共同的城市环线。龙凤齐飞,相向发力,两个县城城市同建一体化发展的势头愈发强劲。

在龙山和来凤两座县城里,运行着一条跨省城际公交线路。来往这条公交线路的20多台公交车是长沙对口援助的,每天从早上6点半开行至晚上9点半,票价统一为2元,每8分钟一趟。

龙山县居民黎茂庭笑呵呵地介绍,现在公交车通了以后,他最大的感受就是:利民便民。因为上下班很方便,现在龙山人到来凤买房子的多,来凤到龙山买房子的也多。

2021年12月26日,黔张常高铁通车,龙山、来凤同时步入高铁时代。据两县发改部门统计,龙山来凤在规划、公交、通信等十大方面的一体化工程目前已经完成七个,以城区酉水河为核心,共同打造10平方公里的龙凤新区,建设湘鄂边最具特色的边区城市。

服务共享,民生业务跨省通办居民幸福指数节节高

从2012年到2022年,龙山来凤跨省经济协作走过了非凡十年。这十年,龙凤两县共同发力打破区域壁垒,深化政务、医疗、能源等方面的合作,天然气跨省连通了,跨省长途电话变为市话了,公积金贷款购房也能跨省通办了……

一项项实实在在的改革成果,让居民们的同城幸福指数节节攀升。

龙山县居民彭秀菊每天用的天然气就来自一河之隔的来凤县,她高兴地告诉记者:这样生活真的是太方便了。

2016年,来凤把天然气管网铺设到龙山,两地30万居民同步用上了清洁能源,龙山成为湘西唯一一个用上天然气的县城。2011年龙凤跨省经济协作示范区获批后,双方就开始在过境能源上展开合作:来凤水电资源相对短缺,龙山电网主动与来凤电网实现对接,在丰水期间,龙山的电力供两地使用,而到了枯水期,两县则可同享省、州的电力反补。

龙山来凤虽只隔一河,却分属两省,分别有各自的长途电话区号0743和0718。跨省经济协作示范区获批后的第一年,两县就取消了省际边际漫游,移动用户日常相互通话全部按市话费收取,每年为消费者节省话费1000万元以上。

来凤县居民张秋梅在龙山选定了一套心仪的住宅,近日,她准备用自己在来凤县的住房公积金到龙山县贷款买房。在龙山县"市民之家",湘西州住房公积金管理中心龙山县管理部综合柜员李国珍耐心地为她办理了申请贷款的手续。

无需在龙山来凤之间反复奔波,也不用两地公安、民政等单位层层盖章,仅凭购房合同、身份证、结婚证和公积金缴存地缴存单就能在一个窗口全部通通办妥。张秋梅高兴地说,现在政务一体化,感觉方便很多了。

除公积金贷款跨省通办外,异地就医直接结算也给两县居民带来极大的便利。

推行"跨省通办",让两县人民有了更多的幸福感和获得感。2021年6月,龙山来凤互设办事窗口、互派工作人员,达成政务服务"跨省通办"。

产业同步错位+统筹,龙凤叠加效应不断放大

建设跨省经济协作示范区,经济发展是题中之义。深居武陵山腹地仅一河之隔的龙山和来凤两个县如何在产业上协同发展? 既要"错位"又要"统筹",十年来,两县在产业布局、业态布点上坚持同步发展、各取所长、错位竞争,产业发展真正实现"你中有我、我中有你"。

走进位于龙山县长沙路上的这家"麦滋生活"烘焙糕点店,香甜的奶油味扑面而来。店主杨文秀是一名"85后"的来凤青年,几年前从深圳回乡创业。在她看来,龙山和来凤就是一座城市,在龙山创业就相当于在来凤创业,因此她把自己的第一家门店选在了隔壁的龙山县城。

目前,已是龙山县政协委员的杨文秀在龙山来凤两地拥有了6家门店,员工120多人。她还计划着在龙凤产业园建设一个5000平方米的标准化生产车间,推出具有"龙凤元素"的网红糕点。

在龙山县惹巴妹就业扶贫车间,来自龙山、来凤两地的土家阿妹们正忙着编织向日

葵、玫瑰花等小摆件织物。"85 后"来凤籍工人朱玉娥起初在这里就业时还有孕在身,现在孩子都已经在龙山县城上幼儿园了。她开心地说:在这里工作,还能兼顾照看孩子,湖北人和湖南人,像一家人一样。

在开发"惹巴妹"这一土家民族文化特色品牌时,企业负责人谭艳林首先想到的是距离龙山最近的来凤县,因为湖北恩施与湖南湘西同属土家族、苗族聚集区,织锦技艺相近。谭艳林正在探索设立武陵山片区产教融合的实践基地,以吸引更多来凤人共享"惹巴妹"品牌。

龙山来凤一体化协同发展,市场能级、人口规模带来的"1+1>2"叠加效应被急剧放大。

文旅融合发展,共享"诗与远方"。暑假来临,乌龙山大峡谷景区人气骤增,神奇壮美的惹迷洞、风洞、鲢鱼洞,让来自全国各地的游客流连忘返。

龙山县政府办副主任、县文旅广电局副局长廖帅告诉记者,近年来,龙山来凤共同打造湘西和鄂西两个生态文化旅游圈的连接点,建立"品牌共创、市场共建、信息互通、游客互送、利益共享"区域旅游合作交流机制,建成 3 个 4A 级景区、6 个 3A 级景区,2021 年共接待游客近千万人次,实现旅游综合收入近 70 亿元。

龙山县桂塘镇与来凤县百福司镇接壤,团山堡油茶种植基地横跨湖南、湖北两省。正值盛夏,高低起伏的山峦上油茶树已经挂果,丰收在望。

龙山县桂塘镇某油茶种植合作社合伙人向明政介绍,由于油茶生长周期长、见效慢,两地老百姓一开始对于种植油茶致富的路子并不看好。后来看到效益好了,老百姓积极性就有了。

桂塘镇镇长朱杰告诉记者,如今,桂塘镇已成为湘鄂边区农副产品集散地,第三产业年产值达到 1000 多万元。

据了解,目前龙山来凤正在共同规划建设一个占地 30 平方公里的"龙凤百亿产业园",入驻规模以上工业企业近百家。两地合力打造百合、烟叶、柑橘、中药材等主导产业,成功培育出"龙山萝卜""里耶脐橙""来凤生姜"等国家地理标志农产品品牌。在这里,产业协同带来的产业集聚效应正不断放大。

生态同治,绿水青山变金山银山

发源于武陵山区的酉水河,碧波荡漾,奔流不息,将武陵山脉腹地一分为二,河东似龙,为湖南省龙山县;河西形凤,为湖北省来凤县。

在沈从文先生的笔下,酉水又叫"白河","若溯流而上,则三丈五丈的深潭皆清澈见底……水中游鱼来去,全如浮在空气里"。然而,如何保护好酉水河,却给两岸龙山来凤的执法者带来了难题。

湖南省龙山县农业综合行政执法大队副大队长田海军告诉记者,龙山来凤分属两省,有一些地方法律法规有点差异,加上当地居民长期形成的陋习,造成酉水河的治理比较混乱。

据了解,2016年底前后不到4个月,湖北省恩施州和湖南省湘西州相继公布《酉水河保护条例》,各自制定了地方法规条例来保护同一条河。2017年3月31日下午,湖南省十二届人大常委会第二十九次会议表决通过了《湘西土家族苗族自治州酉水河保护条例》的决定。2021年,两县签署《十年禁渔跨界水域联合执法合作协议》、建立《十年禁渔联合工作机制》,加强两县跨界水域共同执法。

湖北省来凤县农业综合执法大队大队长向文介绍,如今,来凤龙山每一个季度搞一次专项行动,现在已经形成了长效机制。"共抓大保护、不搞大开发",湘鄂边这一水双城,以联合禁渔拉开了共同治水的统一行动,全域化生态治理的下半场正在继续。

一坝横跨两省,落水洞电站的开发建设有着不一般的意义。在20世纪50年代中期,落水洞电站的规划就已经开始,但是由于历史条件和经济发展水平的限制,该项目一度被尘封。随着国内水能开发建设的热潮,这座首级电站项目重新上榜,被列入湖南省重点工程。因为地跨两省,工程上马实施必须征得来凤方面同意。经过多次磋商洽谈,终于在2008年3月24日,龙山、来凤、湖南中水投资有限公司签订了三方建设协议,落水洞电站建设一锤定音。

五凌电力有限公司落水洞电厂负责人谢鹏介绍,虽然签订了建设协议,但是项目推进却并不顺利。规划过程中,三方往往会在具体条款上提出新的想法,很难做到步调一致。直到2011年11月国务院批复设立武陵山龙山来凤经济协作示范区,这场拉锯式的谈判才迎来真正转机。落水洞电站建设工程终于在2012年12月正式启动,并于2019年12月底下闸蓄水发电,这场历时10多年的跨省合作终于大功告成。

像这样把"绿水青山"转化为"金山银山"的新时代故事,龙凤之间还有很多。武陵山龙山来凤经济协作示范区设立十年来,龙凤两县破除行政壁垒,抱团发展,取得了"十个一体化"建设的丰硕成果,两县5次被国务院授予"全国民族团结进步模范集体"称号。2020年,龙山来凤两个国家级贫困县一起脱贫"摘帽",走上共同富裕的康庄大道!

湖南省龙山县委书记时荣芬表示,长沙对口帮扶龙山28年,今后仍将一如既往继续大力支持龙山县和湖北来凤县一体化发展,指导编制共同发展规划,支持水、电、路、气等基础设施一体化建设,为龙山县创建湘鄂边区域协作示范城市注入强大动能。

湖北省来凤县委书记李伟表示,龙山来凤两兄弟一定会携手并进,未来的龙凤协作示范区一定是产业兴旺、生态宜居、乡风文明、治理有效、生活富裕的人间天堂,一定会谱写新时代跨省协作的新篇章。

东方风来满眼春。今年3月12日植树节,龙山与来凤在酉水河畔联合启动"龙凤同行·文明'酉'你"新时代文明实践活动,携手打造酉水河两岸新时代文明实践示范带。龙山来凤跨省协作的新愿景,就如同酉水河畔土家人自制的莓茶,越喝越甜!

✐ 记者手记

2023年12月初,中国城市和小城镇改革发展中心在北京组织召开《新时代武陵山龙山来凤协作示范区发展战略规划(2022—2035年)》专家评审会,与会专家一致同意《规划》通过评审。自此,龙山来凤跨省协作又达到了一个新高度!

我国幅员辽阔、人口众多,统筹区域发展从来都是一个重大问题。区域协调发展是一项系统工程,需要在不断实践探索中持续推进。记者在实地采访时,从当地老百姓的朴实的言语中、真诚的笑脸上,无时无刻不感受到他们发自内心的获得感、幸福感,这就是跨省协作带来的最真实的效果。

湘赣边区域合作，长沙干得怎样？

2022 年 5 月 29 日

湘赣一家亲，合作赢未来。

5 月 27 日，2022 湘赣边区域合作示范区建设推进大会在江西省萍乡市召开。会上，湖南和江西两省签署了《湘赣六地市医疗保障部门合作备忘录》等 9 项合作协议。两省将以此次大会召开和系列合作协议签署为新起点，持续深化基础设施建设、产业协同创新、城乡融合发展、生态保护治理、公共服务共享等各方面的合作，不断推进示范区建设向纵深发展，共同谱写新时代湘赣合作新篇章。

湘赣边区域位于湖南、江西两省交界地带，包括湖南省长沙市浏阳市，株洲市醴陵市、攸县、茶陵县、炎陵县，岳阳市平江县，郴州市安仁县、宜章县、汝城县、桂东县，江西省萍乡市全境，九江市修水县，宜春市袁州区、万载县、铜鼓县，吉安市井冈山市、遂川县、永新县，赣州市上犹县、崇义县等 24 个县（市、区），总面积 5.05 万平方公里。该区域是湘鄂赣、湘赣革命老区的中心区域，是秋收起义、湘南起义、平江起义的发生地和井冈山精神的诞生地，也是长江流域重要的生态屏障。

湘赣边区域合作倡议，最初由长沙所辖县级市——"中国花炮之乡"浏阳市提出，对此，长沙市全力支持。2014 年 12 月，浏阳举办首届湘赣边区域开放合作交流会，签署《湘赣边区域开放合作浏阳共识》《湘赣边县域城市战略合作框架协议》等文件。2021 年 10 月，国家发改委印发《湘赣边区域合作示范区建设总体方案》，湘赣边区域合作正式上升为国家战略。

如今，湘赣边区域合作已经开展 9 个年头，长沙，特别是浏阳市在区域合作方面究竟取得了哪些成果，又准备如何深入推进呢？来看记者的调查。

基础设施互联

从浏阳文家市镇五神村村部出发，记者驱车一路翻山越岭，约莫 10 分钟便到了江西宜春市袁州区慈化镇花园村。

五神村的这条水泥村道有 6.5 米宽、近 5 公里长。虽说建成已经有些年头了，但还比较平整。而花园村与之连通的水泥村道，显然刚刚拓宽不久，看上去还比较新。

"村里这条路准备白改黑，6 月就会动工，预算资金是 330 多万元。从这条路经过花园村上昌栗高速，只有 8 公里多一点，如果我们从大瑶镇上昌栗高速的话，那就要包远路了。"五神村党总支书记刘绍林告诉记者。

浏阳市交通运输局相关负责人表示，在交通基础设施互联互通方面，他们的工作重点是打通省界"断头路"及已连通但省界处存在瓶颈的道路，近三年提质改造 G319、G106 等出省通道共计 115 公里，目前浏阳与江西铜鼓县、万载县、上栗县连通的 5 条国省干线公路路况良好；同时，杭长高速连通万载县、铜鼓县，长洪高速连通上栗县，与湘赣边县市基本形成了"高速相连、干线相通"的交通现状。此外，以农村旅游路、资源路、产业路建设为抓手，加强省际农村公路有效衔接，近三年提质改造金刚镇至江西小水等湘赣边区域农村连接公路 304.8 公里。

"推进湘赣边区域合作，下一步将联合湘赣边县（市、区）全力争取湘赣高铁早日启动建设，推动永和通用航空机场尽快动工，谋划建设浩吉铁路物流园等。"浏阳市发改局党委书记、局长谢波告诉记者。

产业协同发展

"我来大瑶已经整整 12 年了。起初，我的一个亲戚在这边做生意，发展得不错，所以我也决定来这里闯一闯。"黎文是江西上栗县金山镇人，也是浏阳市大瑶镇国际花炮商贸城"富尧城市烟花"的法人代表，一楼的店铺正在重新装修。在三楼的样品陈列室，他拿起自家工厂生产的"加特林"烟花，向记者介绍自己的创业历程。

从老花炮市场 30 多平方米的店面起步，再到租下商贸城 110 平方米的商铺，他的生意越做越大，年销售额数百万元，而临街店铺也有了越来越多的江西老板。

花炮是湘赣边区域最具特色的产业，湖南浏阳、醴陵和江西上栗、万载 4 县（市）烟花爆竹产量占全国的九成。作为享誉全国、璀璨世界的烟花小镇，浏阳市大瑶镇拥有萍浏醴中心地带的区位优势和成熟完备的花炮产业全链优势，在湘赣边地区有很强的经济带动力和商贸辐射力。据介绍，在大瑶国际花炮商贸城近 400 家烟花贸易门店中，有近 100 家由江西人投资，商贸城与江西的商贸往来也超过了其总交易额的四分之一。16 个花炮仓储，其中有三分之一的业务是在为江西的花炮企业服务。

为进一步促进湘赣边烟花爆竹产业发展，浏阳联合醴陵、上栗、万载，成立了湘赣边烟花爆竹产业发展委员会，四县（市）建设全国烟花爆竹转型升级集中区获应急管理部批复同意。

"从长远来看,这个花炮产业联盟对于原辅材料质量与价格的控制,对于花炮生产的技术、流程、安全标准包括员工管理和工资调整等都会带来积极的影响,对于共同做大做强花炮产业是一个重要的助力。"浏阳金意烟花有限公司法人代表张运友这样评价。

浏阳市花炮化工贸易商会会长钟志桂告诉记者,2021年12月,湘赣边花炮化工协作委员会正式成立,在江西发展了20多家会员单位。协作委员会成立后,与政府部门携手合作,将花炮生产重要原材料高氯酸钾的价格从每吨近3万元平抑至每吨1万元左右,大大减轻了湘赣两省花炮生产企业的成本负担。

湘赣边红色资源丰富、自然环境优美,联合发展红色文旅产业是湘赣两省的共识,而浏阳市文家市镇早已先行一步。近年来,文家市镇依托秋收起义会师纪念馆,发展辐射湘赣边的红色研学、红色培训,引进了红旅营、新青年两个研学团队,开发了3条研学路线,打造了文家市村、新发村、沙溪村三个乡村旅游重点村。

2021年6月,湘赣两省的修水、安源、铜鼓、浏阳、芦溪、莲花、永新和井冈山8个秋收起义历史发生地成立秋收起义党性教育培训联盟,发布"重走秋收路,追寻初心源"党性教育精品路线。浏阳与上栗等6个县(市)签订红色研学实践合作协议,有5万多名学生将来浏阳市交流学习。

"近年来,到文家市开展红色研学活动的团队越来越多,目前已经达到8万人次以上。"文家市镇党委副书记刘镀告诉记者。

此外,浏阳市还联合上栗、醴陵等8县(市)发行、推广"初心源"湘鄂赣文旅一卡通,累计发行6万余张。

在农业产业方面,浏阳一方面建设多个"湘赣红"农产品公用品牌展示展销馆,大力推广湘赣边优质农产品;另一方面发挥食品生产加工企业聚集优势,大力推动湘赣边绿色食品产业园建设,同时在湘赣边共建食品原材料基地2.7万亩,浏阳本土上市公司盐津铺子还在江西修水县建设了分厂。

公共服务共享

5月26日,记者在浏阳市人民医院住院病房见到了来自江西省萍乡市上栗县的患者黄竹清。她已经在这里住院治疗了一周时间,目前正在康复中,因为上栗和浏阳达成了医保异地就医直接结算协议,来浏阳看病非常方便。

据了解,浏阳市正在建设湘赣边区域合作医联体、推进异地就医跨省门诊直接结算、异地刷卡就医购药,增加定点医疗机构互认,建立双向转诊机制。浏阳市人民医院透露,2021年门急诊就诊江西患者达23000多人次,较2020年增长43.92%,住院1300多人次,同比增长17.52%,开展湘赣边影像学远程会诊5000多例。

　　记者发现,在浏阳市市民之家的三楼,开设了政务服务跨省通办专窗。据介绍,浏阳市与湘赣边23个市、县、区共同推出首批"跨省通办"事项56项,目前浏阳市已累计办理1.5万余件。预计到今年底,湘赣边跨省通办事项能达到100项,这些事项在文家市、澄潭江镇和大瑶镇三个湘赣边区域合作先行示范镇的政务服务中心均可办理。

　　据浏阳市发改局湘赣边区域合作中心透露,近3年,湘赣边地区来浏阳就学3700余人、就医37.7万人次、就业超10万人,浏阳作为湘赣边区域性中心城市的地位日益凸显,各项公共服务正在持续升级。目前,浏阳还在推动住房公积金异地互认、职业教育校企合作等创新事项。

浏阳市人民医院内的湘赣边区域医学影像远程会诊中心。

社会基层共治

　　"区域合作之前,说句实在话,我们这个边界地区的治安不太好。"大瑶镇李畋村党总支书记张开仁告诉记者,"每年跨省偷羊偷狗这样的事都有10多起。"

　　张开仁说,李畋村与上栗县高山村接壤,在湘赣边区域合作之前,两个村虽然鸡犬之声相闻,但村干部基本上是老死不相往来。如今,两个村联合成立了湘赣边治安巡防队,共26个人的巡防队伍不定期地开展治安巡查、交通劝导、森林防火、疫情防控等行动,现在偷羊偷狗这样的事情已经绝迹了。

　　"我们还相互提供就业信息、厂房出租信息等,村干部之间的往来相当密切了。今年过年的时候,我们一起搞了湘赣一家亲活动,端午节我们准备请50名高山村的干部群众和我们一起庆祝。"张开仁告诉记者。

　　浏阳市金刚镇处于湘赣两省和浏阳、醴陵、萍乡三市交界地带,长期以来是上访大镇。开展湘赣边区域合作以来,金刚镇与相邻外省市乡镇加强合作,成立风险矛盾防范化解中心,脱胎换骨成为信访工作"三无"乡镇。

此外,浏阳市交通运输和环保等部门与湘赣边地区在联合执法、渌水共治等方面都取得了一定的成效。

此次在萍乡召开的湘赣边区域合作示范区建设推进大会上,长沙市、株洲市、湘潭市与江西省萍乡市、吉安市、宜春市医疗保障局签署《湘赣六地市医疗保障部门合作备忘录》,将扩大跨省异地就医和定点药店直接结算覆盖范围。长沙市与萍乡市签署《共同推进区域协同发展合作备忘录》,将合力推进长赣高铁等重大项目建设。浏阳市与上栗县签署《浏阳—上栗园区产业链深度合作框架协议》,浏阳经开区与萍乡经开区签署《国家级经开区产业协同发展战略合作框架协议》。

这一系列协议可谓干货满满、振奋人心。好风凭借力,奋斗正当时!在国家、省、市各个层面的推动下,长沙特别是浏阳市建设湘赣边区域合作示范区蹄疾步稳,未来可期。

✍ 记者手记

随着市场经济的发展,区域合作已经越来越普遍,比如长三角、粤港澳大湾区、中部六省、长江中游城市群等,以合作求共赢。

而在 10 年前,浏阳市能提出湘赣边区域合作的倡议,可谓是独具慧眼,敢为天下先。一个在山沟沟里的县级市如今能够跻身全国县域经济和社会综合发展百强县榜单5 强,不能不说与浏阳人开放的视野和博大的胸怀密切相关。

记者在浏阳市采访发现,湘赣边区域合作开展以来,浏阳市与相邻的江西周边县市在政务、经济、社会民生等领域的合作越来越广泛、越来越密切,已经成为区域合作共赢的样板。同时,越来越多的浏阳人与相邻的江西人结为姻亲关系,真正是湘赣一家亲。

┃ 以 文 化 人 ┃

　　一个国家、一个民族的强盛,总是以文化的繁荣兴盛为底座和支撑。在向第二个百年奋斗目标进军的新征程上,一城一地都有责任担起以文化人、以文惠民、以文兴业的历史使命。

　　长沙,这座历经3000年而城名、城址不变的历史文化名城,文脉传承不断,人文之美令人心醉;作为拥有"出版湘军""电视湘军""媒体艺术之都""娱乐之都"等众多文化名片的网红顶流城市,文化和旅游产业作为千亿产业蓬勃发展、方兴未艾;作为雷锋故乡,城市文明建设迈向更高水准。

　　以文化人篇精选了3篇代表作,从文旅融合等维度呈现了长沙以文化人的精彩画卷。

民族歌剧《半条红军被》首演火出圈，长沙为什么这样红？

2021 年 7 月 10 日

半条红军被，温暖全中国。重大革命历史题材民族歌剧《半条红军被》昨晚（7 月 9 日）在长沙梅溪湖国际文化艺术中心大剧院首演，为星城观众呈上了一部视听盛宴。

可歌可泣的经典故事、可亲可敬的革命人物、可赞可叹的主创阵容以及逼真酷炫的舞台，让这部民族歌剧一上演就点燃了星城观众的热情，收获了潮水般的掌声和称赞。

《半条红军被》在长沙首演为何能够获得巨大成功？长沙的红色文化为何能够火遍全国？来看记者的调查。

恢宏巨制，百年礼赞

1934 年 11 月，湖南汝城县沙洲村，3 名女红军借宿当地村民徐解秀家中，临走时，女红军把自己仅有的一床被子剪下一半留给了她。老人说，什么是共产党？共产党就是自己有一条被子，也要剪下半条给老百姓的人。

2020 年 9 月 16 日，习近平总书记考察调研湖南时，第一站专程参观"半条被子的温暖"专题陈列馆。习近平总书记指出，"半条被子"的故事体现了中国共产党人的初心和本色，当年红军在缺吃少穿、生死攸关的时候，还想着老百姓的冷暖，真是一枝一叶总关情！老百姓也由此理解了什么是中国共产党领导的人民军队。今天，我们重温这个故事，仍然备受感动。要用好这样的红色资源，讲好红色故事，搞好红色教育，让红色基因代代相传。

民族歌剧《半条红军被》就是以"半条被子"的故事为原型进行艺术创作，揭示出"同人民风雨同舟、血脉相连、生死与共，是中国共产党和红军取得长征胜利的根本保证，也是我们战胜一切困难和艰难险阻的根本保证"的深刻道理。

自 2019 年 7 月该剧完成文学剧本以来，长沙市多次组织剧本研讨会，多次赴汝城沙洲村进行实地考察采风，反复打磨完善剧本，精心铺排。两年磨一剑，剧本历经两年

《半条红军被》剧照。

多的反复修改,最终于今年5月开始正式投排。

该剧主创阵容强大,由原解放军总政歌剧团团长、著名导演、艺术家、戏剧教育家黄定山担任总导演,国家一级编剧、著名策划人、撰稿人、诗人任卫新担任编剧,原广州军区政治部战士文工团团长、著名作曲家杜鸣担任作曲。同时,特邀著名男高音歌唱家王宏伟、女高音歌唱家刘一祯、女中音歌唱家张卓、男中音歌唱家杨小勇等担纲主演。

总导演黄定山告诉记者,该剧是他离开家乡40年后,回到长沙创排的第一部作品,为此,他用饱满的热情倾注了对故乡浓浓的爱意。他表示,力争将该剧打造成"思想精深、艺术精湛、制作精良"的"三精"作品。

据了解,民族歌剧《半条红军被》是湖南省、长沙市庆祝中国共产党成立100周年的重点作品。该剧由中共湖南省委宣传部指导,中共长沙市委、长沙市人民政府主办,中共长沙市委宣传部、长沙市文化旅游广电局出品,由长沙歌舞剧院和长沙交响乐团创作演出。目前,该剧作为湖南唯一一部歌剧,荣获文旅部2020—2021年度"中国民族歌剧传承发展工程"7部重点扶持剧目之一和"庆祝中国共产党成立100周年舞台艺术精品创作工程""百年百部"创作剧目。

该剧今晚(7月10日)在梅溪湖大剧院进行一场党史学习教育专场演出。首演结束后,将作为长沙·广州文化周活动之一,于7月14日、15日在广州大剧院巡演。该剧还将参加庆祝中国共产党成立100周年优秀舞台艺术作品展演,赴北京汇报演出,并代表长沙参加湖南省第七届艺术节。

红色文化,光耀星城

麓山巍巍,湘水悠悠。历经3000年历史风云的长沙,有着"屈贾之乡""楚汉名城"

"潇湘洙泗"的美誉,凝练了"经世致用、兼收并蓄"的湖湘文化,孕育了"心忧天下 敢为人先"的长沙精神。

十步之内,必有芳草。中国共产党成立 100 周年来,在湖湘文化、长沙精神滋养下的无数湘籍革命志士"坚持真理、坚守理想,践行初心、担当使命,不怕牺牲、英勇斗争,对党忠诚、不负人民",在这片红色的热土上,用热血和生命谱写了一曲又一曲感天动地的红色赞歌。红色,成为长沙最鲜明最靓丽的底色!

湖南第一师范、中国共产党长沙历史馆、杨开慧纪念馆、刘少奇故里花明楼景区、秋收起义文家市会师旧址、新民学会旧址……这些红色文化地标,让长沙就像一座没有围墙的革命历史博物馆,成为人们共同的精神家园。

如何深入发掘长沙这些宝贵的红色文化资源,让红色精神薪火相传? 让红色基因引领民族复兴、激发星城人民不懈奋斗? 抓住建党 100 周年这个重大契机,长沙深入挖掘呈现"革命热土红、历史人文古、山水洲城绿、创新创意蓝"的"四色"文化资源,组织实施"大江大河交响季 百里画廊百年歌"系列文化行动。

"大江大河交响季 百里画廊百年歌"系列文化行动,囊括大型交响合唱音乐会、大型音乐焰火晚会、全国知名诗人剧作家长沙采访诗歌大展暨大型声乐套曲《万里长沙》首演、全国油画名家湖湘写生创作展、第二届岳麓山青年戏剧节红色剧目展演季、大型民族歌剧《半条红军被》首演等,并重磅推出一组反映长沙百年巨变的"实景交响诗"。

长沙创造性地将红色景点、交响乐、全民合唱、诗歌朗诵相结合,打造城市"实景交响诗"。"大江大河交响季 百里画廊百年歌"系列文化活动首站从浏阳河源头、大围山脚下的锦绶堂出发,顺着浏阳河一路前行,前往文家市、许光达故居、新民学会旧址、橘子洲等地,以一曲《浏阳河》唱响一条浏阳河,以红色经典旋律激荡起这"一条挂满音符的河",3 个月时间走遍长沙 9 个区县(市),共有上百万市民以多种形式参与 9 个站的录制,场面非常宏大。

6 月 28 日晚举行的省会长沙庆祝中国共产党成立 100 周年大型交响合唱音乐会,让观众们充分领略到长沙"实景交响诗"系列收官之作的深沉魅力。音乐会由"光辉百年""幸福的能量""向上的祖国"三个篇章和"序章""尾声"组成,展现长沙人民在实现"两个一百年"奋斗目标和伟大复兴中国梦进程中敢为人先、艰苦奋斗、奋勇拼搏、永争一流的精神风貌。在音乐会正式开始前和尾声阶段,来自全市各行各业的 15 个观众方阵、1088 人,用现场拉歌、齐声合唱等方式,礼赞党、礼赞人民、礼赞新时代。

6 月 30 日晚上,"党的盛典 人民的节日"——省会长沙庆祝中国共产党成立 100 周年大型音乐焰火晚会,在橘洲焰火广场盛大开幕。星城长沙,用一场"火树银花不夜天"的焰火盛宴,和"一江两岸"灯光秀,深情表达对党的无限热爱和美好祝福。这次焰火晚会是长沙市庆祝建党百年重点活动之一,时长20分钟,首创长沙独有的山、水、洲、城景色与焰火融为一体的全景艺术焰火表演模式,分为"梦想启航""百年华诞""星火湘传""奋楫扬帆"4个篇章,章节主题鲜明、层层递进。与此同时,"一江两岸"灯光秀、现场音乐等交相辉映,精心呈献一场壮丽璀璨、形式新颖、触动人心的高品质晚会。

长沙市委常委、宣传部长陈刚说:"长沙是红色的热土、是红色的基地,红是革命的红,红得那么鲜艳,红得那么耀眼,红到每一代人的心里面去。"

近年来,长沙在文艺创作中,始终坚持守正创新,唱响主旋律,传播正能量,坚决抵制低俗、庸俗和媚俗。长沙市先后创作了湘剧《田老大》《护国》《国歌·时候》、花鼓戏《耀邦回乡》《瓜子红》、歌剧舞剧《红于二月花》《浏水人家》等一批大型红色经典舞台剧目,22个项目累计获得国家艺术基金资助超过2300万元。

记者从长沙市文化旅游广电局获悉,今年,长沙紧紧围绕建党100周年这一重大主线,聚焦党史、新中国史,深度挖掘发生在长沙、湖南,有深度、有温度、有高度的故事,陆续推出一系列讴歌党、讴歌人民、讴歌社会主义的精品力作。重点打造了《半条红军被》《国歌·时候》《蔡和森求学记》等精品剧目,以文艺精品展示湖湘艺术风采,彰显初心使命,凝聚奋进伟力。同时,支持各区县抓好剧目创作,重点指导各区县(市)创作了《巨人计划之信仰》《永远的叔衡》《浏阳李白》《少年毛泽东》等剧目。

"十四五"期间,长沙还将打造文艺百花园,推出一批讴歌新时代、反映新成就、代表长沙文化形象的文艺精品,打造2—3部具有全国影响力的扛鼎之作。

✎ 记者手记

喜看稻菽千重浪,遍地英雄下夕烟。传承革命前辈的红色精神,发扬革命前辈的红色传统,一代代星城人民接续奋斗,我们欣喜地看到,如今的长沙已经蝶变为具有国际范的现代化大都市。

雄关漫道真如铁,而今迈步从头越。新形势下,红色文化是最能体现民族精神内核的文化表现形式,也是中国特色社会主义文化自信的主要来源。在进入第二个百年奋斗目标的新征程上,只要我们继续弘扬党的光荣传统、赓续红色血脉,把伟大的建党精神发扬光大,继续坚持打造红色文化精品力作,就一定能够奏响更加恢宏的新时代星城凯歌!

新时代,雷锋精神如何在长沙绽放异彩?

2023 年 2 月 26 日

今年是毛泽东等老一辈革命家为雷锋同志题词 60 周年,一甲子的时光,学雷锋活动在全国持续深入开展,雷锋精神历久弥新。

"实践证明,无论时代如何变迁,雷锋精神永不过时。"习近平总书记近日作出重要指示强调,新征程上,要深刻把握雷锋精神的时代内涵,更好发挥党员、干部模范带头作用,加强志愿服务保障和支持,不断发展壮大学雷锋志愿服务队伍,让学雷锋在人民群众特别是青少年中蔚然成风,让学雷锋活动融入日常、化作经常,让雷锋精神在新时代绽放更加璀璨的光芒,为全面建设社会主义现代化国家、全面推进中华民族伟大复兴凝聚强大力量。

长沙是雷锋的家乡,也是雷锋精神的发源地,近年来,长沙到底是如何弘扬、传承雷锋精神,让雷锋精神在星城大地不断丰富、熠熠生辉的呢?来看记者的调查。

一抹"志愿红",温暖一座城

雷锋精神有着丰富的内涵,新时代学习雷锋精神,就是要把雷锋精神内涵与时代特征、现实工作生活有机结合起来,把崇高的理想信念和道德品质追求转化为具体行动。在长沙,有这样一群人,用平凡善举诠释着"雷锋精神"的时代内涵,他们就是志愿者。这些身穿红马甲的"新时代雷锋",让长沙这座文明城市越发温暖。

2 月 21 日,岳麓街道敬老院的老人们不出门就舒舒服服地解决了自己的"头等大事"。来自岳麓区的红枫志愿者服务队除了带来了各种生活物资,还为老人们免费理发。志愿者们亲切地和老人们拉家常,为他们测量血压、心率,收拾屋子、打扫卫生。

"公益之路贵在坚持,行胜于言",是岳麓红枫志愿者服务队发起人王超的座右铭。他告诉记者,从团队成立的第一天起,每周进行一次志愿服务已经成为他们雷打不动的规矩。

岳麓区的红枫志愿者服务队为岳麓街道敬老院的老人们免费理发。

如今在长沙，像红枫志愿者服务队这样的志愿服务团队越来越多。尤其是在长沙不少社区，志愿服务团队成为基层治理的重要帮手。

雨花区井湾子街道井巷社区是一个没有围墙、没有物业公司、没有垃圾桶的"三无"开放式社区，不过，这里干净的道路、成荫的绿树、洋气的楼房根本看不出原来老旧小区的模样。

井巷社区党委书记岳林告诉记者，井巷社区由乱到治，志愿服务是很关键的力量，这种道德感召力是无穷的。

记者看到，社区在居民惯常聚集聊天议事的地点，分设了3个志愿者服务岗亭。建立了以党员为主体的"志愿红""事务蓝""环保绿""三色马甲"志愿服务队伍，共有主力队员52名、后备力量300余人。"红马甲"充当巡逻员、保洁员、邻里调解员等；"蓝马甲"充当"物业管家"；"绿马甲"充当环保卫士。

在天心区长城水郡，新园社区党委发展了一支共有100余人的志愿者队伍，小区居民袁新华四年间志愿服务达5000余次，业主们亲切地称呼他为"亲哥"，经街道社区推荐，他被评为天心区第三届"十大道德模范"。

"有了志愿者的无私服务，现在小区里各种矛盾明显减少，出现问题也能及时妥善解决，我这个社区党委书记的工作压力小多了。"赤岭路社区党委书记詹莉云坦言。

据了解，近年来，长沙把志愿服务与学雷锋活动深度融合，常态化开展"雷锋家乡学雷锋"志愿服务活动，全市所有社区均建立"学雷锋志愿服务站"，5980家志愿服务组织、154万雷锋志愿者活跃在城乡大街小巷，实现了"15分钟志愿服务圈"覆盖全城。如今，"有困难，找志愿者；有时间，当志愿者"成为越来越多市民的选择，"这是我应该做的"成为城市流行语,星城"志愿红"已经成为长沙街头最美的风景。

擦亮活动品牌,奏响时代乐章

雷锋精神,人人可学,处处可行。近年来,长沙把学雷锋活动与社会管理创新和当前的群众工作结合起来,在各行各业、不同群体中打造各具特色的学雷锋品牌,奏响了"雷锋家乡学雷锋"的新时代乐章。

在长沙,"雷锋超市"从社区走进校园,"雷锋车队"坚持爱心送考,"道德银行"从长沙走向全国。贴近实际、贴近生活的学雷锋品牌活动,延伸到城乡各个角落,融入广大居民的日常生活。

在雷锋精神的发源地望城,基层治理"雷锋哨"是新出现的学雷锋活动品牌。摆摊占道、物业纠纷、小区停车难、公共设施安全隐患……这些是城乡居民在日常生活中可能遇到的难题,群众的诉求是一声声"雷锋哨","哨声"一响,相关街道、区直部门便闻"哨"而动,下沉到这片土地的大街小巷、小区楼栋,统筹力量解决群众的操心事、烦心事、揪心事。

此外,通过与当地 12345 等政务系统直接联网,"雷锋哨"平台放大了志愿者能够解决问题的范围。2022 年,望城 12345 政务服务热线量下降了将近 20%。

"中国好人"、长沙市道德模范提名奖获得者、芙蓉区荷花园街道恒达社区党委第一书记刘朝辉,扎根基层 30 年,成立长沙市首个医疗志愿服务队,创办"朝辉劳模创新工作室",创新了"党建+劳模"、先锋"520"等特色品牌。

立德树人,要从小抓起。2021 年,长沙市启动"雷锋少年"项目,联动了长沙市 200 多个学校参与,组织开展 11 万余人次公益实践活动,被共青团湖南省委列为"湖南百万青少年学雷锋志愿服务实践育人行动"品牌活动。

礼遇身边好人,志愿服务蔚然成风

在长沙,志愿服务已经成为传承雷锋精神的有效载体,各类学雷锋活动品牌愈发闪亮。那么,如何确保学雷锋活动长久有效地开展下去? 如何让学雷锋成为更多人内化于心的自觉行动?

一套有效的激励机制,是学雷锋必不可少的群众基础。长沙设立了学雷锋活动基金,积极组织"我身边的雷锋"、学雷锋"双十佳"等先进典型的评选表彰活动,鼓励广大群众投身学雷锋活动,推进了学雷锋常态化机制的形成。

如何礼遇学雷锋典型,让学雷锋先进人物生活更舒心、行善更安心? 望城区先行先试走在了前列。

2018 年 3 月 5 日,《长沙市望城区学雷锋鼓励保护暂时办法》在全国率先出台,"突出了对学雷锋的兜底保障;强化了对学雷锋人员的权益保障;规范了对学雷锋人员荣誉的评定和表彰;给予了学雷锋标兵的重点优抚"。

"全国道德模范"——曾在车轮下勇救儿童而不幸重伤的姑娘周美玲,之前一直和父母住在路边临时搭建的小平房里,在望城区茶亭镇政府的帮助下,她家建起了三层高的楼房。无业的父母利用楼下门面开起了茶室,家里从此有了相对稳定的收入。周美玲如今已迈入大学校园,她告诉记者,自己加入了学校的"薪火相传"社团,以年轻人喜闻乐见的方式弘扬雷锋精神。

2020年5月15日,《长沙县礼遇帮扶道德模范、好人实施办法》出台,为道德模范和"好人"送上一份"好人礼包",进一步推动形成好人有好报的社会价值导向。礼遇措施包括参观游览礼遇、公共交通礼遇、特困帮扶礼遇等十大方面。比如说,为道德模范、"好人"办理好人公交卡100元/年;每年赠送健康体检代金券400元;等等。

2021年1月,"厚德星沙"好人基金正式启动,首次注入资金20万元,主要用于资助生活陷入困境的道德模范和"好人"。"厚德星沙"好人基金还与长沙县新时代文明实践云平台实现联动,每位志愿者每服务1小时,将为好人基金注入0.1元。

用心"礼遇好人",催动人人向善。近年来,长沙不断完善学雷锋志愿服务制度机制,出台《专职雷锋志愿者管理办法》,完善《长沙市志愿服务嘉许激励办法》。以雷锋精神为引领,坚持不懈地关爱好人、善待好人,各级政府部门定期回访、关心帮扶、着力解决先进典型在工作、生活中的困难,切实为他们解除后顾之忧。全市礼遇"好人"、乐做"好人"的社会氛围日渐浓厚,推动形成"出了雷锋学雷锋,学了雷锋出雷锋"的良性循环。

同时,长沙还不断优化学雷锋的组织效能,建立了一整套学雷锋管理机制,将学雷锋纳入现代国民教育体系、国际文化名城建设,逐渐形成了"市委、市政府统一领导,基层单位互动,社会团体配合,群众广泛参与"的学雷锋组织运行体系。

长沙是雷锋的家乡,家乡人民热爱雷锋、敬仰雷锋,60年来,赓续红色血脉、传承雷锋精神的长沙行动从未停止。如今的星城长沙,雷锋精神的种子已经长成参天大树,形成满园春色,雷锋精神在新时代里仍将薪火相传、绽放出越来越璀璨的光芒。

✎ 记者手记

记者是一个地道的"老长沙",在日常生活中,记者时时刻刻都能感受到周边无处不在的"雷锋精神"。在长沙,一代又一代人不仅学习雷锋的精神,也身体力行学习雷锋的做法,在全社会推动形成崇德向善、见贤思齐的浓厚氛围。

　　无论时代如何变迁,雷锋精神永不过时。尤其在当下理想主义精神式微的时候,雷锋精神显得尤为可贵。我们有理由相信,越来越多的普通人会把雷锋精神内涵与时代特征、现实工作有机结合起来,在平凡的工作生活中创造出不平凡的业绩、演绎出不平凡的善举。

让冰雪运动燃起来

2022 年 2 月 4 日

习近平总书记在 2022 年新年贺词中强调："我们将竭诚为世界奉献一届奥运盛会。世界期待中国，中国做好了准备。"

今晚，第二十四届冬奥会开幕式在北京举行。我们又可以欣赏酣畅淋漓的冰雪盛典了。

"双减"后的第一个寒假，长沙湘江欢乐城欢乐雪域的滑雪教练刘仕勃明显感觉到前来学习滑雪的学生比往年增多了，尽管欢乐雪域滑雪学校配备了多名专业滑雪教练，但是他每天的课程都安排得满满当当。他带的学生年龄大多数介于 5—18 岁，既有零基础的，也有想经过专业系统训练进阶的，还有一些成年人来学习滑雪。

为满足冰雪爱好者的需求，湘江欢乐城冰雪世界除了除夕闭园一天外，整个春节期间都正常营业，而长沙市区内首家滑雪场三只熊冰雪王国，除夕也不打烊。

南方城市如何开展冰雪运动？如何让冰雪运动火起来？长沙做出了有益的探索。

建　场　地

长沙是一座年轻人聚集、富有生机活力且热爱时尚的城市。多年以前，长沙贺龙体育场、工人文化宫等地的音乐滚轴溜冰场在长沙就极为火爆，一些溜冰场成为年轻人恋爱约会的好去处。

在长沙，浏阳人素以敢闯敢干闻名。长沙市最早的室内滑雪场就诞生在浏阳沙市镇，最初叫瑞翔冰雪世界，如今更名为赤马湖体育滑雪场。这个滑雪场建筑面积近 1.5 万平方米，日接待能力 3500 人次，包括单板、双板、滑冰、戏雪等多项娱乐运动项目。滑雪场引进国际先进的造雪、制冷及拖引设备，场内常年积雪厚度约 0.5 米，环境温度始终维持在零下 3 度左右。

随后，浏阳 4A 级景区大围山也开辟了露天滑雪场，一度生意火爆，但这个滑雪场只能靠天吃饭,必须有一定的积雪才行,而且价格不菲。

2015年7月18日,乘着国家申办2022年冬奥会的东风,由湖南登世博体育文化有限公司投资7000多万元兴建的三只熊冰雪王国开门营业。该项目是国内第9家、长沙市区内首家室内滑雪场,项目占地面积22000多平方米,其中滑雪场面积近10000平方米,可容纳600多人同时滑雪。项目配套建设了冬奥知识推广基地、大型停车场、精品商铺、电子游戏、中小型会议室等。这个冰雪王国是"健康童年 滑雪为伴"2018年、2019年世界雪日暨国际儿童滑雪节湖南分会场,同时也成为长沙市中小学生研学实践基地。

据三只熊冰雪王国相关负责人介绍,目前已发展会员3000多人,会员年费598元,可以无限次滑雪,价格较为实惠。

2020年7月,长沙建成了目前世界上最大的室内冰雪乐园——湘江欢乐城核心项目欢乐雪域,项目面积达3万平方米,分为"滑雪区"与"娱雪区"两大区域,游客们既可以在8000平方米的初级滑雪道上放飞自我,还可以体验滑冰、冰上碰碰车等项目。如今,这个超级"冰箱"已成为湖南人自己的"冬奥"主场。

2022年初,湘江欢乐城欢乐雪域针对滑雪初学者精心设计打造"酷雪少年滑雪训练营",推出了零基础半日双板亲子营、零基础半日双板独立营、成人滑雪教学推广票三大滑雪教学活动,征集6—17岁爱好冰雪运动的青少年集结入营,教授专业的滑雪知识和技能并发放《奥林匹克读本》,全面介绍奥林匹克基础知识和冬奥运动项目。

"我是土生土长的长沙人,小时候最喜欢的就是下雪,但南方下雪的日子很少,更不用说滑雪了。这次赶着冬奥会的潮流,我也来体验一把!"在欢乐雪域滑雪场上,刚刚学会双板滑雪的"95后"白领朱湘云兴奋地说。

记者了解到,湘江欢乐城欢乐雪域和欢乐水寨项目自2020年7月营业以来,已有百万人次游客入园体验,实现营收超2亿元。其中,欢乐水寨只有夏季才开放。毫无疑问,滑雪场才是营收主力,由此可以看出,冰雪运动的市场空间在南方同样看好。

为吸引客流、丰富顾客体验,精明的商家在商业综合体也建设了不少冰雪运动场地,在长沙步步高、国金中心、德思勤等商业综合体,室内真冰溜冰场同样人气满满。

国金中心的THE RINK大零溜冰场于2018年开业,面积达1500多平方米,虽说每分钟要1.5元,但每逢节假日,溜冰场总是整个综合体人气最旺的场所之一。

进 学 校

除了鼓励建设发展冰雪运动的硬件设施外,长沙在推广冰雪运动方面还做了大量基础性工作,冰雪运动进校园行动就将冰雪运动送到了孩子们的身边。目前,长沙不少学校开设了趣味性强、参与度高的冰雪项目特色体育课。

2020 年,全国冰雪运动特色学校达到了 2062 所,长沙共有 2 所学校入围,岳麓区潭州实验小学是其中一所。

校长彭熙毕业于武汉体育学院。作为一个"练体育"的校长,体教融合是彭熙最为看重且在持续探索的内容。学校仿照奥运模式,将每年的校运会分为夏季校运会和冬季校运会。

学校体育课程也独具一格。"我们把常规的体育课重新编排,每个年级每周四节体育课分别是体操、陆地冰壶、旱地轮滑,以及体育与健康,全部由专项体育老师教学。"彭熙告诉记者。

200 米轮滑竞速赛、轮滑 30 米绕桩、趣味冰壶、50 米迎面接力……这些都是比赛项目。潭州实验小学在无冰无雪的情况下,在校园环境中模拟出冬奥会的比赛场景,通过校园冬奥会,让家长和老师们都参与其中。目前,学校有近百名学生进行冰雪运动业余训练,先后在长沙市第十届运动会、省市锦标赛的十多个比赛项目中获得冠军。

长沙另一所冰雪运动特色学校是天心区青雅丽发学校,学校毗邻三只熊冰雪王国,依托社会场馆,该校的冰雪运动开展获得了"近水楼台先得月"的优势。目前,冰雪运动相关课程已覆盖了全校。"学校设有冰雪运动社团,团员有 60 余人,开展了轮滑障碍滑、越野滑、陆上冰壶等项目,是学校冰上运动的中坚力量。"校长丁再南介绍。

2022 年寒假期间,长沙市麓山国际实验小学开设了为期 15 天的寒假训练营,通过冰壶、轮滑等冰雪项目课程,推广普及冬季体育运动知识。

长沙市雨花区长塘里崇德小学自 2021 年 9 月起将轮滑课程纳入"课后三点半"服务,吸引了许多学生报名参加。学校还定期邀请家长和学生一起参加"冬奥知识进校园"、旱地冰壶比赛等活动,让学生感受冰雪运动的魅力。

"2020 年,我们做了三四十场冰雪运动进校园活动。2022 年,我们将全力与教育部门合作,进一步加大冰雪运动在青少年群体的推广普及力度。"三只熊冰雪王国市场负责人王军告诉记者。

据了解,长沙市正以协会、俱乐部与学校合作的方式,为青少年提供冰雪运动培训服务。目前,全市共有 12 所大专院校、98 所中小学、500 多所幼儿园同步开展冰雪运动项目。

办 赛 事

赛事活动是推广冰雪运动的重要方式。

2019 年以来,长沙市体育局主办了"贺龙杯"首届湖南省轮滑邀请赛暨长沙市全民健身青少年冰雪轮滑公开赛、2019—2020 全国大众冰雪季"体育新时代 冰雪耀三湘"启动仪式暨长沙站冰雪活动等多项冰雪赛事。

在 2020 年 8 月举行的第二届"贺龙杯"冰雪轮滑挑战赛中,长沙各区县(市)均派出代表队参赛。

2021年11月30日,湖南省青少年轮滑锦标赛长沙市轮滑选拔赛在岳麓区潭州实验小学短道速滑专业场地进行,长沙市共有33支中小学代表队共100余名中小学生参加了比赛。

据了解,2019年以来,长沙市连续3年高质量、高标准举办或承接全国、省、市三级青少年冰雪轮滑竞技赛事,每年组织青少年冰雪轮滑公开赛、挑战赛、趣味赛、"湘见"特色陆地冰壶比赛等丰富多彩的冰雪轮滑赛事活动30余项次。在长沙市第十届运动会上,还专门设置了青少年组冰雪滑轮项目,让更多孩子参与其中。各级各类赛事推动了长沙冰雪运动由"小众"向"大众"转变,掀起了全民参与冰雪、喜迎北京冬奥会的热潮。

长沙三只熊冰雪王国。

长沙市冰雪运动协会会长葛国忠认为,冰雪运动要实现持续、稳定的发展,必须加强冰雪赛事活动,尤其是赛事活动的普及要进社区、进校园,让更多的年轻人参与到这项运动中来。

"2022年,我们希望把冰雪项目列入市里和各个区里的运动会,同时举办首届长沙市冰雪运动会。"葛国忠说。

岁末年初,长沙下了四场雪,不少市民到雪地里尽情撒野。冰雪运动能强健体魄、锻炼意志,总是让南方人心生向往,寒冬腊月,总有不少长沙人前往北方的"雪国""雪乡"去体验滑雪溜冰的畅快舒爽。如今,长沙有了冰雪运动场馆,在家门口就可以享受冰雪之上的速度与激情,如果体育部门、学校、专业协会、专业场馆齐心协力持续推广,冰雪运动怎能不火?

📝 记者手记

从前看电视,特别喜欢看滑雪的精彩片段,滑雪健将从山顶滑下来,动作潇洒,同时不乏惊险刺激,让人肾上腺素飙升。

而战斗民族,在冰天雪地中冬泳,也让人敬佩其野蛮之体魄。

没有想到,这些场景也会在南方的"火炉城市"长沙得以重现。

因为"三只熊"冰雪王国和湘江欢乐城冰雪世界等场地建成,长沙人也可以体验冰雪运动的"速度与激情"了。

从冰雪运动在长沙的逐渐普及来看,中国的确是越来越富强了,整个社会对体育运动的重视程度也越来越高了,毕竟,健康永远都是第一位的。

┃强 基 固 本┃

习近平总书记指出,基础不牢,地动山摇。党建引领基层治理是推进基层治理体系和治理能力现代化的重要法宝。敢为人先是长沙精神的重要内涵,在如何以党建引领完善基层治理方面,长沙进行了一系列有益的探索。

在推进社区治理方面,长沙县探索小区党支部、物业服务和业主委员会"三个全覆盖",让小区更加和美;在提高物业服务质量方面,天心区、雨花区探索居民自治、"红色物业"等先进模式。

长沙还率先全省探索村(居)民代表制度,推行"片组邻"三长制,开展村社互进试点,推广社区(村)发展基金……

强基固本篇选取了3篇代表性报道,从中可以看出长沙在基层治理方面不懈努力,同时一些做法和经验也值得学习推广,这也是长沙连续16年获评"中国最具幸福感城市"的重要原因。

党建赋能，基层治理有"妙手"

2022 年 6 月 11 日

2022 年 5 月底，湖南省委组织部、省委政法委、省民政厅、省住建厅联合印发《关于全域推进整体提升城市基层党建引领基层治理的若干措施（试行）》，提出 22 条政策措施。提出要构建布局合理、覆盖广泛的党群服务中心体系，坚持党建带群建、领导群团组织和社会组织参与基层治理，强调要确保社区党组织有资源有能力为群众服务。

近年来，长沙是如何通过党建赋能，着力提高基层治理体系和治理能力现代化水平的呢？记者连日来通过走访调查发现，基层治理如同下一盘围棋，长沙在下好"本手"棋的同时，"妙手"频出，基层百姓的幸福感、获得感稳步提升。

聚心，小区有了党支部

人民群众在哪里，民生需求在哪里，党建引领就应该覆盖到哪里。

夏日炎炎，记者驱车来到长沙县星沙街道望圣桥社区下辖的国泰九龙湾小区，这是一个有着 1 万多居民的新建小区。在国泰九龙湾小区党群服务驿站，记者看到，这个利用小区公共空间建成的驿站里，图案新颖、表述清晰的各种图示在墙壁上随处可见，小区议事厅、法律援助室、心理咨询室等一应俱全。

望圣桥社区党总支书记师莹告诉记者，这个小区 2016 年建成交付使用，2018 年成立了小区业委会。因为是新建小区，当年各种管理规章制度还不健全的时候，各种矛盾纠纷层出不穷，不少居民还把问题反映到了社区。

师莹介绍，望圣桥社区是星沙街道人口较为密集的社区，辖区内有住宅小区 5 个，还有小学、幼儿园、吾悦商圈等，人口多达 2.54 万人。怎么样才能把辖区内的大型居民小区管理好？社区决定以国泰九龙湾小区为试点，高标准建设党群服务驿站。通过设立小区党支部，凝聚业委会、物业、志愿者团队等多方力量，构建"初心桥、聚心桥、安心桥、乐心桥、暖心桥"的"五心桥"品牌。师莹告诉记者，他们还实行小区党支部书记和业委会主任交叉任职,这样更能保证管理的有效开展。

小区业主中的几名共产党员带头成立了小区志愿者团队,在他们的带领下,越来越多的业主自愿加入到服务小区的队伍中来,无论是维护小区治安、调解邻里纠纷,还是抗击新冠疫情,到处都可以看到他们活跃的身影。据了解,星沙街道的小区目前已经实现了党支部全覆盖。

记者从长沙市委组织部获悉,近年来,长沙市注重精准发力,系统推进街道社区党建,创新做活小区。截至目前,长沙市已经在小区建立党支部1748个,构建以党支部为中心,小区业委会、业主监督委员会、物业服务企业等各类主体有序参与的治理格局。小区网格坚持党支部引领,在参与疫情防控、志愿服务、基层治理中发挥了重要作用。

暖心,十分钟党群服务圈

虽然天气炎热,但是在雨花区砂子塘街道金科园社区的"长者运动康养服务之家",宽敞的活动大厅里空调温度适宜,几位退休老同志有的正在跑步机上慢跑,有的在按摩电动椅里悠然享受。

金科园社区党总支书记蒋雯介绍,目前社区人口3862人,60岁以上的老人就有1563人。近年来,社区全力打造"美在金秋"社区老党员之家,不仅有党员教育基地、党群服务中心,还有居家养老中心。就餐不方便的老人,可以申请享受社区"老年餐桌"的爱心送餐服务;行动不便的老人,可以申请入住社区居家养老中心。今年67岁的李娟奶奶是金科园社区党总支委员,她乐呵呵地告诉记者,社区就像一个温暖的大家庭,步行10分钟之内,就可以得到几乎所有的日常生活服务。

10分钟党群服务圈的圆心就是社区党群服务中心,越来越多元化的服务让社区居民感觉到幸福近在咫尺。在天心区先锋街道中信文化广场小区,记者看到,小区党支部办公室和图书馆、文体活动室、社区居家养老服务中心、志愿者工作室、党建直播间连成一片,总面积约1300平方米,是服务小区党员和居民群众的重要阵地。

在星沙街道望圣桥社区下辖的吾悦广场,一个颇具特色的"长沙快递外卖小哥红色之家"格外引人注目。在这个由星沙街道和社区党总支精心打造的"红色之家",户外工作者可以得到临时休息、免费饮水、电量补给等暖心服务。

在天心区赤岭路社区,记者看到这里的老年大学和青苗课堂颇受欢迎。据了解,社区党委近年来一直想方设法聚合各类专业教师资源,免费为社区的老人和小孩提供教学服务。

记者从长沙市委组织部了解到,近年来,长沙市在基层党建方面重点做优社区,将老年人优待证办理等34项高频事项下沉到社区(村),实现基层公共服务"一门式"全覆盖。深入开展"零上访、零事故、零发案"社区建设,共认定"三零"社区308个。

星沙街道"长沙快递外卖小哥红色之家"外景。

安心，破解难题在基层

只有把群众放在心里，群众才会把你捧在手上。破解基层治理难题，关键在于建强基层党组织，充分发挥党组织战斗堡垒和党员先锋模范作用，凝心聚力，攻坚克难，全心全意为群众办实事、做好事。

雨花区砂子塘街道金科园社区是一个国企退休人员集中的老社区，居民楼大多是20世纪90年代建成的7层楼楼梯房，加装电梯成了社区为民办实事的重点，因为涉及每家每户具体出资问题，也是社区面临的一大难题。

今年67岁的周燕辉奶奶是小区11栋的栋长，也是社区党总支委员。从2019年6月开始，周奶奶就开始负责协调整个楼栋的电梯加装事宜。两年多时间里，她组织召开了30多次居民协商会，11栋楼最终成功加装了两台电梯。她告诉记者，现在11栋还有一个门洞的电梯加装工作正在艰难推进，但是不管多难，作为一名老党员，她都会不遗余力地干下去。

记者了解到，金科园社区聚合退休老同志当中党龄长、资格老的老干部，开展"家协商"的工作方式，让他们来负责许多以前由政府牵头承担的事务，使居民更多地实现了自我管理和监督。

"以前我们二机小区是脏乱差，现在是翻天覆地变化大！"行走在天心区赤岭路社区二机小区，这是记者听到最多的一句话。二机小区是一个无物业公司管理的老旧职工小区，因违章建筑多、矛盾纠纷多、危房危坡多，曾被居民称为"三多"小区。

2016年，赤岭路社区接管二机小区后，积极推动小区纳入天心区首批提质提档改造小区名单。2017 年,在社区的全力配合下,政府投入 2000 万元对这个有着 18 栋楼房的小区进行改造,面貌很快焕然一新。

小区提质改造时,什么最难?拆违最难。记者了解到,二机小区共有 4 个党支部,近 200 名党员。社区党委一声令下:党员要带头做工作,带头拆违。80 多岁的老党员郭文亚率先响应,站出来带头拆违。榜样的力量是无穷的,139 处违章建筑迅速拆除,为提质改造顺利推进打下了基础。

"年老党员虽然年纪大,但是他们亲历和见证了党和国家的发展历程,党性强、作风正,能够攻坚克难挑大梁。"赤岭路社区党委书记詹莉云表示,二机小区自治,主要也是小区党支部书记和老党员担任楼栋长、单元长。

记者从长沙市委组织部获悉,近年来,长沙市全面建立直管党员、在职党员、流动党员、离退休党员社区兜底管理制度,党员分类管理纳入全国综合试点,得到中组部的高度肯定。截至目前,平稳顺利向社区转接国企退休党员 3.2 万余人。充分调动社区党员积极性,发挥党员先锋模范作用,成为破解基层治理难题的一大法宝。

不忘初心,牢记使命。我们相信,有了党建赋能,长沙的基层治理将会有更多"妙手"出现,老百姓的日子将越过越红火、越过越舒心。

✎ 记者手记

"八个大盖帽管不了一顶破草帽"曾是"基层治理难、基层难治理"的一个缩影。党建引领基层治理的"长沙实践"生动表明,党建强则治理优,治理优则基层安。

记者在连续多日的走访中深刻体会到,党建工作做得好不好,群众满意不满意是关键。基层治理的核心是人,归根结底要落实到服务群众上。长沙通过党建引领基层治理,并没有流于"走形式",而是真正想群众之所想,办群众之所需,让群众的操心事、烦心事、揪心事有人办、马上办、能办好,让基层党组织真正成为了领导基层治理的坚强战斗堡垒。

以"党建优"引领"治理优",以"党建强"带动"发展强",让我们为党建引领基层治理的"长沙实践"点赞!

村(居)民代表如何打通联系、服务群众"最后一米"

2023 年 8 月 27 日

基础不牢,地动山摇。党的二十大报告指出,健全共建共治共享的社会治理制度,提升社会治理效能。

今年以来,长沙城乡基层治理正兴起一股新力量,他们就是"村(居)民代表"。据了解,村(居)民代表的职责还不少,他们是政策宣传员、民情联络员、安全防护员、文明示范员、矛盾调解员,协助基层村(社区)做好治理。他们的微服务,打通了联系群众、为群众服务的"最后一米",构筑了群众美好生活的"幸福网"。

谁来干?
先进示范,构筑好邻里圈"根系"

先易后难,从基层党建基础好的城市小区着手。位于天心区金盆岭街道的星电花园小区,2020 年从国企移交到社区,小区活跃着 4 个党支部,党支部在群众中有一定威望,业委会选举等工作曾经都是由党支部牵头完成。听说社区在推进居民代表工作,党员最先响应。按照"就近、就便、就熟"原则,以"个人自荐、群众互荐"相结合的方式,今年 4 月小区从 400 多户常住居民中顺利推选出了 52 位居民代表,平均年龄 63 岁,每一位居民代表在楼栋中就近负责联系 5—15 户。

"我们应区委的安排,今年以来大力推进居民代表工作,居民代表产生后,在宣传栏等多种渠道公示,让小区居民知晓,这样门就容易敲开了,对居民代表的身份也更有认同感。"金盆岭街道黄土岭社区党委副书记陈帆表示。

记者发现,在星电花园,一群六七十岁的居民代表关照着小区内八九十岁的长者。

"我是一名共产党员,要听党的召唤,只要身体条件允许,就要为大家做点实事,这也是我的初心。"居民代表陈元善说。在前不久的走访中,他发现一位 80 多岁的邻居因为家庭负担重,产生了厌世情绪。陈元善就常上门和邻居聊天,邻居的心结渐渐解开了,笑容再上眉梢。陈元善也觉得老有所为,发挥了余热,自身价值得到体现。

"我现在身体状况还可以,能帮大家做点事,就做一点,相信等到做不了的那一天,也会有后来人,有年轻人来照顾我们。"这是古稀之年的吕华锋,朴实而真诚的表达。

我们再来看看新城区的推进情况。望城区是长沙最年轻、块头最大的城区,目前处于快速成长期,基层治理纷繁复杂。位于望城区白沙洲街道的长房·星珑湾小区两年前交房,18栋楼,居住着1300多户人家,他们中有征拆户及新望城人,人员构成相对年轻,平时户与户之间,少有来往。居民代表工作,在这里该如何破题?

走进小区的雷锋驿站,一面墙上贴着居民代表联系服务群众工作的动态表,"这一户是常住户,还是低保户,需要重点关注。"居民代表蔡宏平正和同伴们把住户中的党员户、光荣户、志愿者户等分成9类,并贴上相应的标签,让人一目了然。

"90后"的居民代表蔡宏平是一名自由职业者,也是两个孩子的"宝妈",经常开展志愿服务的她今年3月主动报名当居民代表。"以前没有做居民代表的时候,楼上的住户几乎不认识,通过这次走访后,认识了更多的邻居,现在孩子们的学习和外出游玩都可以和邻居们结伴而行,当居民代表最大的收获就是拉近了邻里之间的距离,现在干什么都有伴了。"蔡宏平说到这些,来自异乡的她,眼睛里闪烁出幸福的光芒。在蔡宏平的发动下,整栋楼迅速产生了8位居民代表,楼里近百户人家,都有了对应的联结对象。

"我作为一名老党员也要给大家献一分热,把温暖送给小区的邻居们。"来自同心圆社区的王佳艺作为一名在职人员,非常乐意担起居民代表的职责,闲暇时,还会主动"找事",如楼栋前的垃圾桶,没有按垃圾分类的要求摆放,她拨通了物业的电话……

今年以来,望城区1.4万多名村(居)民代表"挂牌履职""持证上岗",服务覆盖12.4万多户家庭。初步形成了地理区域上"村(社区)范围—片区范围—小组范围—联户范围"、组织架构上"村(社区)党组织—片区长—小组长—村(居)民代表"的联动工作体系。

怎么干?
细"治"入微,"绣花功"里夯基础

"我们403室的熊娭毑,91岁高龄,独居,建议小区建老年食堂,她每次出去买菜都要小心翼翼,生怕摔跤,自己又吃不了多少。"

"是啊,我们很多老同志都有这方面的需求,小区70岁以上的独居老人有60户。"

"这个情况我们和社区沟通一下,看能不能尽快建一个老年食堂。"

星电花园的居民代表们围坐一起,拿出最近搜集来的民情,你一言,我一语,商量着

解决问题的途径。

居民代表吕华锋见成应达老人提着青菜缓缓走来，便热情地上前嘘寒问暖，"您从医院回来好久了吧！""回来半个月了。""您还要我们帮点什么吗？""不用，自己还搞得。""最近我们在社区给您争取到了安在卫生间的涉老设施，这几天会安排人上门，到时候您就接待一下啊！""添麻烦了！"看似琐碎，却是邻里互助的真情流露，暖暖的温情洋溢在小区的角角落落。

浏阳市作为长沙市村（居）代表工作先行试点县市，正朝着先行示范努力。

"周姐、周姐，我这里来了客，麻烦你来泡下茶咯！"

"好的、好的，就来了。"

永安镇芦塘村孤寡老人于觉明视力重度残疾，行动不便。他按下"爱心对讲机"，不一会，村民代表周向华骑着"小电驴"赶到老于家，麻利地打开碗柜，取碗，泡茶。显然，她是常来老于家帮忙。

于觉民（右三）在为村民代表周向华（右二）和邻居们拉二胡。

老于摸着家中的衣柜告诉记者，"自从周姐联了我这里后，家里都是干干净净的。"周向华是回乡创业的党员，在家办了个小食品作坊，时间相对自由，她主动承担了本组 15 户村民的联户工作，并给大家拉了个微信群，方便上传下达、联络沟通。

迄今，浏阳推选出 3.6 万名村（居）民代表参与联户，形成一个个"邻里圈"，覆盖近 42 万户家庭。还创新建立了以村（居）民代表为主体的 1.2 万个"邻里守心团"，组织动员党代表、人大代表、政协委员、妇女代表、致富带头人等加入"邻里守心团"，不断优化"邻里圈"的整体功能。

永新村位于浏阳经开区的核心地带，村里打算把相邻的南园小区和株陵小区打造成浏阳市的精品小区。两个小区都是安置小区,住了近600户家庭,不少村民在房前屋后堆杂物,影响小区环境。小区虽然多次通知整改,但是收效甚微。

"邻里守心团"的村民代表们了解情况后,主动组团为村民打扫卫生,清理杂物。"这东西放在外面,要不得!""我腿脚不便,让你们受累,帮我捡拾进来了!"村民代表罗钧帮村民收拾杂物,在一旁的村民有点不好意思。

经过"邻里守心团"的打扫,小区变得干净整洁了。"我是村民推选上来的,大家信任我,所以开展工作更加顺畅。"罗钧表示,在现实生活中,很多时候,熟人办事沟通成本更低,而村民代表有着天然的本地优势,所以更容易打通社会治理的"末梢神经"。

在工作推进中,村(居)民代表收到群众反映的问题诉求后,能够解决的及时解决;不能解决的,也可以报送到村(居)民小组、村(社区)、乡镇(街道)、市级等逐级解决。"我们争取微事不出邻、小事不出村、大事不出镇、难事不出市"。浏阳市委常委、组织部部长唐安石表示。

怎么管?
正向激励,有"面子"也有"里子"

为了让村(居民)代表能更好履职,不少乡镇街道建立了学习培训制度,让代表们能熟练掌握党和政府的路线方针政策,运用群众工作方法,在基层一线大显身手。

为了激发村(居)民代表更大的干劲和担当,长沙不少地方给村(居)民代表们配备了代表证、红马甲、公文包、晴雨伞等,让他们更容易开展工作。

此外,一些区县市还纷纷制定村(居)民代表激励措施,包括政治激励、精神激励以及物质激励。如天心区政务服务大厅设立"村(居)民代表"接待专窗;优秀村(居)民代表将免费享受三甲医院体检、图书馆借阅免押金等优惠政策;雨花区对表现突出、群众认可的村(居)民代表,纳入村(社区)后备干部管理,优先发展为党员,优先选配为村(社区)"两委"成员;浏阳市每季度评选百名优秀村(居)民代表,并奖励每名"百佳村(居)民代表"2000元为民服务经费,还专车组织观看焰火表演等,让村(居)民代表既有"面子"又有"里子"。

记者调查发现,村(居民)代表工作制度实施后,受到基层干部群众的广泛好评。据了解,长沙村(居)民代表工作将在人口空间上全域覆盖,包括居民区、商圈和园区等。当然,居民区是核心重点区域。"城市里的社区,往往是陌生人的社会,很多社区以在职人员为多,怎样让居民自愿成为代表,为群众办事,仍需进一步探索。"长沙市委组织部负责推进这项工作的干部坦言。

记者手记

在采访中,被访村(居)民代表或是退休人员、或是做生意的商人、或是村(社)区干部,他们大都给人热情、开朗的印象。不过采访中也遇到这样一位代表,她是在职公务员,年过半百,气质优雅,身着一身深色西服裙,说话时柔声细语,让人很难与"热心大妈"相关联,她是望城区同心圆社区的居民王佳艺,是一名部队转业干部,和她聊天时,她看到小区的垃圾桶没有盖好,顺手盖紧。她告诉我们,之所以加入到这个队伍中来,是因为社区有一位老兵,社区的"编外人员"——肖卫东,只要社区居民有需要,他常常把小店一关,就帮忙去了。王佳艺说,"肖班长"的行为就像一束光,让大家都向着他聚拢,作为一名老党员,她也希望把这份温暖传递给更多的人。

村(居)民代表有来自社会不同阶层的人,无论什么身份,他们都有一颗"公益心",他们一起奏响了社会基层治理的"大合唱",抬升着人们的幸福指数。

获评"国家食品安全示范城市",长沙哪些做法值得示范？

2022 年 11 月 7 日

日前,经报国务院食品安全委员会批准,国务院食品安全办正式命名 29 个城市为"国家食品安全示范城市",其中长沙是湖南省唯一入选城市。

食品安全大于天,6 年辛苦不寻常。获评"国家食品安全示范城市",是对长沙开展此项创建工作成绩的充分肯定和极大激励,自此长沙又多了一项重要国家级荣誉。

作为"国家食品安全示范城市",长沙究竟有哪些工作亮点值得示范推广呢？来看记者的调查。

正本清源,从农产品抓起

立冬时节,长沙依然艳阳高照。一大早,在浏阳市沿溪镇沙龙村的蔬菜大棚内,蔬菜合作社聘请的农民工已经将油麦菜采摘装箱。但在发运去长沙黄花海吉星蔬菜批发市场售卖前,还有一项重要工作要做。

为了确保舌尖上的安全,沙龙村坚持绿色、有机的蔬菜种植导向,产品从播种、移栽、生产全程跟踪监测,控制农药、化肥的喷施,打造"沙龙蔬菜"品牌,产品上市之前在合作社先自行进行农药残留等安全检测,数据上传浏阳农产品质量检测中心,反馈后无问题再上市。

"我们的有机肥占到 76%以上,很少使用化肥。因为农业设施比较多,大多是人工锄草,除草剂都很少使用。杀虫也主要是用杀虫灯和粘虫板,即使打药也是合规的低残留生物农药。"合作社负责人告诉记者。

长沙县安沙镇天健农机合作社今年种植了 4000 多亩水稻,农民不用流转土地,全程由这个合作社来耕种收割,合作社成为名副其实的"田保姆"。

天健农机合作社负责人王泽峰告诉记者,种植水稻前,要对土壤进行全面检验,符合要求的才能种植;灌溉用水镇上农业部门每个月都会检测,水质是符合要求的;无人机喷洒农药,用量科学精准,农药残留更少;稻子收割后,要检验合格才会销售。通过对各个关键环节严格把关,确保"粮袋子"安全。

近年来,长沙大力发展院士农业,围绕绿色生产技术研发、动植物疫病风险防控、生产模式创新等领域,以"产业+团队+项目+基地"为主要模式,邹学校、印遇龙、刘少军等院士分别领头建立了工作站(室),创建标准化、设施化、智慧化、绿色化示范基地,从源头保障农产品的安全健康。"杂草克星"柏连阳院士为浏阳市北盛镇燕舞洲村的种粮大户张三喜提供了一种新发现的水稻种子,这个稻种不惧水淹,能大大减少稻田杂草的生长,从而减少除草剂的使用,既能增产,又可以减"药",让粮食生产更加绿色无公害。

"用了新技术之后,基本不用打农药了,每亩能增加400元左右的收入。"张三喜告诉记者。

印遇龙院士则指导农民用中草药饲料喂养生猪,减少抗生素的使用。长沙县开慧镇生猪养殖大户费泽良采用这种绿色技术饲养的生猪提升了猪肉的品质,吃起来味道更好。

"自从印院士来试点后,我们喂猪更有干劲、更有奔头了。"初尝甜头的费泽良乐呵呵地告诉记者,他准备把生猪养殖规模扩大到100头。

长沙还指导一些农产品经销大户在采购源头自建快检室,开展风险品种购前快检。目前黄颡鱼、对虾、鲈鱼、鳜鱼等9家批发大户在佛山、中山、珠海等地已自建快检室8个,重点关注水产品是否含有孔雀石绿、硝基呋喃、氯霉素等违禁成分。

据了解,为保障食品安全,长沙市注重源头治理,开展土壤污染源、污染地块调查,加强环保联合执法,开展化肥农药零增长行动,全市推广高效低毒低残留农药615.2万亩。强化畜禽养殖废弃物综合利用,采取种植结构调整、休耕及修复治理等方式净化产地,修复耕地1123.4万亩次,农作物种植结构调整21.1万亩。

攻坚克难,紧盯重点领域

多年以前,农村红白喜事聚餐发生食物中毒的事件时有所闻。自开展食品安全示范城市创建工作以来,长沙聚焦农村地区聚餐等食品安全风险重点领域,探索出一整套行之有效的监管办法。

记者在长沙望城区调查发现,现在农村红白喜事聚餐都要向当地乡镇、村组的食品安全协管员报备,请具有资质的专业厨师团队主理,饭菜留样,烹饪现场设置监控录像,食品安全监管部门可以远程实时监管。

据了解,长沙宁乡市每年100人以上农村集体聚餐2万例左右,已连续6年实现农村集体聚餐食品安全"零事故",当地食品安全监管部门的先进经验是"三个突出"。

突出四级联动。市场监管局、监管所、乡镇(街道)分别负责500人以上、300—500

人、300人以下农村集体聚餐现场指导;村(社区)配备食品安全协管员、村民小组配备食品安全信息员,协管员和信息员均由当地财政提供工作经费补贴。

突出源头管控。组建宁乡市农村厨师协会,会员达1380人,建立农村厨师培训制度;组建成立农村集体聚餐专业服务公司,把控原料安全;按照聚餐规模,实施分级监管。

突出信息技术。开发"宁乡市农村聚餐申报管理平台",设置厨师管理、厨师协会管理、菜谱管理、聚餐申报管理等功能板块,目前已接收处理农村集体聚餐信息9万余条,构建了全市农村厨师管理大数据;实施农村厨师"红黑榜"公示制度。

食品小作坊、小摊贩、小餐饮是一个地方的诱人烟火,如何既要保留舌尖上的美味,留住乡愁,又能保障食品安全呢? 近年来,长沙市聚焦"三小"综合治理,通过监管规范一批,严打淘汰一批,集聚提升一批,提质改造示范一批,基本上解决了食品安全隐患较多的"三小"问题。

长期以来,豆制品小作坊的卫生状况难以让人放心,色素香干、非法添加等问题时有所闻。为此,长沙市共投入3.42亿元,建成9个豆制品集中生产加工基地,引导吸纳275家豆制品小作坊进入平台,实现"集中生产、集中排污、集中监管、集中检测"。建设40家食品小作坊、90家茶油小作坊示范单位,示范引领小作坊规范发展。

在望城区靖港古镇,有一家"郭福娭馳小钵子甜酒"的老店铺,店铺主周海成和袁辉传承祖辈的酿造手艺,把一碗小钵子甜酒做精做优,让来往游客都能品尝到儿时记忆中的味道。通过食品安全监管部门一系列指导帮扶措施,颁发了食品小作坊许可证,这个甜酒小作坊扩建装修,并在选材、工艺、环境卫生等方面严格标准,制定了小钵子甜酒的企业标准,商标包装标签都注册升级,还获批市级"非物质文化遗产"名录。

夜市街区的小餐饮、小摊贩一直都是食品安全监管重点和难点,长沙市以坡子街、太平街、潮宗街、冬瓜山、渔人码头、沁园等十条夜食街区创建第一批食品安全示范街区为契机,大力开展夜食街区标准化建设,出台食品安全示范夜食街区建设标准,着力通过提升经营持证率、厨房基础条件、人员食安素养,建立统一的公示阵地、宣传阵地、保障机制,全面提升夜食街区食品安全水平。

记者注意到,在扬帆夜市,每一个摊位都悬挂了摊贩登记证书、健康证等。

"对于食品安全,我们有一系列严格的制度,还与摊主签订了承诺书,一经发现违反承诺书或相关制度的,立即清理出市场。去年至今,有一家卖海鲜的摊主因为顾客反映吃了拉肚子被我们清退了。"长沙市最火爆的扬帆夜市市场管理办公室负责人李浩透露。

对于如"夫妻店"这种小规模餐饮店,长沙市有的放矢,大力开展"透明厨房"提质工程建设,通过"打开一堵墙、'阳光'进厨房"的方式,让消费者更加便捷地参与监督,部分餐饮服务单位还装上智慧监管"眼睛",实行摄像头远程监控。截至 2021 年 10 月,已完成提质改造 7299 家,完成率达 104.3%,切实改善了小餐饮卫生状况。

开福区潮宗街提质改造后成为长沙又一条网红街道,针对街道上的小餐饮问题,当地监管部门联合阿里集团、中国电信等第三方平台,试点推进"互联网+"监管新模式,实现外卖小票与食安封签"一次打印、一次使用、一餐一签",避免了餐品在配送过程中受到污染。通过在餐饮店内安装摄像头,将视频信息连入"饿了么"APP,让消费者通过网络订餐平台就能查看餐饮店后厨操作情况,同时,视频直播信号也接入了街道和市场监管所的后台。目前,潮宗街已有 120 家餐饮门店接入了"互联网+"智慧餐饮系统。

殚精竭虑,织密监管网络

检验检测是食品安全的一道重要关口。

近年来,长沙市投入 1.3 亿元新建市食品药品检验所,下辖的四个县(市、区)成立了区域性食品检测中心,形成了全面、快速检测的强大技术能力。

除了生产环节,农产品流通环节也是食品安全重要关口。长沙市在海吉星、红星、大河西、水渡河 4 个农产品批发市场、生鲜超市和社区农贸市场建设了 200 多个快检室,2020 年,全市共投入 1000 多万元,开展快速检测近 94 万次,合格率在 99.88% 以上。民生快检食品从 2017 年的 21.6 份/千人上升到 2020 年的 53.4 份/千人,产品阳性检出率从 0.2% 下降到 0.11%,发布食用农产品监测分析报告 39 期。

在雨花区桂花公园旁的一家农贸市场,记者见到了正在进行快速检测的工作人员小方。她是第三方检测单位深圳市通量检测科技有限公司的技术员,负责 7 个农贸市场的检测工作,每周每个农贸市场要检测 36 个批次的食品,一年下来每个农贸市场要检测 1728 个批次,市场里销售的每一样农产品都要检测一次以上。

"蔬菜是检测农药残留,肉和水产是检测兽药残留,干货和豆制品主要检测非法添加物,比如二氧化硫、甲醛、吊白块等。"小方告诉记者。

溯源是保障食品安全的另一道有力防线。浏阳市沿溪镇沙龙村负责人告诉记者,现在村里的蔬菜销售已经全面推行食用农产品合格证和"身份证"制度,同时实现了赋码销售溯源管理,通过扫描溯源二维码便可登录国家农产品质量安全追溯管理平台,产品名称、收获时间和数量、质检情况,生产主体名称和地址、联系人、联系电话等关键信息一应俱全。

在长沙的农贸市场,摊主们都有一本进货台账,进货信息一目了然,食品有问题可以"顺藤摸瓜"找到责任人。

为了让市民吃上放心肉,长沙市近年来重点推进"放心肉"智慧平台在全市各大农贸市场全覆盖应用,通过构建"一票验证、一扫查证"的模式,实现了智慧监管。

在开福区蔡锷北路的荷花池生鲜市场,市民陈华媚在挑选肉类前先拿出手机,对着摊位张贴的"放心肉智能监管平台入网商户公示牌"扫一扫,滑动屏幕查看几秒钟后,再输入付款金额。

"我们现在买肉,只要扫一下这个二维码,这个肉的来源等信息都可以看到,肉一旦有什么问题也可以在平台上投诉,平台和市场监管的人员就会很快来处理。"陈华媚告诉记者,她已经形成了先扫码后买肉的习惯。

据介绍,"放心肉"智能监管平台从生猪屠宰、批发到销售、使用,构建起了肉品全流程管控模式。

2022年,长沙市将"放心肉"智能监管平台列入全市重点民生实事项目,为每个通过审核的初次入网商户免费制作和发放"放心肉智能监管入网商户公示牌"。至6月底,全市农贸市场内生肉销售经营户平台接入率已实现100%。

在疫情防控常态化的情况下,冷链食品的溯源格外重要。长沙云冷农产品批发市场食安办主任周金辉告诉记者,从2021年3月15日开始,市场所有进口冷链食品经营户都必须入驻"湘冷链"平台,对进口冷链食品的入库、出库进行详细记录,并实行赋码销售,消费者只要扫描"湘冷链"二维码,就知道冷链食品的来龙去脉,实现快速溯源。

长沙海吉星农产品批发市场内的快检室。

霹雳手段、菩萨心肠。创建国家食品安全示范城市,坚持依法打击违法违规行为是重要的监管手段。近两年来,全市检查食品生产加工单位2145家次,下达整改意见243条,查处违法违规案件52起,取缔小作坊393家。

2021年4月,全国首个行刑衔接食品检验实验室在长沙建成。该实验室采取三方共建共享的方式,政府主导,长沙市市场监督管理局、长沙市公安局共同管理,不接受其他社会性质的委托检测。

在该实验室,拿到定量检测报告的时间,由过去的十天半个月缩短到两三天。它将为执法部门打击和惩治食品安全领域违法犯罪行为提供技术支撑。这也是长沙探索形成食品安全行刑衔接"长沙模式"的初步尝试。

近3年,国家、省对长沙市食品安全评价性抽检合格率超过98%,未发生重大及以上食品安全事故,未发生引发广泛关注、造成不良社会影响的食品安全事件,长沙获评"全国食品安全示范城市"可谓实至名归。

关山初度路犹长,策马扬鞭再出发。民以食为天,食以安为先。当前,人民群众对食品安全的要求日益严格,对健康生活的标准在不断提升,守护舌尖上的安全,仍须驰而不息。

✍ 记者手记

病从口入,食品安全是天大的事。到望城区的小镇采访专营红白喜事的乡村厨师,到宁乡采访加加酱油、彭记坊这样的大型食品生产企业,在长沙县探访无公害蔬菜基地和水稻种植大户,在雨花区的农贸市场观察现场抽检和食品溯源,在红星、海吉星等大型批发市场了解进场交易蔬菜、肉食等的检测和把控……

为了做好这期调查报道,记者至少跑了半个月基层一线。总体来看,长沙获评食品安全示范城市,确实来之不易,长沙的食品安全情况,和前些年相比,也确实是进步了很多。

食品安全是一个永恒的话题,希望职能部门继续严抓共管,进一步提升工作标准,让人民放心。

后　记

当和风吹绿了希望的田野,当熏风吹拂了忙碌的车间,当金风吹响了收获的号角,当朔风吹醉了繁华的街市,我们热切感受:做党的政策主张的传播者、时代风云的记录者、社会进步的推动者、公平正义的守望者,使命光荣,责任重大。

在路上心里才有时代,在基层心里才有群众,在现场心里才有底气,在一线心里才有感动,我们真切领悟:转作风改文风,俯下身、沉下心,察实情、说实话、动真情,唯有付出,方得真经。

一个人的担当是社会担当的一部分,一个人的精神是时代精神的一部分,一个人的情怀是民族情怀的一部分,一个人的历史是国家历史的一部分,我们迫切践行:增强本领能力,加强调查研究,不断增强脚力、眼力、脑力、笔力,本领高强,能打胜仗。

一晃4年多过去了,引发我们回望、感慨、思索的,有很多很多。

习近平总书记重要讲话精神,是我们开办融媒体专栏《总编辑调查》的初心。

习近平总书记对于党的新闻舆论工作的正确指引,是我们做好《总编辑调查》的根本遵循。

这个栏目于2019年金秋时节开始谋划、2020年仲春时节正式开办。

怎么定位、如何选题、怎样报道,我们经过认真研讨,思路最终明晰:

摒弃传统调查类舆论监督报道以"曝光"为目标的思路,明确《总编辑调查》定位:坚持正面宣传,聚焦重大主题,解读高质量发展后面的长沙故事。

高站位抓选题策划。总编辑和编委会成员带头策划、带队采访,践行"四力"要求,通过深入调查,用事实说话,回答受众关心的问题,努力打造一档有思想、有温度、有品质的新闻深度调查类融媒体品牌栏目。

全媒体量身打造。通过打造《总编辑调查》这档融媒体品牌栏目,探索构建全台一体的融媒体深度报道运行机制,实现新闻宣传上下联动、跨媒体协同和多平台聚合,推动媒体深度融合发展。同时,在做好内部融合的同时,入驻其他平台,借地造船、借力打力,打破地域限制,扩大全网影响力,实现更好的传播效果。

明晰受众定位。受众群为20—60岁的党政部门公职人员、企事业单位主要负责人和高管、城市白领人群、在校大学生等,对新闻资讯有需求,有分享资讯欲望的智能手机用户。

栏目的定位、相关要求明确了,开篇怎么做? 我们认真学习了国家主席习近平2019 年和 2020 年的新年贺词。

习近平主席在 2019 年新年贺词中动情地说:"我时常牵挂着奋战在脱贫一线的同志们,280 多万驻村干部、第一书记,工作很投入、很给力,一定要保重身体。"

习近平主席在 2020 年新年贺词中深情地说:"2020 年是具有里程碑意义的一年。我们将全面建成小康社会,实现第一个百年奋斗目标。2020 年也是脱贫攻坚决战决胜之年。冲锋号已经吹响。我们要万众一心加油干,越是艰险越向前,把短板补得再扎实一些,把基础打得再牢靠一些,坚决打赢脱贫攻坚战,如期实现现行标准下农村贫困人口全部脱贫、贫困县全部摘帽。"

2020 年 3 月 6 日,习近平总书记在北京出席决战决胜脱贫攻坚座谈会时强调,到2020 年现行标准下的农村贫困人口全部脱贫,是党中央向全国人民作出的郑重承诺,必须如期实现。

我们召开编委会经过认真学习、研究,决定将脱贫攻坚作为《总编辑调查》的第一个报道题材。作为地方媒体总编辑,我曾参与脱贫帮扶工作 6 年多,发现有一个角色很关键,那就是驻村第一书记。他由单位认真挑选、组织审查后派到贫困村担任第一书记,政治水平高,业务能力强,特别能吃苦,特别能战斗,特别能与老百姓打成一片。

经市扶贫办推荐、市委组织部审定,我们选定了 6 位第一书记。他们是来自宁乡市的第一书记隆溢新、谢天涯,来自望城区的第一书记郭铁、周若愚,来自长沙县的第一书记杨经国,来自浏阳市的第一书记邹冰。

当年 3 月 24 日至 4 月 27 日,《总编辑调查》推出开栏之作《这个春天,第一书记在忙啥?》。系列报道聚焦 6 名驻村第一书记,以第一书记的角度,串联起一个个第一书记为贫困户排忧解难的故事,故事中有温度、有情怀,既弘扬了基层扶贫干部的担当和奉献精神,也体现了贫困户的奋斗和感恩精神。

报道选题有高度,体现了栏目的政治敏锐性、题材重大性和角度贴近性,是决战决胜脱贫攻坚的重磅力作。《这个春天,第一书记在忙啥?》系列报道一经推出,就引发强烈反响。中宣部"学习强国"平台转发了该系列报道,并在首页专题推荐。报道推出后,引起了受众对扶贫工作和第一书记的关心关注。报道在扶贫工作队伍中也产生了很大的反响,很多队员纷纷转发该报道;因为新媒体的传播效应,在天南地北的第一书记中间形成了"比学赶超"的氛围,用实际行动冲刺脱贫攻坚之路的"最后一百米"。

中宣部文艺局局长、宣传舆情研究中心主任、思想政治工作研究所所长(时任中宣部宣传舆情研究中心主任、中宣部"学习强国"总编辑)刘汉俊点赞:这一篇篇接地气、沾泥土、带露珠、冒热气的新闻,是增强脚力、眼力、脑力、笔力的生动实践。

中国作协党组书记、副主席(时任湖南省委常委、省委宣传部部长)张宏森专门批示:定位精准、选题巧妙、表现生动,值得推广。

领导的批示,专家的认可,社会各界的点赞,给了我们更大的动力。

2020 年 7 月 21 日以来,习近平总书记先后主持召开企业家座谈会、经济社会领域专家座谈会、科学家座谈会,都提到了"关键核心技术"的攻关突破。如何学习贯彻习近平总书记重要讲话精神,讲好"关键核心技术"实现突破的长沙故事?7 月 22 日,编委会成员迅速反应,经过讨论,决定选择聚焦长沙的"小巨人"企业。经过 1 个多月的策划、拍摄、制作,《总编辑调查》重磅推出 6 期独家策划《核心技术是怎样炼成的?》,于 9 月 14 日至 19 日全媒体播发,引发广泛关注。

报道推出 2 天后,习近平总书记到湖南考察调研。9 月 17 日下午,习近平总书记在山河智能考察调研时再次强调,关键核心技术必须牢牢掌握在自己手里。《核心技术是怎样炼成的?》的适时推出,立意绝佳、时机巧妙,吻合重大形势,新闻性和时效性很强,充分体现了长沙广电采编团队的政治敏锐性,是学习贯彻习近平总书记重要讲话精神、激发关键核心技术攻关蓬勃动力的一次精彩策划。

知常明变者赢,守正创新者进。作为长沙广电打造的一档深度调查类融媒体专栏,《总编辑调查》栏目深入践行习近平总书记关于"不断增强脚力、眼力、脑力、笔力"的重要讲话精神,总编辑既拿"红笔",更拿"蓝笔",抓策划,下田埂,紧扣新闻宣传的重大主题主线,先后推出"这个春天,第一书记在忙啥?""关键核心技术是怎样炼成的?""踏遍青山——探访湘赣边""院士来了!让农业成为有奔头的产业"等产生较大影响力的系列调查。

专栏推出后,社会反响强烈,多篇报道引发现象级传播,获得"学习强国"学习平台集中推荐。此外,多篇调查为党委、政府决策提供了有益参考。

截至 2023 年 12 月 31 日,《总编辑调查》栏目共推出 187 期,先后获评国家广电总局"TV 地标"(2020)年度城市台优秀节目、2021 年度湖南新闻奖新闻名专栏。《人民日报》2022 年 9 月 2 日专门报道该栏目推出一批有较大影响力的系列调查。国家广电总局《监管日报》推介该栏目宣传报道经验。湖南省委宣传部《阅评简报》、湖南省广播电视局《媒体监管简报》均以专报的形式,重点推介该栏目。

"不日新者必日退。"从 2021 年下半年起,作为总编辑,我在直接参与《总编辑调查》选题策划、带队采访的同时,以"马克思主义新闻观在新时代的生动实践"为题,结合《总编辑调查》报道的一个个鲜活案例,进高校,进课堂,宣讲马克思主义新闻观,宣讲习近平新时代中国特色社会主义思想,引发广泛关注和热烈反响。

我们在此要特别感谢中国传媒大学电视学院顾洁教授,中南大学人文学院(原新闻与传播学院)罗军飞书记、范明献院长(时任副院长)、白寅(时任院长),湖南师范大学新闻与传播学院尹韵公(时任院长)、沈贤岚(时任书记)、萧燕雄(时任副院长)、吴果中主任,湖南科技大学新媒体研究所黄洪珍所长,湖南工商大学新闻与传播学院谭志军书记、彭文忠院长、贺琛教授,长沙学院马栏山新媒体学院黄柏青院长、荣斌副院长,湖南信息学院艺术学院龙泽巨(时任院长)、播音主持系张莎莎主任,衡阳师范学院新闻与传播学院彭军辉院长、罗兵副院长、邓庄副院长、汤劲(原院长)、盛芳教授。

操千曲而后晓声,观千剑而后识器。拜人民为师、向人民学习,放下架子、扑下身子,接地气、通下情,真正把群众面临的问题发现出来,把群众的意见反映上来,把群众创造的经验总结出来,充分挖掘、全面展示、用心报道这个伟大的新时代,这是《总编辑调查》带给我们的收获,也是《高质量发展故事——长沙深度调查》一书的由来。

责任编辑：洪　琼

图书在版编目（CIP）数据

高质量发展故事：长沙深度调查/彭勇主编；潘开政执行主编. --北京：人民出版社，
2024.7. --ISBN 978 - 7 - 01 - 026650 - 3

Ⅰ. I253

中国国家版本馆 CIP 数据核字第 2024AD7961 号

高质量发展故事

GAO ZHILIANG FAZHAN GUSHI

——长沙深度调查

彭勇 主编　潘开政 执行主编

人民出版社 出版发行

（100706　北京市东城区隆福寺街 99 号）

北京汇林印务有限公司印刷　新华书店经销

2024 年 7 月第 1 版　2024 年 7 月北京第 1 次印刷
开本：787 毫米×1092 毫米 1/16　印张：24
字数：480 千字

ISBN 978 - 7 - 01 - 026650 - 3　定价：125.00 元

邮购地址 100706　北京市东城区隆福寺街 99 号
人民东方图书销售中心　电话 （010）65250042　65289539